OLIVER WOLF

Kesselsturm

GNADENLOS Eine Mordserie hält Stuttgart in Atem. Claudia, Angestellte einer Versicherungsgesellschaft, wird in einer S-Bahn von einer Kugel in den Bauch getroffen. Der junge Hendrik muss hilflos mitansehen, wie seine Freundin Lea aus einem fahrenden Zug heraus angeschossen wird.

Die ohnehin schon turbulenten Ereignisse überschlagen sich, als es dann noch zu mysteriösen Vorfällen beim Bau von umstrittenen Windkraftanlagen kommt.

Die Ermittler Antonia Ronda und André Bürkle begeben sich auf Spurensuche und tauchen dabei tief in die Vergangenheit der schwäbischen Metropole ein. Bei einer gefährlichen Verfolgungsjagd quer durch die Stadt gehen sie bis an ihre Grenzen – und darüber hinaus.

Oliver Wolf wurde 1978 in Stuttgart geboren und wohnt seitdem in einem Teilort der Schillerstadt Marbach. Nach dem Studium der Betriebswirtschaft arbeitete er einige Jahre in verschiedenen Führungspositionen bei einer großen Krankenversicherung. Seit 2008 ist er als Vertriebsberater, Coach und Trainer tätig.

Bisherige Veröffentlichungen im Gmeiner-Verlag:
Netzkiller (2012)

OLIVER WOLF

Kesselsturm

Kriminalroman

GMEINER *Original*

Besuchen Sie uns im Internet:
www.gmeiner-verlag.de

Im Ehnried 5, 88605 Meßkirch
Telefon 07575/2095-0
info@gmeiner-verlag.de

1. Auflage 2013

Lektorat: Claudia Senghaas, Kirchardt
Herstellung: Mirjam Hecht
Umschlaggestaltung: U.O.R.G. Lutz Eberle, Stuttgart
unter Verwendung eines Fotos von: © pp77 – Fotolia.com
und © fotofuerst – Fotolia.com
Druck: GGP Media GmbH, Pößneck
Printed in Germany
ISBN 978-3-8392-1446-6

Personen und Handlung sind frei erfunden.
Ähnlichkeiten mit lebenden oder toten Personen
sind rein zufällig und nicht beabsichtigt.

Ronda schaltete den Hauptstromschalter für ihre Wohnung aus und öffnete die Wohnungstür. Eine metallisch klingende Frauenstimme ertönte, die langsam von drei rückwärts zählte. Bei eins schloss Ronda die Tür. Mit einem leisen Zischen versiegelten winzige Airbags im Türrahmen die Wohnung gegen die Kälte, die eisig durch das Treppenhaus kroch.

Als sie aus dem Haus trat, spürte sie einen trockenen, kalten Luftzug in ihrem Gesicht. Ein rhythmisches Rauschen vermischte sich mit dem leisen Surren der vorbeifahrenden Fahrzeuge. Hoch aufragende Windräder, die überall an den Hängen der ehemaligen Weinberge standen, erzeugten dieses sanfte Rauschen, das in der Stadt allgegenwärtig war. Denn seit die neueste Energiebeteiligungsverordnung erlassen war, wuchsen nicht nur die großen Windräder wie Pilze aus dem Boden, auch die Innenstadt wurde dominiert von kleineren Windrädern, Windturbinen, die den Düseneffekt der engen Gassen zur Energiegewinnung ausnutzten, sowie von Solarpaneelen an Stellen, wo früher Leuchtreklamen Passanten entgegen geschrien hatten.

Ronda ging die wenigen Meter von ihrer Wohnung zur Filiale einer Genossenschaftsbank, bei der sie Kundin war. Sie wollte dringend Guthaben auf ihre Einkaufskarte laden, nur leider war der Automat offensichtlich außer Betrieb, denn er spuckte ihre Karte jedes Mal unverrichteter Dinge wieder aus.

Vor der Bank überschlug Ronda, wie viel sie noch auf der Karte hatte.

Für einen kleinen Einkauf im Supermarkt sollte es genügen, entschied sie kurzerhand. Sie aktivierte ihren Schrittzähler, den sie immer am Gürtel trug, verband ihn per Bluetooth mit ihrem Smartphone und ging los.

Es war ein guter Kilometer bis zum Supermarkt; das allein sollte ihr schon die Milch fürs Frühstück einbringen. Seit nämlich Ökologiepunkte für Lebensmittel vergeben wurden, waren Entfernungen, die zu Fuß statt mit dem Auto zurückgelegt wurden, so wertvoll wie bares Geld.

Ronda betrat den Supermarkt.

Neben verschiedenen Fertigprodukten kaufte sie Tiefkühlkost für die schnelle Küche, für die sie Bürkle mit Sicherheit verfluchen würde. Bei all ihren Einkäufen achtete sie jedoch peinlichst darauf, woher die Waren kamen. So waren nämlich Erzeugnisse aus dem Ausland – und handelte es sich lediglich um europäische Mitgliedsstaaten – um ein Vielfaches teurer als inländische Produkte; wurden doch seit einiger Zeit aufgrund der höheren CO_2-Bilanz mehr Abgaben verlangt. So war eine Meeresfrüchtepaella aufgrund der hohen CO_2-Bilanz zur Beschaffung von Fisch, Muscheln und anderen Meereslebewesen im Stuttgarter Raum weitaus teurer als ein einheimischer Sauerbraten oder die Fertigcurrywurst für die Mikrowelle. Auch wurde beinahe nur noch Milch von einheimischen Bauern verkauft, da Milch aus Polen oder anderen osteuropäischen Ländern im Preisniveau Beluga-Kaviar glich.

Ronda legte ihre Waren auf das Fließband an der Kasse und reichte der Kassiererin ihre Bankkarte, die diese durch das Lesegerät zog.

»Reicht nicht«, sagte die Kassiererin knapp.

»Was reicht nicht?«, fragte Ronda entgeistert.

»Ihr Guthaben«, erwiderte die grauhaarige Angestellte.

»Wie viel ist denn drauf?«, fragte Ronda. Sie meinte, die bohrenden Blicke der Menschen in der Schlange hinter ihr zu spüren.

»Drauf ist schon was, aber Sie haben eine Sperre«, erwiderte die Frau.

Ronda brach der Schweiß aus. »Eine Sperre?«, fauchte sie. »Was soll das? Auf der Karte ist Geld; das weiß ich ganz genau.« Sie sprach nun so laut, dass es die Menschen auch weit hinter ihr in der Schlange hören konnten. »Außerdem habe ich Punkte auf meinem Schrittzähler, die Sie noch draufrechnen können. Also bitte …«, sie schlug mit der flachen Hand auf das Warenband, »… ziehen Sie die Karte durch und fertig.«

Scheinbar unbeeindruckt von Rondas Gefühlsausbruch drehte sich die Kassiererin von ihr weg. »Herr Frank, Kasse 4 bitte. Herr Frank, die Vier bitte«, ertönte ihre quäkende Stimme durch die Lautsprecher des Supermarktes.

Kurz darauf erschien ein etwa 30-jähriger Mann in Anzug und Krawatte – alles abgestimmt auf die Farben des Supermarktes –, tuschelte kurz mit seiner Mitarbeiterin und nahm anschließend Ronda beiseite.

»Mein Name ist Frank, ich bin hier der Filialleiter. Frau, äh …« Er schaute auf die Bankkarte, welche ihm die Kassiererin gegeben hatte. »… Ronda, wir können Ihnen die ausgesuchten Waren heute nicht mehr verkaufen. Ihre Bankkarte ist leider gesperrt.«

»Was heißt gesperrt?«, fragte Ronda sichtlich erregt.

»Nun ja. Offensichtlich haben Sie in den letzten Tagen Ihr Feinstaublimit überschritten, und das wirkt sich, wie Ihnen doch sicher klar ist, auf Ihre Liquidität bezüglich importierter Waren aus.«

»Scheiße noch mal, und wie soll ich jetzt was essen?«

»Frau Ronda, bitte zügeln Sie sich. Ich versuche, nachsichtig mit Ihnen umzugehen. Wenn Sie sich jedoch nicht beruhigen, muss ich Sie des Marktes verweisen.«

»Und was … ?«, setzte Ronda laut an.

Frank hob die Hand.

»Und was soll ich jetzt essen?«, fuhr Ronda leiser fort. »Sie können mir doch nicht einfach das Essen verwehren, nur weil ich einen Wochenendausflug mit dem Auto unternommen habe.«

»Nein«, Frank schüttelte den Kopf. »Das ist mitnichten meine Absicht.«

Klugscheißer, dachte Ronda.

»Sie können sich sehr gerne von den Waren aus heimischer Erzeugung, die in der CO_2-Gruppe A klassifiziert sind, bedienen. Es geht doch nur um Importprodukte.«

»Oh Mann, da blickt ja kein Mensch mehr durch. Außerdem! Was soll bitte an Fertigcurrywurst oder Brot Importware sein?«

»Das Brot, das Sie sich ausgesucht haben, wird in Polen gebacken und hierher gefahren. Das Fleisch der besagten Currywurst kommt aus Russland, der Curry aus Indien und die Tomaten für die Tomatensoße aus Spanien.«

»Aber …« Weiter kam sie nicht.

»Aber ja«, sagte Frank wie zu einem Kind. »Auch die Hühnerbrust fällt seit der neuesten Umweltreform unter Importware. Selbst wenn sie aus Niedersachsen stammt. Das sind immerhin über 500 Kilometer.«

»Und was soll ich jetzt essen?«

»Ganz einfach. Wir bieten speziell für unsere Kunden, die vielleicht nicht so bewandert sind mit frisch zubereiteten Waren, eine kostenlose Informationsbroschüre an, in der Sie Schritt für Schritt erfahren, wie Sie aus heimischem Mehl Nudeln produzieren können oder wie Sie dieses frische knackige Gemüse dort drüben in einen leckeren Eintopf verwandeln können.« Er klang sehr herablassend.

»Blättern Sie einfach kurz durch und entscheiden Sie, mit welchem Gericht Sie Ihren Weg in einen umweltverträglichen und ökologisch ausgewogenen Umgang mit unserer Erde beginnen möchten.« Er begann zu lachen. Zuerst war es nur ein leises Kichern, das sich jedoch schnell zu einem herzhaften Lachen ausweitete. Dabei kniff er die Augen zusammen. Tränen quollen zwischen den Lidern hervor. Immer euphorischer wurde das Lachen. Plötzlich drehte sich die Kassiererin zu Ronda um und lachte sie mit einer verzerrten schadenfrohen Fratze an. Das Lachen schwoll zu einem Dröhnen an, als auch die anderen Menschen im Raum einstimmten. Es wurde so laut, dass es Ronda in den Ohren klingelte.

Sie rannte zur Ausgangstür, die sich jedoch nicht öffnete. Hastig drehte sie sich um. Die lachende Meute schritt langsam auf sie zu, als wären sie alle Zombies in einem amerikanischen B-Movie.

Ronda hämmerte mit den Fäusten gegen die Glastür. »Aufmachen«, schrie sie panisch. »Aufmachen, ich bin Polizistin.«

Sie wandte sich um. Starr vor Angst presste sie sich mit dem Rücken gegen das kalte Glas. Jeden Moment würde sie der Filialleiter, der die lachende Meute anführte, erreicht haben.

»Nnnneeeeeiiiiinnnn!«

Ronda saß kerzengerade in ihrem Bett. Sie war schweißgebadet. Ganz leise pochte das Lachen aus dem Traum noch gegen ihre Schädeldecke.

Ein eiliger Blick auf den Wecker verriet ihr: Es war 19.34 Uhr.

»Oh Mist!«

TEIL 1

I

Germanien
243 n.Chr.

Mein Geist ist schwach und lahm. Die verbliebenen Kräfte meines Körpers schwinden mehr und mehr – ich sterbe. Bevor mein Körper Nerthus, der Göttin der Erde, übergeben wird, bete ich, dass mir genug Zeit bleibt, alles zu erzählen.

Dies ist meine Geschichte.

Ich bin Geofin vom Stamm der Sueben. Mein Vater war Meinhold – einstiger Anführer unserer Sippe. Meine Mutter Diotrun war Seherin und als heilige Frau weit über die Grenzen unseres Dorfes hinaus bekannt.

Die Ehe ging ich mit Teutobald ein, dem Sohn des Händlers.

Teutobald war ein guter Mann. Er war hell im Geiste und tapfer. Auch wenn er es zeit seines Lebens ablehnte zu kämpfen, wusste ich, dass er im Notfall sein Leben für meines opfern würde. Wir führten eine glückliche Ehe. Er bestellte unsere Felder, und ich kümmerte mich um unser Heim und half meiner Mutter bei der Heilung von Krankheiten oder Verletzungen unserer Dorfbewohner.

Unsere Sippe ließ sich in einem sanften Tal an einem Fluss nieder. Die Gegend war fruchtbar und warm. Der Boden ließ verschiedenste Feldfrüchte gedeihen, und die steilen Hänge des Flusses waren zum Weinanbau vortrefflich geeignet. Die dichten Wälder zu allen Seiten unseres Dorfes beschenkten uns mit einer reichen Auswahl an

Wild und schützten uns zudem vor Überfällen von anderen Stämmen oder den Römern.

Die Römer – Fluch und Segen zugleich. Seit vielen Monden leben wir nun in Frieden mit ihnen und betreiben regen Handel. Was jedoch nicht immer so war.

Unzählige Lieder erzählen von blutigen Kriegen zwischen Römern und unseren Stämmen, davon dass Tausende von Männern auf beiden Seiten gestorben sind, verstümmelt aus den Kämpfen zurückkamen oder von den Römern versklavt wurden. Diese Kämpfe aber sind lange her, sodass die Erinnerungen daran verblasst sind.

Viele Römer waren uns wohlgesonnen und begegneten uns freundschaftlich. Manche nannten uns aber auch Barbaren und behandelten uns wie Tiere. Es gab Geschichten von Römern, die des Nachts in Dörfer eindrangen, um junge Mädchen zu rauben. Nahezu keines der Mädchen wurde jemals wieder gesehen. Diejenigen, die zurückkamen, berichteten davon, dass sie die Gier der Römer nach fleischlicher Lust befriedigen mussten. Jede Nacht suchte sich der Herr, der sie gekauft hatte, eine andere aus, um sie mit in sein Gemach zu nehmen. Dort mussten sie Dinge über sich ergehen lassen, die einem Mann ihres Volkes niemals in den Sinn gekommen wären.

Überfälle unsererseits gab es auch zur Genüge. Junge Männer, angezogen von dem feudalen Leben der Römer, schlichen sich des Nachts über die Grenze des Erdwalls, den die Römer durch unser Land gezogen hatten. Dort raubten sie Kelche, Schmuck und Waffen. Oft kam es vor, dass einer oder mehrere der jungen Männer ihre Kühnheit mit dem Leben bezahlten. Wurden sie gefasst, hängten sie die Römer an gekreuzten Hölzern auf und überließen sie den Göttern. Bewacht von Soldaten war es uns nicht möglich, den Brüdern zu helfen. Es war uns auch nicht gestattet, die Leichen der Männer nach ihrem Tod zu verbrennen, wie es unser Brauch gebietet.

Befolgten wir jedoch die Regeln der Römer, hatten wir nur wenig zu befürchten. Wir blieben auf Abstand und versorgten die Römer mit den Ernten unserer Felder sowie mit Vieh.

Mein Mann Teutobald war sehr geschickt im Umgang mit den Römern. Er wusste, wonach die römischen Krieger verlangten, und stillte ihren Bedarf treffend und reichlich. Durch die Münzen und andere Kostbarkeiten, die er so mit nach Hause brachte, hatten wir ein gutes Leben. Teutobald war stets sehr gut zu mir. Er war zärtlich, fürsorglich und gutherzig. Niemals sprach er ein böses Wort. Außerdem verstand er sich darauf, mich zum Lachen zu bringen. Ich war sehr glücklich, dass mir die Götter solch einen Mann geschenkt hatten. Ich liebte es, mich an seinen breiten Schultern anzulehnen. Wenn seine großen Hände meinen Körper umschlangen, fühlte ich mich geborgen wie der Fuchs in seinem Bau.

Im Laufe der Zeit, als die Kräfte meiner Mutter zu schwinden begannen, übernahm ich mehr und mehr ihre Aufgaben. Sie lehrte mich die heilige Kunst der Kräuterkunde und zeigte mir, wie die Zeichen der Natur zu deuten sind. Schnell war ich imstande, die benötigten Kräuter gegen Hautrötungen, Brandverletzungen oder Durchfall selbst zu erkennen und zu sammeln.

So auch an einem schönen Tag im hohen Maien vor acht Sommern.

Das Grün der Hügel war kräftig. Die Bäume wiegten ihre Blätter im sanften Wind, der auch durch die Halme des Getreides auf dem Feld strich. Die Luft war geschwängert vom Duft der Blumen und dem feuchten Gras. Es war die Zeit der Liebenden, um die Kraft der Natur für ihre eigene Leibesfrucht in sich aufzunehmen.

Ich war, als sich die Sonne bereits über den südwestlichen Hügeln befand, gerade auf dem Rückweg von meiner Suche nach Kräutern. Die graubraune flache Tonschale, die ich mit mir trug, war gefüllt mit wohlriechenden, feinen Blättern. Von einer Kuppe aus schaute ich auf unser Dorf, welches eingebettet in sanfte Hügel friedlich vor mir lag. Der Fluss schlängelte sich in unzähligen Windungen durch das Tal. Zur westlichen Seite erstreckte sich eine weite Ebene. Am Ende dieser Ebene konnte man den Schutzwall der Römer erahnen. Er zog sich gerade wie der junge Trieb einer Weide von Süd nach Nord. Mein Mann, der in seinem Leben bereits sehr viel von der Welt außerhalb unseres Dorfes gesehen hatte, erzählte mir einmal, dass einen halben Tagesmarsch südlich von hier der Wall eine scharfe Biegung nach Osten vollführt, um sich von dort aus wie eine Natter über schroffe Hänge und Erhebungen zu schlängeln. Die Römer nennen diese Schlange den Limes. Eine nicht enden wollende Wand – höher als der größte Suebe. Davor eine undurchdringliche Reihe aus ebenso hohen Holzpfählen. Hinter dem Wall hatten die Römer hohe schmale Häuser aus Holz und Stein errichtet. Zur Überwachung des Erdwalls, sagten die Älteren.

Unser Dorf bestand aus acht mit Stroh bedeckten Häusern. Das Gebäude in der Dorfmitte gehörte meinen Eltern. Mein Mann und ich lebten am Rande der Siedlung direkt an unseren Feldern. Es waren drei an der Zahl, wovon wir nach alter Tradition immer nur zwei bestellten, damit genug Zeit blieb, um den Nachbarn in der Not zur Hand gehen zu können. Umringt war das Dorf von einem hüfthohen Zaun aus Holzpflöcken, die mit dünnen Zweigen verflochten waren. Egal, wann man sich dem Dorf näherte, sah man stets Kinder in den Feldern spielen und Männer arbeiten.

Doch nicht an diesem Tag. Etwas war anders.

Es wunderte mich, dass Rauch aus den Häusern aufstieg, obwohl es in der Sonne warm war, sodass die Kleider am Körper klebten.

Es war niemand zu sehen.

Ich schaute mich um. In den Weinbergen war kein Mensch bei der Arbeit.

Schnellen Schrittes lief ich den Hang hinunter. Ich ging eilig den Pfad entlang zum Eingang unseres Dorfes. Es war kein Laut zu hören. Es schien, dass selbst die Vögel in ihrem Gesang verstummt wären.

Keuchend erreichte ich den Zaun.

Dann sah ich es.

Die Häuser waren in ihrem Inneren allesamt in Brand gesteckt worden. Das Vieh, welches zu dieser Tageszeit in einem hölzernen Gatter am Rand des Dorfes gehalten wurde, war tot – abgeschlachtet.

Schockiert ließ ich die Schale fallen und lief so schnell ich konnte zu unserem Haus. Auch in ihm loderten hohe Flammen.

Ich rief nach meinem Mann, bekam aber keine Antwort. Wirr vor Angst nahm ich all meinen Mut zusammen und ging in das Innere. Der Rauch des Feuers krallte sich wie die Tatze eines Bären in meinen Hals. Meine Augen konnten nur noch Umrisse im Nebel erkennen. In der Ecke, in der wir normalerweise unser Nachtlager hatten, lag Teutobald. Sein nackter Oberkörper glänzte feucht. Ich stürzte zu ihm und rüttelte an seinen Schultern. Sein Kopf, der zuvor auf einer Seite gelegen hatte, kippte zur anderen. In seinem Schädel klaffte ein großes Loch. Graue Masse quoll zähflüssig hervor.

Ein Stich wie von einem Dolch durchfuhr meinen Körper.

Entsetzt rief ich laut seinen Namen.

Dann nahm ich seine Hände und begann, ihn aus dem immer stärker brennenden Haus zu ziehen.

Das Feuer hatte zwischenzeitlich die dicken Holzpfähle erreicht, welche das Dach hielten. Nicht mehr lange und es würde auf uns stürzen. Die Außenwände aus Holz und Lehm standen bereits in Flammen.

Sein Körper war schwer, sodass ich große Mühe hatte, meinen geliebten Mann ins Freie zu ziehen. Vor Anstrengung atmete ich keuchend. Bei jedem Atemzug brannte die Hitze des Feuers in meinem Körper. Es roch nach verbrannten Haaren und verkohltem Fleisch.

Draußen zog ich Teutobalds leblosen Körper einige Schritte vom Haus weg. Angstvoll blickte ich auf ihn herab. Ich hatte bereits genug Leichen gesehen, um zu erkennen, dass für ihn jede Hilfe zu spät war. In seinem Oberkörper steckte eine dicke Lanze. Ein Bein war bis auf ein wenig Fleisch vom Körper getrennt. Seine Hände waren von Schwerthieben verstümmelt.

Er musste gekämpft haben bis zum letzten Atemzug.

Die Trauer um meinen Mann überkam mich wie ein Sturm. Meine Augen füllten sich mit Tränen, die mir bald heiß über die Wangen liefen.

Ich ließ mich neben seinem Kopf auf die Knie fallen und brüllte meinen Schmerz hinaus in die Welt wie ein wildes Tier, das verletzt am Boden liegt. Dann ließ ich meinen Kopf auf die Brust meines Mannes sinken. Ich beobachtete, wie meine Tränen feine Bäche auf seiner Haut bildeten, gemischt mit seinem Blut.

Das Prasseln des Feuers rings um uns holte meinen Geist langsam in die Realität zurück. Es war noch keine Zeit zu trauern. Das Schicksal meiner Eltern war ungewiss, und das der anderen Dorfbewohner auch.

Quälend langsam hob ich meinen Kopf, um mich von Teutobalds geschundenem Körper zu trennen. Ein unsichtbares Band schien mich jedoch regelrecht an ihn zu binden. Dennoch schaffte ich es aufzustehen. Ich blickte mich kurz um und stürmte in das Haus meiner Eltern, woraus ebenfalls beißender Qualm drang. Mein Vater lag im Eingang – vielmehr das, was von ihm übrig war. Ihm fehlte der Arm, mit dem er normalerweise sein Werkzeug hielt. Sein Kopf war kaum mehr als Solcher zu erkennen. Vermutlich durch eine große schwere Klinge war er in der Mitte der Länge nach gespalten.

In einer Ecke sah ich meine Mutter. Sie lag ausgestreckt auf dem Rücken. Der weite Chiton, der Überwurf mit Ärmeln, ihres Kleides fehlte. Der enge Chiton war ebenso wie die Chamisia, das Unterkleid, zerrissen und über die Hüften hochgezogen. Wotan allein wusste, was ihr angetan worden war. Über ihren Hals zog sich eine klaffende Wunde.

Auch sie war tot.

Brennende Wut überkam mich, sodass ich Mühe hatte, die Fassung zu bewahren.

Ich zog zuerst meinen Vater aus seiner brennenden Behausung. Danach eilte ich sofort zurück, um meine Mutter aus dem Feuer zu retten.

In sicherer Entfernung zu den zwischenzeitlich brüllenden Flammen legte ich die leblosen Körper der drei

Personen, die mir in meinem Leben am meisten bedeutet hatten, nebeneinander ab.

Obwohl ich dem Zusammenbruch nahe war, zwang ich mich dazu, die Suche nach eventuellen Überlebenden fortzusetzen. So eilte ich zum Haus des Schmiedes, der Teutobald und mich einst verheiratet hatte. Das Dach seines Hauses war bereits eingestürzt. Aus den Trümmern hörte ich das dämonische Brüllen des Feuers nach weiterer Nahrung. Ich wusste, in dieser Hölle gab es kein Leben mehr. Falls sie nicht rechtzeitig fliehen konnten, waren auch der Schmied und seine Familie tot.

Ein Haus nach dem anderen ging ich ab, sah aber überall nur Feuer, Rauch und Tod. Dem Weinbauern und seiner Frau waren die Häupter vom Rumpf getrennt worden. Danach hatten die Bestien, die hier gewütet hatten, beide Körper an einen Baum gebunden. Die Köpfe hatten sie vertauscht mit Stöcken auf die Rümpfe gesteckt, sodass nun auf dem nackten geschundenen Leib der zierlichen Bauersfrau der massige Kopf ihres Gatten ruhte.

Niemals zuvor hatte ich derart viel Zerstörung und Gewalt gesehen.

Ohne Unterlass arbeitete ich bis weit nach Sonnenuntergang. Jeden Körper, den ich fand, brachte ich zu dem Platz, an dem ich meinen Mann und meine Eltern niedergelegt hatte. Das Feuer der brennenden Häuser spendete mir ein geisterhaft loderndes Licht, um meine Arbeit zu vollenden. Nachdem ich die letzte Leiche zu dem Platz nahe der Mitte des Dorfes gezogen hatte, spürte ich die Erschöpfung, die bisher von meinem Tatendrang unterdrückt worden war. Meine Glieder brannten vor Anstrengung, und mein Rücken schmerzte. Die Haut meiner Arme und Beine war an vielen Stellen verbrannt. Meine Kleidung war zerrissen. Ruß und Blut beschmutzten meinen Leib von oben bis unten. Meine Kräfte waren am Ende – mein Geist taub durch all das Leid, das ich gesehen hatte. So brach ich an der Stelle, an der ich stand, zusammen. Ich weinte um meinen lieben Mann, um meine Eltern, um die Freunde meiner Sippe – um die Kinder, die ebenfalls nicht verschont worden waren. Und ich weinte, weil ich das erste Mal in meinem Leben ganz allein war. Zeit meines Lebens hatte ich meine Eltern gehabt, die für mich sorgten. Später hatten sie mich den schützenden Händen meines lieben Mannes übergeben. Sie alle waren nun nicht mehr. Es gab niemanden, der mir meinen Weg weisen konnte. Niemand, der mir riet, was gut und was schlecht war. Ich wusste nicht, was ich tun sollte. Wohin sollte ich gehen, wo schützenden Unterschlupf in der Nacht finden?

Bald schon würden Wölfe und Bären das Fleisch der Toten wittern. Dann würden sie kommen, um das, was noch von meinen Lieben übrig war, zu zerfetzen und zu verschlingen.

Es blieb mir nur eine Möglichkeit. Ich musste sie bestatten, so schnell es ging.

Hastig begann ich, Holz aufzustapeln. Darauf legte ich die Leichen. Auf die Toten schichtete ich weiteres Holz. Mit einem brennenden Stock aus einem der Häuser steckte ich das Gebilde in Brand. Nur langsam begannen die Flammen an den Ästen zu lecken. Die Kleidung der Toten qualmte, wollte aber nicht brennen. Als wenn die Götter mir die frühe Bestattung verwehren wollten, erlosch das Feuer nach einiger Zeit ganz.

Ich war gezwungen, weitere Äste sammeln zu gehen, um die Flammen wieder anzufachen. Damit beide Arme für das Holz frei waren, ging ich ohne eine Fackel los in den Wald. Jedoch war es so finster, dass ich die Hand vor Augen nicht sehen konnte. Die Dunkelheit hüllte mich vollkommen ein.

Plötzlich ergriff mich panische Angst.

Ich hatte die Bestattung nicht vollendet. Also war es möglich, dass die Seelen der Toten noch nicht von deren Körpern freigegeben worden waren. Eine Geschichte, von der uns die Dorfälteste einmal erzählt hatte, kam mir in den Sinn.

Als sie eine junge Frau gewesen war, hatte sie sich mit ihrer Mutter gemeinsam um einen Bruder gekümmert, der die Hitze hatte. Allen war bewusst, dass er sterben würde. Auch die Seherin hatte keine Hoffnung mehr für ihn. Sein Todeskampf dauerte einige Tage, als das Keuchen und Wimmern plötzlich verstummte. In ihrer tiefen Trauer vergaß seine Mutter, alle Töpfe und Schalen umzudrehen, damit sein Geist nicht hineinfallen konnte. Man brachte den leblosen Körper zur Dorfmitte, wo er drei Tage und zwei Nächte aufgebahrt werden sollte. Nach der ersten Nacht war er auf einmal nicht mehr da. Das ganze Dorf suchte nach ihm, bis man ihn schließlich im angrenzenden Wald fand, umherirrend. Es hatte vier Männer mit schweren Knüppeln bedurft, den Geist aus dem Körper zu befreien.

Ich stand zitternd inmitten einer kleinen Lichtung, auf die der Mondschein fiel. Vor Angst konnte ich mich nicht bewegen. Meine Augen suchten jeden Winkel des schwarzen Waldes ab. Meine Ohren nahmen sämtliche Geräusche der Umgebung wahr. Bei jedem Rascheln fuhr ich schreckhaft zusammen.

Es gab nur einen Ausweg. Ich musste beenden, was ich angefangen hatte. Um Teutobalds willen musste ich ihn bestatten, um ihn in Erinnerung zu behalten, wie ich ihn kannte. Neuer Mut flammte in mir auf. Aber die Angst wich nur sehr langsam aus meinen Gliedern.

Als mein Körper meinem Geist wieder gehorchte, ging ich gebückt weiter. Einen Zweig nach dem anderen sammelte ich ein, bis ich das Gewicht fast nicht mehr tragen konnte.

Da das Feuer bis weit in den Wald zu riechen war, musste ich mich nur an dem beißenden Gestank von verbranntem menschlichem Fleisch und verkohltem Holz orientieren, um meinen Weg zurückzufinden.

Als die Sonne bereits wieder hinter den östlichen Bergen erschien, stand der Holzhaufen endlich lichterloh in Flammen. Ich betete zu den Göttern, dass sie sich der Seelen der Verstorbenen annahmen. Bis zum Mittag des folgenden Tages saß ich vor dem lodernden Haufen aus Holz, Knochen und Fleisch. Ein tiefer Schmerz brannte in meiner Seele. Erst jetzt bemerkte ich, dass ich die Leichen so schnell verbrannt hatte, dass mir keine Zeit geblieben war, Abschied von Teutobald zu nehmen.

Lange Zeit saß ich stumm da und trauerte. Immer stärker gesellte sich ein anderes, quälendes Gefühl zu meiner Trauer – Wut.

Wer hatte meiner Sippe das angetan? Weshalb war niemand am Leben gelassen worden? Plötzlich verspürte ich einen Durst nach Blut. Ich verlangte Rache für das, was meiner Familie angetan worden war. Nur, wer waren die Bestien, die in unserem Dorf gewütet hatten? Da kam mir ein Gedanke – die Lanze in Teutobalds Brust. Sie konnte mir vielleicht den Weg zu seinen Mördern weisen.

Wie eine Irre grub ich mich durch die Asche der Begräbnisstätte. Meine Finger ertasteten verschiedenste Gegenstände. Römische Münzen, Kleiderschnallen und andere nicht brennbare Dinge kamen zum Vorschein. Ich grub tiefer. Hier waren die menschlichen Überreste teilweise noch sehr weich, da das Feuer sich nicht so tief gegraben hatte. Ekel stieg in mir auf. Ich musste den Drang, meinen Magen auf die Totenstätte zu entleeren, mit aller Kraft unterdrücken. Dann bekam meine Hand etwas Hartes, Heißes zu fassen. Es war lang und spitz zulaufend. Ich zog fest daran, um es aus dem Grab zu befreien. Und tatsächlich, es war die Spitze der Lanze. Sie war fast so lang wie mein Unterarm und hatte an einem Ende eine runde Öffnung für das Holz, mit dem man die Waffe führt. Zur Spitze hin war das Eisen platt und ähnlich geformt wie ein Buchenblatt.

Eilig lief ich zum Fluss, um das Eisenstück von Ruß und Schmutz zu säubern. Ich kniete mich an das Flussbett und begann, mit dem Umhang meines Kleides die Lanze zu reinigen. Dann hielt ich sie mir dicht vor die Augen.

Etwas war in die Oberfläche eingeritzt. Ich konnte die Schrift jedoch nicht lesen. Die Zeichen unseres Stammes kannte ich, aber diese Art von Schrift hatte ich nie zuvor gesehen.

Sicherlich konnte mir eine Seherin aus einem benachbarten Dorf sagen, um welche Schriftzeichen es sich dabei handelte. Meine Mutter hatte mir einst erzählt, dass Sueben etwa zwei Tagesreisen von unserem Dorf entfernt lebten.

Zwei Tagesreisen. Ich hatte weder etwas zu essen noch eine Kuh, die mich tragen oder mir Milch spenden könnte. Außerdem war ich in meinem Leben nie so weit fortgegangen. Mir wurde klar, dass mir eine einsame Reise voller Gefahren bevorstand. Trotzdem war ich entschlossen, diejenigen, die meine Familie ermordet hatten, zu finden und meine Lieben zu rächen.

II

Ludwigsburg – Bahnhof
Gegenwart

Claudia stand am Bahnsteig 2 des Ludwigsburger Bahnhofes. Sie wartete auf ihre Freundin Franka, die, wie so oft, zu spät kam. Die S 4 nach Stuttgart würde in wenigen Minuten einfahren. Von Franka war jedoch bisher weit und breit keine Spur. Nervös schaute Claudia immer wieder auf die Uhr. Wo blieb sie nur?, dachte sie. Sie waren bereits das letzte Mal, als sie zu einer Demonstration nach Stuttgart fuhren, zu spät gekommen und hatten sich daher ganz hinten am Ende des Zuges einreihen müssen; bei den ganzen fußkranken Rentnern und Langweilern, die still vor sich hin wankten und ihrem Unmut lediglich durch Sticker, T-Shirts oder Transparente Ausdruck verliehen. Die Macher gingen voran. Dort wurde gepfiffen, gejohlt und gestritten. Nicht, dass Claudia auf Streit mit den Passanten aus wäre oder sich auch nur im Geringsten für das Demonstrationsthema interessierte; sie und ihre Freundin wollten einfach ein wenig Action erleben. Und wenn schon mal ganz Deutschland nach Stuttgart schaute, dann wollten sie dabei sein. Party-Demonstranten – so nannten sie ihr Verhalten selbst. Diese Haltung teilten wenige der Demonstranten. Die meisten waren Feuer und Flamme für die Sache und brauchten nur ganz leicht angestupst zu werden, um ihren Unmut lautstark zum Ausdruck zu bringen. Dabei ging es doch nur um ein paar blöde Windräder, die in Stuttgart aufgestellt werden sollten. Claudia konnte das Theater nicht verstehen. Klar sahen die Dinger nicht toll aus, aber sie störten auch nicht. Und wenn man dadurch irgendwann mal ein Atomkraftwerk abschalten konnte, war doch allen geholfen. So zumindest dachte sie sich das. Andere machten aus der ganzen Geschichte dasselbe Drama, das bereits bei ›Stuttgart 21‹ abgelaufen war. Anwohner beschwerten sich über das verschandelte Stadtbild und den Lärm, Denkmalschützer klagten über die Vernichtung von historischen Stätten und Naturschützer gingen auf die Barrikaden, weil sie irgendwelches Getier in Gefahr sahen, welches einzig an den Stellen, an denen die Windräder stehen sollten, seine Brutplätze hatte. Sollten sie doch lieber gegen Atomkraftwerke demonstrieren anstatt sich an die Fundamente der Windräder zu ketten, dachte Claudia. Die Gesellschaft war nun mal von Energie abhängig, und da war es doch nur verständlich, dass sich die Regierung über die Energiebeschaffung Gedanken machte. Keiner wollte in der Nähe eines Atomkraftwerks leben. Ebenso wollte aber auch niemand Windkraftanlagen in seiner Nähe haben. In der Nordsee oder in Ostdeutschlands flachen Gebieten mit viel Wind konnte man sich von Baden-Württemberg aus die Anlagen gut vorstellen. Aber vor der eigenen Tür? Niemals.

Schon ziemlich ignorant, fand sie.

In diesem Moment kam Franka die Treppe aus der Unterführung hochgelaufen. Völlig außer Atem blieb sie neben Claudia stehen. Anstatt sie zu begrüßen, schaute Claudia sie grimmig an.

»Ja, sorry, Mann, ich hab's mal wieder verpeilt. Ich bin nicht rechtzeitig fertig geworden«, keuchte Franka.

Claudia setzte eine gespielt finstere Miene auf. Nach einer Sekunde Schweigen zwischen den beiden wurde ihr

Gesicht weicher. Dann umarmten sie sich und küssten sich auf beide Wangen.

»Hey, du siehst gut aus. Schicke Hose. Ist die neu?«, fragte Claudia.

»Ja, hab ich mir heute gekauft. Deswegen hat's auch gedauert. Hab ein bisschen länger gebraucht, bis ich da drin war.« Franka drückte ihren Rücken durch und streckte demonstrativ ihren Bauch nach vorn. Sie kicherten laut.

Die S-Bahn näherte sich polternd. Das Gelächter der beiden jungen Frauen wurde von den quietschenden Bremsen und rumpelnden Metallrädern übertönt.

Nachdem sich die Zugtüren zischend geöffnet hatten, stiegen sie ein. Gleich neben dem Eingang war ein Vierersitz frei. Die Mädchen setzten sich einander gegenüber ans Fenster.

Claudia, die es gewohnt war, mit der Bahn zur Arbeit zu fahren, war verwundert über den spärlich besetzten Zug. Wenn sie morgens in Freiberg einstieg, musste sie normalerweise bis Ludwigsburg stehen. An diesem Abend aber waren gerade mal etwa 30 Personen im Abteil.

Franka schaute Claudia besorgt an. Dann säuselte sie: »Du siehst ganz schön fertig aus, meine Liebe. Lange Nacht gehabt?« Dabei umspielte ein verschmitztes Lächeln ihre Lippen. Claudia lehnte sich zurück, legte ihren Kopf an die Sitzlehne und atmete kräftig aus.

»Wenn's nur so wäre. Ich hab zurzeit total viel Stress im Geschäft. Glaubst du das, da hab ich mein Ziel dieses Jahr schon erreicht, und jetzt wollen die, dass ich noch mehr mache. Dieses Ziel gilt nicht mehr, heißt es. Es zählen nur noch Schlagzahlen.« Sie gestikulierte wild mit ihren Händen. »Der Markt gibt mehr her, als Sie machen, Frau Seidler«, sagte sie mit gespielt tiefer Stimme. »Die sind doch nicht ganz dicht. Ich hab dieses Jahr noch nicht mal zwei Wochen Urlaub gemacht, und jetzt haben die mir meinen Novemberurlaub gestrichen.«

Claudia war Außendienstlerin bei einem großen Finanzmakler. Ihr Job war es, Neukunden für das Unternehmen zu werben – worin sie sehr gut war. Franka war Studentin für Kulturmanagement an der Pädagogischen Hochschule in Ludwigsburg und hatte von dem, was Claudia erzählte, keine Ahnung.

»Was meinst du mit Schlagzahlen?«, fragte sie deshalb.

»Wir müssen jede Woche eine bestimmte Anzahl an Neukunden gewinnen. Egal wie. Hauptsache, Freitagmittag haben genug unterschrieben.«

»Und was ist, wenn du es nicht schaffst?«

»Dann ist Samstag auch noch ein Tag, wie mein Chef immer sagt.«

»Na, der hat Nerven. Der weiß wohl nicht, dass du dich Freitagabend in einen männerfressenden Vamp verwandelst und Samstag vor 13 Uhr nicht aufstehst«, sagte Franka gespielt entrüstet.

Erneut lachten beide.

Franka gab Claudia immer das Gefühl, hübsch und begehrt zu sein. Claudia selbst hielt sich für unattraktiv. Vielleicht sogar ein bisschen bieder.

Sie war 1,69 Meter groß und hatte schulterlange, glatte braune Haare, die wie mit einem Lineal gezogen alle auf gleiche Länge geschnitten waren. Ihr Gesicht war schmal und mit einer spitzen Nase versehen. Darauf thronte eine ovale randlose Brille. Ihre Figur bezeichnete sie selbst immer als knochig. Sie war extrem dünn, hatte kleine Brüste und einen flachen Hintern.

Ganz im Gegensatz zu ihrer Erscheinung war ihr Mundwerk alles andere als zurückhaltend. Sie war nicht vorlaut oder frech, aber sie redete gern. Außerdem hatte sie das Talent, aus einfachen Dingen reißerische Geschichten zu konstruieren. Zudem war sie ungemein schlagfertig, wofür sie von Franka bewundert wurde. Daher rührte auch ihr Erfolg im Vertrieb. Nach Ansicht ihrer Freunde wäre sie dazu fähig, dem Teufel ein Feuerzeug zu verkaufen.

Franka war, was das Aussehen anging, genau das Gegenteil von Claudia. Sie war klein, füllig und spielte gerne mit ihren Reizen. Sie trug mit Vorliebe weit ausgeschnittene Shirts oder Blusen und dazu hautenge Hosen. Ihr Gesicht war rund, die Wangen hatten eine gesunde rosa Farbe. Sie hatte große grüne Augen und volle Lippen. Allerdings war sie lange nicht so wortgewandt wie Claudia. Sie drückte sich derart plump aus, dass sie von vielen für grob oder dümmlich gehalten wurde. Und sie sprach im Normalfall immer genau das aus, was sie gerade dachte. Was ihr schon des Öfteren Schwierigkeiten eingebracht hatte.

Die S-Bahn hielt in Kornwestheim an, und die Türen öffneten sich. Herein kam ein dürrer Kerl mit langen schwarzen Haaren, schätzungsweise 20 Jahre alt. Am Haaransatz war zu erkennen, dass er seine Haare schon länger nicht mehr gefärbt hatte. Ein Streifen dunkelblond war deutlich sichtbar. Er war komplett in Schwarz gekleidet. Schwarze Hose, schwarzer Pullover mit der weißen Aufschrift ›Ja, ich spiele Gewaltspiele‹ und ein schwarzer Ledermantel.

»Schau dir mal den Typen an. Der geht hundert Pro auf einen Friedhof und beißt Hühnern bei lebendigem Leib den Kopf ab«, flüsterte Franka.

Claudia verzog angewidert das Gesicht.

Das musste er gehört haben, da er sich im Vorbeigehen den Mädchen zuwandte. Dabei funkelte er Franka böse an. In einiger Entfernung zu den beiden Mädchen stellte er sich vor eine Tür.

»Hast du das gesehen? Der trägt hellblaue Kontaktlinsen«, zischte Claudia. »Der Kerl ist mir unheimlich.« Dabei schüttelte sie sich, als wenn ihr plötzlich kalt geworden wäre.

»Der glotzt voll zu uns rüber«, flüsterte Franka. Sie ließ den jungen Mann nicht aus den Augen.

»Starr da nicht so hin«, fuhr Claudia ihre Freundin an.

Franka zuckte mit den Schultern. »Schau ihn dir doch an. So einen Kerl muss man doch beobachten. Wer weiß, was dem im Kopf rumgeht.«

Widerwillig drehte sich Claudia zu dem jungen Mann um.

»Der Typ ist in der Schule sicher immer von seinen Mitschülern ...« Claudia brach mitten im Satz ab, als der Junge etwas Schwarzes, Langes unter seinem Mantel hervorzog. Sie hielt den Atem an. Gebannt starrte sie auf die schwarze Hülle, die aussah, als ob sich ein Gewehr darin befände. Vor ihrem inneren Auge spielte sich ein Film ab, den sie selbst in der jüngsten Vergangenheit erlebt hatte.

Dann sah sie, wie er von dem schwarzen Rohr den weißen Kunststoffdeckel abnahm und ein eingerolltes Stück Papier herauszog.

Langsam ließ sie die Luft aus ihren Lungen entweichen.

»Wie dumm«, sagte sie mehr zu sich selbst.

»Was ist dumm?«, fragte Franka.

Claudia winkte seufzend ab. »Ach nichts. Ich hab mich gerade zu Tode erschreckt, nur weil der Grufti eine Plakatrolle aus seinem Mantel gezogen hat. Ich dachte, es wär 'ne Waffe.«

»Dir geht immer noch die Sache von vor zwei Monaten nach, ja?«

»Ist ja auch irgendwie verständlich, oder?«

Zwei Monate zuvor hatte Claudia in einer Geschäftsstelle des Unternehmens Akquisetelefonate bei potenziellen Neukunden durchgeführt. Sie saß in ihrem Büro, welches durch einen kurzen Flur mit einem weiteren Büro verbunden war. Plötzlich hörte sie, wie eine ihrer Kolleginnen panisch schrie. Kurz darauf splitterte Holz. Männergebrüll dröhnte durch die Räume. Dazwischen kreischende und heulende Frauenstimmen, gefolgt von dem ohrenbetäubenden Geräusch von zersplitterndem Glas. Dumpfe Schläge ließen den Boden unter ihren Füßen erzittern. Bevor sie auch nur an Flucht denken konnte, stand ein großer Mann in der Tür zu ihrem Büro. In seinen Händen hielt er eine große Axt. Zwischen ihr und dem Mann befanden sich nur ihr Schreibtisch und der Flachbildschirm ihres Computers. Erschrocken rollte sie mit ihrem Bürostuhl zurück. Im selben Moment krachte die Axt auf den Monitor. Die Wucht des Aufpralls zertrümmerte den Bildschirm. Plastiksplitter schwirrten wie Geschosse durch die Luft und zerkratzten ihr das Gesicht. Die Axt verkantete sich im Tisch. Claudia sprang auf und versuchte, irgendwie aus dem Büro zu kommen. Der Mann bemerkte ihren Plan und bekam sie im letzten Moment am Arm zu fassen. Mit der freien Hand riss er die Axt aus dem Tisch. Die blitzende Klinge hielt er ihr an den Hals. Mit dem Schaft der Axt drückte er gegen ihren Körper und presste sie so an sich. Ihr stieg sein nach Alkohol und Zigarettenrauch stinkender Atem in die Nase. Sein Körper roch, als wenn er sich seit längerer Zeit nicht gewaschen hätte.

»Was wollen Sie?«, kreischte sie.

»Ich will mein Geld. Ihr Schweine sollt mir mein Geld zurückgeben, sonst bring ich hier alle um!«, brüllte der Mann. Er hatte einen starken Akzent, vermutlich ein Osteuropäer.

Dann stürmte die Polizei den Flur. Zwei Beamte postierten sich direkt hinter dem Türrahmen zu ihrem Büro. Sie richteten ihre Dienstwaffen auf Claudia und den Mann.

»Polizei, Waffe runter!«, rief einer der Beamten.

»Ich will mein Geld, ihr Schweine!«, wetterte der Mann erneut.

»Legen Sie die Axt weg und lassen Sie die Frau frei. Dann können wir über alles reden«, sagte der Polizist ruhiger als zuvor.

Claudia wusste später nicht mehr, wie lang es gedauert hatte, bis der Mann die Axt schließlich hatte sinken lassen. Sie konnte sich aber genau daran erinnern, wie er in Tränen ausgebrochen war und sich widerstandslos von den Polizisten hatte verhaften lassen.

Es stellte sich heraus, dass es sich bei dem Mann um einen selbstständigen Paketfahrer handelte, der sein Erspartes in einen scheinbar todsicheren Fonds investiert hatte, der später jedoch den Bach runtergegangen war. Das Geld war weg und damit seine einzigen Ersparnisse. Claudia war im Anschluss an den Überfall eine Zeit lang in psychologischer Behandlung gewesen, hatte den Vorfall laut ihrer Ärztin aber gut weggesteckt. Manchmal jedoch überkamen sie immer noch Panikattacken.

Die Bahn polterte über die sich scheinbar endlos aneinanderreihenden Weichen kurz nach dem Stuttgarter Nordbahnhof.

Franka schaute Claudia besorgt an. In ihren Augen war sie nach dem Vorfall viel zu früh zur Arbeit zurückgekehrt.

»Musst du noch oft daran denken?«, fragte sie ihre Freundin.

»Jeden Tag«, antwortete Claudia leise. Ihr Blick ging durch das Fenster ins Leere. Die beiden Frauen schwiegen.

Durch das Geruckel der Bahn wurde Franka auf ihrer Bank hin und her geschaukelt. Plötzlich hatte sie ein seltsames Gefühl in der Magengegend. Es war heiß und kalt zugleich.

Sie schaute Claudia an, die ihr mit weit aufgerissenem Mund gegenüber saß. Verwirrt blickte sie sich im Wagen um. Die Bahn war zwischenzeitlich im Hauptbahnhof eingefahren. Die Türen waren geöffnet. Einige Fahrgäste verließen oder betraten den Waggon. Andere schauten mit Panik verzerrten Gesichtern auf sie. Frankas Blick suchte den Jungen, über den sie sich gerade noch wegen seines Aussehens lustig gemacht hatte. Sie konnte ihn nirgends finden.

Sie sah wieder Claudia an, die jetzt beide Hände auf den Mund presste. Franka wollte Claudia fragen, was los sei, sie brachte aber keinen Ton über die Lippen. Stattdessen spürte sie, wie etwas Warmes aus ihrem Mund quoll. Reflexartig wollte sie ihre Hand an den Mund halten, um es aufzuhalten. Sie konnte ihre Arme jedoch nicht bewegen.

Sie bemerkte, dass Claudia schreckensbleich auf ihren Unterleib starrte. Langsam senkte Franka den Kopf. Alles war rot. Ihr rosa Oberteil, die neue Hose, sogar die Schuhe und die Sitzbank glänzten nass.

Mit einem Mal spürte sie einen Schmerz im Bauch, als wenn ihr jemand mit einer glühenden Zange die Eingeweide herausreißen würde. Niemals zuvor hatte sie solche

Schmerzen verspürt. Ihr ganzer Körper begann unkontrolliert zu zittern. Der Schmerz raubte ihr sämtliche Gedanken. Ihr Gehirn war nicht mehr fähig, festzustellen, was passiert war. Das Brennen in ihrem Unterleib wand sich wie ein lodernder Wurm durch ihren Körper. Er fraß sich durch ihre Lunge und ihr Herz bis in ihr Gehirn, wo er ihre Sinne zur Explosion brachte.

III

Wie oft muss ein Herz brechen, bis es zu Eis erstarrt? Brechen konnte es, das wusste er nur zu gut. Wie oft schon war er enttäuscht, übergangen, nicht ernst genommen worden. Die Leistung anderer war immer besser gewesen als seine eigene. Egal, was er auch tat, er war nie gut genug gewesen.

Bereits früh in seiner Kindheit hatte er außergewöhnlich gut Klavier spielen können. Er war sicher kein Wunderkind, aber doch besonders. Er spielte Mozart, Chopin und Schubert – und immer schwang ein Hauch seiner eigenen Interpretation der Stücke mit. Auf Seniorenfeiern, Schulfesten und offiziellen Stadtveranstaltungen wurde er als kleiner Star herumgereicht. Die Menschen waren fasziniert von seinem Spiel und oft tief berührt von der Fülle an Emotionen, die er in seine Darbietung legte.

Seine Eltern hingegen waren immer mehr daran interessiert gewesen, wie umwerfend der Junge einer Bekannten in seinem Anzug aussah, wenn er zu seinen Treffen von Jungpolitikern ging. Der wird es richtig weit bringen, hatte er sich oft von ihnen anhören müssen. Dass sie selbst ein Kind mit vielleicht viel größerem Potenzial in ihren eigenen vier Wänden hatten, hatten sie scheinbar nicht bemerkt.

Ja, ein Herz kann brechen – sehr oft sogar. Aber was geschieht danach?, fragte er sich. Erstarrt es wirklich zu Eis? Wie furchtbar es sich anfühlt, wenn das Herz gebrochen wird, das wusste er genau. Unzählige Male hatte er den Schmerz gespürt. Wobei das Wort ›Schmerz‹ den Zustand, in dem er sich dann befand, nicht ganz umfasste. Es war mehr eine seelische Bewusstlosigkeit, die ihn in diesen Momenten ergriff. Und was ist der Mensch ohne Seele? Nur noch eine leere Hülle. Die Hülle kann arbeiten, essen, trinken, schlafen und laufen. Sie kann aber nicht singen, tanzen, lachen oder lieben.

Was ist das Leben dann noch wert? Wird man gefühlskalt, distanziert oder unbarmherzig?

Und nun war er der Racheengel der gebrochenen Herzen geworden. Bei diesem Gedanken musste er unvermittelt lachen. Was für ein Schmalz triefender Vergleich.

Nein, er war nur der Helfer, den er nie hatte. Derjenige, der zur Stelle war, wenn jemand wegen seelischer Bewusstlosigkeit unfähig war, zu handeln.

War er noch Mensch oder schon eine Maschine? Er schüttelte den Kopf. Nein, eine Maschine war er nicht. Ansonsten hätte er gerade nicht gelacht. Aber wenn er keine Maschine war, dann dürfte er auch nicht gefühlskalt und unbarmherzig sein. Er verspürte aber bei dem, was er tat, keine Gefühle – keine Reue oder gar Mitleid; zumindest nicht den Tätern gegenüber. Es musste ganz einfach erledigt werden, und er fühlte sich dazu berufen. Fühlen, das war es, was den Menschen von der Maschine unterschied. Also war er keine Maschine, sondern ein Mensch mit Seele, der zwischen Gut und Böse, Falsch und Richtig unterscheiden konnte.

IV

Die Klänge der Gitarre waren hart wie Metall. Der Bass brachte die Hosenbeine der Zuhörer zum Flattern. Das Schlagzeug, das mit brachialem Druck die Mägen der Menschen vor der Bühne weichklopfte, gab den Takt der Musik vor.

André Bürkle war in seinem Element. Er stand, mit seiner Gitarre um den Hals gehängt, in der Mitte der Bühne direkt hinter seinem Mikrofonständer. Rechts neben ihm stand der Keyboarder, der tragende Klänge unter die ansonsten harten und abgehackten Rhythmen der Band setzte. Links neben Bürkle stand der Bassist. Die große elektrische Bassgitarre wirkte in seinen Händen in Relation zu seiner Körpergröße überdimensioniert.

Der Schlagzeuger unterbrach mit einem schnell abgestoppten Schlag auf ein Becken das Stück. Das einzige Instrument, das weiterspielte, war die Gitarre.

Mist, dachte Bürkle. Wieder den Break verpasst.

Er konnte sich diese Pause einfach nicht merken. Wobei er bei den Proben zu dem Song selbst den Vorschlag gemacht hatte, am Ende des Riffs zwischen Refrain und

Vers eine Pause einzubauen. Bei dem gespielten Lied handelte es sich um den alten Dio-Klassiker ›Holy Diver‹.

Begeistert von den vielen Zuhörern, die sich für seine Band interessierten, schweifte sein Blick über die Menge. Er war überwältigt von den vielen Menschen, die gekommen waren um ihre Musik zu hören. Insgesamt fasste der Raum an diesem Abend etwa 130 Besucher. Ausgelegt war der Keller lediglich für 100 Personen. Dementsprechend groß war das Gedränge. Es herrschte eine ausgelassene und fröhliche Stimmung. Alle sangen und tanzten, lachten oder genossen einfach die Musik.

Bürkle spürte einen gewissen Stolz, als er sich umschaute. Gemeinsam mit seiner Band Roxxy organisierte er einmal jährlich dieses Konzert im Schlosskeller der Stadt Marbach am Neckar. Nun schon zum sechsten Mal. Und immer waren die Konzerte ausverkauft.

Schnell gab er sich wieder völlig seiner Musik hin. Seine Finger flogen regelrecht über die Saiten der weinroten Paul-Reed-Smith-Gitarre. Er ging leicht in die Knie und lehnte sich ein Stück zurück.

Plötzlich durchfuhr ihn ein stechender Schmerz, der von seiner linken Schulter ausging. Einen Wimpernschlag später ebbte der Schmerz jedoch wieder ab – wie jedes Mal. Nur das eine Lied noch, dachte Bürkle. Dann war Pause, und er konnte seiner lädierten Schulter ein wenig Ruhe gönnen. Das Publikum applaudierte begeistert, nachdem sie den Schlussakkord gespielt hatten. Der Keyboarder gab über sein Mikrofon die Pause bekannt, wofür er ein enttäuschtes »Oohh« aus den Reihen der Zuschauer erntete.

Etwas ungelenk streifte sich Bürkle den Gurt der Gitarre über den Kopf. Dann ging er von der Bühne und durch die Menschenmenge. Einige klopften ihm begeistert auf die Schulter. Es herrschte rundum eine gelöste und ausgelassene Stimmung. Bürkles Hals war wie ausgetrocknet. Dummerweise hatte er zu Beginn des Konzertes vergessen, Wasser mit auf die Bühne zu nehmen. Deshalb steuerte er geradewegs auf die Bar zu.

»Hey, Jo, mach mir mal ein schönes kaltes Weizen«, rief er dem jungen Barkeeper zu.

Der zwinkerte ihm freundlich zu und machte sich sofort am Kühlschrank unter dem Tresen zu schaffen. Eine junge Frau mit goldblonden Haaren, die neben dem Barkeeper stand, verzog ihr Gesicht zu einem breiten Grinsen, als sie Bürkle sah. Dabei reckte sie begeistert beide Daumen in die Höhe, als wenn sie sagen wollte ›läuft super heute‹.

Bürkle wollte der überaus gut aussehenden Frau gerade etwas zurufen, als er hinter sich eine vertraute Stimme hörte: »Würde Ihren Stimmbändern nicht eher ein heißer Tee mit Honig gut tun?«

Er drehte sich um. Hinter ihm stand eine hochgewachsene Frau. Sie trug hochhackige, elegante Lederschuhe, einen hellbraunen Wildlederrock, der ihr bis zu den Knien reichte, eine weiße Bluse und eine zum Rock passende taillierte Jacke.

Nicht schlecht, dachte Bürkle.

»He, ich bin Rock'n'Roller. Tee wäre mein Tod«, gab er übertrieben cool zurück.

Sie schaute ihn mit hochgezogenen Augenbrauen an. Ein verschmitztes Lächeln umspielte ihre Lippen.

»Antonia, es freut mich, dass Sie gekommen sind«, sagte Bürkle zu der jungen Frau.

»Ich kann mir doch nicht entgehen lassen, wenn mein Kollege sein legendäres Konzert im Schlosskeller zu Marbach gibt«, sagte sie und lehnte sich an den Bartresen. »Mir wurde gesagt, dass hier Roxxys bestes Konzert des Jahres gespielt wird.«

»So? Sagt man das?« Bürkle schaute verlegen zu Boden. Komplimente waren etwas, mit dem er schwer umgehen konnte. Schnell wechselte er das Thema: »Möchten Sie etwas trinken? Geht selbstverständlich aufs Haus.«

»Wenn Sie mich so fragen, ich würde auch ein kaltes Weizenbier nehmen«, sagte Ronda.

»He, Jo, mach noch ein Weizen. Geht auf mich«, rief Bürkle abermals über die Theke. Der junge Mann mit den kurz geschorenen Haaren und dem Lippenpiercing hob kurz den Zeigefinger, um zu fragen, ob er ein Glas haben möchte. Durch die laute Pausenmusik war es schwer, sich in dem Raum über weitere Entfernungen zu unterhalten.

Bürkle nickte.

Der gehobene Zeigefinger bog sich in die Horizontale und zeigte auf Ronda. Kurz darauf reckte der Barkeeper, begleitet von einem zustimmenden Kopfnicken, den Daumen in die Höhe.

Bürkle rollte mit den Augen und winkte ab.

Antonia Ronda und André Bürkle waren seit guten drei Monaten Kollegen bei der Polizei in Stuttgart. Bevor Ronda nach Stuttgart gewechselt hatte, war sie Kommissarin bei der Kriminalpolizei in Göppingen gewesen. Kennengelernt hatten sie sich, als der LKA-Beamte Bürkle gegen einen Serienmörder ermittelte, der seine Opfer wahllos mithilfe von Google-Street-View ausgesucht hatte. Eine Spur, die sich später als falsch herausstellte, führte damals nach Göppingen. Im Lauf der Ermittlungen machten Bürkle und Ronda gemeinsam Jagd auf den Killer. Dabei wurden beide bei einer Schießerei verletzt. Ronda nur leicht, Bürkle umso schwerer. Nachdem er aus dem Krankenhaus entlassen worden war, war er von der Dienststelle Freudenstadt nach Stuttgart gewechselt. Auch Ronda hatte es von der verträumten Stadt Göppingen am Rande der Schwäbischen Alb in die Landeshauptstadt gezogen. Sie war nun Kriminalkommissarin bei der Polizei in Stuttgart und als Sonderermittlerin in der Abteilung ›Einsatz- und Ermittlungsunterstützung‹ des Landeskriminalamtes Baden-Württemberg tätig.

Ronda mochte Bürkle. Manchmal vermutete sie, dass dies einer der Gründe war, warum sie das Angebot aus Stuttgart angenommen hatte. Auch Bürkle konnte Ronda gut leiden. Allerdings betrachtete er sie, ganz im Gegensatz zu ihr, als guten Kumpel.

Bürkle war zwar bereits seit einiger Zeit geschieden und lebte in keiner festen Beziehung, aber Ronda war einfach nicht sein Typ. Er konnte es nicht richtig fest machen, was ihn an ihr störte. Vielleicht war es etwas an ihrer Art, vielleicht war es, weil sie Kollegen waren. Vielleicht lag es aber einfach nur an den Haaren. Ronda hatte leuchtend rote, dicke Haare, die ihr selbst überhaupt nicht gefielen. Nachdem sie vor einer Weile voller Wut sich selbst die Haare geschnitten hatte, konnte man das, was sie auf dem Kopf trug, nicht mehr Frisur nennen. Ihre Haare standen wild vom Kopf ab – ohne bestimmte Richtung oder einheitliche Länge.

Seit sich die beiden kennengelernt hatten, waren Rondas Haare bereits wieder etwas gewachsen, was die Frisur jedoch nur unwesentlich verbesserte. An diesem Abend versteckte sie die Katastrophe in Rot unter einer Art Baskenmütze aus dickem braunem Cordstoff. Lediglich am Nacken konnte man erahnen, welches Desaster sich unter der Mütze verbarg. Bürkle befand, dass Ronda an diesem Abend überraschend gut aussah. Der Braunton ihrer Aufmachung passte seiner Ansicht nach gut zu ihrer Hautfarbe und ihren Sommersprossen. Da man nicht von den Haaren abgelenkt wurde, kam ihr schmales, scharf geschnittenes Gesicht gut zur Geltung.

»Antonia, ich muss Ihnen ein Kompliment machen. Sie sehen heute sehr gut aus«, sagte er aufrichtig.

Rondas Gesicht lief knallrot an; eine Eigenart von ihr.

»Danke«, gab sie verschämt zurück. Dabei schaute sie ihn mit verträumtem Blick an.

Jo rettete die beiden aus diesem peinlichen Moment, indem er die Gläser vor sie hinstellte mit den Worten: »Hey, Kollege, lass es dir schmecken!«

»Na dann, Prost, Mister Rock'n'Roll.« Sie hielt Bürkle ihr Glas entgegen, um mit ihm anzustoßen.

»Noch mal vielen Dank, dass Sie gekommen sind«, sagte Bürkle. Ungelenk nahm er das Glas in die rechte Hand.

Ronda tippte mit ihrer freien Hand auf ihre linke Schulter. »Tut immer noch weh, was?«

»Na ja, manchmal mehr, manchmal weniger.«

Bei der Schießerei, in die sie beide verwickelt gewesen waren, war er lebensgefährlich an der Schulter verletzt worden. Schrot hatte ihm das Schultergelenk zerfetzt und die Hauptschlagader im Arm getroffen. Auch Ronda trug seit dem Vorfall ein bleibendes Andenken mit sich. Die Kugel aus der Waffe eines Kollegen hatte – bevor sie den letzten Angreifer unschädlich machen konnte – sie am Ohr gestreift. Seitdem hatte sie an ihrer linken Ohrmuschel eine Kerbe. Bürkle musste bei dem Anblick immer an seinen verstorbenen Kater Rambo denken, der aus unzähligen Revierkämpfen ähnliche Spuren davongetragen hatte.

Beide nahmen einen großen Schluck von ihrem Bier.

Wenige Minuten später kehrten die vier Musiker auf die Bühne zurück. Sie stimmten eine melodische Instrumentalballade an. Bürkles Gitarre spielte die Hauptrolle.

Ronda suchte sich einen Platz im Raum, von wo aus sie Bürkle möglichst ungestört beobachten konnte. Vor dem Mischpult gegenüber der Bar blieb sie stehen. Sie war fasziniert, wie gekonnt Bürkle seine Gitarre zum Singen brachte. Welch wunderschöne Tonfolgen er dem Instrument entlockte und wie unbeschwert er sich der Musik hingab. Ronda fühlte sich, als würde sie im Klang der Töne schweben. Die Musik hüllte sie vollkommen ein. Die Klänge zogen sie in weit entfernte Dimensionen, in denen die hohen Töne der Gitarre wie Kolibris um ihren Kopf schwirrten. Der wirre Traum des Nachmittags war verflogen, jedoch nicht ohne Spuren zu hinterlassen. Eine bleierne Müdigkeit machte sich in ihr breit. Die letzten Tage waren anstrengend gewesen.

Wie ein Wesen, das nicht in diese Welt gehörte, drängte sich plötzlich ein unangenehmes Vibrieren immer tiefer in ihr Bewusstsein. Langsam fügte sich in ihrem Kopf ein Bild zu dem Vibrieren. Ihr Handy klingelte. Mit einem Blick auf die angezeigte Rufnummer erkannte sie, wer der Anrufer war.

»Scheiße«, entfuhr es ihr, als sie sich hastig zur Ausgangstür aufmachte. Um aus dem Keller zu kommen, musste sie eine lange Treppe hinaufgehen. Sie nahm zwei Stufen auf einmal. Oben angekommen öffnete ihr ein massiger Türsteher die Tür hinaus auf die Straße. Vor dem Eingang legte sie den Kopf in den Nacken und kniff die Augen fest zusammen.

»Bitte nicht heute Abend«, zischte sie. Dann hob sie ab. »Ronda«, sagte sie kurz angebunden.

»Guten Abend, Frau Ronda, mein Name ist Katrin Scholz. Ich rufe vom Pflegeheim Lotus in Göppingen an. Es geht um Ihre Mutter.«

»Was ist los?«

»Sie ist … Sie war …«

»Was ist los?«

»Wir können sie nicht finden«, sagte die jung wirkende Stimme am anderen Ende der Leitung.

»Was, ist sie schon wieder ausgebüxt? Wie konnte das denn passieren?«

»Bitte kommen Sie her. Wir werden Ihnen alles erklären«, flehte die Stimme sie an.

»Ich komme.« Ronda legte ohne ein weiteres Wort auf. Sehnsüchtig schaute sie Richtung Keller.

»Wollen Sie wieder rein?«, fragte der kahlköpfige Türsteher, der eine überraschend sanfte Stimme hatte.

»Nein«, seufzte Ronda, »leider nicht.«

Ronda trottete zu ihrem Wagen, der auf einem Parkplatz an der Rückseite des zum Schlosskeller gehörenden Gebäudes stand.

Nachdem sie in ihren alten grünen Nissan Almera eingestiegen war, lehnte sie sich im Sitz zurück. Sie schloss die Augen und atmete tief durch.

Rondas Mutter hatte nach dem Tod ihres Ehemannes vor drei Jahren allein in ihrem kleinen Häuschen in der Nähe von Göppingen gelebt. Eines Tages rief eine besorgte Nachbarin bei Ronda auf der Polizeidienststelle an. Sie bat sie, so schnell als möglich zum Haus ihrer Mutter zu kommen. Dort angekommen fand sie ihre Mutter nur mit einem Morgenmantel bekleidet auf einer Parkbank sitzend vor. Nachbarn versuchten, ihr Decken überzulegen, die sie sich aber immer wieder abstreifte. Bei dem Versuch, sie ins Haus zurückzubringen, schlug sie wild um sich. Einen Nachbarn hatte sie sogar in den Arm gebissen. Es war ein eisig kalter Tag im Januar. In der Nacht zuvor hatte es stark geschneit. Rondas Mutter war bereits unterkühlt und zitterte am ganzen Körper. Ihr Gesicht war blau angelaufen; ihre frisch gewaschenen Haare steifgefroren. Nachdem Ronda es geschafft hatte, ihre Mutter zurück ins Haus zu bringen, rief sie sofort einen Notarzt an. Ihre Mutter brabbelte in der Wartezeit unverständliche Dinge. Sie schien völlig abwesend zu sein. Auf die Frage, was sie denn auf der Bank gewollt hatte, antwortete sie, dass sie auf den Bus in die Schule gewartet hatte. Ronda fragte ihre Mutter, warum sie sich denn nicht angezogen hatte, bevor sie hinausgegangen war. Sie schaute an sich hinunter und meinte überrascht, das hätte sie vergessen. Im Krankenhaus angekommen wurde ihre Mutter sofort versorgt und aufgepäppelt. In späteren Untersuchungen wurde bei ihr ein tennisballgroßer Tumor festgestellt, der starken Druck auf ihr Gehirn ausübte. Daher rührten die Ausfallerscheinungen und Gedächtnisverluste. Ronda fragte, ob der Tumor operiert werden könnte. Die Antwort war eindeutig.

Nein.

Dafür war der Tumor zu groß, und außerdem war seine Lage ungünstig. Daher schied auch eine Bestrahlung aus. Es bestand die Gefahr, bei der Operation oder der Bestrahlung lebenswichtige Bereiche des Gehirns zu verletzen. Auch eine Chemotherapie würde nichts bringen, da der Quell des Übels damit nicht ausreichend bekämpft werden konnte. Nach Auskunft der Ärzte hatte ihre Mutter noch maximal drei Monate zu leben. Diese Aussage traf Ronda wie ein Fausthieb. Ihre Mutter war erst 67 Jahre alt. Viel zu jung, um zu sterben.

All das hatte sich vor neun Monaten ereignet.

Seitdem verbrachte Rondas Mutter ihren Lebensabend in einem Pflegeheim am Stadtrand von Göppingen. Ihre Gedächtnisverluste nahmen zu. Sie wandelte mitten in der Nacht umher und suchte ihren verstorbenen Mann. Sie beschimpfte die Pflegerinnen, im Glauben, dass es sich um ehemalige Klassenkameradinnen handelte, die ihre Sachen klauen wollten. Oder sie brüllte bei Besuchen ihres Arztes das Pflegeheim zusammen, weil sie meinte, der Mann wolle ihr an die Wäsche gehen. Da sie eine gläubige Frau war, besuchte sie der Pfarrer ihrer Gemeinde regelmäßig. Zumindest bis zu dem Tag, an dem sie ihm ins Gesicht gespuckt hatte, weil sie ihn für den Leibhaftigen hielt.

Oft saß Rondas Mutter den ganzen Tag auf einem Stuhl im Besucherraum und schaute aus dem Fenster. Ihre Handtasche hatte sie dabei immer auf dem Schoß. Wenn sie es nicht vergaß, trug sie ein graues Kostüm und einen Hut. Sie konnte so stundenlang ausharren – wartend auf einen Zug, der nie kommen würde, mit einem Mann darin, der schon lange tot war.

Auch wenn es Ronda beinahe das Herz zerriss, besuchte sie ihre Mutter dennoch, so oft es ging. Meistens brachte sie ihr Blumen oder ihre Lieblingspralinen mit. Manchmal hatte sie Glück und wurde von ihrer Mutter erkannt. Meistens aber musste sich Antonia Ronda eingestehen, nachdem sie sich kurz mit ihrer Mutter unterhalten hatte, dass diese sich weit weg an einem anderen Ort zu einer anderen Zeit befand.

Seit einiger Zeit begnügte sich Rondas Mutter nicht mehr damit, auf den imaginären Zug zu warten. So kam es, dass sie bereits mehrere Male gesucht werden musste.

Abgehetzt kam Antonia eine Stunde, nachdem sie in Marbach losgefahren war, im Pflegeheim ihrer Mutter an. Am Empfang warteten bereits einige Leute auf sie. Zwei Schwestern in typischer Pflegeheim-Kleidung, ein pickliger junger Mann mit ungekämmten längeren Haaren und ein Mann in einem teuer aussehenden schwarzen Anzug. Alle schienen reichlich angespannt zu sein.

»Haben Sie meine Mutter gefunden?«, bellte Ronda ohne Umschweife los, nachdem sie sich vor den Leuten aufgebaut hatte.

Der ältere Herr im Anzug trat vor. »Frau Ronda, beruhigen Sie sich. Wir haben bereits Leute losgeschickt, die nach Ihrer Mutter suchen. Weit kann sie nicht gekommen sein.«

»Wofür bezahle ich eigentlich jeden Monat eine ganze Stange Geld?« Ronda war stinksauer. Das war bereits das dritte Mal, dass ihre Mutter abgehauen war. Beim letzten Mal hatte Ronda damit gedroht, das Heim wegen Unterlassung der Fürsorgepflicht zu verklagen. Danach waren vonseiten der Heimleitung verschiedene Maßnahmen ergriffen worden, damit so etwas nicht noch einmal vorkam. Unter anderem wurde Rondas Mutter bei Spaziergängen immer von einem Pfleger begleitet. Zusätzlich bekam sie einen GPS-Sender um das Handgelenk, damit sie immer auffindbar war.

»Regen Sie sich nicht auf. Wir finden Ihre Mutter«, sagte der Mann im schwarzen Anzug.

»Haben Sie ihr GPS-Signal bereits geortet?«, fragte Ronda.

»Noch nicht. Wir vermuten, sie hält sich irgendwo im Haus auf«, sagte eine andere Stimme.

Ronda drehte sich zu der Stimme um und schaute dem

jungen Mann ins Gesicht. Sie vermutete, dass er dem Alter nach ein Auszubildender war.

»Haben Sie schon alles abgesucht?«, fragte Ronda in die Runde.

Betretenes Schweigen.

»Warum stehen Sie dann hier rum? Das hätten Sie schon lange machen können!«

Im selben Moment klingelte ihr Handy. Ronda spürte, wie ihr Herz bis zum Hals klopfte. Vor Anspannung kribbelte ihr ganzer Körper. Sie konnte nur schwer dem Drang widerstehen, laut ins Telefon zu brüllen. »Ronda«, blaffte sie in den Hörer.

»Hallo, Antonia, hier ist Stefan. Ich weiß, du hast heute frei, aber ich glaube, du solltest kommen«, sagte eine tiefe Männerstimme am anderen Ende der Leitung.

Ronda atmete hörbar aus.

Auch das noch.

Heute war ihr einziger freier Tag in dieser Woche, und ausgerechnet jetzt wurde sie auch noch zu einem Einsatz gerufen.

»Ich kann nicht. Ich bin bei meiner Mutter in Göppingen. Könnt ihr das denn nicht ohne mich regeln?«, fragte sie.

»Hör zu. Irgendein Spinner hat heute Abend in einer S-Bahn auf Fahrgäste geschossen. Ein Mensch ist tot, Dutzende stehen unter Schock.«

»Ein Amokläufer?« Ronda spürte plötzlich einen dicken Kloß im Hals.

»Das wissen wir nicht. Wir haben weder den Täter noch haben wir irgendeine Beschreibung von ihm.«

»Hat denn niemand was gesehen?«

»Es hat nicht mal jemand einen Schuss gehört. Als die

Fahrgäste bemerkt haben, dass jemand getroffen wurde, waren sie schon im Hauptbahnhof angekommen.«

Der Kollege am Telefon legte eine kurze Pause ein. Mit drängender Stimme fügte er hinzu: »Antonia, bitte komm her. Wir brauchen dich.«

»Stefan, ich kann nicht. Meine Mutter ist mal wieder aus dem Pflegeheim davongelaufen. Ich muss sie suchen«, sagte Ronda fast flehend.

»Antonia, es könnten vielleicht noch mehr Menschen zu Schaden kommen.«

Hier auch, dachte Ronda. Und das ihrer Mutter. »Verdammt, Stefan, es geht nicht. Ich kann hier nicht weg. Außerdem habe ich vorher Alkohol getrunken.«

»Wie viel?«

Ronda schloss die Augen. Beruhige dich. Sie hatte nur ein Mal an dem Bier genippt. Ihren Zustand als dienstuntauglich zu bezeichnen, wäre stark übertrieben. »Nur einen Schluck Bier. Das tut aber nichts zur Sache. Ich kann nicht kommen. Meine Mutter ist verschwunden, und ich muss sie suchen helfen. Draußen ist es schweinekalt, und vermutlich ist sie mal wieder nur mit einem Bademantel oder ihrem Schlafanzug bekleidet unterwegs. Ich muss sie so schnell wie möglich finden.« Verzweiflung schwang in Rondas Stimme mit.

»Antonia, ich verstehe, dass du dir Sorgen um deine Mutter machst, aber das hier ist wirklich sehr dringend.«

Antonia bleib hart, sagte sie im Geiste zu sich selbst. Du kannst nicht immer nachgeben. Es gibt noch genug Polizisten außer dir in Stuttgart, die sich darum kümmern können.

»Also gut, ich komme.« Ronda legte auf.

Verdammt, das darf doch nicht wahr sein.

Sie brodelte innerlich wie ein Vulkan.

Immer das Gleiche. Warum kannst du nicht ein Mal Nein sagen? Das ist doch nicht so schwer.

Doch, gestand sie sich ein. Es war schwer. Für Ronda sogar verdammt schwer. Es bereitete ihr regelrecht körperliche Schmerzen. Sie konnte niemandem eine Bitte abschlagen. Sie war schon immer diejenige gewesen, die, egal wem, zu Hilfe eilte, wenn er nach ihr fragte. Schon oft war dieses Verhalten schamlos ausgenutzt worden, und jedes Mal schwor sie sich, den gleichen Fehler nicht noch einmal zu begehen. Doch sie tat es immer wieder. Das ärgerte sie zwar, aber sie konnte einfach nicht anders, als immer wieder nachzugeben.

Antonia, sagte sie sich, Schwamm drüber. Es bringt jetzt nichts, dich zu ärgern. Geh und mach deine Arbeit, aber achte darauf, dass die Leute hier auch ihren Job machen. Also wandte sie sich wieder dem Personal des Pflegeheims zu, das scheinbar neugierig ihr Telefonat mitgehört hatte. »Stehen Sie nicht rum. Suchen Sie verdammt noch mal nach meiner Mutter. Ich mache Sie persönlich dafür verantwortlich«, sie presste den Zeigefinger ihrer rechten Hand auf die Brust des Anzugträgers, »wenn meiner Mutter irgendetwas zugestoßen ist.«

Die Pflegerinnen schauten Ronda schockiert an, und der Herr im Anzug stand wie vom Donner gerührt da. Ronda blickte jedem der Anwesenden noch einmal tief in die Augen. Dann drehte sie sich um und verließ ohne ein weiteres Wort den Eingangsbereich des Pflegeheims. An ihrem Wagen angekommen, stieg sie ein, ließ den Motor an und fuhr los.

In ihrer Brust brannte ein Gefühl, welches sie nicht genau beschreiben konnte. Hatte sie ihre Mutter allein gelassen? Hätte sie als gute Tochter dableiben sollen, um nach ihr zu suchen? Was wäre, wenn sie ihre Mutter nicht finden würden? Oder noch schlimmer, wenn sie tot war? Das wollte sie sich gar nicht vorstellen. Dann schoss ihr ein weiterer Gedanke durch den Kopf. Jemand bringt Menschen in einer S-Bahn um und verschwindet einfach wieder. Sie spürte, wie die Nervosität in ihren Fingern kribbelte. Ihre Haut fühlte sich an, als würden Tausende von Ameisen über sie krabbeln.

Kein Wunder, erst hatte sie beinahe verschlafen, danach wurde sie von dem Konzert ihres Kollegen weggerufen, weil ihre Mutter verschwunden war. Dann wurde ihr mitgeteilt, dass ein Irrer in Stuttgarter S-Bahnen unterwegs war, und jetzt musste sie auch noch mitten in der Nacht an ihrem freien Abend von Göppingen nach Stuttgart rasen.

Unvermittelt trat Ronda auf die Bremse ihres Wagens. Quietschend kam er zum Stehen.

»Scheiße!«, schrie sie ihr Lenkrad an.

Sie war so in Gedanken versunken gewesen, dass sie die Gruppe Jugendlicher, die am Straßenrand entlanglief, nicht bemerkt hatte. Einer der Jungs war auf die Straße gestolpert, und Ronda hatte viel zu spät reagiert. Sie war nur Zentimeter vor ihm zum Stehen gekommen.

Wütend schlug er mit der flachen Hand auf die Motorhaube des Nissans.

»Pass doch auf, Mann«, schnauzte er sie an. »Bist du high, oder was? Du hättest mich fast über den Haufen gefahren.«

Ronda hob entschuldigend die Hände.

»Haben Sie sich verletzt?«, fragte sie hastig, während sie aus dem Wagen ausstieg.

»Ne, Mann, aber fast. Wolltest du mich eigentlich über den Haufen fahren oder was?« Der Junge streckte seine

Brust übertrieben stolz heraus und kam wie ein balzender Gockel auf Ronda zu.

Sie war sich nicht sicher, ob der Halbstarke, der jetzt fast bei ihr angekommen war, es bei reinen Drohgebärden belassen würde. Also setzte sie ein Bein nach vorn und eins nach hinten, um einen festeren Stand zu haben. Sie verlagerte ihr Gewicht auf das hintere Bein.

»Was soll das jetzt werden?«, fragte Ronda den Jungen, der einen Schritt weiter auf sie zu machte.

»Du kannst mich doch nicht einfach ungestraft umfahren«, sagte der Junge agressiv.

»Ich sollte Ihnen vielleicht sagen, dass ich Polizistin bin«, gab Ronda zurück.

»Klar, du hast doch nur Schiss Bitch.«

In dem Moment, in dem sie vermutete, der Junge würde sie eventuell an den Armen packen wollen, zog sie ihm die Beine weg. Damit er nicht auf den Boden fiel, hielt sie seine Arme fest umklammert.

Im Hintergrund hörte sie leises Kichern.

»He, Mann …«, beschwerte sich der Junge.

»Ruhe. Ich bin weder ein Mann noch hab ich Ihnen das Du angeboten. Ich frage noch einmal: Haben Sie sich verletzt?«

Der Junge sagte nichts – das Gelächter am Straßenrand wurde immer lauter.

»Ja oder nein?«, zischte sie ihn an. Dabei verdrehte sie dem Jungen das Handgelenk.

»Nein«, brachte er keuchend hervor.

Ronda half ihm dabei, sich wieder aufzurichten.

»Dann ist ja alles okay. Und jetzt weg von meinem Auto.«

Der Junge machte wütend einen Schritt zur Seite.

»Hier ist meine Karte. Leider kann ich den Unfall jetzt nicht aufnehmen, da ich zu einem Einsatz gerufen wurde. Bitte melden Sie sich bei meiner Polizeidienststelle, damit wir alles weitere regeln können.« Sie setzte sich in den Wagen, legte den ersten Gang ein und fuhr los.

Im Rückspiegel sah sie, wie er mitten auf der Fahrbahn stand und wild gestikulierend etwas hinter ihr herrief.

Was hast du da eben getan?, dachte sie. Ob das noch Ärger gab? Immerhin wusste sie nicht, ob der Junge wirklich auf sie losgehen wollte.

»Ach, und wenn schon«, sagte sie laut, um die aufkommenden Zweifel zu überspielen.

Sie schaltete das CD-Radio ein und drehte die Lautstärke auf. Aus den in die Jahre gekommenen Boxen quäkte der Song ›Life‹ von Des'ree.

Langsam spürte sie, wie sich die Anspannung ein wenig löste. Ihr Puls beruhigte sich wieder. Die Ameisen legten eine Wanderpause ein.

V

Marbach am Neckar
Sommer 1994

Fabian hatte die ganze Nacht kein Auge zugemacht. Heute war sein großer Tag. Die Abschlussfeier von der Realschule Marbach am Neckar.

Fabian war Musiker in der schuleigenen Musikband und spielte Klavier. Normalerweise hielt er sich gerne im Hintergrund und untermalte die Musik der Gruppe, doch bei den Proben zur Abschlussfeier hatte ihn sein Musiklehrer überredet, ein Solo zu spielen. Zuerst hatte Fabian abgelehnt, auf Drängen des Lehrers schließlich zugestimmt.

Sein Lehrer war überzeugt davon, dass Fabian das Musikstück ›Tears in Heaven‹ von Eric Clapton bestens meistern würde. Er hatte eigens für Fabian das im Original für eine Gitarre vorgesehene Stück für das Klavier umgeschrieben.

»Aber ich kann das doch gar nicht«, hatte Fabian damals zu seinem Lehrer gesagt.

Der antwortete ganz ruhig: »Fabian, ich bin von deinem Klavierspiel begeistert. Du spielst mit so viel Hingabe und Gefühl. Du wirst sehen, die Zuhörer werden hingerissen sein.«

»Und wenn ich mich verspiele? Dann lachen sicher alle.«

»Es wird niemand lachen. Versprochen.«

»Und wenn doch einer lacht?«

»Dann soll er sich auf der Bühne ans Klavier setzen und es besser machen. Du kannst das. Das weiß ich. Und ich weiß noch was: Deine Eltern werden vor Stolz platzen, wenn sie ihren Sohn spielen hören.«

»Glauben Sie?« Fabian schaute seinen Lehrer aus riesigen Augen an.

»Ich glaube es nicht, ich weiß es.« Er legte Fabian die Hände auf die Schultern und schüttelte ihn leicht. »Nur Mut. Du kannst das.«

Im Anschluss an die Unterhaltung verkroch sich Fabian beinahe jeden Tag stundenlang in den Musikraum. Er übte das Stück bis zum Umfallen. Immer und immer wieder.

Als er fand, er sei gut genug, um das Lied seinem Lehrer vorzuspielen, folgte dieser ihm in den Musikraum und setzte sich neben ihn auf die Sitzbank des Klaviers.

Fabian holte tief Luft. Dann schloss er die Augen und begann zu spielen.

Jede Bewegung passte, jeder Ton war genau an der Stelle, an der er sein musste. Ohne einmal hängenzubleiben oder die falsche Taste zu treffen, spielte er das Stück.

Als er fertig war, dauerte es eine Sekunde, bis er die Augen wieder öffnete.

Schnell huschte sein Blick zu seinem Lehrer. Der richtete seinen Blick auf die Hände von Fabian. Ohne aufzusehen, sagte er leise: »Das war wundervoll, Fabian.«

Dann hatte er zu klatschen begonnen.

Fabians Herz hatte gerast vor Freude.

Nun war der große Moment gekommen, auf den er hingearbeitet hatte. Der Saal, der etwa 400 Personen fasste, war bis auf den letzten Platz belegt. Das Licht der Bühne war gedimmt worden. Der schwarze Flügel stand in der Mitte der Bühne. Beleuchtet von einem einzelnen Spot.

Fabian ging aufgeregt hinter dem schweren Bühnenvorhang auf und ab. Er hörte sein Blut in den Ohren rauschen. Seine Hände waren schweißnass.

Der Rektor verkündete vom Rednerpult aus: »Hören Sie als nächstes Highlight Fabian Hutters Interpretation des aktuellen Charthits ›Tears in Heaven‹ von Eric Clapton.«

Applaus brandete auf.

Fabian schlug das Herz hart gegen den Brustkorb, als er den Vorhang zur Seite schob und langsam zum Flügel ging.

Darauf bedacht, nicht zu schnell zu gehen oder über

die alten Holzdielen der Bühne zu stolpern, schaute er vor sich auf den Boden. Um einen Blick auf das Publikum zu werfen, wäre er ohnehin viel zu aufgeregt gewesen. An seiner Sitzbank angekommen, setzte er sich vorsichtig hin und schüttelte seine Hände aus. Er stellte sich vor, er wäre nicht in diesem großen Saal, wo 400 Augenpaare auf ihn gerichtet waren. In seinen Gedanken war er im Musikraum der Schule. Neben ihm saß sein Musiklehrer. Er war der Einzige, der ihn hören konnte.

Dann drückte er die erste Taste.

Der Klang des Instruments durchflutete seinen Körper. Er konnte das vibrierende Holz des Bodens spüren.

Er spielte das Stück mit einer Leichtigkeit, die ihn selbst überraschte. Kein Fehler, keine falschen Pausen in der Tonfolge, keine Unsicherheit.

Als der letzte Ton verstummt war, applaudierten die Menschen im Saal begeistert. Einige standen von ihren Stühlen auf, worauf es ihnen die restlichen Zuhörer nachtaten.

Fabian ließ jetzt den Blick über die Leute schweifen. Der Scheinwerfer, der auf ihn gerichtet war, blendete ihn jedoch, weshalb er die Gesichter nicht erkennen konnte. Er wusste aber, dass irgendwo dort seine Eltern waren und gehört hatten, was er geleistet hatte. Ob auch sie applaudierten? Ob auch sie aufgestanden waren? Für ihren Sohn?

Er entdeckte seinen Musiklehrer, der links hinter dem Vorhang auf der Bühne stand und ihm zujubelte. Seine Augen waren rot. Fabian konnte selbst aus dieser Entfernung erkennen, dass sie feucht glänzten. Langsam, wie ihm sein Lehrer gezeigt hatte, verbeugte er sich. Der Applaus verstärkte sich. Als wenn eine tonnenschwere Last von seinen Schultern genommen worden wäre, verließ er erleichtert die Bühne. Dort wartete die Bühnencrew bereits auf ihn, die ihm anerkennend auf die Schulter klopfte.

Völlig aufgelöst kam sein Musiklehrer durch die Bühnenausgangstür gestürmt und nahm ihn fest in den Arm. »Das hast du super gemacht, Fabian. Das war noch schöner als damals, als du es mir allein vorgespielt hast. Meine Anerkennung, Monsieur Clayderman.« Dann verbeugte er sich tief vor Fabian.

Die Mitschüler von der Bühnencrew lachten schallend.

Fabian aber hatte nur noch eines im Sinn. Er wollte zu seinen Eltern, um von ihnen das so sehr erhoffte Lob zu erhalten.

»Vielen Dank, Herr Mannhardt«, bedankte er sich bei seinem Lehrer. Dann sagte er: »Bitte entschuldigen Sie mich jetzt«, und ging in Richtung Hinterausgang, um so um die Halle außen herumzugehen und beim Vordereingang hineinschleichen zu können.

Eine Stunde später waren die Vorführungen der Theatergruppe zu Ende. Der Rektor ging, gefolgt von den Klassenlehrern der vier Abgangsklassen, auf die Bühne, um die Zeugnisse zu übergeben. In alphabetischer Reihenfolge wurden die Schüler einzeln aufgerufen, um sich ihr Zeugnis abzuholen.

Fabian holte sein Zeugnis nicht ab.

VI

Bietigheim-Bissingen – Bahnhof
Gegenwart

Hendrik ging am Bahnsteig 4 in Bietigheim-Bissingen auf und ab. Die digitale Anzeigetafel zeigte nicht an, wann die S-Bahn nach Stuttgart zu erwarten war. Stattdessen ertönte immer wieder dieselbe Durchsage: »Der Schienenverkehr zwischen Bietigheim und Stuttgart verläuft wegen einer Störung unregelmäßig.«

Was soll denn das heißen?, dachte er sich.

Unregelmäßig, so was kann auch nur einem Beamten von der Bahn einfallen. Sollen die doch wenigstens mal sagen, was passiert ist. Und dann noch die ganzen Polizisten.

Ihn hatte es schon beim Betreten des Bahnsteiges gewundert, dass an nahezu jeder Ecke ein bewaffneter Beamter in seltsamer grüner Uniform stand. Normalerweise kannte er die Art von Aufmachung nur aus dem Fußballstadion.

Vermutlich wieder so eine Scheißdemo in Stuttgart, dachte er.

Plötzlich klingelte sein Handy in seiner Jackentasche. Er nahm ab, ohne auf das Display zu sehen. »Ja?«

–

»Ja, ich weiß, aber was soll ich denn machen? Die S-Bahn ist …«

–

»Nein …«

–

»Das darfst du nicht denken. Ich …«

–

»Ja, bis gleich.« Er legte auf.

–

»Na toll«, brummte er vor sich hin. Er spürte, wie seine Stimmung gegen null sank.

»Der Linienverkehr zwischen Bietigheim und Stuttgart verläuft wegen einer Störung unregelmäßig«, drang es erneut scheppernd aus den Lautsprechern des Bahnhofs.

»Ach Fresse, Mann«, zischte Hendrik zwischen zusammengebissenen Zähnen hindurch.

Kurz überlegte er, ob er in die Wartehalle gehen sollte, um sich zu erkundigen, wann die S-Bahn kam. Nach einem Blick auf die große Bahnhofsuhr, die von der Decke hing, besann er sich eines Besseren. Es war bereits kurz nach 22 Uhr.

»Da ist eh kein Mensch mehr«, sagte er leise zu sich selbst. Er setzte sich auf eine der hölzernen Wartebänke und zündete sich eine Zigarette an.

»He, Sie do. Des isch fei verbodda do hanna zom Raucha«, krächzte eine Stimme neben ihm.

Er drehte sich nach links und blickte in das grimmige Gesicht einer alten Frau, die neben ihm auf der Bank saß.

»Scheiß drauf«, sagte er knapp. Dann zog er wie zum Trotz genüsslich an seinem Glimmstängel.

Die alte Dame schüttelte den Kopf. Die grauen toupierten Haare saßen einer Plastikhaube gleich bombenfest auf dem Kopf. »Also die jonge Leid von heit hen koin Oschdand me.« Sie stand auf und ging mithilfe ihres Rollators kopfschüttelnd davon.

Hendrik schaute ihr nicht nach, sondern blickte zu Boden. Erneut ertönte die Ansage. Hendrik schüttelte den Kopf. Dann hob er ihn, um zu schauen, ob inzwischen etwas auf der Anzeigetafel zu lesen war.

›S5 nach Stuttgart – über Ludwigsburg – Kornwestheim – Feuerbach. Ankunft in zwölf Minuten‹ stand dort.

»Oh Mann, das gibt's doch nicht.«

Schnell zog er sein Handy aus der Jackentasche. Er musste seine Freundin informieren, dass es noch später werden würde. Und das gerade heute.

Am Nachmittag hatte er sich am Telefon furchtbar mit ihr gestritten. Wie so oft in letzter Zeit hatte sie sich über seine chronische Unpünktlichkeit geärgert. Sie warf ihm vor, laufend verspätet bei Verabredungen zu erscheinen. Geburtstagsfeiern ihrer Familie ließ er manchmal sogar ganz aus oder tauchte erst auf, wenn das Fest fast vorüber war.

Hendrik hingegen beklagte sich bei Lea darüber, dass er ihre Freundin nicht leiden konnte, weshalb er des Öfteren nicht kam, wenn sie dabei war. Er hielt die Freundin für eine grauenhafte Frau. Sehr maskulin und maulfaul. Kein Wunder, dass sie keinen Kerl abbekam. Wer wollte schon das gleiche Aftershave tragen wie seine Freundin?

Was Leas Eltern anging, war seine Meinung ähnlich negativ. Er hielt sie für erzkonservativ, langweilig, plump und rechtsradikal. Wobei er über ihre Haltung ausländischen Mitbürgern gegenüber stets sehr verwundert war. Waren sie doch selbst erst vor einigen Jahren aus Osteuropa zugewandert.

Lea selbst war ein herzensguter Mensch. Leider ließ sie sich von ihren Eltern nur allzu leicht manipulieren. Sie war tagaus, tagein damit beschäftigt, es jedem recht zu machen. Wann immer ihre Eltern etwas von ihr verlangten, sprang sie. Bei gemeinsamen Urlauben musste sie sich mehrmals am Tag bei ihrer ›ach so besorgten‹ Mutter melden. Wann immer es einem Familienteil schlecht ging – meistens handelte es sich hierbei um die Mutter –, nahm sich Lea Urlaub. Nur von ihrem Freund forderte sie, dass er sich um sie kümmerte. Was Hendrik zu Beginn ihrer Beziehung sehr leicht fiel. Ein Blick ihrer leuchtend grünen Augen genügte, und er schmolz dahin. Hendrik liebte ihre langen, glatten blonden Haare und ihr rundes, liebes Gesicht. Außerdem mochte er ihre Figur. Sie hatte lange, schlanke Beine, einen weiblichen Hintern und wohlgeformte kleine Brüste.

Mit der Zeit allerdings verblasste das Bild immer mehr. Seine Liebe zu ihr wurde immer weniger und versiegte eines Tages wie das Wasser eines ausgetrockneten Brunnens. Er liebte sie nicht mehr, das wusste er jetzt. Deshalb hatte er am späten Nachmittag mit ihr verabredet, dass sie sich treffen sollten, um zu reden. Jetzt kam er Stunden zu spät zu ihrem vielleicht letzten Treffen. Dass er nicht daran schuld war, hatte Lea nicht interessiert. Das hatte sie ihm in ihrem Telefonat wenige Minuten zuvor klargemacht.

»Was musst du auch so eine beschissene italienische Karre fahren«, hatte sie zu ihm gesagt. Damit spielte sie darauf an, dass sich sein Auto zum vierten Mal in diesem Monat in einer Werkstatt befand. Ständig sprang die Halbautomatik während der Fahrt auf Neutral, ohne dass sich anschließend wieder ein Gang einlegen ließ.

»Der Linienverkehr zwischen Bietigheim und Stuttgart verläuft wegen einer Störung unregelmäßig.«

»Was du nicht sagst«, brummte Hendrik mürrisch, nachdem ihn die Ansage aus seinen Gedanken gerissen hatte.

Wieder schaute er auf die Digitalanzeige. Im selben Moment hörte er das Geräusch von Waggonrädern, die über Weichen polterten. Endlich, dachte er.

Langsam fuhr die Bahn ein. Durch deren Fenster sah er, wie sich Menschenmassen in ihrem Innern drängten, was für diese Uhrzeit äußerst ungewöhnlich war. Offensichtlich waren mehrere S-Bahnen ausgefallen.

Die Türen öffneten sich mit einem Zischen, und Hendrik machte einen Schritt zur Seite, um von den Fahrgästen, die aussteigen wollten, nicht überrannt zu werden. Der kleine Bahnsteig konnte die Masse an Menschen nicht aufnehmen. So bildete sich an der Treppe zur Unterführung ein Stau, der bis in die Bahn hineinreichte. Nur langsam zwängte sich die Menschentraube durch den engen Abgang hinunter. Einige Fahrgäste unterhielten sich angeregt miteinander. Andere versuchten, so schnell wie möglich ihre Einkäufe in Sicherheit zu bringen und wieder andere schimpften laut über die Deutsche Bahn oder debattierten über mögliche Gründe für den Ausfall der S-Bahnen.

Ein Mann tönte laut: »Da hat sich sicher wieder einer vor den Zug geworfen.«

Ein anderer meinte: »Die haben eine Leiche aus einer Bahn gezogen.«

Hendrik schüttelte den Kopf. Im selben Moment klingelte sein Handy. Eine SMS. ›Warte am Bahnsteig auf dich. Habe eine Entscheidung getroffen.‹

Mit einem tiefen Brummen nahm er die Nachricht zur Kenntnis. Sofort löschte er die Mitteilung und steckte das Telefon zurück in die Jacke.

Dann endlich konnte er die nun beinahe leere Bahn betreten. Er stieg in etwa der Mitte des Zuges ein, um in Feuerbach direkt an den Treppen aussteigen zu können. Er ließ sich auf eine Sitzbank fallen und dachte darüber nach, was für eine Entscheidung Lea wohl getroffen haben könnte. Wollte sie ihm vorschlagen zu heiraten, so wie es ihre Mutter schon lange wollte? Oh nein, bloß nicht, dachte er. Oder wollte sie mit ihm zusammenziehen, damit sie es im Griff hatte, ob er zu spät kam wenn sie ausgingen. Oder wollte sie mit ihm Schluss machen, was aus seiner Sicht das Geschickteste wäre.

Hendrik würde sicher schnell eine neue Freundin finden. Nächstes Mal würde er sich aber das Umfeld des Mädchens vorher genauer anschauen, bevor er ernstmachte.

Der Zug fuhr los. Mit jeder Haltestelle wuchs seine Aufregung. Seine Hände waren eiskalt. Seine Kehle schnürte sich immer weiter zu, und sein Mund war staubtrocken.

Auf jeden Fall würde er nach dem Gespräch erst mal in irgendeine Kneipe gehen und sich volllaufen lassen. Das wusste er jetzt schon.

In Ludwigsburg stiegen einige Fahrgäste ein. Er überlegte sich, wo sie wohl hinfuhren und was sie dort erwartete. Waren sie unterwegs nach Hause zu ihren Familien? Fuhren sie in die Stadt, um sich mit Freunden zu treffen? Oder war vielleicht noch jemand in der S-Bahn, der auf dem Weg war, mit seiner Freundin Schluss zu machen?

Bei der nächsten Haltestelle war es so weit. Dort würde Lea auf ihn warten.

»Nächster Halt Feuerbach. Ausstieg in Fahrtrichtung rechts«, verkündete eine künstlich wirkende Frauenstimme durch die Lautsprecher.

Jetzt, wo der Moment, in dem er Lea gegenübertreten würde, nah war, fühlte er sich ziemlich unwohl. Sobald die Tür aufginge, würde Lea vor ihm stehen. Und sie würde den Grund für seinen Wunsch nach einem Gespräch wissen wollen. Bei dem Gedanken daran beschleunigte sich Hendriks Herzschlag.

Widerwillig stand er auf und ging zur Tür. Wie unter

Schmerzen lehnte er sich dagegen. Ihm war plötzlich schlecht. Mit dem Kopf an die Tür gelehnt schaute er zum Fenster hinaus in Richtung des herannahenden Bahnsteiges. Die kalte Glasscheibe kühlte seine Stirn ein wenig.

Da stand sie. Ihre blonden Haare wehten im Fahrtwind des einfahrenden Zuges. Sie trug einen kurzen Mantel und enge Jeans. Ihre Hände hatte sie in den Jackentaschen vergraben.

Die Bahn bremste stark ab, und Hendrik stolperte. Dabei verlor er Lea für einen Moment aus den Augen.

Als er wieder auf die Stelle schaute, wo er sie zuletzt gesehen hatte, war sie verschwunden. Eilig suchte er den Bahnsteig nach ihr ab. Sie lehnte in ein paar Metern Entfernung an das Aluminiumgeländer des Treppenabganges. Irgendetwas an ihr irritierte ihn. Ihre Körperhaltung war anders als sonst.

Na ja, vielleicht ist ihr auch nicht wohl bei dem, was uns bevorsteht, dachte er.

Die Türen öffneten sich zischend. Er stieg aus. Mit unsicheren Schritten ging er langsam auf sie zu. Sollte er sie zur Begrüßung küssen? Oder sollte er es mit Small Talk versuchen? Aber über was?

Lea schaute ihm direkt ins Gesicht. Nur schwer konnte er ihrem Blick standhalten. Wusste sie, was er dachte?

Plötzlich verdrehte sie die Augen. Ihr Kopf ging nach hinten, sie fiel mit einer halben Drehung um die Geländerkante auf den Boden und blieb auf dem Bauch reglos liegen.

An dem silbrigen Handlauf war etwas Glitzerndes, etwas Rotes zu sehen.

»Lea«, rief Hendrik. Mit einem Satz war er bei ihr. Vorsichtig drehte er sie auf den Rücken. Ihr Gesicht war aschfahl, ihre Augen geschlossen. An ihrem Mantel war auf Bauchhöhe ein kreisrundes Loch zu erkennen.

»Lea«, sagte er noch einmal. Dieses Mal war es kaum mehr als ein Flüstern.

Langsam öffnete sie die Lider. Ihre Augen fixierten ihn nicht, sondern irrten ziellos umher.

»Hendrik«, sagte sie leise. »Es tut so weh.«

»Was tut weh? Sag mir, was dir wehtut.«

Es hatte keinen Sinn. Sie war bereits wieder ohnmächtig geworden.

Dann erinnerte er sich an das Loch in ihrer Kleidung.

Vorsichtig öffnete er den Reißverschluss ihres Mantels. Lea trug darunter eine weiße Bluse. An der Stelle, an der das Loch im Mantel war, fand er einen großen Blutfleck auf dem weißen Stoff.

»Oh mein Gott, Lea, was ist mit dir passiert?« Hastig schaute er sich um. Mindestens zehn Personen standen um sie herum und starrten sie an.

»Rufen Sie einen Arzt«, brüllte er einen Mann an, der sein Handy in seine Richtung hielt, um ein Foto zu machen.

Erschrocken zuckte der Mann zusammen.

Hendriks Ausbruch hatte genau das bewirkt, was er sollte. Der Mann wählte die 112 und gab der Notrufzentrale einen schnellen Abriss der Ereignisse.

Hendrik wandte sich wieder Lea zu. Ihr Kopf lag in seinen Händen. Haare klebten ihr in der Stirn und im Gesicht. Immer wieder musste er auf den dunkelroten Fleck auf ihrer Bluse schauen.

Es brach ihm beinahe das Herz, sie so zu sehen. Sie lag flach mit dem Rücken auf dem mit Kaugummiresten und Zigarettenkippen übersäten Boden der Bahnstation. Ihre Beine hatte sie ausgestreckt. Die Arme lagen schlaff am Boden. Unter ihrem Rumpf bildete sich langsam eine immer größer werdende Blutlache. Ihr Atem ging unregelmäßig und stoßweise.

»Lea, es kommt gleich Hilfe. Halte durch«, sagte er so sanft wie möglich. Dabei liefen ihm Tränen über die Wangen.

Ihre Augen öffneten sich einen Spalt weit. Sie begann, langsam den Mund zu bewegen, als wollte sie etwas sagen.

»Lea, sag nichts. Spar deine Kraft.« Er strich ihr vorsichtig mit der Hand über die Stirn.

Erneut schaute er um sich. Die Menschenansammlung war größer geworden. Alle gafften auf sie herab. Niemand bot Hilfe an.

»Kann mir jemand seine Jacke leihen? Sie friert«, sagte er laut.

Zuerst regte sich keiner. Nach ein paar Sekunden gingen einige Zuschauer einfach weiter. Die anderen schauten nur stumm auf die Szene vor ihnen.

»Sie.« Hendrik zeigte auf einen Herrn, der einen dunkelgrauen Übergangsmantel trug. »Geben Sie mir Ihren Mantel, damit sie nicht auf dem nackten Boden liegen muss.«

Der Mann drehte sich um und ging mit eiligen Schritten davon.

»Hat denn nicht einer von euch Arschlöchern so viel Anstand in den Knochen, mir zu helfen?«, schrie er aus vollem Halse. »Ihr widert mich an. Glotzen könnt ihr, aber …«

Er beendete den Satz nicht, weil sich Lea plötzlich mit einer Hand in seinen Arm krallte. Sie starrte ihn aus weit aufgerissenen Augen an. »Geh nicht weg«, brachte sie gurgelnd hervor. Dann sackte sie wieder in sich zusammen.

Sie ließ von Hendriks Arm ab, ihr Kopf fiel zur Seite und sie schloss die Augen.

»Lea!« Er hob ihren Kopf an und drehte ihr Gesicht in seine Richtung. »Lea, halte noch ein wenig durch. Gleich kommt Hilfe.« So laut er konnte, schrie er: »Wo bleibt denn der verdammte Rettungswagen!«

Entsetzliche Angst ergriff ihn. Lea starb, und niemand half ihr. Er war ganz allein und wusste nicht, wie er ihr helfen sollte. Klar hatte er als Fahrschüler einen Erste-Hilfe-Kurs gemacht, aber das war fünf Jahre her. Verzweiflung machte sich in ihm breit. Er konnte nichts tun. Er konnte sie nur halten und zuschauen, wie sie starb. Tränen füllten seine Augen. Die Welt rings um ihn verschwamm. Sollte es tatsächlich so zu Ende gehen? Sollte er nicht mal mehr die Möglichkeit bekommen, sich vernünftig mit ihr auszusprechen? Er betrachtete die Passanten, die jetzt vor seinen tränennassen Augen wie Geister herumtanzten. Auf einmal entdeckte er etwas Rotes hinter der sich wiegenden grauen Masse. Es kämpfte sich wie Sonnenstrahlen durch herbstlichen Morgennebel.

»Lassen Sie mich durch«, hörte er in einiger Entfernung eine Stimme rufen. »Gehen Sie doch aus dem Weg. Achtung, Platz da.«

Im nächsten Moment wurde er unter den Achseln gepackt und auf die Beine gestellt. Er blinzelte sich die Tränen aus den Augen. Als er wieder scharf sehen konnte, schaute er zwei jungen Männern ins Gesicht, die die roten Jacken des Rettungsdienstes des Roten Kreuzes trugen.

»Sie blutet am Bauch. Helfen Sie ihr«, war alles, was er sagen konnte.

»Setzen Sie sich. Hilfe ist jetzt da«, sagte einer der Männer, während er Hendrik am Arm zu einer Bank geleitete.

Hendrik setzte sich und schaute den Rettungssanitätern zu, wie sie sich daran machten, Lea zu untersuchen. Zwei ältere Sanitäter wechselten besorgte Blicke. Dann winkten sie die beiden Jüngeren mit einer Trage zu sich. Sie hoben Lea vorsichtig darauf und legten eine Infusion.

Einer der Ärzte kam zu Hendrik. »Kennen Sie die Frau?«, fragte er.

Ohne zu überlegen, antwortete Hendrik: »Sie ist meine Freundin.«

»Kommen Sie mit. Sie können im Rettungswagen mitfahren.«

Hendrik stand auf und trottete dem Mann hinterher. Vor ihnen rollten die beiden jungen Sanitäter Lea in Richtung des Rettungswagens, der mit blinkenden Lichtern vor dem Bahnhofsgebäude stand. Auch dort hatte sich eine Schar von Schaulustigen versammelt. Auch hier hatten einige ihr Handy gezückt, um Fotos oder Videos zu machen. Inmitten der Menschen kam ihm eine Person bekannt vor. Ein großer Mann mit Baggyjeans und Kapuzenpulli. Er stand direkt neben einem Leichenwagen, der ebenfalls vor dem Bahnhof geparkt hatte.

Hendrik stieg zu Lea in den Rettungswagen, setzte sich auf einen Sitz neben der Liege und fasste fest ihre Hand.

VII

Das Lied war noch nicht zu Ende, als ihr Handy schon wieder klingelte. Den Ton hörte Ronda nicht, aber in der Dunkelheit ihres Wagens leuchtete das Display auf dem Beifahrersitz auf.

Sie stellte die Musik leise und nahm ab.

»Bist du unterwegs?«

»Hallo, Stefan, ja, ich bin unterwegs«, sagte sie frustriert.

»Wo bist du?«

»Ich fahre gerade an Plochingen vorbei. Ich werde in zehn Minuten da sein.«

»Fahr direkt nach Feuerbach. Es gab weitere Schüsse.«

»Schon wieder? Verdammt.«

Die Leitung blieb still.

»Gibt es Tote?«

»Wir haben einen Toten in der S-Bahn. Außerdem wurde eine junge Frau, die auf dem Bahnsteig stand, in den Bauch getroffen. Sie wurde ins Krankenhaus gebracht.«

»Wie geht es ihr? Ist sie vernehmungsfähig?«

»Sie schwebt in Lebensgefahr. Ich denke, sie wird zurzeit operiert.«

»Scheiße.«

»Das kannst du laut sagen. Die Kollegen sind gerade dabei, die Videos der Überwachungskameras zu analysieren. Du solltest dir den Tatort anschauen.«

»Alles klar, ich bin unterwegs.« Ronda legte auf. Dann steckte sie das Blaulicht in den Zigarettenanzünder ein, sodass es sofort zu leuchten begann, befestigte es mit dem

Magnetfuß auf ihrem Autodach, schaltete in den vierten Gang zurück und trat das Gaspedal durch.

Der alte Nissan machte einen Satz nach vorn. Der Motor heulte laut auf. Zum Glück war die Bundesstraße 10 um diese Uhrzeit nicht stark befahren, und sie konnte mit Höchstgeschwindigkeit die Fahrbahn entlang rasen.

Ungebremst bretterte sie durch einen Tunnel und am Stuttgarter Zoo, der Wilhelma, vorbei. Am Theaterhaus der Wilhelma riss sie das Steuer herum und jagte ihr Auto die Straße in Richtung Pragsattel hinauf. Dort schoss sie durch einen weiteren Tunnel.

»Scheiße.«

Der Tunnel führte sie in die falsche Richtung. Sie hätte über den Pragsattel und danach links in Richtung Feuerbach abbiegen müssen.

Bei der nächsten Möglichkeit zu wenden, riss sie das Steuer nach links. Dabei wäre sie beinahe mit einem schwarzen Mercedes kollidiert, der mit weit überhöhter Geschwindigkeit in Richtung Stadtzentrum fuhr. Anstatt Platz zu machen, bekundete der übertrieben gestylte Fahrer der Limousine mit einer eindeutigen Bewegung der Hand seinen Unmut über Rondas Fahrmanöver.

»He, du Lurch«, blaffte sie den Rückspiegel ihres Wagens an.

Dann jagte sie an einem großen Bankgebäude vorbei in Richtung Feuerbach, kam bei einer Linkskurve durch eine Unterführung ins Schleudern, fing ihren Wagen wieder und schoss links auf das Bahnhofsgelände zu. Vor sich sah sie mindestens zehn Streifenwagen, die mit eingeschaltetem Blaulicht vor dem Bahnhofsgebäude kreuz und quer parkten. Ringsum stand eine riesige Meute von Schaulustigen.

Das Gebäude und der Bahnsteig selbst waren abgesperrt, sodass sie, um hineinzugelangen, ihren Polizeiausweis zeigen musste. Auf dem Bahnsteig angekommen suchte sie nach ihrem Kollegen Stefan Bauer. Sie fand ihn wild diskutierend inmitten einer Gruppe uniformierter Beamter. Sie standen direkt am oberen Ende des Treppenaufgangs.

Er hatte sie ebenfalls entdeckt und winkte sie zu sich her. »He, Antonia, gut, dass du da bist«, sagte er erleichtert.

»Hallo, Stefan. Hier ist ja ganz schön was los.«

»Komm mit, ich bring dich auf den aktuellen Stand.« Er ging los, ohne darauf zu achten, ob sie ihm folgte.

Ronda ging zügig hinter ihm her.

Gemeinsam betraten sie den Waggon. Auf dem Boden standen verschiedene Hütchen mit Nummern darauf. Ein Fensterglas war mit Blut und menschlichem Gewebe bespritzt; eine Bank in der Nähe war voller Blut.

»Hier hat das Opfer gesessen. Junger Mann, ungefähr 20 Jahre alt«, sagte Stefan.

»Wie viele Schüsse wurden abgefeuert?«, fragte Ronda.

»Wir haben zwei Patronenhülsen gefunden. Daher gehen wir davon aus, dass der Täter zweimal geschossen hat.«

»Wo wurde das Opfer getroffen?«

»In den Kopf. Direkt hier.« Er deutete mit dem Zeigefinger auf einen Bereich seiner linken Stirnseite kurz vor der Schläfe. »Das Projektil ist hier in die Wand eingeschlagen.« Er zeigte auf ein großes Loch in der Innenverkleidung der S-Bahn. »Noch was. Komm mal mit.« Bauer führte Ronda wieder auf den Bahnsteig.

»Hier.« Er zeigte auf ein kleines Loch in der Scheibe. Es war wegen des Blutes an der Scheibe fast nicht sichtbar.

Ronda schaute verwundert darauf. Kurz überlegte sie, bevor sie im nächsten Moment zurück in das Zugabteil huschte. Dort schaute sie sich den Platz, auf dem das Opfer gesessen hatte, noch einmal genauer an. Ekel stieg in ihr auf, als sie daran dachte, was da alles an der Scheibe klebte. »Hat das Opfer ein Buch oder sonst etwas dabei gehabt? Ein Handy, einen MP3-Player oder so was?«, fragte Ronda.

»Wir haben ein Handy gefunden, das steckte in seiner Hosentasche. Sonst hatte er nichts bei sich.«

»Okay, also hat er entweder zum Fenster rausgeschaut, den Kopf gerade gehabt oder seinen Mörder angesehen.« Ronda stellte sich neben Bauer. »Kannst du ein Maßband oder so was Ähnliches auftreiben. Und einen Stift?«

»Moment.« Bauer eilte davon.

Jetzt stand Ronda ganz allein in dem leeren Abteil. Durch die offenen Türen drang kalte Luft in den Wagen, in dem es nach Blut roch – viel Blut.

Wer ist zu so etwas fähig?, fragte sie sich, verwarf den Gedanken jedoch sofort wieder. In einer Welt, in der auf norwegischen Inseln Kinder erschossen wurden und Eltern ihre eigenen Kinder als Lustsklaven in Kellern hielten, wurden die schrecklichsten Geschichten von der Realität geschrieben.

»Hier.« Bauer war zurück und streckte ihr einen Meterstab sowie einen Filzstift entgegen.

»Oh, super, danke.« Ronda klappte den Meterstab auf und maß die horizontale sowie die vertikale Entfernung des Schussloches zum Fensterrahmen ab. Dann ging sie zu einem Sitzplatz, der von den Gegebenheiten identisch mit dem des Opfers war. An der Fensterscheibe des Platzes markierte sie mit dem Filzstift das Einschussloch an der Stelle, an der es an der anderen Scheibe war.

»Wie groß war das Opfer, Stefan?«, fragte sie.

Er blätterte in seinem Notizbuch und sagte: »Etwa 1,80.«

»Wie groß bist du?«

»1,84.«

»Setz dich hier hin.« Mit dem Kopf nickte sie in Richtung des Sitzplatzes.

Bauer sah sie ungläubig an, tat aber, was sie ihm gesagt hatte.

»Jetzt halt dir den Finger an die Stelle, wo das Opfer am Kopf getroffen wurde.«

»Antonia, was soll das?«

»Mach schon.«

Bauer hielt den rechten Zeigefinger an die Stirn. »Ich komm mir ein wenig komisch vor. Sitze an einem Tatort und zeige dir den Vogel«, beschwerte er sich.

»Ich versuche, den Standort des Täters einzugrenzen. Schau mal, von hier kann er nicht geschossen haben.« Sie machte zwei Schritte nach links. Mit ausgestreckten Armen, eine Hand zu einer Pistole geformt, zielte sie auf Bauers Kopf.

»Wenn er von hier geschossen hätte, hätte er durch die Scheibe des Windfangs schießen müssen.« Schnell machte sie einige Schritte nach rechts an Bauer vorbei.

»Wenn er hier gestanden hätte, wäre die zweite Kugel nicht in die Wand gegangen, sondern durch die Scheibe gekracht.« Sie ging ein Stück nach links, sodass sie direkt neben der Sitzbank stand, auf der Bauer saß. Sie zielte wieder mit der Hand auf seinen Kopf.

»Halt den Kopf gerade und schau nach vorn.«

Bauer drehte den Kopf und fixierte mit den Augen weiterhin Ronda.

Ronda machte einen weiteren Schritt nach rechts. »Dreh den Kopf zu mir.«

Bauer wandte sich langsam Ronda zu.

»Stopp!«, rief sie aufgeregt. »Hier. Das ist die Stelle, wo er gestanden haben muss. Hier konnte er auf den Kopf zielen und dabei das Loch in die Scheibe schießen.«

»Das bedeutet, dass sein Opfer ihn angesehen hat, als er abgedrückt hat«, warf Bauer ein.

»Oh Gott«, hauchte Ronda und stürzte aus dem Zug. Sie hielt sich an dem Metallgeländer des Treppenaufgangs fest. Etwa 20 Meter entfernt stand ein uniformierter Polizist.

»He, Sie, wo lag das zweite Opfer – die junge Frau?«, rief Ronda dem Mann zu.

»Hier«, antwortete er und zeigte dabei neben sich.

»Könntest du mich vielleicht mal in deine Gedanken einweihen?«, fragte Bauer, der auch aus dem Zug gestiegen war.

»So wie sich die Lage darstellt, hat der Täter aus dem fahrenden Zug auf die junge Frau geschossen.« Sie machte eine kurze Pause, wobei sie geistesabwesend zu der Stelle sah, wo die junge Frau gelegen hatte. »Ich glaube, der Täter hat beim ersten Mal vorbeigeschossen und nur zufällig das Mädchen auf dem Bahnsteig getroffen«, sagte sie leise.

Für einen Moment waren beide still.

Ronda brach als Erste das Schweigen: »Hast du die Identitäten der Toten von beiden Morden?«

»Ja, die Unterlagen müssten schon auf der Wache bereitliegen.«

»Sind die Tatortfotos vom ersten Mord schon ausgedruckt?«

»Liegen auf deinem Schreibtisch.«

»Wie sieht es mit Zeugen aus? Die S-Bahn war doch sicher nicht leer, oder? Gibt es Kameras?«

»Leer nicht, aber viele Fahrgäste waren auch nicht drin. Ein älterer Mann will einen Türken gesehen haben, der um sich geschossen hat.«

Ronda sah Bauer schief an. »Einen Türken? Und warum war es gerade ein Türke? Hat er etwa seinen Ausweis gezeigt?«, fragte sie.

»Der Herr meinte, der Täter hätte wie ein Türke ausgesehen.«

»Aha, und wie sieht so ein Türke aus? Das ist doch Schwachsinn. Streich das mit Türke aus deinen Notizen, nicht dass jemand noch in eine falsche Richtung ermittelt.«

»Schon klar«, brummte Bauer.

»Sonst noch was?«

Bauer blätterte wieder in seinem Notizblock. »Ein paar Leute haben gesehen, wie die Frau auf dem Bahnsteig zusammengebrochen ist. Andere wollen einen Typen mit Baggyjeans und Kapuzenpulli gesehen haben.«

»Wie sieht es mit der Kameraüberwachung oder mit Zeugen im Hauptbahnhof aus?«

»Die SpuSi hat die Kameraaufnahmen gesehen. Ich leider noch nicht. Ansonsten verhält es sich mit den restlichen Zeugenaussagen ähnlich wie mit denen, welche ich dir bereits gesagt habe. Arabisch aussehende, Schwarzhäutige Leute mit dunklem Kapuzenpulli.«

»Also nichts. Das kann doch nicht sein. Irgendjemand muss doch was gesehen haben!«

»Der Freund der jungen Frau, die angeschossen wurde, saß zur Tatzeit im Zug. Er ist mit ihr ins Krankenhaus gefahren, wurde mir gesagt.«

»Wurde er schon vernommen?«

Bauer schaute sie von unten herauf an. »Antonia, der Junge ist total am Ende. Seine Freundin liegt im Sterben. Lass ihm doch ein wenig Zeit.«

»Genau die haben wir aber nicht. Weißt du, ob dieser Verrückte nicht noch einmal zuschlägt? Was ist, wenn er in diesem Moment schon wieder in einer S-Bahn sitzt und sich sein nächstes Opfer aussucht?« Ronda war laut geworden.

Wie aus heiterem Himmel musste sie an ihre Mutter denken. Es war bereits zwei Stunden her, seit sie mit dem Personal des Pflegeheimes gesprochen hatte. Sie machte sich ernsthafte Sorgen, ob ihrer Mutter etwas passiert sein könnte. Und jetzt auch noch das hier. Ein Verrückter knallte Leute in den S-Bahnen rund um Stuttgart ab.

Ein nervöses Kribbeln begann ihren Körper zu überziehen. In ihren Ohren hörte sie ihr Blut rauschen.

»He, Antonia, ganz ruhig. Was ist denn los mit dir?«, fragte Bauer verwundert.

Rondas Nerven waren zum Zerreißen gespannt.

»Ist das wieder irgend so ein Frauending, wovon wir Männer nichts verstehen, oder was?«

Das war zu viel für Ronda. Sie lief rot an; ihre Hände ballten sich zu Fäusten. »Halt deine Fresse, verdammt noch mal!«, blaffte sie los. »Was fällt dir ein, so mit mir zu reden. Nur weil du einen Schwanz zwischen den Beinen baumeln hast, meinst du wohl, du bist was Besseres.« Oh mein Gott, was habe ich da nur gesagt, dachte sie. Bauer funkelte sie wütend an.

In diesem Moment bemerkte Ronda die Anwesenheit einer weiteren Person. Jemand stand direkt hinter ihr.

»Äh … Kommissarin Ronda?«, fragte eine unsichere, hohe Männerstimme.

Ronda drehte sich um. Vor ihr stand ein kleiner Mann, der in einem zu großen, altmodischen braunen Anzug steckte. Dazu trug er ein hellgraues Hemd und eine knallrote Krawatte. Seine fehlende Haarpracht versuchte er mit den letzten langen Haaren, die er über die Glatze gekämmt hatte, zu kaschieren. Auf seiner Nase saß eine übergroße Brille mit dicken Gläsern, die beinahe die Hälfte seines Gesichts einnahm. Angesichts des mitleid erweckenden Auftretens dieses Mannes beruhigte sie sich ein wenig.

Sie schaute frustriert zu Boden und sagte: »Die ist gerade nicht da, aber Sie können auch mit dem Drachen sprechen, der vor Ihnen steht.«

Völlig unbeeindruckt von Rondas Bemerkung fuhr der Mann fort: »Guten Tag, mein Name ist Schmitts. Ich komme von der Verkehrs- und Beförderungsvereinigung Stuttgart.« Er hielt ihr einen Ausweis der VBS unter die Nase und reichte ihr die Hand.

Toter Fisch, fuhr es Ronda augenblicklich durch den Kopf, als sie seine Hand nahm. Seine Finger krümmten sich nicht einmal. Die Haut war kalt und schmierig.

Angewidert ließ sie seine Hand schnell los.

»Ich habe gehört, die Kriminalpolizei Stuttgart wurde von der Bundespolizei beauftragt, die Sache zu klären. Ich bin hier, um mit Ihnen das weitere Verfahren bezüglich der Vorkommnisse zu besprechen.«

»Wird das so bei Ihnen genannt?«, fragte Ronda.

»Ich verstehe nicht ganz«, antwortete Schmitts mit übertriebener Höflichkeit.

Ronda zog ihn am Unterarm in das Abteil, wo der junge Mann erschossen wurde, und zeigte auf das blutbespritzte Fenster. »Nennen Sie das hier Vorkommnis?«, fragte sie erneut, dieses Mal aggressiver. »Oder Sache?«

Schmitts erblasste schlagartig. Er setzte sich auf eine der Sitzbänke und hielt sich die Hand vor den Mund.

Da Ronda befürchtete, er könnte sich eventuell übergeben, zog sie ihn abermals am Arm. Dieses Mal beförderte sie ihn aus dem Zug an die frische Luft. Dort atmete er ein paar Mal tief durch.

Nachdem er sich gefangen hatte, sah er zu Ronda auf, lächelte sie gekünstelt an und sagte: »Was meinen Sie, wie schnell Sie die Bahn freigeben können?«

Ronda schüttelte den Kopf. »Ich glaube nicht, dass wir uns die Frage stellen sollten, wann die Bahn wieder fährt, sondern ob die Bahnen in nächster Zeit überhaupt fahren.«

»Täglich nimmt sich jemand im Liniennetz rund um Stuttgart das Leben. Ich bin der Meinung, wir sollten deswegen«, Schmitts zeigte in Richtung der blutbespritzten Scheibe, »nicht für allzu viel Aufsehen sorgen.«

Ronda konnte nicht glauben, was sie da hörte. Hatte der Kerl überhaupt den Hauch einer Ahnung, womit sie es hier allem Anschein nach zu tun hatten? »Sie halten das, was hier geschehen ist, also für einen Selbstmord?«

»Nein, aber ob Selbstmord oder nicht, tut nichts zur Sache. Es geht darum, dass Sie Ihre Ermittlungen beenden, damit wir unseren Auftrag erledigen können. Zehntausende von Menschen verlassen sich auf das öffentliche Verkehrsnetz in und um Stuttgart. Die wollen wir doch nicht enttäuschen.« Bei dem letzten Satz legte er seinen Kopf ein wenig schief und senkte seine Stimme zu einem leisen Schnurren. »Oder?«

Rondas Blut begann in ihren Adern zu kochen. Zwischen zusammengebissenen Zähnen zischte sie: »Verschwinden Sie augenblicklich von meinem Tatort.« Dabei machte sie einen Schritt auf Schmitts zu. Wut blitzte in ihren Augen. Ihr Atem ging schnell wie bei einem Bullen in einer Stierkampfarena.

»Was erlauben Sie sich …«, erwiderte Schmitts.

»Ich sage es nicht noch einmal. Verschwinden Sie!«

Offensichtlich waren Rondas letzte Worte zu scharf gewählt, denn Schmitts zog den Kopf ein, als hätte er Angst, von ihr geschlagen zu werden. Dann ging er eilig davon. »Das wird ein Nachspiel haben. Sie hören von mir, Frau Ronda!«, rief er über die Schulter.

Antonia atmete tief ein. Ihre Hände hatte sie zu Fäusten geballt, sodass die Knöchel weiß wurden.

»Oh weia, das gibt Ärger«, hörte sie Bauer sagen.

»Du hättest mir ruhig helfen können«, gab Ronda bissig zurück.

»Ich hatte nicht den Eindruck, dass du Hilfe gebraucht hättest.«

»Wenn du meinst.« Sie schnippte mit den Fingern. »He, wir sagen einfach, er hat mich angegriffen.«

»Da mach ich nicht mit.«

»Ist okay, beruhige dich. War nur ein Witz. Der soll uns unsere Arbeit machen lassen. Los, steh nicht rum, sondern befrag mal lieber die wenigen Leute, die noch da sind. Ich werd mal schauen, was die SpuSi gefunden hat. Anschließend fahren wir ins Krankenhaus, um mit dem Freund des Opfers zu sprechen.«

»Jawohl, Sir, Madam Sir«, salutierte Bauer.

Ohne auf die Anspielung einzugehen, ging Ronda in Richtung der in weißen Overalls gekleideten Personen am gegenüberliegenden Ende des Treppenabganges.

»Was habt ihr gefunden?«, rief Ronda von Weitem.

»Hallo, Frau Ronda. Haben Sie heute nicht frei?«, antwortete einer der Kollegen von der Spurensicherung. Sein

Gesicht war kreisrund eingerahmt von der Kapuze des Overalls.

Ronda erinnerte der Anblick an Kenny, eine Figur aus der Serie ›South Park‹.

»Hallo, Martens. Eigentlich schon. Aber Irre, die in S-Bahnen auf Fahrgäste schießen, interessieren sich leider nicht für freie Tage.«

Bevor er Ronda antwortete, drückte er einem Kollegen etwas in die Hand und zeigte auf den Tatort. Der jünger wirkende Mann ging mit einem leichten Kopfnicken an Ronda vorbei in Richtung der S-Bahn. Sein weißer Anzug raschelte beim Gehen wie eine leere Plastiktüte im Wind.

»Unglaublich, nicht? Erst die junge Frau im Hauptbahnhof und jetzt die beiden hier«, sagte Martens, als Ronda vor ihm stand.

»Alle drei sind gleich alt. Wenn das mal nichts zu bedeuten hat …«, mutmaßte Ronda.

»Was Spuren angeht, muss ich Sie leider enttäuschen. Wir können bei der Masse an Finger- und Schuhabdrücken beim besten Willen nicht feststellen, welche vom Täter sind. Lediglich ein paar verschmorte Stofffasern mit Schmauchspuren haben wir gefunden.«

»Wurde ein Schalldämpfer verwendet?«

»Das kann ich nicht sagen. Eventuell stammen die Stofffasern vom Täter. Um Genaueres zu erfahren, müssen wir auf den Bericht der Gerichtsmedizin warten.«

»Wie sieht es mit Patronenhülsen aus?«

»Neun Millimeter, vermutlich mit einer Automatik abgefeuert.«

»Sind die Überwachungsbänder brauchbar?«

»In der Bahn gibt's keine Kameras. Auf den Aufnahmen vom Bahnsteig sieht man nicht in den Zug hinein.

Wir können aber die Leute sehen, die ein- und ausgestiegen sind. Vielleicht hilft euch das weiter.«

»Ja, vielleicht. Legen Sie mir die Aufnahmen bitte auf mein Laufwerk. Sonst was?«

Martens schüttelte den Kopf. »Tut mir leid. Man mag es kaum glauben, aber manchmal ist man da am unsichtbarsten, wo einen jeder sieht.«

»Kaum zu glauben. Zwei Schüsse in einer S-Bahn, ein Toter und kein Mensch hat was gesehen. Das gibt es doch nicht.« Ronda hielt kurz inne. »Wissen Sie was von dem Fall am Hauptbahnhof?«

»Ich war dort gerade fertig, als ich hierher gerufen wurde. Da sieht es ähnlich aus. Keiner hat was gesehen, und es gibt keine verwertbaren Spuren oder Hinweise.«

»Haben Sie dort Patronenhülsen gefunden?«

»Ja. Neun Millimeter. Auf den ersten Blick die gleichen wie hier.«

Rondas Handy klingelte. Sie hob ab. »Ronda.« Während sie dem Anrufer zuhörte, hob sie ihre freie Hand entschuldigend.

Am anderen Ende der Leitung war das Pflegeheim. Sie hatten ihre Mutter immer noch nicht gefunden. »Verdammt noch mal, das gibt es doch nicht. Suchen Sie nach ihr. Gnade Ihnen Gott, wenn Sie meine Mutter nicht finden oder sie irgendwo erfroren ist.« Dann beendete sie das Gespräch.

»Ärger?«, hörte sie Martens ruhige, tiefe Stimme hinter sich fragen.

»Ärger ist untertrieben. Wir haben einen Schützen in der Stuttgarter S-Bahn, und meine Mutter ist aus ihrem Pflegeheim ausgebüxt und unauffindbar.«

»Oh, das hört sich aber nicht gut an.«

Einen Moment lang sagte keiner etwas. Dann brummte Martens leise: »Und ich vermute, der Ärger reißt nicht ab.« Er nickte knapp jemandem über Rondas Schulter zu.

Sie drehte sich um. Vor ihr stand ihr Chef. »Herr Schneider, was machen Sie denn hier?«, fragte sie verwundert.

»Die Frage ist wohl eher, was Sie hier machen!«, bellte er ohne Begrüßung los.

»Ach, hat sich Herr Schmitts bei Ihnen beschwert? Das ging aber schnell.« Diese kleine Ratte hatte offensichtlich nichts Besseres zu tun, als die Ermittlungen zu behindern, indem er sie bei ihrem Vorgesetzten anschwärzte, dachte sie.

»Ja, das hat er, aber allein deswegen bin ich nicht hier. Gegen Sie liegt eine weitere Beschwerde vor. Sie haben in Göppingen einen Jugendlichen beinahe überfahren, dann haben Sie ihn tätlich angegriffen, ihm gedroht und anschließend Fahrerflucht begangen.«

Auch wenn Ronda sich an alles genau erinnerte, hörte es sich durch Schneiders Mund viel schlimmer an, als sie es für sich verbucht hatte.

»Damit nicht genug. Sie sind einem Beamten der VBS gegenüber überaus aggressiv geworden. Sind Sie eigentlich von allen guten Geistern verlassen?«

»Ich … äh …«

»Ich will nichts hören. Frau Ronda, gehen Sie nach Hause. Ich will Sie hier nicht mehr sehen. Der Fall geht an Bauer. Verschwinden Sie, bevor Sie noch mehr anrichten.«

»Das ist nicht Ihr Ernst! Okay, ich gebe zu, dass ich mich nicht gerade mit Ruhm bekleckert habe, aber …«

»Gehen Sie. Wir werden noch Gelegenheit haben, uns darüber zu unterhalten, heute Nacht gibt es jedoch Wichtigeres zu tun. Heute brauche ich Beamte mit klarem Verstand. Verlassen Sie jetzt den Tatort.«

Ronda starrte Schneider wütend an. Ihre Wangen brannten vor Hitze.

»Melden Sie sich morgen früh um zehn Uhr bei mir im Büro. Gute Nacht.« Ohne darauf zu warten, ob Ronda seinen Befehl befolgte, ließ er sie stehen und ging davon.

Ronda war außer sich. Das war ihr Fall, sie hatte dafür auf ihren freien Abend bei André Bürkle verzichtet. Es war einfach nicht fair von Schneider, sie jetzt deshalb davon abzuziehen.

Aber was sollte sie tun? Schneider hatte ihr eindeutig zu verstehen gegeben, dass sie nach Hause gehen sollte. Er war der Chef, und sich mit ihm anzulegen, wäre nicht sonderlich klug – wie sie bereits aus Erfahrung wusste. Resigniert schaute Ronda auf ihre lederne Armbanduhr. Es war kurz nach ein Uhr nachts. Erst in neun Stunden würde sie die Möglichkeit haben, mit Schneider noch einmal in Ruhe darüber zu sprechen.

Und jetzt? Schlafen gehen?

Auf keinen Fall.

Sofort kam ihr der Gedanke, dass sie sich jetzt an der Suche nach ihrer Mutter beteiligen könnte. Also ging sie schnellen Schrittes in Richtung ihres Wagens.

Dort angekommen traf sie fast der Schlag, als sie sah, welche Massen an überwiegend jungen Leuten sich um den abgesperrten Bahnhofseingang versammelt hatten. Sie hielt einem der uniformierten Polizisten ihren Ausweis unter die Nase und fragte: »Wo kommen denn die ganzen Gaffer her? Das sind ja Hunderte.«

»Über YouTube«, antwortete der junge Beamte kurz.

»Wie, über YouTube?«, gab sie schnippisch zurück.

»Na, die Leute am Bahnsteig haben Videos mit ihren Handys gemacht, sie direkt bei YouTube eingestellt und den Link mit Handys über Twitter oder Facebook und so weiter an ihre Bekannten verschickt.«

Ronda schüttelte den Kopf. »Mein Gott, ich glaube ich werde alt.« Eilig ging sie zu ihrem Wagen, schloss die Fahrertür auf, nahm das Blaulicht vom Dach und setzte sich hinein. Als sie die Tür schloss, verebbte augenblicklich der Lärm von Hunderten durcheinander sprechenden Menschen, und zurück blieb nur ein dumpfes Rauschen.

Plötzlich hörte sie ein leises Pfeifen. Hinzu kamen Satzfetzen, die wie Blitze durch ihr Gehirn jagten.

»Verschwinden Sie …«

»Wir können sie nicht finden …«

»Keine Spuren …«

»Auf einen Fahrgast geschossen …«

»Zwei Tote …«

Immer lauter brüllten die Stimmen auf Ronda ein. Der Drang, aus vollem Hals zu schreien, wurde beinahe übermächtig. Nervös startete sie den Wagen und drehte die Musik auf, um den Lärm in ihrem Kopf zu übertönen. Die Stimmen verstummten augenblicklich.

Ronda atmete tief aus. Dann bahnte sie sich langsam mit ihrem Auto einen Weg durch die Menschenmenge in Richtung Straße. Sie nahm dieselbe Strecke zurück, die sie gekommen war – die schnellste in Richtung Göppingen.

Plötzlich fiel ihr etwas ein. Sie warf einen Blick in den Rückspiegel, riss das Lenkrad nach links und schoss über die dreispurige Gegenfahrbahn in einen schmalen Weg.

VIII

Germanien
243 n. Chr.

Bereits seit drei Tagen und zwei Nächten trieb es mich in Richtung Norden. Immer entlang des römischen Walls, da ich mir dort am meisten Schutz vor Überfällen erhoffte. Die Landschaft, die ich entlang des Limes durchschritt, war wunderschön. Niemals hätte ich gedacht, dass das Land jenseits der Grenzen unseres Dorfes so faszinierend sein könnte. Ich passierte hohe Hügel und tiefe Täler. Dabei musste ich zwei Flüsse durchwaten, um voranzukommen.

Was ich auf meinem langen Marsch allerdings nicht zu Gesicht bekam, war ein Dorf. Abgesehen von den römischen Soldaten, die den Limes bewachten, traf ich keinen einzigen Menschen. Niemand, der mir ein sicheres Lager für die Nacht bot oder mir sagen konnte, wo das Dorf, das ich suchte, zu finden war. Langsam quälte mich der Hunger, der immer mächtiger wurde.

Am dritten Tage hatte ich eine unheimliche Begegnung. Dort, wo entlang des Walls die hohen Häuser aus Stein standen – die Römer nannten sie Türme –, gab es Durchlässe, die breit genug waren, um Ochsengespanne passieren zu lassen. Diese Durchgänge wurden im Normalfall von vier römischen Soldaten bewacht.

Als ich mich das erste Mal solch einem Durchlass zur römischen Seite näherte, dachte ich, Kinder würden an den Toren stehen. Als ich näher herangekommen war, erkannte ich die langen Lanzen, welche die Soldaten vor sich aufgestellt hatten. Die Hölzer der Waffen waren gut doppelt so lang wie die Männer selbst.

Im Schutze des angrenzenden Waldes beobachtete ich sie eingehender. Mit einer Hand hob ich meine Kleider an, damit sie nicht über den Boden schleiften und Geräusche verursachten. Mit der anderen schützte ich mein Gesicht vor dem dichten Unterholz des Waldes. So schlich ich mich lautlos Schritt für Schritt näher an die Wachen heran.

Als ich nahe genug war, um die Gesichter der Männer zu erkennen, bemerkte ich, dass eine der Wachen im Stehen schlief. Er lehnte mit dem Rücken an der hölzernen Mauer und hatte den Kopf auf den Arm gestützt, der die Lanze hielt. Zwei andere stolzierten mit einem seltsamen Gang, als wären ihre Beine steif, in Richtung Turm. Der Vierte hielt sich an seiner Lanze fest, um nicht umzufallen. Da er wankte wie eine junge Linde im Wind, glaubte ich, dass er betrunken war.

Plötzlich knackte es in einiger Entfernung von mir im Wald. Der schlafende Römer wachte auf und sein Kopf schnellte nach oben. Dabei fiel ihm sein metallener Helm vom Kopf; schwarze dichte Locken kamen zum Vorschein. Der Soldat bückte sich nach seinem Kopfschutz, verlor das Gleichgewicht und fiel vornüber auf den von schweren Wagenrädern zerfurchten Weg. Bei diesem Anblick konnte ich mir gerade noch ein verräterisches Lachen verkneifen. Der andere Römer holte mit seiner Lanze aus und schlug sie wie zur Strafe der Länge nach auf den Rücken des umgefallenen Mannes. Dann brüllte er ihm etwas in rauem Ton zu, was ich nicht verstand.

Der Schwarzhaarige rappelte sich auf und stellte sich wieder aufrecht hin. Dabei fasste er sich mit schmerzverzerrtem Gesicht an seinen Rücken.

Aus dem Wald trat eine zerlumpte Gestalt mit zerrissenen Kleidern und blutverkrusteten Füßen. Der Figur nach handelte es sich um einen großen Mann. Sein Gesicht sah ich nicht, denn er hatte mir den Rücken zugewandt. Dann hörte ich eine leise, gebrochene Stimme sagen: »Helft mir. Bitte, helft mir.«

Die Römer waren zu sehr in ihren Streit vertieft, als dass sie auf den zerlumpten Mann aufmerksam geworden wären. Er trat näher an sie heran. Der Sprache nach vermutete ich, dass er dem Stamm der Alamannen angehörte. Ich kannte deren Dialekt, da wir einmal in unserem Dorf einem Alamannen während eines schweren Gewittersturms Unterschlupf gewährt hatten.

Mein Herz schlug mir vor Aufregung bis zum Hals. Ich wollte rufen: ›Nicht weitergehen!‹, brachte vor Angst jedoch keinen Ton heraus. Also starrte ich gebannt auf das, was sich vor mir abspielte.

Der Mann näherte sich den Römern. Währenddessen wiederholte er immer wieder, dass er Hilfe benötigte. Nachdem die beiden Römer ihn bemerkt hatten, stellten sie sich breitbeinig in den Eingang und kreuzten die Lanzen. Unbeirrt ging er weiter auf sie zu.

Der Betrunkene brüllte etwas, zückte von seinem Gürtel ein kleines Messer und hielt es mit weit ausgestrecktem Arm vor seinen Körper.

Als wenn ein alter Baum gefällt worden wäre, knickten dem Alamannen die Beine weg und er fiel den Römern direkt in die Arme. Denen blieb nichts anderes übrig, als ihn aufzufangen. Sie mussten alle Kraft aufwenden, den stämmigen Körper zu stützen. Anderenfalls hätte er die kleinen Soldaten unter sich begraben.

Wie mit einem Donnerschlag stürzte eine Horde junger

Männer mit tosendem Gebrüll aus den Bäumen auf den Durchgang zu. Sie hatten Knüppel, einfache Schwerter und brennende Fackeln bei sich. Es waren gut 20 Mann. Vor Schreck legte ich mich flach auf den Boden und presste mir, um nicht zu schreien, beide Hände auf den Mund. Mein Herz raste vor Angst. Fassungslos starrten die Römer, die noch immer den Mann hielten, die heranrasende Meute an.

Mit einer kurzen Bewegung nahm der Alamanne, der bis eben mehr dem Tode als dem Leben nahe zu sein schien, dem betrunkenen Römer den Dolch ab. Dann holte er weit aus und stach ihm brutal ins Gesicht. Der Soldat jaulte auf. Er hielt sich sofort die Hände an den Kopf; Blut quoll durch seine Finger. Vorsichtig tastete er nach dem Griff des Dolches, der in seinem Auge steckte. Bevor er die Möglichkeit hatte, die Klinge herauszuziehen, erschlafften seine Arme. Sein Körper wurde weich, als wäre auf einen Schlag all seine Kraft entwichen. Die Beine knickten zusammen wie Strohhalme, und er fiel mit dem Gesicht voraus auf den Weg. Der aus dem Schädel ragende Griff ließ seinen Kopf eine Handbreit über dem Boden schweben.

Der andere Römer hielt immer noch den Arm des vermeintlich Schwerkranken fest und starrte schockiert auf seinen Freund, der reglos am Boden lag. Blut rann über den Dolchgriff auf die Erde. Als er endlich verstand, was vor sich ging, ließ er den Mann los. Ungelenk versuchte der Römer, sein Schwert aus der Scheide zu ziehen. Panik loderte in seinem Blick auf, als er merkte, dass sich seine Waffe verkeilt hatte. Der plötzlich Genesene nutzte diesen Moment aus und rollte schnell zur Seite. Der Römer schaffte es, sein Schwert zu ziehen. Er holte zum Schlag aus, verharrte dann aber in seiner Bewegung – den Arm mit dem Schwert nach oben gereckt.

In seiner Brust steckte ein langer Speer.

Der Römer taumelte und drehte sich um sich selbst. Der Speer hatte ihn regelrecht durchbohrt. Ein handlanges Stück der Waffe schaute aus seinem Rücken hervor. Er öffnete schockiert den Mund – Blut sickerte heraus.

Beim nächsten Wimpernschlag hatte die lärmende Meute den Durchgang erreicht. Mit einem gezielten Schlag trennte ein Angreifer dem noch immer taumelnden Römer das Haupt vom Rumpf.

Die beiden anderen römischen Soldaten hatten zwischenzeitlich mitbekommen, was hier vor sich ging. Sie standen auf einem hölzernen Umgang, der knapp unterhalb des Daches um den Turm herumführte. Sie schienen starr vor Schreck. Als auch noch dicker Rauch durch die kleinen Fenster des Turmes drang, liefen sie wie Hühner, die von einem Fuchs verfolgt wurden, kopflos hin und her. Bald stand der Turm in Flammen. Einer der Römer stürzte sich blind vor Panik vom Gebäude und wurde am Boden bereits von den Angreifern erwartet. Was mit ihm geschah, konnte ich nicht sehen, da der Wall meinen Blick darauf verdeckte.

Der andere Soldat stand noch immer oben am Turm. Ich sah die blanke Angst in seinem Gesicht. Unvermittelt drehte sich der Mann um und verschwand durch einen schmalen Durchgang im Inneren des Turmes. Schmerzensschreie ertönten aus dem Gebäude. Wenig später taumelte ein lichterloh brennender Mensch aus dem Eingang des Turms. Die Gestalt preschte durch die Reihen der Angreifer, welche um den Turm versammelt standen. Anstatt ihn zu verfolgen, lachten die Männer lauthals auf. Dann drehten sie sich um und gingen, ohne sich weiter für den fliehenden Römer zu interessieren, tiefer in römisches Gebiet hinein.

Schockiert stellte ich fest, dass der brennende Soldat direkt auf mich zulief. Der Anblick, der sich mir bot, war schrecklich. Seine Kleidung stand vollkommen in Flammen. Selbst seine nackten Arme und Beine brannten. Sein Kopfhaar war dem Feuer bereits zum Opfer gefallen. Zurück war nur eine rissige lodernde Masse geblieben, zwischen welcher der Schädel zum Vorschein kam. Die Lippen des Mannes waren aufgeplatzt. Einzig der Lederpanzer über seiner Brust schien dem Feuer noch zu trotzen. Aus der Kehle des Römers drangen solch schmerzerfüllte, erstickte Schreie, dass sie sich direkt in meine Seele bohrten.

Nur vier Schritte von mir entfernt warf sich der Mann auf den Boden. Unter grauenhaften Schmerzensschreien wälzte er sich im Staub, um das Feuer zu ersticken. Dieses Häufchen Elend sah keineswegs aus, als würde es sich im nächsten Moment in eine Bestie verwandeln. Ich musste diesem armen Mann helfen. Ohne weiter nachzudenken, verließ ich mein schützendes Versteck und lief zu ihm hinüber. Der beißende Gestank von brennendem menschlichem Fleisch stieg mir in die Nase. Diesen Geruch kannte ich nur zu gut.

Ich nahm meinen Umhang ab und warf ihn über den Mann. Die Flammen erloschen unter dem dicken Stoff.

Ich ging neben ihm in die Knie und hob den Umhang an der Stelle, an der ich seinen Kopf vermutete, ein wenig an. Der Stoff klebte an seiner Haut und zog beim Abziehen schleimige Fäden. Aus dem haarlosen Gesicht, in dem die Haut kaum mehr als schwarz verbranntes Leder war, schauten mich wilde lidlose Augen panisch an. Sie zuckten wild umher, als suchten sie etwas. Sein Atem ging schnell und stoßweise.

Dann krallten sich seine Hände in meine Kleider, und er zog mich zu sich hinunter. Der Gestank, der von ihm ausging, brachte mich zum Würgen. Plötzlich weiteten sich seine Augen. Eine seiner Hände ließ von meinem Arm ab.

Aus dem verkohlten Loch, das einmal sein Mund gewesen war, kam ein Laut, der wie ›Barbarus‹ klang. Blitzschnell bekam er die Lanze an meinem Gürtel zu fassen und stieß sie mir in die Seite. Ein brennender Schmerz durchfuhr meinen Körper.

Ich schrie vor Schmerzen laut auf. Schnell krabbelte ich auf Knien außer Reichweite seiner Arme. Ich spürte warme Flüssigkeit über meine Hüfte laufen. Meine Seite brannte wie Feuer. Er hatte mich verletzt. Um die Wunde betrachten zu können, öffnete ich meinen Gürtel, hob den weiten Chiton an und sah, dass mein enger Chiton von Blut getränkt war. Ein langer Schnitt klaffte im Stoff. Vorsichtig hob ich das Kleid am Schnitt hoch und riss es weiter auf, um die Wunde darunter zu sehen. Die Klinge hatte mich oberhalb der Hüfte erwischt, mir dabei einen vier Finger breiten, tiefen Schnitt zugefügt. Bei jeder Berührung glaubte ich, der Schmerz würde mir das Bewusstsein rauben.

Ich blickte um mich – niemand war zu sehen. Aus der Ferne drangen mir das Gelächter und Gebrüll der Männer, die all das kurz zuvor angerichtet hatten, ans Ohr.

Was hätte meine Mutter mir jetzt geraten?

Du musst die Wunde, um sie zu säubern, mit Wein beträufeln. Danach legst du Spinnweben darauf, damit das Blut nicht mehr herausfließen kann. Dann musst du den Schnitt mit Tüchern zusammenbinden, damit das Fleisch zusammenwachsen kann.

Meine Hoffnung, in nächster Zeit an Wein zu kommen, starb in dem Moment, als der Turm unter lautem Getöse in sich zusammenfiel.

Ich wusste, dass ich die blutende Wunde dringend versorgen musste. Also riss ich von meiner Kleidung ein Stück Stoff ab und band es mir fest um den Bauch. Spinnweben würde ich im Wald zur Genüge finden. Zuvor musste ich aber sichergehen, dass der Römer wirklich tot war. Ein römischer Untoter, der hinter mir her war, war das Letzte, was ich gebrauchen konnte. Deshalb schleppte ich mich zurück zu dem verbrannten Römer. Um meine Lanze an mich zu bringen, öffnete ich seine fest um die Waffe geschlossenen Finger und legte die Klinge an seinen Hals, um ihm die Kehle durchzuschneiden. Da ich Derartiges nie zuvor getan hatte, wusste ich nicht, wie viel Kraft ich dafür benötigte. Also drückte ich so fest ich konnte, fuhr mit der scharfen Klinge von einer Seite zur anderen, bis ich an etwas Hartem in der Mitte seines Halses abrutschte. Die Lanzenspitze bohrte sich tief in den trockenen Boden. Die ruckartige Bewegung ließ den Schmerz in meiner Seite aufflackern. Ich blieb einen Moment still sitzen, schloss die Augen und hielt die Luft an, bis der Schmerz nachließ.

Als ich meine Augen wieder öffnete, traf mein Blick die erbärmlichen Überreste des Römers vor mir. Ich hatte ihm mit der Lanze, mit welcher mein Mann getötet worden war, beinahe den Kopf von den Schultern getrennt. Dabei war viel Blut auf meine ohnehin völlig verdreckte Kleidung gespritzt. Hinzu kamen der lange Schnitt an meiner Hüfte und das frische Blut, das daraus tropfte. Meine Finger umklammerten die Lanze. Blut rann von der Klinge auf meine Hand. So viel Blut – diese Waffe musste von den Göttern verflucht worden sein. Sie brachte nichts als Schmerz und Verderben.

Und wieder saß ich im Schmutz, war am Ende meiner Kräfte und wusste nicht, was ich tun sollte. Im Gegensatz zu den vielen Toten in meinem Dorf lag dieses Mal nur eine Leiche vor mir. Aber auch dieser Mann war auf grausigste Art und Weise zu Tode gekommen.

Was sollte ich jetzt tun? Wo war das Dorf, von dem mir meine Mutter erzählt hatte? Würden dessen Einwohner mich überhaupt aufnehmen? Eine Frau, die über und über mit Blut besudelt war und ohne Mann reiste? Hinzu kam, dass ich verletzt war. Ich legte mir einen Plan zurecht. Zuerst musste ich die Wunde versorgen, um nicht womöglich daran zu sterben. Danach brauchte ich dringend etwas zu essen und zu trinken. Dann würde ich weiter nach dem Dorf suchen. Vielleicht ging ich ja den falschen Weg, kam es mir in den Sinn. Vielleicht lag das Dorf nicht am Wall, sondern an einem Fluss – wie unser Dorf?

Ich schleppte mich vier Tage lang durch den nicht enden wollenden Wald. Ich war mir sicher, dieses Dickicht würde mein Grab werden. Die Schmerzen in meiner Seite waren mitunter unerträglich. Ich hatte zwar Spinnweben gefunden und damit meine Wunde versorgt, aber sie heilte sehr langsam. Immer wieder sickerte frisches Blut durch den Stoff, den ich um meinen Bauch gebunden hatte.

Am fünften Tag erreichte ich eine Lichtung im Wald. Einige Holzreste qualmten in der Mitte der kreisrunden Fläche. Bis vor Kurzem war also jemand hier gewesen. Ein Lagerplatz war aber nicht erkennbar. Ich ging vorsichtig auf die Feuerstelle zu. Das Moos rings herum war plattgedrückt, vermutlich von mehreren Körpern, die dort gesessen hatten. Ich erkannte unterschiedlich große Fußabdrücke. Über der glühenden Asche war mit dicken Stöcken eine Halterung für einen Spieß angebracht. Rings um die Feuerstelle fand ich abgenagte Tierknochen.

Vielleicht waren es auch Römer gewesen, die hier gegessen hatten, dachte ich. Diese Vermutung trieb mir die Angst in die Glieder. Blitzschnell huschte ich zurück in das Dickicht, aus dem ich gekommen war. Dort verharrte ich für einen Moment. Neben dem Rascheln der Blätter und dem Gesang der Vögel hörte ich auf einmal Stimmen. Tiefe, raue Männerstimmen. Ich spitzte die Ohren, um festzustellen, aus welcher Richtung sie kamen. Sie schienen sich von der gegenüberliegenden Seite der Lichtung zu nähern. Ich konnte hören, dass mehrere Männer durcheinander sprachen. Was sie sagten, verstand ich aber nicht. Ich duckte mich hinter einen Busch und starrte gebannt auf die Lichtung. Die Worte drangen immer lauter zu mir herüber, sodass ich langsam deren Inhalt verstand.

»Da haben wir einen guten Fang gemacht«, polterte einer.

Mein Herz machte einen Sprung. Sie sprachen meine Sprache. Sicherlich waren sie auf der Jagd nach Wildschweinen. Mir lief sofort das Wasser im Mund zusammen. Vielleicht würden sie gleich ein üppiges Mahl bereiten. Ich war endlich in Sicherheit. Ich sprang auf, um mein Versteck zu verlassen. Zu schnell – sofort ließ mich ein Brennen wie von einer heißen Klinge aufstöhnen. In diesem Moment schoben sich die Gestalten durch die grüne Wand. Es waren fünf hochgewachsene Männer. Gekleidet in dunkle Umhänge, wie ich sie von den Männern meines Dorfes kannte. Einer trug ein Bündel über seiner Schulter. Beine strampelten wild, und eine Frauenstimme kreischte panisch.

»Stopf ihr das Maul«, knurrte ein großer Mann mit wildem Bart. Er hatte eine Statur wie eine Eiche. Breite Schultern und dicke Beine, die sich unter seinem Gewicht nach außen bogen. Ich vermutete, dass er der Anführer der Gruppe war.

Ein älterer Mann trat von hinten zu dem Kumpan, der die Frau auf dem Arm hatte, und schlug ihr mit der Faust ins Gesicht.

Als hätte mich Thors Hammer getroffen, realisierte ich, was das für Männer waren. In unserem Dorf ging seit einiger Zeit das Gerücht um, dass nicht nur die Römer, sondern auch Männer unseres eigenen Volkes Jagd auf uns machten. Sie stahlen Mädchen und junge Frauen von den Feldern. Dann lieferten sie sie den Römern im Tausch gegen Waffen, römische Münzen oder Schmuck aus.

Entsetzt warf ich mich zurück in das Gebüsch. Der aufflammende Schmerz in meiner Seite nahm mir beinahe das Bewusstsein. Im nächsten Moment spürte ich, wie etwas Warmes über meine Haut lief.

Einer der Männer drehte sich in meine Richtung um.

»Was war das?«, blaffte der Anführer.

Ein dürrer Junge, kaum dem Knabenalter entwachsen, zuckte mit den Achseln. Der bärtige Kerl verpasste ihm einen Tritt in den Hintern und schrie: »Schau nach, du faules Stück Scheiße!«

Der Junge duckte sich, als erwarte er als Nächstes einen Schlag gegen den Kopf. Dann trottete er in meine Richtung.

Lauf weg, dachte ich.

Unter starken Schmerzen kam ich auf die Beine. Ich rannte geduckt, so schnell meine Füße mich trugen, durch das dichte Unterholz des Waldes. Zweige peitschten mir ins Gesicht. Immer wieder stolperte ich über Äste und

Wurzeln. Die schmerzende Wunde ließ keinen klaren Gedanken zu.

»He, ich glaub, da ist jemand«, rief der Junge den anderen zu.

»Dann lauf hinterher und fang ihn«, brüllte der bärtige Mann so laut, dass ich den Eindruck hatte, der Boden würde erzittern.

Im nächsten Moment hörte ich schnelle Schritte hinter mir. Schwer keuchend versteckte ich mich hinter einem großen Baumstamm. Ich lugte um den Stamm herum, um zu sehen, wie viel Vorsprung ich hatte. Der Junge war keine 50 Schritte mehr von mir entfernt.

Ich rannte mit all meiner Kraft, die ich noch im Körper hatte, weiter. Die Schritte hinter mir kamen immer näher. Ich schlug einen Haken und versteckte mich hinter der großen Wurzel einer umgefallenen Tanne. Dabei riskierte ich einen weiteren Blick über die Schulter. Der Junge hatte bis auf 20 Schritte aufgeholt. Ich musste mir schnell etwas einfallen lassen.

Auch er war abrupt stehen geblieben. In seinen Augen konnte ich Verwunderung sehen. Die Überraschung wich einem schiefen Grinsen, wobei er ein braunes Gebiss entblößte. Langsam kam er einen Schritt nach dem anderen auf mich zu. Ich zog die blutverkrustete Lanze aus meinem Gürtel. Mein Arm zitterte, als ich sie ihm drohend entgegen hob.

»Keinen Schritt weiter oder ich bringe dich um«, sagte ich. Meine Stimme zitterte vor Angst. Vor meinen Augen begann sich der Wald zu drehen. Ein seltsam leeres Gefühl machte sich in meinem Kopf breit.

»Schätzchen, leg das Ding weg. Ich tu dir nichts«, antwortete er mit ruhiger Stimme.

»Bleib, wo du bist. Ich habe vor Kurzem erst einen Römer getötet. Ich zögere nicht, noch einen Menschen umzubringen.« Die Worte klangen hohl und weit entfernt, obwohl sie aus meinem Mund kamen.

Plötzlich herrschte Stille.

IX

Rielingshausen bei Marbach am Neckar
Gegenwart

André Bürkle war todmüde, als er endlich nach Hause fuhr. Das Konzert hatte bis kurz vor zwei Uhr gedauert. Danach hatten sie alles abbauen, putzen und aufräumen müssen. Um Viertel nach vier Uhr hatten sie es schließlich geschafft. Am Ende klopfte sich die gesamte Crew anlässlich ihres Erfolges noch einmal gegenseitig auf die Schultern, ehe sie alle nach Hause fuhren.

Bürkle hatte es nicht weit. Er wohnte seit seinem Dienststellenwechsel nach Stuttgart in einem kleinen Vorort von Marbach sieben Kilometer außerhalb der Kleinstadt. Ganz konnte er sich nicht an das Stadtleben gewöhnen und genoss es jeden Abend, den Trubel und den Lärm hinter sich zu lassen und in sein ruhiges, beschauliches Rielingshausen zurückzukehren. Der Ort war im Vergleich zu den Gemeinden, die näher an Stuttgart lagen, relativ sicher. Jeder kannte jeden. War man nicht zu Hause, gaben die

Nachbarn darauf acht, dass nicht eingebrochen wurde. Es hatte ein wenig gedauert, bis Bürkle von den Rielingshäusern akzeptiert worden war. Seit er sich aber bei dem alljährlichen Feuerwehrfest als äußerst trinkfest erwiesen hatte, war er voll und ganz in ihre Reihen aufgenommen worden.

Die Verkehrsanbindung mit öffentlichen Verkehrsmitteln an Stuttgart war trotz der ländlichen Lage optimal. Ganz im Gegensatz zu den Straßenverhältnissen. Die Entfernung von seinem Haus bis zum LKA nach Stuttgart betrug gerade einmal 30 Kilometer. Hatte er vor, mit seinem Wagen die Strecke zu fahren, benötigte er hierfür im Berufsverkehr eine Stunde – wenn es gut lief. In derselben Zeit erreichte auch die Bahn Stuttgart. Allerdings ohne Stress und Ärger über andere Verkehrsteilnehmer. Er musste nur mit dem Bus nach Marbach und von dort mit der S-Bahn nach Stuttgart fahren. Dieser Luxus, nahezu egal wann, an jeden beliebigen Ort ohne Auto zu kommen, war für ihn ein echter Gewinn.

Endlich zu Hause.

Er stellte den Motor ab und blickte neben sich auf den Beifahrersitz. »Wach auf, wir sind da«, sagte er leise.

»Hm …«, brummte eine verschlafene Stimme.

Bürkle stieg aus, ging um sein Fahrzeug herum und öffnete die Beifahrertür. Heraus stieg eine Frau mit langen blonden Locken. Sie trug die schwarze Kleidung, auf die sich die Barcrew für den Abend geeinigt hatte.

Bürkle führte sie am Arm langsam in Richtung seines Hauses. Unterwegs gähnte die junge Frau so stark, dass Bürkle Angst hatte, sie würde sich den Kiefer ausrenken.

»Ab mit dir ins Bett«, sagte er, nachdem er die Wohnungstür geöffnet hatte. Die Blondine tapste ohne Widerrede in Richtung Schlafzimmer. Nach einigem Herumpoltern flitzte sie in einem viel zu großen weißen T-Shirt ins Bad.

Bürkle ging zum Kühlschrank auf der Suche nach etwas Essbarem. Dieser war jedoch beinahe leer.

Bürkle hörte, wie die Badezimmertür sich öffnete und nackte Füße über das Laminat liefen.

In der Tür des Kühlschrankes fand er eine geöffnete Flasche Riesling aus dem Elsass. Er nahm die Flasche heraus, löste den Korken und roch daran. Der sanfte Geruch nach einer Spur von Aprikosen und Apfel stieg ihm in die Nase. Dann goss er sich den wenigen Rest des Weines in ein Glas, das er zuvor aus einem Küchenschrank geholt hatte.

Müde setzte er sich auf sein Sofa und legte die Füße auf den Couchtisch. Er lehnte sich zurück und schloss die Augen für einen Moment.

Das war ein Spaß, dachte er.

Als er die Augen wieder öffnete, fiel sein Blick auf die aktuelle Ausgabe eines Magazins über Gleitschirmfliegen, die auf dem Tisch lag. Er nahm die Zeitschrift und begann, darin zu blättern.

Als er vor wenigen Monaten angeschossen worden war und einige Wochen im Krankenhaus verbringen musste, war ihm damals vor Langeweile fast die Decke auf den Kopf gefallen. Irgendwann erinnerte er sich an das letzte Opfer des Serienmörders, den er damals gejagt hatte: ein junger Mann, der leidenschaftlich gerne Gleitschirm flog. Bürkle hatte einmal mit Ronda zusammen den Gleitschirmfliegern zugeschaut, wie sie scheinbar schwerelos durch die Luft schwebten und in unsichtbaren Aufwinden kreisten. Teilweise nah an einem Hang, teilweise Hunderte von Metern über Grund.

Von den Besuchern, die zu ihm ins Krankenhaus kamen, ließ er sich daraufhin Gleitschirm-Magazine mitbringen. Darin las er, dass mit diesem Fluggerät, das in einen größeren Trekkingrucksack passt, Überlandflüge von bis zu 500 Kilometern zurückgelegt und Flughöhen von weit über 5.000 Metern erreicht werden können.

Das Fliegen hatte begonnen, ihn in seinen Bann zu ziehen. Bürkle kaufte sich ein Macbook, damit er im Krankenhaus das Internet nach Informationen rund um das Gleitschirmfliegen durchstöbern konnte. Er holte Preise für Ausrüstung und Flugausbildung ein und schaute sich massenhaft Bilder und Videos von Gleitschirmfliegern an. Innerhalb von kurzer Zeit war er über die Gleitschirmszene bestens informiert. Nachdem er eine bunte Auswahl an Flugschulen in Baden-Württemberg und Bayern gefunden hatte, gab es für ihn kein Halten mehr.

Er wollte fliegen.

Eine Flugschule im Oberallgäu bot die gesamte Ausbildung zum beschränkten Flugschein, dem sogenannten A-Schein, zusammen mit einer kompletten Gleitschirmausrüstung für glatte 4.000 Euro an. Ohne lange darüber nachzudenken oder weitere Angebote zu vergleichen, rief er in der Flugschule an. Die Dame, mit der er telefonierte, versprach ihm, dass er nach Abschluss dieses Kurses stolzer Besitzer einer Gleitschirm-Lizenz sein würde. Beginn des Kurses war Anfang September. Also hatte er zu diesem Zeitpunkt noch etwas mehr als drei Monate, um seine Verletzungen auszukurieren. Er buchte kurzerhand den Kurs.

Von da an wandelte sich der faule, gelangweilte, bettlägerige Jammerlappen in ein übermotiviertes Energiebündel. Er ging täglich spazieren, bettelte geradezu um Termine bei der Krankengymnastik und lag ständig dem zuständigen Arzt in den Ohren, wann er denn endlich den Arm voll belasten könne.

An einem Abend, als er von einem kurzen Spaziergang zurückkehrte, ertappte er die Nachtschwester dabei, wie sie neugierig eine seiner Gleitschirm-Zeitschriften durchblätterte.

»Eigentlich müsste ich Sie jetzt verhaften«, hatte er damals amüsiert gesagt. Daraufhin hatte sie vor Schreck beinahe den Bettwagen umgeworfen, als sie hektisch aufsprang und versuchte, die Zeitschrift zu verstecken. Im weiteren Gespräch stellte sich heraus, dass die junge Frau ebenso fasziniert von dem Hobby war wie er. Sie konnte sich bisher aufgrund ihrer Flugangst aber nicht überwinden, einen Tandemflug oder einen Schnupperkurs bei einer Flugschule zu machen.

Bürkle verriet ihr, dass er sich für den Flugschein angemeldet hatte. Die Ausrüstung war von der Flugschule bereits geliefert worden und wartete bei der Post auf ihn.

Ihre Augen weiteten sich aufgeregt. Bürkle hatte der jungen Türkin versprechen müssen, ihr zu erzählen, wie es ist, Gleitschirm zu fliegen, sobald er das erste Mal geflogen war. Im Gegenzug hatte sie ihm versichert, den Ärzten von seinem Vorhaben nichts zu verraten.

Bürkle spürte, wie der Wein seine Wirkung zeigte. Seine Augen und seine Glieder wurden schwer. Er schaffte es gerade noch, seine Decke, die auf der Sofalehne zusammengefaltet lag, aufzuschlagen und über sich zu legen.

Dann schlief er ein.

X

Übertrieben ruhig fuhr Ronda um die Kurve und anschließend die Auffahrt Polizeidirektion Stuttgart hinauf. Am Rande der an das Gebäude angrenzenden Weinberge stellte sie ihr Auto ab. Auf dem Mitarbeiterparkplatz hätte sie jemand sehen können und sie wollte keinerlei Aufmerksamkeit erregen. Zu viel Angst hatte sie, noch mehr Ärger mit ihrem Chef zu bekommen, wenn er herausfand, dass sie weiterhin an dem Fall arbeitete.

So leise wie möglich schlich sie in ihr Büro im zweiten Stock. Dort nahm sie die Ermittlungsakten der beiden S-Bahn-Morde und kopierte sie. Danach legte sie die Akten zurück auf ihren Tisch, fuhr schnell den Rechner hoch und schickte sich die Videodateien der Überwachungskameras an ihre private E-Mail-Adresse. Anschließend huschte sie lautlos aus dem Gebäude.

Als sie wieder an ihrem Nissan angekommen war, setzte sie sich hinter das Steuer, kurbelte das Seitenfenster ein wenig herunter und lehnte sich zurück. Ihr Herz pochte heftig in ihrer Brust.

»Ganz ruhig«, sagte sie zu sich selbst.

Ein Blick auf die Uhr des Armaturenbretts verriet ihr, dass es kurz nach fünf Uhr morgens war. Das Schwarz der Nacht wandelte sich am östlichen Horizont bereits in ein dunkles Grau. Das blasse Funkeln der Sterne wurde vom leisen Rauschen eines Windrades, welches inmitten der angrenzenden Weinberge stand, untermalt.

Ronda hatte es gern, vor Tagesanbruch aufzustehen und der Welt beim Erwachen zuzusehen. Im Sommer hörte sie die ersten Vögel singen. Sie mochte es, die letzte Feuchte der Nacht auf ihrer Haut zu spüren. Bei diesem Gedanken entspannte sie sich ein wenig.

Nur fünf Minuten, dachte sie. Dabei schloss sie für einen Moment die Augen. Ihre Hand ruhte wie zum Schutz auf ihrer Handtasche, die auf dem Beifahrersitz lag.

Nachdem sie die Augen wieder geöffnet hatte, streckte sie sich kurz. Anschließend startete sie den Motor, schaltete das Licht ein und fuhr los. Sie lenkte ihren Wagen in Richtung Stuttgart-Hallschlag.

Etwas war seltsam. Wo sich seit Monaten sonst Scharen von Demonstranten aufhielten, um gegen den Bau von Windrädern im Auftrag der grünen Landesregierung zu demonstrieren, war es nun menschenleer. Seit Monaten wurde der ohnehin überlastete Pragsattel von Windkraftgegnern bevölkert und blockiert, was zum regelmäßigen Zusammenbruch des Verkehrs in Stuttgart führte. Hinzu kam das unglaublich hohe Gewaltpotenzial der Demonstranten, wogegen die Ausschreitungen um den Bau von Stuttgart 21 regelrecht harmlos gewesen waren. Waren doch gerade die Menschen, die die grüne Regierung aus Wut über das Bahnhofsbauvorhaben der bisherigen Landesregierung gewählt hatten, unendlich enttäuscht worden. Die neue Regierung hatte nicht nur den Bau des Bahnhofs nicht gestoppt, sondern obendrauf den Bau von Windparks in Auftrag gegeben. Und der stellte im Vergleich zu S21 eine Verletzung der schwäbischen Ehre dar. Immerhin ging es darum, Windräder an sämtlichen topografisch sinnvollen Standorten zu platzieren, also auf allen Hügeln rund um Stuttgart.

Auf der lang gezogenen Geraden hinter dem Löwensteinpark schaute Ronda auf ihren Tacho, um die zugelassene Höchstgeschwindigkeit nicht zu weit zu überschreiten.

Dabei erschrak sie heftig. Die Uhr zeigte 7.48 Uhr.

Sie war in ihrem Wagen eingeschlafen und hatte auf dem Weg hierher nicht bemerkt, dass es bereits Tag war. Jetzt spürte sie, wie ihre Augen brannten. Sie fühlten sich trocken und klebrig an. Für ihre Kontaktlinsen war ein Bad in Reinigungsflüssigkeit längst überfällig. Sie schlug mit der flachen Hand auf das abgegriffene Lederlenkrad und stieß einen lauten Fluch aus.

XI

Was für ein wundervoller Morgen. Ein Morgen mit so viel Energie und Freude. Am Tag zuvor noch war er traurig gewesen. Traurig über so viel Leid, das sich die Menschen gegenseitig antaten – allein durch Ignoranz, Hochmut, Niederträchtigkeit. Er war aber auch traurig darüber gewesen, dass ihm ein Missgeschick passiert war. Beim Klavierspiel in der Nacht hatte er deshalb lange weinen müssen.

Nun war der Schmerz überwunden, und er freute sich auf den neuen Tag – denn es war Sonntag. Sonntag war ein schöner Tag. An diesem Tag durfte er die große alte Orgel in seiner Lieblingskirche spielen. Die gewaltigen Pfeifen in Schwingung versetzen und ihnen wundervolle Tonfolgen entlocken. Keine Kirche im Umkreis von Stuttgart hatte es ihm so angetan wie diese. Und er kannte jede Einzelne, doch allein diese war seiner Ansicht nach perfekt. Die Architektur außen und innen, die reichen Verzierungen und selbstverständlich die Akustik.

Er liebte es, dort schwere, getragene Stücke zu spielen, sodass der gesamte Raum vom Klang des Instruments erbebte. Wenn sich dazu die Stimmen der Gläubigen in der Kirche erhoben, spürte er, wie sich seine Seele vom Körper löste und gemeinsam mit den Klängen im Raum umherschwebte. In diesen Momenten erfüllte dieses Gefühl sein gesamtes Sein mit Glück und Zufriedenheit. Im Geist sah er die hingebungsvoll singenden Gesichter der Kirchgänger, und er wusste, dass seine Musik ihre Herzen berührte.

An der Wohnungstür angekommen, schaute er in den Spiegel. Sein Gesicht hatte er sauber rasiert, die kurzen Haare, wie mit einem Lineal gezogen, zu einem akkuraten Seitenscheitel gekämmt. Seine Uniform, die aus dem dunklen Kapuzenpullover mit Reißverschluss und der viel zu weiten blauen Jeans bestand, passte zwar nicht zu seinem restlichen Erscheinungsbild, war aber nötig. In der Sakristei der Kirche würde er sich nämlich seiner Uniform entledigen. Darunter trug er noch ein Hemd mit Krawatte und eine Stoffhose.

Bevor er seine Wohnungstür öffnete, schaute er durch den Türspion. Es war niemand auf dem Flur. Leise trat er hinaus, zog die Tür hinter sich zu, drehte den Schlüssel zwei Mal im Schloss und rüttelte zur Sicherheit am Knauf.

Eilig ging er die ausgetretenen Holzstufen des Treppenhauses hinunter in das Erdgeschoss. Dort verharrte er kurz, drehte sich um und lief, zwei Stufen auf einmal nehmend, zurück zu seiner Wohnungstür. Mit zittrigen Fingern steckte er den Schlüssel erneut in das Schloss und drehte ihn ein weiteres Mal. Anschließend rüttelte er wieder am Türknauf.

»Zu«, stellte er fest und atmete erleichtert auf.

Er hatte vor lauter Vorfreude auf den Tag vergessen, den Schlüssel drei Mal im Schloss zu drehen – und er musste immer drei Mal gedreht werden. Das Leben benötigt feste Regeln, an die man sich halten muss, dachte er immer. Ohne Regeln hat das Leben keinen Sinn.

Er ging die Treppe wieder hinunter. Unten angekommen zog er sich die Kapuze des Pullovers über den Kopf, öffnete die alte Holztür und trat auf die Straße.

Zur S-Bahn-Haltestelle benötigte er stets knapp zwei Minuten. Er ging immer auf den rechten der nebeneinanderliegenden Steinplatten des Gehweges, wobei er seine Schrittweite so wählte, dass er genau in die Mitte jeder zweiten Platte trat.

XII

»He, hallo, André!«

Mit einem Ruck fuhr er aus dem Schlaf hoch. Vor ihm stand die kleine Blondine. Ihre Haare waren von der Nacht völlig zerzaust. Sie trug von seiner Großmutter gestrickte bunte Wollsocken, schwarz-weiße Boardshorts, die ihr viel zu groß waren, und eines seiner weißen T-Shirts, in welches sie mehrfach gepasst hätte. In ihrer rechten Hand hielt sie einen Becher Kaffee.

»André, es klingelt. Mach doch bitte auf«, sagte sie zu ihm.

»Ja, ist ja gut«, brummte er schlaftrunken.

Er nahm die Beine vom Glastisch und richtete sich auf. Ein stechender Schmerz in seinem Rücken ließ ihn spüren, dass er die Nacht auf dem Sofa verbracht hatte. Barfuß stapfte er zur Wohnungstür. Dort drückte er auf den Türöffner, ohne zu fragen, wer draußen stand.

Das Erste, was er sah, als die Haustür aufging, war ein Schopf feuerroter Haare.

Ronda.

Sie hatte tiefe Ringe unter den Augen. Überhaupt sah sie reichlich zerknittert aus.

»Guten Morgen, Antonia«, sagte er verwundert.

»Hallo, André. Entschuldigen Sie, dass ich störe, aber ich muss mit Ihnen sprechen«, sagte sie aufgeregt.

»Um was geht's denn?« Meine Güte, was kann dermaßen wichtig sein, dass man ihn in aller Herrgottsfrühe weckte, dachte er.

»Darf ich nicht hereinkommen?«

»Ja, aber klar doch«, antwortete Bürkle, der viel lieber seine Ruhe gehabt hätte.

Ronda betrat die Wohnung und sah sich neugierig um.

»Kaffee?«, fragte Bürkle brummend.

»Ja, gern, den kann ich gut gebrauchen. Mit einem Löffel Zucker bitte.«

»Setzen Sie sich doch.« Er zeigte auf das Sofa, auf dem er vor wenigen Minuten erst aufgewacht war.

Ronda räumte die Decke zur Seite und setzte sich.

XIII

Ronda war erschrocken, als sie Bürkles verschlafenes Gesicht gesehen hatte. War wohl länger geworden letzte Nacht, hatte sie gedacht. Vermutlich hatte er mit seinen Jungs gefeiert. Anscheinend hatte er sich trotzdem gefreut, sie zu sehen, denn er hatte sie gleich in seine Wohnung geführt und ihr Kaffee angeboten.

Nun saß sie auf dem Sofa im Wohnzimmer, wo es fürchterlich abgestanden roch. Ein halb leeres Weinglas stand auf dem Tisch. Vermutlich ein Überbleibsel der letzten Nacht.

In diesem Moment schoss die attraktive junge Frau, die sie am Vorabend bereits bei dem Konzert gesehen hatte, durch den Flur in die zum Wohnzimmer hin offene Küche. Rondas Blick fiel sofort auf ihre schlanke Figur und die sportlich trainierten Beine. Ihr Herz schien stehen zu bleiben. Er hatte ihr nie etwas von einer Freundin erzählt. Oder hatte er sie erst bei seinem Konzert kennengelernt? Wut stieg in ihr auf; ihr Gesicht wurde heiß.

Die junge Frau schaute sie überrascht an und sagte mit hoher Stimme: »Oh, hallo, ich hab Sie gar nicht gesehen. He, André schenk mir noch Kaffee nach. Nach der Nacht brauch ich noch einen.«

Was?

Ronda beobachtete Bürkle, wie er die Frau freundlich ansah und ihr eingoss.

Die Blondine sagte kurz: »Stop«, anschließend ein langgezogenes »Danke«, wobei sie das Wort eher sang als sprach. Anschließend machte sie sich mit kurzen, tippelnden Schritten davon in Richtung der Tür, aus der sie gekommen war.

Sicherlich das Schlafzimmer, dachte Ronda.

»Jetzt erzählen Sie mal, warum Sie hergekommen sind«, begann Bürkle wie aus heiterem Himmel.

»Haben Sie einen schönen Abend gehabt?«, fragte sie, ohne auf seine Aufforderung zu reagieren, was ihn ein wenig zu überraschen schien.

»Ja, der Abend war ein voller Erfolg. Wir haben richtig gefeiert.«

Sie betrachtete das Weinglas. »Sieht ganz so aus.«

»Es waren viele nette Leute da und wir haben positives Feedback bekommen. Es hat richtig Spaß gemacht. So gut wie gestern haben wir schon lange nicht mehr harmoniert. Es ist einfach toll, wenn man sich auf die anderen Musiker verlassen kann.«

»Aha. Und nach dem Konzert?«

»Wir haben abgebaut und eine Weile miteinander geredet. Letztendlich wollten wir aber schnell nach Hause.«

»Zur After-Show-Party?«

»Oh, viel Party war da nicht. Wir sind gleich ins Bett gegangen.«

»So, so.«

Ronda hatte erneut die Flasche ins Visier genommen, weshalb Bürkle sich zu einer Erklärung genötigt fühlte: »Ach, das meinen Sie. Die Flasche hab ich aus dem Kühlschrank geholt, aber nichts mehr daraus getrunken.«

Ronda traute ihren Ohren kaum.

Sie sind nicht mal mehr dazu gekommen, den Wein zu trinken, weil sie gleich ins Bett gesprungen sind. Und das obwohl der Wein sicher teuer gewesen war und Bürkle ihn normalerweise nie stehen lassen würde. Das hatte sie zwischenzeitlich gelernt. Wein verlor seinen Geist, wenn er zu lange offen stand, hatte er ihr erklärt.

Ronda musste hier raus. Sie fühlte sich betrogen – betrogen und verletzt. Sie stand auf. »André, ich danke Ihnen für den Kaffee. Entschuldigung, dass ich ohne Vorankündigung bei Ihnen hereingeplatzt bin. Machen Sie und Ihre«, sie hielt kurz inne, »Bekanntschaft sich einen schönen Tag. Ich melde mich bei Ihnen.«

Tief gekränkt ging sie in Richtung Tür, als sie plötzlich hinter sich ein dämliches Kichern hörte. Lach mich nur aus, ärgerte sie sich. Blödmann.

»Antonia, warten Sie.« Er konnte vor Lachen kaum sprechen. »Delphine, komm mal bitte.«

Delphine? André – Delphine. Oh mein Gott.

Die junge Frau steckte ihren Kopf aus der Schlafzimmertür.

»Delphine, darf ich dir meine Kollegin Antonia Ronda vorstellen. Antonia, das ist meine kleine Schwester Delphine.«

Ronda hoffte, ein Blitz würde sie auf der Stelle treffen. Nie zuvor hatte sie sich dermaßen geschämt wie in diesem Moment. Sie war so dumm gewesen. Sie hatte sich benommen wie ein pubertierendes Mädchen, das sich in einen beliebten Jungen verliebt und sich nicht traut, es ihm zu sagen.

Bürkle hatte Ronda einmal erzählt, dass seine Eltern große Frankreichfans waren. Daher hatten sie ihren Kindern französische Namen gegeben.

Sie spürte den übermächtigen Drang, schreiend aus dem Haus zu laufen. Sie wollte sich in einem Loch verstecken, wo sie niemand je finden würde. Hauptsache weg von hier. Was sollte sie nur tun? Gehen, bleiben, weglaufen, Bürkle ihre Liebe gestehen, sich im Pflegeheim nach ihrer Mutter erkundigen?

Mutter ...

Ronda rührte sich nicht von der Stelle.

»Antonia, ist alles okay mit Ihnen?«, fragte Delphine besorgt.

Sie antwortete nicht, sondern stand nur da und starrte auf einen fernen Punkt weit hinter Bürkle.

Bürkle machte einige Schritte auf Ronda zu. Dicke Tränen kullerten über ihre Wangen.

Mit ruhiger Stimme sagte er: »Delphine, lässt du uns bitte einen Moment allein?«

Seine Schwester nickte, ging an ihnen vorbei in sein Büro und schloss die Tür.

»Kommen Sie.« Bürkle nahm Ronda bei der Hand und führte sie in Richtung Sofa. Er nahm direkt neben ihr Platz. »Jetzt erzählen Sie mal, was los ist.« Vorsichtig legte er einen Arm um sie.

Sie stützte sich mit den Ellenbogen auf den Oberschenkeln ab und legte ihren Kopf in beide Hände. »Was bin ich nur für ein Idiot«, brachte Ronda zwischen Schluchzen hervor.

»Beruhigen Sie sich. Was ist denn passiert?«

Er spürte, wie ihr Körper sich versuchte, aus seiner Umarmung zu lösen. Anstatt sie frei zu geben, verstärkte er seinen Griff noch ein wenig.

»Ach nichts.« Sie hörte sich völlig frustriert an.

»Antonia, Sie kommen am Sonntagmorgen in meine Wohnung, sagen, Sie müssen mich dringend sprechen, stürmen plötzlich davon und brechen im nächsten Moment in Tränen aus. Das scheint mir etwas mehr als nichts zu sein.«

Ronda sah auf. Ihre Augen waren von den Tränen stark

gerötet. Zaghaft begann sie zu erzählen. Sie erklärte ihm, warum sie das Konzert hatte verlassen müssen, beschrieb ihm, dass sie sich große Sorgen um ihre Mutter machte und dass das Pflegeheim sie immer noch nicht gefunden hatte. Sie erzählte ihm von den S-Bahn-Morden und dem Beinahe-Zusammenstoß mit dem Jugendlichen in Göppingen. Anschließend berichtete sie noch von dem ekelhaften Beamten der S-Bahn-Gesellschaft und dass ihr Chef sie vom Fall abgezogen hatte.

Bürkle hörte geduldig zu. Ab und an nickte er.

Er wusste, dass Ronda nach dem Tod ihres Vaters einen starken Beschützerinstinkt ihrer Mutter gegenüber entwickelt hatte. Sie fühlte sich verantwortlich für deren Wohlergehen. Außerdem kannte er Ronda gut genug, um zu wissen, dass sie sehr impulsiv und aufbrausend sein konnte, wenn sie sich oder andere ungerecht behandelt sah.

Was er über die Morde in der S-Bahn hörte, schockierte ihn zutiefst. Er hätte von Ronda gerne mehr darüber erfahren, wollte sie aber zunächst auf das Gespräch mit ihrem Chef vorbereiten, damit sie die Situation nicht noch schlimmer machte, als sie bereits war.

»Wann haben Sie denn den Termin bei Schneider?«, fragte er.

»Zehn Uhr«, gab sie weinerlich zurück.

»Sonntags um diese Zeit brauchen Sie ungefähr 30 Minuten bis nach Stuttgart. Bleiben uns 40 Minuten, um uns einen Schlachtplan auszudenken.«

Ronda schaute Bürkle entgeistert an. »Einen Schlachtplan?«

»Na klar. Ich kenne Schneider. Mit sachlichen Argumenten können Sie bei ihm punkten. Mein Vorschlag wäre, Sie entschuldigen sich zuerst für Ihr Verhalten. Dann erzählen Sie ihm von den Problemen mit Ihrer Mutter und in welchem Verhältnis Sie zu ihr stehen. Danach bieten Sie ihm an, dass Sie sich persönlich bei dem Kerl von der VBS entschuldigen.«

»Und dann?«

»Na, ist doch klar. Sie bitten darum, den Fall weiterbearbeiten zu dürfen«, rief er freudig, um sie aus ihrer Lethargie zu reißen. »Und anschließend erzählen Sie mir von dem Fall. Ich möchte jede Einzelheit wissen. Wundert mich ehrlich gesagt sowieso, weshalb sich noch niemand bei mir gemeldet hat.« Bürkle stand auf und ging in Richtung Badezimmer. »So und jetzt gehen Sie ins Bad und machen sich frisch. Ich ziehe mich in der Zwischenzeit um, damit wir gleich los können.«

»Wir?«

»Ich fahre Sie. Meinen Sie, ich lasse Sie in diesem Zustand allein fahren?«

Ronda stand auf und ging schüchtern auf Bürkle zu.

Oh nein, jetzt bloß nicht umarmen, hoffte er.

Ohne ihn anzuschauen, murmelte sie leise: »Danke«, und huschte ins Badezimmer.

Bürkle drehte sich um und öffnete die Schlafzimmertür, die der Badezimmertür genau gegenüber war. In diesem Moment entdeckte er im Augenwinkel einen blonden Lockenschopf, der aus der Bürotür herausschaute, die sich am Ende des kleinen Flures befand.

»Du bist ein wahrer Ritter in goldener Rüstung. Ich wusste gar nicht, dass du so mitfühlend sein kannst«, gackerte seine Schwester belustigt.

»Psst. Sei ruhig.« Mit einer Handbewegung wies er sie an, die Tür wieder zu schließen.

Bürkle hatte sich in Windeseile frisch gemacht und einen dunkelgrauen Anzug, ein weißes T-Shirt sowie schwarze Lederschuhe angezogen. Um seinen Hals trug er einen schwarz-grau gestreiften dünnen Stoffschal.

Ronda kam sich regelrecht schäbig vor in ihren Kleidern, die sie seit dem Vorabend anhatte. Zumal sie sogar kurz darin geschlafen hatte.

An seinem Auto angekommen, hielt er ihr die Beifahrertür auf.

Mit einem tiefen Brummen erwachte der Motor.

»Schicker Wagen. Bekommt jeder, der beim LKA arbeitet, so ein Auto?«, fragte Ronda frech.

»Ah, wie ich sehe, fühlen Sie sich schon besser«, antwortete Bürkle, ohne auf ihre Anspielung einzugehen.

Während der Fahrt sprachen sie wenig miteinander. Bürkle erzählte Ronda etwas von seinem Konzert am Vorabend, um sie von dem, was ihr bevorstand, abzulenken.

Kurz vor zehn Uhr kamen sie an der Polizeidirektion Stuttgart, dem ehemaligen Robert-Bosch-Krankenhaus, an.

»Ich drücke Ihnen die Daumen«, sagte er aufmunternd, bevor sie den Wagen verließ.

»Danke. Was machen Sie so lange?«

»Ich werde ein paar Anrufe tätigen. Machen Sie sich keine Gedanken. Ab mit Ihnen.« Mit der rechten Hand vollführte er eine Handbewegung, als wollte er ein paar Mücken verjagen.

Nach 20 Minuten trat Ronda aus dem Haupteingang des großen grauen Gebäudes. An ihrem Gesichtsausdruck erkannte er, dass das Gespräch nicht so verlaufen war, wie sie es sich erhofft hatte.

Er stieg nicht aus dem Wagen aus, sondern wartete, bis sie wieder neben ihm im Fahrzeug saß.

»Was sagt er?«, fragte Bürkle knapp.

»Er hat mich in Zwangsurlaub geschickt.« Ronda war sichtlich wütend.

»Warum?«

»Der Junge, der mir gestern vors Auto gelaufen ist, hat Zeugen, die aussagen, ich hätte ihn bedroht. Außerdem behauptet er, ich hätte eine Alkoholfahne gehabt.«

»Wir haben gestern zusammen ein Bier getrunken. Wie viel haben Sie insgesamt gehabt?«

»Ich habe von dem Bier gerade Mal ein oder zwei Schlucke genommen. Dann hat ja schon das Pflegeheim angerufen.«

»Das ist leider nicht mehr nachweisbar. Sie haben es hoffentlich abgestritten, oder?«

»Das ging nicht. Mein Kollege Bauer hat Schneider gesteckt, dass ich ihm am Telefon gesagt habe, ich hätte Alkohol getrunken.«

»Na, das ist ja ein sauberer Kollege«, sagte Bürkle mürrisch.

»Bauer hat auch ausgesagt, dass ich den Typen von der VBS angegriffen hätte und Bauer nachher überreden wollte, es andersrum darzustellen.«

»Was? So ein Arschloch. Haben Sie denn tatsächlich versucht, Ihren Kollegen dazu zu überreden?«

»Nein. Ich habe nur einen Witz gemacht.« Ronda hob die Arme und zuckte mit den Schultern. »Außerdem hat die VBS eine Dienstaufsichtsbeschwerde gegen mich eingelegt. Schneider meinte, er kann mein Verhalten ein Stück weit nachvollziehen. Trotz allem muss er mich sicherheitshalber aus dem Verkehr ziehen.« Sie wedelte mit der Hand. »Vorschrift ist Vorschrift.«

»Was hat Schneider noch gesagt?«

»Ich soll ihm die Sache mit der VBS und dem Jungen in Göppingen überlassen. Er meinte, ich soll mich jetzt mal nur um meine Mutter kümmern.«

»Na, das hört sich doch gar nicht so schlecht an.« Bürkle rüttelte Ronda kurz an der Schulter. »Ich habe auch etwas Erfreuliches für Sie.«

Ronda blickte ihn mit großen Augen an.

»Das Pflegeheim hat auf Ihrem Handy angerufen. Sie haben es im Auto liegen gelassen. Da bin ich rangegangen. Wie dem auch sei; sie haben Ihre Mutter gefunden, etwa vor einer Viertelstunde.«

Unglaubliche Erleichterung zeichnete sich auf Rondas Gesicht ab. »Wie geht es ihr? Wo war sie?«, fragte sie aufgeregt. Bürkle sah, wie sich ihre Augen mit Tränen füllten.

»Sie lag in einer Scheune, nicht weit weg vom Pflegeheim. Deshalb konnte man sie über das GPS nicht finden, da es keine Verbindung zum Satelliten herstellen konnte.«

»Wie geht es ihr?«

»Sie wurde in ein Krankenhaus gebracht.«

Ronda schossen Tränen in die Augen.

»Antonia, beruhigen Sie sich. Es geht ihr den Umständen entsprechend gut. Die Nacht war kalt, und sie war stark unterkühlt. Jetzt ist sie aber in Sicherheit.« Er schaute Ronda in die Augen. Dann sagte er ruhig: »Sie wird wieder. Ganz bestimmt.«

»Wir müssen sofort hinfahren.«

»Sie können gerade nichts für sie tun. Hier werden Sie dringender gebraucht. Wir haben einen Fall zu lösen.«

»André, ich bin von dem Fall abgezogen. Beurlaubt.« Das letzte Wort buchstabierte sie regelrecht.

»Sie schon, aber ich nicht. Ich habe gerade eben nämlich auch einen Anruf bekommen. Ich wurde offiziell in die Ermittlungen eingebunden und ich denke, es kann niemand etwas dagegen sagen, wenn ich mich ein wenig mit einer befreundeten Kollegin über den Fall austausche.« Verschwörerisch zwinkerte er ihr zu.

Ronda sah Bürkle mit offenem Mund an.

»So, und jetzt frühstücken wir erst mal. Ich sterbe vor Hunger«, sagte er und startete den Wagen. In diesem Moment klingelte sein Handy. Er nahm ab. »Bürkle.«

–

»Ja, verstehe.«

–

»Wo?«

–

»Alles klar. Bis gleich.« Er legte auf. »Frühstück muss leider warten. Wir fahren nach Ludwigsburg. Der S-Bahn-Mörder hat wieder zugeschlagen. Dieses Mal musste ein junger Mann daran glauben.«

XIV

Christoph Wittlinger-Diehl stand zu Hause in seinem Arbeitszimmer. Er blickte konzentriert auf große Bauzeichnungen, die auf seinem schweren dunklen Schreibtisch lagen. Auf der anderen Seite des Tisches befand sich ein wuchtiger schwarzer Ledersessel mit hoher Lehne. An der Wand dahinter hing ein Ölgemälde. Es zeigte das

Porträt eines älteren Herrn in schwarzem Anzug und mit Fliege. Wittlinger-Diehl fühlte sich durch die stechenden Augen, das schmale Gesicht und die tiefen Falten des Mannes immer ein wenig an den Hollywoodstar Clint Eastwood erinnert. Unter dem Bild befand sich eine golden schimmernde Tafel mit der Gravur:

›Werner Wittlinger
19.02.1935 – 02.08.2006‹

Der Raum hatte an der Seite, an der das Bild hing, zwei lange schmale Fenster, die vom Boden bis zur Decke reichten. Schwere dunkle Vorhänge dämpften das hereinfallende Licht. Die Wände und die Decke waren mit dunklem Eichenholz verkleidet. Ein sechsarmiger Kronleuchter hing von der Decke. Es roch nach Bohnerwachs und Leder.

Der Raum vermittelte jedem Besucher den Eindruck von Macht, Erfolg und Geld. Wittlinger-Diehl jedoch fühlte sich darin schon immer eingeengt und beobachtet. Gerade als er den großen Plan mit einer Detailzeichnung vergleichen wollte, begann das Telefon auf dem Tisch zu läuten. Er ging um den Tisch herum, setzte sich in den Sessel und hob ab. An der Nummer erkannte er, wer ihn anrief.

»Haben Sie es erledigt?«, fragte er knapp, ohne Begrüßung.

»Ich denke …«

»Ich bezahle Sie nicht fürs Denken, verdammt noch mal. Haben Sie es erledigt oder nicht?«

»Ja, aber …«

»Was aber? Ich habe Ihnen einen einfachen Auftrag gegeben, und Sie bekommen viel Geld von mir dafür. Da kann ich doch wohl erwarten, dass Sie sauber arbeiten.«

»Ja, Chef.«

»Also kann ich mich jetzt auf Sie verlassen?«

»Ja, Chef.«

»Brauchen Sie mehr Zeit?«`

»Nein, Chef.«

»Dann tun Sie Ihre Arbeit.«

Er knallte wütend den Hörer auf das Telefon und starrte auf die vor sich ausgebreiteten Pläne. Die Unterarme legte er parallel zueinander auf den Tisch und ballte die Hände zornig zu Fäusten, sodass seine Knöchel weiß hervortraten. In seinem Kopf überschlugen sich die Gedanken. Ihm war plötzlich heiß. Er spürte, wie eine einzelne Schweißperle seinen Rücken hinunterlief.

»Verdammt«, schrie er plötzlich. Gleichzeitig schlug er mit aller Kraft beide Fäuste auf den Tisch. Er sprang von seinem Sessel auf und drehte sich zu einem der beiden Fenster um. Er benötigte dringend frische Luft.

Im selben Moment flog die schwere Tür am anderen Ende des Raumes auf. Marie Wittlinger trat in den Raum – seine Frau. Sie trug ein graues Kostüm mit kurzem Rock, hochhackige schwarze Schuhe und schwarze Strumpfhosen. Ihre hellbraunen Haare hatte sie zu einem chinesischen Dutt gewickelt. Ihr spitzes Gesicht war wie versteinert. »Was polterst du hier so rum?«, herrschte sie ihn an.

»Entschuldige, mir ist etwas runtergefallen«, gab er frustriert zur Antwort.

»Mach bloß nichts kaputt.«

»Nein, ganz sicher nicht.« Es war ja eh schon alles den Bach runtergegangen. Er hörte, wie die Tür schwungvoll geschlossen wurde.

»Alte Wetterhexe«, flüsterte er.

Seine schwarze Anzugjacke hatte er bereits lange vor

dem Telefonat abgelegt. Ihm war jedoch immer noch heiß. Daher lockerte er den Knoten der Krawatte und öffnete den obersten Knopf seines Hemdes. Anschließend kippte er das Fenster, um frische Luft hereinzulassen.

Die morgendliche kühle Herbstluft wehte durch das Fenster und verdrängte nach und nach den abgestandenen Mief aus dem Raum. Der Gesang von Vögeln im Garten vermischte sich mit den entfernten Verkehrsgeräuschen der Stadt. Von der alten Villa aus konnte er nahezu über ganz Stuttgart schauen. Die Stadt lag eingerahmt von Weinbergen in einem Kessel durch den sich in leichten Biegungen der Neckar schlängelte. Inmitten der Weinberge strahlten weiß lackierte hohe Stahlröhren in der Mittagssonne. Auch auf den Gipfeln einiger anderer Hügel rund um Stuttgart ragten dieselben Konstruktionen in den Himmel, eine davon sogar direkt am romantisch anmutenden Grab der Königin Katharina auf dem Rotenberg.

Das Projekt ›Grünes Baden-Württemberg‹ fand hier in Stuttgart seinen Anfang. An dem Ort im Land, an dem die größten Unternehmen ansässig waren und tagtäglich unglaubliche Mengen Energie verbraucht wurden, sah man die größte Notwendigkeit, mit dem Projekt zu beginnen; wobei jeder wusste, dass Windkraftanlagen in diesen Gefilden weniger effizient waren als in windreicheren Gegenden. Ganz zu schweigen von dem immensen Energiebedarf der Unternehmen, den Windräder keinesfalls decken konnten. Somit handelte es sich für die Regierung offensichtlich um ein reines Schaufensterprojekt, um dem ›grünen‹ Anspruch gerecht zu werden. Christoph Wittlinger-Diehl konnte das egal sein. Für ihn ging es ums Geschäft und nicht um irgendwelche ästhetischen Belange. Das Projekt sollte die Firma voranbringen – mehr nicht.

Bereits für den Firmengründer und Vater von Marie Wittlinger, Werner Wittlinger, hatte das Projekt seit seiner Bekanntgabe die Chance zur Vollendung seines Lebenswerkes dargestellt. Er hatte mit seiner Firma einen Teil dazu beitragen wollen, das Gesicht Stuttgarts zu verändern. Dafür hatte er alle Hebel in Bewegung gesetzt – und war nicht vor großzügigen Geschenken jeglicher Art an wichtige Entscheidungsträger zurückgeschreckt. Als er im Sommer 2006 an Lungenkrebs starb, hinterließ er seiner Tochter ein Bauunternehmen mit über 12.000 Mitarbeitern – eines der größten Deutschlands. Für Wittlinger Senior standen, als Sohn des Landes der Tüftler und Erfinder, zeit seines Lebens innovative Projekte im Vordergrund. Er machte sich beispielsweise bereits in den Jahren, als die Realisierung von Windkraftanlagen noch in den Kinderschuhen steckte, Gedanken über deren Nutzung auf See. So mauserte sich ein Teil der ›Wittlinger Bau‹ im Lauf der Jahre zu einem lukrativen Offshore-Windanlagen-Unternehmen. Auch unter Tage trieb Wittlinger den Fortschritt voran. Nachdem die ersten Tunnelbohrmaschinen imstande waren, kreisrunde Gänge mit Durchmessern von bis zu zwölf Metern in die Erde zu treiben, war er einer der ersten Bauunternehmer, der in eine solche investierte. Zu Beginn wurde er von der Konkurrenz belächelt, manche erklärten ihn aufgrund des astronomischen Kaufpreises für völlig übergeschnappt. Der mutige Schritt, den Wittlinger gegangen war, sollte sich aber bald auszahlen. Er bekam Aufträge für den Bau der größten Alpentunnel und war an zahlreichen Projekten der Bahn beteiligt. Außerdem nahm er schwindelerregende Summen mit der Vermietung seiner Tunnelbohrmaschinen ein. Aufgrund der freundlichen Zuwendungen an die Projektleiter für die Stuttgarter Windkraftanlagen und des Umstandes, dass er Erfahrung im Bau von Windrädern hatte, bekam er den Zuschlag für den Bau der Anlagen in und um Stuttgart. Leider konnte Werner Wittlinger die Erfüllung seines großen Traums nicht mehr miterleben. Er starb, bevor die endgültigen Verträge unterzeichnet waren.

Marie Wittlinger war die Alleinerbin des gigantischen Familienunternehmens. Als Psychotherapeutin hatte sie nie gelernt, die Firma zu führen, geschweige denn hatte sie jemals in Betracht gezogen, sich damit zu beschäftigen. Die aparte junge Frau war es gewohnt, zu tun, was ihr Spaß machte. Sie liebte es, die Grande Dame Stuttgarts zu geben, wenn sie auf Empfängen oder Benefiz-Veranstaltungen eingeladen wurde. Die Patienten ihrer Praxis beschränkten sich auf einen kleinen und exklusiven Kreis, sodass ihr genügend Zeit blieb, um den schönen Dingen des Lebens nachzugehen. Damit sie diesen Lebenswandel aufrechterhalten konnte, nahm ihr Ehemann, Christoph Wittlinger-Diehl, den Platz als Geschäftsführer ein. Er war studierter Bauingenieur und Betriebswirt und war zu Lebzeiten des Seniorchefs umfassend in die Prozesse der Firma eingearbeitet worden.

Für Christoph Wittlinger-Diehl ging damit sein größter Traum in Erfüllung. Zu diesem Zeitpunkt ahnte er nicht, dass damit gleichzeitig sein größter Albtraum Realität wurde.

XV

Germanien
243 n. Chr.

Als ich erwachte, lag ich an Armen und Beinen gefesselt auf der Seite. Nicht weit weg von mir brannte knisternd ein Feuer. Obgleich die Kälte der Nacht feucht durch den Wald zog, umhüllte mich die Wärme des Feuers wie eine wohlige Decke.

Mühevoll versuchte ich, mich aufzurichten. Meine Hände waren vor meinem Bauch zusammengebunden, also stützte ich mich auf die Ellenbogen. Schmerz fuhr in meine Seite. Ich zischte scharf durch meine zusammengebissenen Zähne.

»Ich glaube, die Hure ist wach«, knurrte eine raue Stimme.

Im nächsten Moment hörte ich schwere Schritte, die sich mir näherten. Eine starke Hand zog mich nach oben, sodass ich nun aufrecht saß.

»Na, ausgeschlafen?«

Ich schaute in ein bärtiges Gesicht. Der Anführer kniete vor mir.

»Du warst ja ganz schön zugerichtet, Schätzchen. Wer hat dich denn so verunstaltet?« Er zeigte auf meine Hüfte. Erst da bemerkte ich, dass ich nur noch mein Chamisia trug. An der Stelle, an der mich der Römer getroffen hatte, klaffte ein Loch im Stoff, sodass ich die Wunde sah. Die Männer hatten den langen Schnitt mit einer Art Garn zugenäht. So etwas hatte ich in meinem Leben noch nicht gesehen.

Ich blickte verwundert auf.

»Durch die Verwundung bist du weniger wert. Tot hättest du uns gar nichts gebracht. Wir mussten dich erst mal zusammenflicken. Schade drum. Ohne Narbe hätte uns ein Schmuckstück wie du sicher einen schönen Batzen eingebracht.« Er grinste mich blöde an.

»Was habt ihr mit mir vor?«, fragte ich schüchtern. Mein Hals war staubtrocken, sodass es mir schwerfiel zu sprechen.

»Na was wohl?« Er lachte trocken. »Wir verkaufen dich an die Römer. Die mögen hübsche Mädchen wie dich.«

»An die Römer? Oh nein.« Ich ließ den Kopf sinken. Verzweiflung breitete sich in mir aus. Mir wurde mit einem Mal bewusst, dass dies das Ende meiner Wanderung bedeutete. Die Männer, die mich gefangen hatten, würden mich sicherlich keinen Moment aus den Augen lassen. Ich würde als Sklavin eines dieser widerlichen Römer enden. Allein dieser Gedanke trieb mir Tränen in die Augen. Was mir jedoch in der Seele schmerzte, war, dass ich niemals den Tod meines Mannes rächen könnte. Ich ließ tieftraurig den Kopf sinken und weinte. Es machte mir nichts aus, dass mich die Männer schwach sahen.

»Du musst nicht traurig sein. Wenn du immer schön den Arsch hinhältst, wird es dir an nichts fehlen.« Er und seine Kumpanen lachten derb auf.

Den Hintern, dachte ich. Also war es doch wahr, was man sich über die Römer erzählte. Dicke Tränen liefen mir über die Wangen. Meine Finger suchten wie von selbst nach der Lanze, die meinen Mann getötet hatte.

Sie war weg.

»Wo ist meine Lanze? Gib sie mir wieder«, flehte ich.

Die Männer lachten noch lauter.

»Oh Schätzchen, glaubst du im Ernst, wir würden dir die Waffe überlassen? Nachher verletzt du noch jemanden damit«, sagte der Bärtige in gespielt fürsorglichem Ton zu mir. Dabei hob er seinen Umhang ein wenig. An seinem Gürtel entdeckte ich die Lanze.

»Bitte gib sie mir. Sie ist alles, was ich noch habe«, flehte ich.

»Das kann ich nicht. Zu deiner eigenen Sicherheit.« Er ließ seinen Umhang sinken. Die anderen lachten so laut, dass ihnen beinahe die Luft wegblieb.

Langsam aber sicher begriff ich, dass ich mich meinem Schicksal ergeben musste, Gefangene der fünf Männer zu sein. Ein wenig Trost spendete mir, dass ich nicht alleine war. Es befand sich ein zweites Mädchen, eine junge Frau in meinem Alter, bei den Männern, das ebenfalls an Römer verkauft werden sollte. Sie hatte lange dunkelbraune Haare und ein rundes Gesicht. Seit ich mich in Gefangenschaft der Männer befand, hatte sie noch keinen Ton gesprochen. Während der endlosen Märsche, zu denen wir gezwungen wurden, schaute sie immer auf den Boden. Wenn ich sie ansprach, reagierte sie nicht.

Die fünf Männer trieben uns nun voran, bis wir vor Erschöpfung keinen Schritt mehr gehen konnten. Einige Tage waren wir mit einem Ochsenkarren gefahren, den die Männer einem Bauern geraubt hatten. Auf der Pritsche des Wagens zu sitzen, war durch das heftige Ruckeln mit der Zeit sehr schmerzhaft gewesen, im Vergleich zu den langen Märschen aber eine wahre Wohltat. Leider brach ein Rad des Wagens, weshalb die Männer das Fuhrwerk einfach zurückließen. Dem Ochsen, der den Wagen gezogen hatte, schlitzten sie bei lebendigem Leibe den Bauch auf. Das Tier wand sich minutenlang in seinen eigenen Eingeweiden. Es war entsetzlich, ein Geschöpf, das uns so viel Hilfe geleistet hatte, derart leiden zu sehen. Als es den Todeskampf verloren hatte, schnitten die Männer große Stücke Fleisch aus dem Tier und brieten sie über einem Feuer. Wir Mädchen mussten zusehen, wie sich die Männer das Fleisch des armen Tieres wie Bestien in ihre Schlünde stopften. Knochenreste oder Knorpel spuckten sie geräuschvoll aus. Als sie ihren Hunger gestillt hatten, rülpsten sie herzhaft. Einer der Männer hatte sich überfressen, sodass er, kurz bevor der Schlaf ihn übermannte, neben sein Lager kotzte.

Von nun an mussten wir die weiten Strecken zu Fuß zurücklegen. Wenn es Abend wurde, fesselte uns der Bärtige wieder an Armen und Beinen und band uns an einen Baum, damit wir nicht fliehen konnten. Mit harter Hand achtete er darauf, dass keiner seiner Kumpane uns näher kam, als er es erlaubte.

Für seine Kumpane hatte ich mir Namen ausgedacht. Im Stillen nannte ich sie den Jungen, den Buckligen, den Alten und den Blöden. Der Junge war picklig und dürr. Er hatte ein schmutziges Gesicht und beinahe weibische Züge. Mir war längst aufgefallen, dass er, wann immer es ihm möglich war, mich betrachtete. Der Bucklige war ein kleiner Mann, der stark gebückt ging, weshalb er den Himmel seit langer Zeit wohl nicht mehr gesehen hatte. Der Alte hatte tiefe Falten im Gesicht. Ihm fehlte ein Arm und er stank erbärmlich nach Schweiß und Urin. Der Blöde war riesig. Er überragte selbst den Bärtigen um Haupteslänge. So groß, wie er war, so dumm war er auch. Er hatte große runde Augen, wobei sein Blick eher dem eines Fisches ähnelte als dem eines Menschen.

Eines Abends machte sich der Bärtige auf, um sich am Bach zu waschen. Die restlichen Männer saßen um ein

Feuer und aßen von einem Hasen, den sie erlegt hatten. Wir Frauen waren wie immer an einen Baum gebunden.

Kurz nachdem der Anführer gegangen war, fragte der Bucklige den Jungen: »Hast du schon mal ein Weib gevögelt?«

Der Junge schüttelte peinlich berührt den Kopf.

»Die kleine Hure da hinten gefällt dir, oder?« Er zeigte mit dem Daumen auf mich.

Der Junge nickte.

»Du kannst sie haben.« Er zwinkerte. »Ich sag auch nichts.«

»Ich trau mich nicht«, erwiderte der Junge leise. »Er schlägt mir den Schädel ein, wenn er das erfährt.«

»Ach was, er erfährt nichts. Wir passen schon auf.« Er blickte in die Runde. Der Alte und der Blöde nickten zustimmend.

»Ich weiß nicht ...«, zögerte der Junge noch immer.

»Als ich ihr die Wunde genäht habe, hab ich ihre Muschi gesehen. Sie hat einen schönen Busch. Ich glaub, sie will dich«, ermutigte ihn der Alte.

»Meinst du?«, fragte der Junge aufgeregt.

»Klar. Geh rüber und binde sie los. Wir stehen so lang Wache«, sagte der Bucklige.

»Und danach steigen wir drüber. Das ist doch nur gerecht«, meinte der Alte.

Mir gefror das Blut in den Adern. Mein Herz klopfte bis zum Hals. Ich wollte meinen Augen nicht trauen, als ich beobachtete, wie der Junge aufstand und mit unsicheren Schritten zu mir kam. Einmal drehte er sich zu seinen Kumpanen um. Der Bucklige winkte ihm zu, dass er weitergehen sollte. Der Alte fasste sich zwischen seine Beine und rieb sich.

Bei dem bloßen Gedanken daran, was mir bevorstand, stieg Ekel in mir auf.

Der Junge ging direkt vor mir in die Knie.

»Ich schwöre bei Wotan, ich werde dem Bärtigen alles erzählen«, fauchte ich.

Verunsichert sah er mich an. Abermals drehte er sich zu seinen Freunden. »Sie meint, dass sie petzen wird«, rief er ihnen zu.

»Das wird sie nicht wagen, weil wir sie sonst den Wölfen zum Fraß vorwerfen!«, rief der Alte zurück.

Der Junge drehte sich wieder zu mir. Ohne mir ins Gesicht zu schauen, begann er mit zittrigen Fingern meine Fesseln zu lösen.

»Ich beiß dir deinen Schwanz ab!«, keifte ich.

Die Männer lachten.

»Pass auf, dass sie ihn nicht zu fassen bekommt«, rief der Bucklige.

An meinen Armen zog der Junge mich auf die Beine und schob mich ins Dickicht. Ich stemmte mich, so sehr ich konnte, gegen ihn, doch er schleifte mich einfach weiter. Ich bockte wie eine junge Ziege, die am Hals gefesselt ist. Es nützte aber nichts.

Ich begann zu weinen. Was sollte ich nur tun? Vier starke Männer hatten sich gegen mich verschworen. Ich hatte nichts, womit ich mich wehren konnte.

An einer blickgeschützten Stelle zwischen dichtem Gebüsch warf der Junge mich auf den Waldboden. Dann löste er die Fesseln an meinen Füßen. Mit roher Gewalt drängte er sich zwischen meine Beine.

Rasend vor Angst begann ich, laut zu schreien. Mit den gefesselten Armen schlug ich wie wild nach ihm, erwischte ihn jedoch nicht ein einziges Mal. Er riss ein Stück von meinem Chamisia ab und stopfte es mir in den Mund. Hastig zog er sein Hemd über den Kopf. Sein Glied reckte sich mir hart und gierig entgegen.

Ich schrie und zappelte wie eine Wahnsinnige.

Er spreizte meine Schenkel noch weiter und sank auf mich herab. Im nächsten Moment spürte ich eine harte glühende Spitze zwischen meinen Beinen, die versuchte, in mich einzudringen. Ich schrie unter meinem Knebel noch lauter. Mehr als ein erstickter Laut war aber nicht zu hören. Mit aller Kraft versuchte ich, mich ihm zu entwinden. Rasend vor Furcht bekam ich keine Luft mehr. Ich riss die Augen auf und starrte in den Nachthimmel.

Teutobald, hilf mir.

Wie aus dem Nichts sauste ein armdicker Knüppel auf den Kopf des Jungen herab. Blut spritzte mir ins Gesicht. Das Glied an meinem Oberschenkel wurde schlagartig schlaff. Heiße Flüssigkeit ergoss sich daraus auf meinen Bauch. Der Junge rollte von mir und blieb direkt neben mir liegen. Wieder und wieder traf ihn der Knüppel auf dem Kopf. So lange, bis sich kein Leben in ihm mehr rührte.

Ich sah nach oben. Der Bärtige stand mit wutverzerrtem Gesicht über mir. »Du Drecksau sollst die Weiber nicht ficken!«, schrie er. »Mit einem Balg bekommen wir sie nicht mehr verkauft.« Er zerrte den toten Jungen von mir weg.

Mein ganzer Leib zitterte, als wenn ich die Hitze hätte. Ich konnte bei dem Versuch, den Knebel aus meinem Mund zu ziehen, meine Finger kaum unter Kontrolle halten, schaffte es letztendlich doch. Dann schloss ich die Augen und blieb einfach liegen. Gefühllos, taub, wimmernd.

Nach einer Weile zog mich der Bärtige auf die Beine und brachte mich ans Feuer.

»Gib mir meine Lanze. Bitte!«, flehte ich ihn leise an.

Er reagierte nicht.

»Bitte gib mir die Lanze.« Es war das Einzige, woran ich denken konnte.

Der Bärtige wandte sich von mir ab und ging zu dem Buckligen. Der lag regungslos auf dem Boden und blutete aus einer klaffenden Wunde am Kopf. Auch er hatte offenbar die Wut des Bärtigen zu spüren bekommen. Der Alte kniete daneben und beteuerte, er habe versucht, den Jungen aufzuhalten. Der Blöde onanierte grunzend an einen Baum.

Nachdem der Bärtige mich an den Beinen gefesselt und an einem Pflock festgebunden hatte, machte er sich an dem toten Jungen zu schaffen. Zuerst zog er ihn nackt aus. Dann durchtrennte er ihm mit der Schneide meiner Lanze die Kehle. Im Anschluss daran nahm er die Geschlechtsteile des Jungen in die Hand. Mit einer schnellen Bewegung schnitt er tief in das weiche Fleisch. Mit einem weiteren Schnitt trennte er die gesamte Männlichkeit des Jungen ab und warf sie ins Feuer.

Der Alte fragte jammernd: »Was tust du denn da? Er wollte sie lediglich ficken. Sie ist doch nur eine Hure.«

»Halt's Maul. Ich hab befohlen, dass niemand sie anrührt.«

»Aber deswegen musst du ihn doch nicht entmannen.«

»Das Schwein wollte seinen Schwanz in meine Ware hängen. Da hat er nichts anderes verdient.«

Ich hatte bereits davon gehört, dass man jemanden wegen schlimmer Taten im Tode entweihte. Normalerweise gab man Toten Kleidung, Schmuck, Waffen und Nahrung mit ins Grab, damit sie im kommenden Leben etwas hatten. Entfernte man dem Toten allerdings ein Körperteil, bedeutete dies, er musste im nächsten Leben ohne diese Gliedmaße sein Dasein fristen.

Der Bärtige schulterte den toten Jungen und ging davon. Als er verschwunden war, ging der Alte zu dem Buckligen. Vorsichtig rüttelte er an seinen Schultern – nichts. Nach kurzer Zeit gab der Alte auf – er zuckte mit den Achseln. Der Mann schien tot zu sein.

Der Blöde hockte zufrieden an seinem Baum. Ihn schien all das, was geschehen war, nicht zu interessieren.

Nach und nach erlosch das Feuer. Mit meinen Kräften am Ende, fiel ich in einen unruhigen Schlaf.

XVI

Ludwigsburg
Gegenwart

Er wartete an der großen Orgel der Friedenskirche in Ludwigsburg. Seinen Rucksack hatte er zuvor mit einem Streifen Gewebe-Klebeband an der Wand neben der Orgel befestigt.

Einmal war der Rucksack während seines Spiels umgefallen. Das dadurch hervorgerufene Poltern auf dem Holzboden hatte damals die musikalische Stimmung schlagartig zerstört und ihn völlig aus dem Takt gebracht. Die Wut, die dieses Ereignis in ihm hervorgerufen hatte, hatte er kaum unter Kontrolle halten können. Das hätte ihm niemals passieren dürfen. Er hatte für alles Regeln, um keine Überraschungen zu erleben, aber daran hatte er nicht gedacht. Also hatte er dringend eine Regel dafür gebraucht, damit das nicht noch einmal geschehen könnte.

Seitdem hatte er immer eine Rolle Gewebe-Klebeband bei sich. Der Rucksack musste befestigt werden. Ansonsten spielte er nicht.

Nun schwebten seine Finger über das Elfenbein der Tastatur. Wie gerne hätte er sofort begonnen zu spielen. Er blickte auf seine Armbanduhr. Noch zwei Minuten. Er begann immer pünktlich. Pünktlichkeit war wichtig. Nur mit Pünktlichkeit konnte man sein Leben strukturieren.

Eine Minute.

Sein Herzschlag wurde schneller.

Wie vor einer halben Stunde, erinnerte er sich. Als er in der S-Bahn einem armen Tropf geholfen hatte, der wegen seiner seelischen Bewusstlosigkeit unfähig gewesen war, sich selbst zu helfen. Es war ganz schnell gegangen. Dieses Mal hatte es keine Panne gegeben. Nicht wie beim letzten Mal.

So sollte es nach seinen Regeln immer sein. Er war schon gespannt, wie es auf seiner Heimfahrt laufen würde.

Jetzt.

Er drückte die Tasten des ersten Akkordes hinunter. Die Orgelpfeifen begannen zu singen.

Noten brauchte er keine.

Er schloss die Augen, und sofort schwebte er im Geist über den Köpfen der Menschen, welche zum Gottesdienst gekommen waren. Seine Reise begann an dem großen, ovalen Fresko in der Mitte der Decke. Dann schwebte er durch den marmornen Triumphbogen des Hochaltars, vorbei an der goldenen Statue des Jesus am Kreuze, die in der Mitte des Bogens stand. An der ehemaligen Generalsloge hielt er kurz inne, um seinen Blick über deren Rahmen schweifen zu lassen. Es war wie ein mit reich verziertem Stuck in die Wand gelassener Balkon. Dann schaute er hinüber zur Kanzel, die gegenüber dem Balkon über den Köpfen der Gläubigen hing. Von zwei weißen Engeln getragen und wundervoll mit Stuck und Marmor verziert, wirkte sie ganz leicht. Zu beiden Seiten waren goldene Vorhänge aus Marmor gestaltet, wodurch ihn die Kanzel ein wenig an eine Sänfte erinnerte.

Er liebte diese Kirche. Nicht wegen seines Glaubens, sondern wegen ihrer wundervollen Orgel und der wundervollen Gestaltung des Raumes. Überall sah man kleine barocke Engel und prachtvoll gearbeitete Kunstwerke in Stuck. Die Kirche war durch den hellen Marmor freundlich. Gold leuchtete hell. Die mit Bildergeschichten verzierten Fenster der Kirche zauberten ein warmes Licht.

Hier war alles friedlich.

Draußen gab es so viel Leid und Schmerz.

Sein Geist schwebte zurück über das Marmorgeländer auf seinen Balkon, wo sich die Orgel befand. Das Lied war zu Ende. Er nahm die Füße von den Pedalen und verlagerte sein Gewicht ein wenig. Der breite Holzhocker knackte, ganz leise. Er schloss die Augen und hoffte inständig, dass es niemand gehört hatte, weil sonst die Wirkung seines Stückes geschmälert worden wäre.

XVII

Ronda kauerte im Wagen wie ein Hund, der auf sein einkaufendes Herrchen wartete. Der Bahnhofsvorplatz war voller Menschen. Die Polizei hatte den Eingang abgesperrt, aber zahlreiche Reisende, Schaulustige und viele andere, teilweise sehr seltsam wirkende Gestalten drängten sich davor.

Ludwigsburg ist auch nicht besser als Stuttgart, was den Bahnhof angeht, dachte Ronda.

Sie hatte Bürkle schwören müssen, im Auto zu warten. Wenn sie nicht noch mehr Ärger wollte, dürfte sie sich auf keinen Fall im Bahnhof blicken lassen, hatte er gesagt. Ronda hatte ihn treuherzig angesehen und mehrmals beteuert, dass sie nicht so blöd wäre, diesen Fehler zu machen.

Eine Minute, nachdem er gegangen war, stieg sie aus dem Fahrzeug und ging auf einen der Polizeibeamten zu, die den Eingang bewachten.

»Lassen Sie mich durch, ich bin von der Polizei«, sagte sie tonlos.

»Ich darf Sie nicht reinlassen, hat der Typ vom LKA gesagt.«

Verdammt, so ein Mistkerl. Traute ihr nicht über den Weg. Beleidigt setzte sie sich wieder in den Mercedes.

Als wollte Bürkle sie ärgern, hatte er direkt inmitten all der Schaulustigen geparkt. Sie kam sich vor, als würde sie auf einem Präsentierteller sitzen. Ständig wurde gegen die Scheibe geklopft. Jemand lehnte sich gegen die Karosserie und brachte so den Wagen ganz leicht zum Schaukeln.

Weg vom Auto, du Affe, fluchte Ronda innerlich.

Sie spürte das vertraute Kribbeln, wie jedes Mal, wenn die Nerven mit ihr durchgingen. Sie musste sich schnell ablenken.

Ihr Blick fiel auf das Armaturenbrett. Hastig schaltete sie das Radio ein. Es wurde ›Wake up Call‹ von ›Maroon 5‹ gespielt – ihr Lieblingssong der Band. Sie drehte die Anlage lauter.

»Hm, guter Sound«, sagte sie anerkennend.

»If you needed love, well, then ask for love«, sang Adam Levine mit seiner hohen Stimme.

Ronda dachte an Bürkle. Wie verschlafen er ausgesehen hatte, als er ihr die Tür geöffnet hatte. Es hatte ihr gefallen, wie er so dagestanden hatte. Mit zerknautschter Kleidung und zerwühlten Haaren. Würde er doch nur einen Schritt auf sie zugehen, damit sie wüsste, ob er auch etwas für sie empfand.

»Wake up call, caught you in the morning with another one in my bed …«

Sofort schoss ihr das Blut in den Kopf. Sie hatte wirklich gedacht, dieser blonde Rauschgoldengel wäre eine von Bürkles Bettgeschichten gewesen. Mein Gott, sie hatte niemals etwas Peinlicheres erlebt.

»… came without a warning so I had to shoot him dead …«

Eifersucht? Töten? Mord aus Liebe?

Vielleicht. Aber dazu musste sie mehr über die Opfer wissen. Sie würde auf jeden Fall ihrem Verdacht nachgehen. Und wenn es wirklich so wäre, dass jemand aus Eifersucht getötet hatte, weshalb dann ein drittes Opfer …

Schlagartig kehrte das soeben erfolgreich unterdrückte Kribbeln zurück. Dieses Mal viel mächtiger als zuvor. Und das konnte sie nur von den Kollegen erfahren, welche die Angehörigen befragt hatten. Irgendwie musste sie den Wachhund am Eingang dazu bringen, sie durchzulassen.

Gerade als sie die Autotür öffnen wollte, entdeckte sie Bürkle, der aus dem Bahnhofsgebäude kam. Schnell ließ sie sich im Sitz ein Stück nach unten sinken. Es sollte den Anschein haben, als würde sie sich zu Tode langweilen.

Ronda gab sich große Mühe, starr geradeaus zu blicken. Ihr Kopf wippte leicht im Rhythmus der Musik, während ihr Herz einen viel schnelleren Takt trommelte.

Die Fahrertür öffnete sich, ein Schwall frischer Luft drang in den Innenraum.

Oh mein Gott, ich habe nicht geduscht, ging es Ronda durch den Kopf.

»Hab ich Ihnen nicht gesagt, Sie sollen im Wagen bleiben«, knurrte er.

Ronda warf dem Polizisten an der Absperrung einen bösen Blick zu. »Petze«, zischte sie.

»Fahren wir ein Stück.« Er ließ den Motor an und öffnete das Fenster auf seiner Seite ein Stück.

Oh Gott, es riecht also. Ronda blickte verschämt nach draußen.

Im nächsten Moment zog er das Blaulicht vom Armaturenbrett und befestigte es auf dem Dach. Sofort schloss er das Fenster wieder. »Ganz schön kalt, gell?«, fragte er.

»Ja«, antwortete sie knapp und atmete erleichtert aus. »Erzählen Sie mir von dem Fall. Bitte«, drängte sie ihn. Sie platzte beinahe vor Neugierde.

»Ein einzelner Schuss aus kurzer Distanz direkt in den Kopf.«

»Der Kerl bekommt Übung«, murmelte Ronda.

»Bei dem Toten handelt es sich um Martin Dieterle.

21 Jahre alt, war auf dem Weg ins Fitnessstudio. Ein Freund saß direkt neben ihm, als es passierte.«

»Hat er was gesehen?«

»Nein.«

»Wie nein?«

»Der Tote hat wohl ein Mädchen angemacht, das ihm gegenüber saß, kurz bevor er getroffen wurde. Sein Freund war dazwischen gegangen, weil Dieterle sich völlig panne benommen habe.«

»Panne?«

»Das waren seine Worte.«

Ronda schüttelte den Kopf. »Und er hat gar nichts gesehen?«

»Leider nein. Seine ganze Aufmerksamkeit galt dem Mädchen.«

»Passen Sie mal auf, ich hab was herausgefunden.« Sie zog eilig die Kopien der Ermittlungsakten aus ihrer Handtasche.

Bürkle starrte den Stapel Papier mit großen Augen an. »Sagen Sie mir bitte, dass das nicht die Ermittlungsakten sind.«

»Nicht die Originale. Ich habe letzte Nacht Kopien gemacht.«

»Aber warum das denn? Ich hab den Fall doch offiziell.«

»Das wusste ich gestern ja noch nicht.«

Bürkle atmete hörbar aus. »Antonia, Antonia, irgendwann kommen Sie mal in Teufels Küche.«

»Ach was.« Sie winkte mit der linken Hand ab. »Ich vermute, dass die Morde etwas miteinander zu tun haben. Alle Opfer sind im selben Alter. Könnte es nicht sein, dass die drei befreundet waren und von jemandem aus Eifersucht umgebracht wurden?«

»Alle vier«, berichtigte sie Bürkle.

»Vier? Hat er noch mal zugeschlagen?«

»Nein, aber das junge Mädchen, das gestern Abend in Feuerbach angeschossen wurde, ist heute Nacht gestorben.«

Rondas Hals schnürte sich zu. »Oh nein«, hauchte sie. »Sie wurde doch nur zufällig getroffen.«

»Was? Wie kommen Sie bitte darauf?«

»Ich habe mir letzte Nacht, bevor ich abgezogen wurde, den Tatort in Feuerbach genau angesehen. Als ich den Standort des Täters analysierte, stellte ich fest, dass er mit seinem ersten Schuss den Kopf seines Opfers verfehlt hatte. Die Kugel ist durch die Scheibe geflogen und hat das Mädchen auf dem Bahnsteig getroffen.«

»Sind Sie sich da sicher?«

»Ja, das bin ich«, sagte sie. Dann schaute sie verwundert um sich. »Wo fahren wir eigentlich hin?«

»Nach Stuttgart zur Fallbesprechung.«

»Was? Das kann doch nicht wahr sein. Wir fahren zu einer beschissenen Besprechung und der Kerl rennt frei rum und ballert Leute ab.«

»Schneider hat alle Bahnhöfe im Umkreis abgeriegelt. Jeder, der rein oder raus will, wird durchsucht. Seit heute die ersten Bahnen fahren, sind beinahe alle verfügbaren Hundertschaften im Einsatz. Schon gestern Abend hat er Verstärkung aus Böblingen anrollen lassen. Heute Morgen sind noch die Jungs aus Göppingen dazugestoßen. Ich glaube, die ganze Polizei von Baden-Württemberg konzentriert sich gerade auf die Stuttgarter S-Bahnen.«

»Und trotzdem könnte der Verrückte noch einmal zuschlagen.«

»Ja, das ist allerdings wahr. Leider. In jedem Wagen der

Züge steht jedoch ein Beamter in Kampfausrüstung zum Schutz der Fahrgäste.«

»Und trotzdem hat er weiter gemacht und wird es vielleicht wieder tun. Wer weiß, wie viele Menschen noch auf seiner Liste stehen.«

»Und was sollen wir Ihrer Meinung nach tun?«, fragte Bürkle genervt. »Es ist sicher sinnvoller, das weitere Vorgehen genau zu koordinieren, anstatt wie aufgeschreckte Hühner herumzurennen.« Bürkle lenkte sein Fahrzeug mit hoher Geschwindigkeit über die Bundesstraße 27 in Richtung Stuttgart. Bäume und Sträucher am Straßenrand huschten an den Scheiben vorbei. Ronda entdeckte auf der rechten Seite die große Leinwand des Autokinos von Kornwestheim. Links erstreckte sich ein flaches Feld. Dahinter ragte der hohe, weiß qualmende Schornstein der Kläranlage Mühlhausen auf.

Völlig überraschend bremste Bürkle stark ab. Dann nahm er mit quietschenden Reifen eine Abfahrt und bog rechts ab. Kurz darauf steuerte er links auf den Parkplatz eines Baumarktes.

»Zeigen Sie mir die Ermittlungsakten der anderen beiden Fälle«, forderte er, nachdem er den Wagen abgestellt hatte.

Ronda wühlte in ihrer Handtasche. Eilig zog sie die inzwischen stark zerknitterten Blätter heraus und überreichte sie Bürkle.

Minutenlang saß er da, starrte auf die Unterlagen, ohne auch nur ein Wort zu sagen. Die plötzliche Stille rief Unbehagen in Ronda hervor. Etwas drängte sie regelrecht dazu, Bürkle zu fragen, wonach er suchte.

Sie beobachtete ihn. Seine Augen schienen die einzelnen Zeilen regelrecht abzufotografieren. Sein Kopf ging von links nach rechts, seine Lippen waren fest zusammengepresst.

»Was … ?«, wollte sie gerade fragen, als er ihr ins Wort fiel.

»Okay, gehen wir eins nach dem anderen durch. Was haben wir beim ersten Fall?«

Ronda deutete mit ihrem Zeigefinger auf den entsprechenden Tatortbericht. »Junge Frau …«

Erneut begann er einfach zu sprechen, als habe er nicht bemerkt, dass sie etwas sagen wollte. Ronda atmete hörbar aus.

»Sie war Single. Hatte wechselnde Männerbekanntschaften, aber nichts Festes. Studierte an der Pädagogischen Hochschule Ludwigsburg. Laut Zeugenaussagen verließ ein Mann mit Kapuzenpullover und Baggy-Hose eilig die Bahn. Was haben wir beim zweiten Fall?«

Ronda setzte abermals an, etwas zu sagen, kam jedoch wieder nicht dazu. »20-jähriger Mann türkischer Abstammung. Arbeitete als Automechaniker in Bietigheim. Keine Freundin. Zeugen berichten von arabisch aussehenden Männern mit langen Bärten und Schwarzen, die davonrannten, nachdem der Zug gehalten hat. Die dritte Tote ist eine junge Frau, die auf ihren Freund gewartet hat.« Bürkle hielt in seinem Selbstgespräch inne und sah Ronda verdutzt an. »He, Antonia, langweile ich Sie?«

Ronda schnaubte. Dann sagte sie bissig: »Wenn Sie mich nicht dabei haben wollen, brauchen Sie es nur zu sagen.« Sie starrte aus dem Fenster.

Als er beschwichtigend eine Hand auf ihre linke Schulter legte, wies sie ihn mit einem Schulterzucken ab.

»Entschuldigen Sie, manchmal vergesse ich alles um mich herum«, versuchte er sie zu beruhigen.

»Das habe ich bemerkt. Als wäre ich Luft.«

»Es tut mir leid.«

Einen Moment sagte keiner von beiden etwas.

»Können wir weitermachen?«, fragte Bürkle schließlich.

Ronda nickte und strich sich ihre Haare aus dem Gesicht. Was sich allerdings als hoffnungslose Unternehmung herausstellte, da sie sofort wieder in ihre alte Position rutschten.

»Wissen Sie, was die Zeugen bei dem dritten Mord gesehen haben?«, fragte Bürkle.

»Lassen Sie mich raten. Einen Schwarzen? Oder noch besser, ein Kerl mit einem Vollbart, der eine Taliban-Flagge mit sich rumtrug?«

Bürkle lächelte leicht. »Nicht nur das. Die Leute berichteten von einem Mann in zu weiter Hose und einem schwarzen Kapuzenpullover, der sehr verdächtig war.«

»Aha, und warum das jetzt?«

»Er soll extrem nervös gewesen sein und stark geschwitzt haben. Außerdem meinen manche Zeugen, dieser Mann wäre schnell davon gegangen, nachdem der Schuss gefallen war.«

»Das könnte doch ein Anhaltspunkt sein. Gibt es weitergehende Beschreibungen?«

»Der Mann wurde immer gleich beschrieben. Schwarzer Pulli und blaue Hose. Die Kapuze weit ins Gesicht gezogen, sodass es nicht zu sehen war. Einige Zeugen haben ausgesagt, er hätte auffällige lilafarbene Converse-Chucks getragen. Laut den Kollegen, die sich die Videos angeschaut haben, ist er groß und sehr schlank.« Bürkle machte eine Pause. »Könnte wirklich eine Spur sein. Allein darauf verlassen würde ich mich aber nicht«, sagte er dann.

»Natürlich nicht.« Ronda begann nachzudenken. Die Zeugenaussagen waren ihrer Ansicht nach nicht sonderlich brauchbar. Auch eine Beschreibung auf einen Kerl mit lila Chucks waren sehr dürftig. Aber es konnte immerhin eine Spur sein. »Sind die Kollegen in Ludwigsburg am Bahnhof instruiert, dass sie nach einem Mann, auf den die Beschreibung passt Ausschau halten sollen?«

»Ich bin mir nicht ganz sicher«, sagte Bürkle leise. »Besser, wir fahren nochmals zurück.« Eilig wendete er den Wagen und fuhr zurück in Richtung Ludwigsburg.

»Warum rufen Sie nicht einfach an?«, fragte Ronda.

»Ne, lassen Sie mal. Das bespreche ich kurz direkt vor Ort. Dann kann ich mir auch nochmals ein Bild von der Durchsuchungsaktion am Bahnhof machen.«

»Sie sind der Chef.«

Am Bahnhof in Ludwigsburg angekommen stieg Bürkle sofort aus und ging an der wartenden Menschenmenge vorbei in das Bahnhofsgebäude. Ronda blieb allein im Wagen zurück.

»Na toll«, sagte sie zu sich selbst. »Und was mach ich so lange?« Sie schaute zur Seitenscheibe hinaus auf den Busbahnhof.

Plötzlich kam ihr eine Idee.

Sie nahm den Wagenschlüssel an sich, stieg aus und verschloss den Mercedes. Zuerst suchte sie sich eine geeignete Stelle, von wo aus sie die größtmögliche Fläche überblicken konnte. Sie sah sich um. Gegenüber des Bahnhofseingangs begann eine belebte Einkaufsstraße von Ludwigsburg. Dort war auch eine Apotheke. Schlechte Stelle, dachte Ronda. Von dort aus würde sie alle Passanten von hinten sehen. Außerdem war der Blick durch Bäume teilweise verdeckt. Schräg gegenüber befand sich ein langgezogenes Gebäude mit einer Metzgerei. Um in den Laden zu kommen, musste man drei Stufen hinaufgehen. Von dort aus konnte sie den gesamten Bahnhofsvorplatz einsehen – perfekt. Schnell postierte sie sich an der Treppe, wobei sie so tat, als würde sie auf jemanden warten. Der Geruch nach paniertem Schnitzel stieg ihr in die Nase. Sofort meldete sich ihr Magen. Kein Wunder, sie hatte seit dem Vorabend nichts gegessen.

Zwischen den Gedanken an ein Schnitzelbrötchen mit Ketchup oder alternativ an eine große Scheibe Pizzaleberkäs versuchte sie, sich in ihren Gedanken ein mögliches Bild des Gesuchten zu malen. Er war groß, hatte Bürkle gesagt. Haarfarbe? Oh, Landjäger. Lecker. Dunkelbraun vielleicht. Wie schlank mochte er wohl sein? Eher dürr entschieden ihre Gedanken. Die Jeanshose hing der schlaksigen Gestalt bestimmt wie vielen Jugendlichen gerade noch so auf der knochigen Hüfte. An den Füßen hatte er völlig unpassende lila Chucks. Die Farbe der unbefriedigten Frau, dachte Ronda.

Konzentrier dich. Hm, Fleischküchle.

Der schwarze Pullover war ihm vermutlich viel zu weit, dafür aber ein wenig zu kurz. Die Kapuze war innen mit weißem Fell gefüttert. Trug er eine Brille? Nein.

Neben ihr verließ ein Mann die Metzgerei. Direkt vor dem Eingang biss er herzhaft in das Brötchen. Das war bestimmt Absicht, mutmaßte Ronda. Grauenhaft neidisch starrte Ronda krampfhaft in die Menschenmenge, um dem Mann nicht das Brötchen aus der Hand zu reißen. Dabei erfasste ihr Blick zuerst einige Teenies, die mit ihren Smartphones spielend auf sie zukamen. Wolken von süßem Parfum wehten um ihre Nase. Direkt hinter den Jugendlichen ging ein Mann. Er war Mitte oder Ende 40, hatte grauschwarze Haare und fleischige Lippen. Er trug ein altmodisches Jeanshemd und eine ebenso altmodische Stoffhose. Die Art von Hose mit nur einer Potasche, in der jeder Hintern dick aussah – außer seiner. Er war sozusagen gar nicht vorhanden. Auf seinem Rücken hatte er einen Rucksack, den er einem Schüler geklaut haben könnte. Die Schuhe – durchfuhr es Ronda wie ein Blitz. Er trug lila Converse-Chucks. Eilig musterte sie ihn weiter; schaute ihm direkt ins Gesicht. Schweiß stand auf seiner Stirn, seine Augen wie die eines Diebes, der sich umschaut, während er sein Diebesgut einsteckt.

Er scheint nervös, dachte Ronda. War er ihr Mann?

Kurz sah er zu ihr auf. Als er bemerkte, dass sie ihn musterte, senkte er den Blick eingeschüchtert zu Boden.

Er hatte Angst. Das war er, schrie es in ihr.

Er begann, schneller zu gehen; lief nun beinahe.

Rondas Herz schlug ihr bis zum Hals. Das musste der Kerl sein – das spürte sie. Gott, bitte lass mich recht haben, betete sie. »Entschuldigung«, rief sie dem Mann hinterher. »Können Sie mir sagen, wie viel Uhr wir haben?«

Ohne sie anzuschauen, hob er den Arm, damit das Hemd seine Armbanduhr freigab.

Genau in diesem Moment packte Ronda seinen Arm und drehte ihn auf den Rücken. Der Mann versuchte sich zu wehren, heulte jedoch sofort unter dem gekonnten Griff Rondas auf.

Aus der Metzgerei hörte sie eine empörte Frauenstimme schreien: »He, i will koi Schlägerei vor meim Lada. I sags eich.«

»Was soll das?«, heulte der Mann Ronda an.

»Ganz ruhig mein Freund. Ich bin von der Polizei.«

»Polizei? Was hab ich denn getan?«

Die Frau aus der Metzgerei stand plötzlich mit einem Messer in der Hand vor Ronda. »Schbennad Sie eigentlich? Dem arma Mo do weh zom do.«

»Bitte gehen Sie zur Seite. Ich bin Polizistin.«

»Ha, des kann ja jeder saga. Zeiget se mol Ihren Ausweis. Und lassat se den Mo los sag i.« Die Verkäuferin fuchtelte immer wilder mit dem Messer vor Rondas Gesicht herum.

Sie musste schnell abwägen. Sich mit der Frau streiten und Gefahr laufen, dass der Mann davonlief? Oder sollte sie die Frau ignorieren und riskieren, der Messerattacke einer professionellen Fleischereifachverkäuferin zum Opfer zu fallen?

Eine vertraute Stimme nahm ihr die Entscheidung ab. »Es ist alles OK. Ich bin von der Polizei.« Bürkle. Die Verkäuferin beendete ihr Sozialengagement mit unverständlichem Meckern.

»Halten Sie den Mann fest«, sagte Bürkle zu einem Kollegen, der ihn offenbar begleitet hatte. »Und Sie, Antonia, erklären mir, was Sie hier tun.«

»Sie hat mir fast den Arm gebrochen. Blöde Kuh. Ich hab ihr gar nichts getan«, heulte der Mann.

Bürkle nahm Ronda am Arm und zog sie ein paar Meter zur Seite. An einer aus schwarzem Metall gefertigten Skulptur blieben sie stehen. »Wer ist das, Antonia?«, zischte er leise.

»Das ist der Mann, den wir suchen. Ganz sicher.«

»Was? Wie kommen Sie denn auf so was?«

»Er hat die Schuhe an. Und er ist groß und dünn. Außerdem hat er einen Rucksack.«

»Der Kerl ist fast 50. Mensch, Antonia …«

»Schauen Sie doch mal nach, was in seinem Rucksack ist.«

Bürkle ging zu dem Mann, der immer noch von dem Kollegen festgehalten wurde. »Nehmen Sie ihm den Rucksack ab und geben ihn mir«, sagte er zu ihm.

Nachdem Bürkle der Rucksack überreicht worden war, ging er zu Ronda zurück, stellte ihn auf den Boden und öffnete die Reißverschlüsse. Dann schaute er Ronda mit einem solch vorwurfsvollen Blick an, wie sie es noch nie bei ihm gesehen hatte.

»Was?«, fragte sie aufgeregt.

Bürkle griff in die Öffnung. Er förderte einen Stapel Notenpapier und eine Rolle dunkelgraues Gewebe-Klebeband hervor. Ansonsten war der Rucksack leer.

»Antonia, Sie haben einen Musiker umgehauen.«

»Aber das kann doch nicht wahr sein. Es passt doch alles.«

»Außer dass der Mann groß und dünn ist und er lila Schuhe trägt, passt gar nichts. Scheiße.«

Konnte es wahr sein, dass sie den falschen Mann überwältigt hatte? Das wollte Ronda nicht glauben. »Was machen wir jetzt mit ihm?«, fragte sie kleinlaut.

»Wir lassen ihn gehen.«

»Ihn gehen lassen? Ohne genauere Überprüfung?«

»Antonia, Sie haben den Falschen verdächtigt.«

»Nein. Das glaube ich nicht.«

»Schauen Sie ihn sich doch an. Der Typ kann keiner Fliege was zuleide tun.« Bürkle seufzte laut. »Sehen Sie es ein. Sie haben einen Fehler gemacht. Entschuldigen Sie sich bei ihm und wir lassen ihn laufen.«

»Nein, das werde ich nicht. André, bitte. Überprüfen Sie ihn wenigstens. Ich bin mir wirklich sicher.« Ronda wusste nicht, was sie so sicher machte. Sie wusste nur, dass sie den Mann nicht grundlos festgehalten hatte. Ihr Gefühl sagte ihr, dass er irgendein Geheimnis in sich trug.

»Mit welcher Begründung sollte ich den Mann denn festhalten?«

Ronda sah Bürkle traurig an. Auf diese Frage hatte sie keine Antwort.

»Lassen Sie den …«, begann Bürkle.

»André, hören Sie mir zu«, flehte Ronda. »Ich weiß es; er ist unser Täter. Ganz sicher.«

»Und woher?«

»Ich weiß es einfach. Vertrauen Sie mir bitte.« Sie sah ihn lange an. »Bitte, ich weiß es.«

Für einen Moment reagierte Bürkle nicht, was Ronda extrem nervös machte.

»Sie sind sich wirklich sicher, oder?«, fragte Bürkle tonlos.

»Ja, das bin ich.«

Bürkle drehte sich langsam um und ging zu dem Polizisten, der den Mann festhielt.

»Ich muss verrückt sein«, hörte Ronda Bürkle brummen. »Nehmen Sie den Mann mit aufs Revier zur Vernehmung«, befahl er.

»Warum denn? Ich hab nichts getan. Ich wollte doch nur zur Bahn. Ich hab die Mädchen nicht belästigt«, weinte der Mann.

»Wir nehmen Sie zur Vernehmung mit aufs Revier«, brachte Bürkle nur sehr zögerlich über die Lippen.

Rondas Herz machte einen Sprung, als sie das hörte.

Der fragend dreinblickende Beamte führte den Mann unter wildem Geschrei und Geweine zu einem Streifenwagen.

Da ergriff Ronda ein beklemmendes Gefühl. Was, wenn sie falsch lag? Was, wenn der Mann wirklich unschuldig war? Dann wäre nicht nur ihre, sondern auch Bürkles Karriere am Ende.

XVIII

Germanien
243 n. Chr.

Weitere sechs Tage vergingen, an denen die drei verbliebenen Männer mit uns durch die Wälder zogen. Seit Beginn unserer Reise hatte ich mich gefragt, weshalb der Bärtige einen strohdummen Kerl mit auf seine Beutezüge nahm. Die Antwort erhielt ich während eines Gesprächs, in dem der Bärtige den Blöden seinen Bruder nannte.

Ich hatte mir an diesem Tag beim Gehen an einem Stein den Fuß aufgeschnitten. Es schmerzte so sehr, dass ich kaum einen Schritt machen konnte. Der Bärtige befahl dem Blöden, mich zu tragen, was er auch sofort tat. Dann sagte der Anführer: »Wir sind morgen eh da. Dann haben wir es geschafft. Euch verkaufe ich an die Römer und mein Bruder und ich lassen uns mit dem Geld in Colonia Agrippina richtig schön volllaufen.«

»Colonia Agrippina? Was ist das?«, fragte ich.

Der Bärtige sah mit funkelnden Augen zu mir auf. »Eine Stadt, Schätzchen«, antwortete er überschwänglich. »Es ist die größte Stadt, die du jemals zu Gesicht bekommen wirst.« Er vollführte eine weit ausholende Geste.

»Eine Stadt? Was ist das?« Dieses Wort hatte ich nie zuvor gehört.

»Oh, du Bauernweib warst wohl noch nie außerhalb von deinem Dorf, oder?«

Ich schüttelte peinlich berührt den Kopf.

»Eine Stadt ist wie ein riesiges Dorf. In einem Dorf leben vielleicht 20 Menschen. In Colonia Agrippina leben gut 30.000 Menschen.«

Bei der Nennung der Einwohnerzahl erschrak ich. 30.000 Menschen – das mussten mehr sein als Fliegen um eine tote Kuh kreisten – unvorstellbar.

»Das kannst du dir nicht vorstellen, was? Warte nur, bis du die Stadt siehst. Hohe Häuser aus Stein, Säulen aus Marmor und drum herum eine Mauer so hoch, dass kein Mensch sie je aus eigener Kraft bezwingen könnte.«

»Was ist Marmor?«

»Bist du wirklich so dumm, sag mal? Das ist ein weißer Stein, den die Römer aus ihrer Heimat mitbringen, um ihre Häuser zu bauen.«

»Und wo ist die Heimat der Römer?«

»Jetzt reicht es aber. Du kannst einem wirklich Löcher in den Bauch fragen. In Rom natürlich.«

»Und wo ist dieses Rom?«

»Na, das ist doch klar.« Er stockte kurz. »Na … dort.« Er zeigte nach Westen.

Dort, dachte ich. Wirklich?

Ich versuchte mir vorzustellen, wie dieses Rom wohl aussehen könnte. Ein Ort voller Dämonen und böser Geister kam mir sofort in den Sinn.

Stumm gingen wir eine weite, unbewaldete Ebene entlang. Die Landschaft war hier so anders als die Gegend rings um mein Dorf. Zuhause war es hügelig und abwechslungsreich. Hier sah man weit voraus. Außerdem gab es hier kaum Bäume.

Mein Dorf – wo war ich nur gelandet?

Ich hatte schon lange die Orientierung verloren, weshalb ich mir sicher war, niemals mehr zu meinem Dorf zurückzufinden. Aber was sollte ich dort auch? Es gab dort nichts mehr. Die Häuser waren abgebrannt, das Vieh verweste in seinem Gatter und der Körper meines Mannes würde bald zu Staub zerfallen.

Irgendwann hielt ich es auf dem Rücken des Blöden nicht mehr aus. Zum einen, weil er seine flinken Finger nicht bei sich behalten konnte. Ständig ging er mir mit seinen schmutzbesudelten, hornkrustigen Händen unter meine Kleidung. Und wenn das nicht, dann fasste er mir an den Hintern. Zum anderen wurde es mit der Zeit extrem ungemütlich. Also bat ich ihn, mich herunterzulassen, um den Weg zu Fuß zu gehen – was mich immer noch sehr schmerzte. Es war mir dennoch lieber, als ständig betatscht zu werden.

Am Abend kamen wir an einem breiten Fluss an. Einen Strom von derartigen Ausmaßen hatte ich noch niemals zuvor gesehen. Ich schätzte, dass nicht einmal der beste Steinewerfer unseres Dorfes es bis zur Mitte des Flusses geschafft hätte zu werfen. Das Ufer zu unserer Seite war flach und steinig. Das tiefbraune Wasser lief sehr schnell. Dabei zog es allerhand Unrat mit sich.

Der Alte sagte etwas zum Bärtigen, woraufhin er ein kleines Bündel überreicht bekam. Daraufhin verabschiedete er sich von seinen beiden Gefährten und verschwand.
»Wo geht er hin?«, fragte ich den Bärtigen.

»Für ihn ist hier die Reise beendet. Ich brauche ihn nicht mehr.«

Ich nickte stumm. Dann schaute ich über den Fluss hinweg. Ich konnte eine hohe Mauer aus hellbraunen Steinen ausmachen. Sie lief beinahe von der einen Seite des Blickfeldes bis zur anderen. Über die Wand aus Stein hinweg ragten unzählige flache Dächer in den Himmel. Die Stadt, fuhr es mir durch den Kopf. So viel ich sehen konnte, hatten die Dächer nicht dieselbe Form wie die der Häuser meines Dorfes. Mehr konnte ich leider nicht erkennen, da die Sonne bereits sehr tief über der Stadt hing und mich blendete. Das Unglaublichste aber war der hölzerne Weg, der mitten durch den reißenden Fluss führte. Er endete direkt an einem großen Tor, das in die Mauer gebaut war. Sowohl Menschen als auch Tiere gingen auf dem Weg so selbstverständlich umher, als wenn er nicht auf Wasser, sondern auf Erde gebaut wäre.

Der Bärtige führte uns durch eine Reihe langer Steinhäuser, die zu beiden Seiten des Weges standen, direkt auf den Wasserweg hin. Als wir dort ankamen, blieb ich unvermittelt stehen.

»Was ist denn?«, fragte der Bärtige mürrisch.

Ich antwortete nicht, sondern starrte nur auf die dicken Holzplanken, die hüfthoch über dem Wasser schwebten. Das musste ein Werk der Götter sein, dachte ich. Eine Hand versetzte mir einen harten Stoß gegen den Rücken. Ich stolperte auf die Holzplanken und fiel der Länge nach hin. Der Blöde lachte laut. Dabei zeigte er mit dem Finger auf mich. Vor Schadenfreude achtete er nicht darauf, dass entlang des Wegesrandes Holzstämme befestigt waren. Lachend taumelte er einige Schritte rückwärts, blieb mit einem Bein an solch einem Stamm hängen und klatschte schreiend ins Wasser. Zu seinem Glück war der Fluss an dieser Stelle nicht tief. Er ruderte wie ein Käfer, der auf dem Rücken lag, mit den Armen, bis er festen Boden zu greifen bekam. Der Bärtige stürzte sofort zu ihm, um ihn aus dem Wasser zu fischen. Als der Blöde sich das Wasser aus dem Hals kotzte, gab ihm der Bärtige einen harten Schlag auf den Hinterkopf.

»Du Trottel«, raunzte er. »Mach, dass du auf die Brücke kommst. Schau dich an, du bist klatschnass.«

Gefolgt von dem Bärtigen trottete der Blöde bibbernd vor Kälte zurück auf den Weg. Brücke hatte der Bärtige den Weg genannt.

»Ist das der Name dafür?«, fragte ich laut.

»Für was?« Der Bärtige schaute mich böse an.

»Für diesen Weg. Du hast ihn Brücke genannt.«

»Ja, so heißt er. Und jetzt halt's Maul.«

Dann schob er mich grob weiter vorwärts. Ich fühlte mich, als wenn ich auf Moorboden gehen würde. Bei jedem Schritt gab der Weg unter mir nach. Schaute man entlang der Brücke, konnte man sehen, wie sie sich wand wie eine Eidechse. Mir wurde ganz flau im Magen. Auf der anderen Seite des Flusses angekommen, zeigte der Bärtige irgendetwas den Soldaten, die das Tor bewachten. Nach einigen kritischen Blicken zu uns Mädchen winkten sie uns durch. Danach gelangten wir in einen langen Weg, an dem zu beiden Seiten weitere Mauern aufragten. Darüber sah ich die Dächer der Häuser jetzt genauer. Sie waren mit roten, seltsam aussehenden Steinen belegt. Der Weg, auf dem wir gingen, war von unzähligen Füßen, Hufen und Wagenrädern hart und rissig. Da nur sehr wenige Menschen auf diesem Weg gingen, fragte ich mich, wo die Tausenden Einwohner sein mochten. Außerdem war es merkwürdig still.

Wenn sich alle Einwohner unseres Dorfes zu einem Fest versammelt hatten, konnte man seine eigenen Gedanken nicht mehr hören, so laut ging es dann zu. Die Männer erzählten Geschichten ihrer kühnen Taten oder rauften sich wild brüllend mit den Kindern. Die Frauen ratschten wie aufgeregte Hennen. Kinder spielten, johlten und sangen. Bei dem Gedanken an mein Dorf wurde es mir mit einem Mal ganz warm ums Herz. Dann blitzten die toten Leiber meiner Familie und meiner Freunde in meinen Gedanken auf. Teutobald lag reglos in seinem eigenen Blut am Boden unseres Hauses. Ich vermisste ihn so sehr. Seine tiefe beruhigende Stimme, seine warmen großen Hände, die mich so gut schützten, und sein Lächeln, das ich am meisten an ihm liebte. Tränen füllten meine Augen, ohne dass ich etwas dagegen tun konnte. Ein heißer Schmerz brannte in meinem Herzen.

Hart traf mich die Hand des Bärtigen, als er sie mir gegen die Schulter rammte. Ich hatte nicht bemerkt, dass ich stehen geblieben war.

»Was flennst du denn?«, fragte er harsch.

Ich rieb mir die Tränen aus den Augen.

»Das geht dich nichts an«, antwortete ich scharf. Wut stieg in mir auf. »Selbst wenn ich es dir sagen würde. Es würde diese dicke, haarige nach Scheiße riechende Schale, die deinen Geist umgibt, eh nicht durchdringen.«

Er lachte belustigt auf.

Auch du wirst noch deine Strafe bekommen, du Bestie, dachte ich. So wie die Männer, die mir all das nahmen, was ich geliebt hatte.

Wie aus dem Nichts kam mir plötzlich ein Gedanke. Wenn hier so viele Menschen lebten, dann würde doch sicherlich auch jemand dabei sein, der die Zeichen auf der Lanze lesen könnte.

Die Lanze – sie steckte immer noch am Gürtel des Bärtigen. Irgendwie musste ich es schaffen, sie ihm abzunehmen. Sie war das Einzige, was mich eventuell zu den Mördern meines Mannes führen könnte.

»Gib mir meine Lanze wieder«, sagte ich.

Der Bärtige ging direkt neben mir. Mit überraschtem Blick schaute er mich an. »Was willst du denn damit? Meinst du etwa, du könntest mir damit den Bauch aufschlitzen?«

»Ich möchte sie wieder haben. Bitte.«

»In Ordnung. Sobald ich dich verkauft habe, bekommst du sie.«

»Schwöre es.«

Er hob die Hand zur Brust. »Ich schwöre. Bei Thor.«

Ich beruhigte mich schlagartig. Einen Schwur konnte er nicht brechen. Der Zorn der Götter würde über ihn kommen, wenn er ihn brechen würde. Thor würde ihn mit seinem leuchtenden Hammer zermalmen wie ein Mensch eine lästige Mücke.

Der Weg knickte unvermittelt scharf ab. Das, was ich dann erblickte, raubte mir den Atem. Wir standen an einem Ende eines Platzes, der so groß war, dass unser gesamtes Dorf mehrfach hineingepasst hätte. Ringsum war der Platz mit hohen Mauern eingerahmt. Zu beiden Seiten stand jeweils ein langes Haus – mindestens 30 Schritte lang. Geradeaus blickte ich auf ein Gebäude, das meinen gesamten Blick einnahm. Es war in der Form lang und zu beiden Enden rund zu mir gebogen. Die Fläche davor war gefüllt mit Menschen, Tieren, Wagen und kleinen Hüttchen. Der Lärm war ohrenbetäubend. Händler boten lautstark ihre Waren an, Pferde wieherten, Kühe muhten, Gänse und Hühner rannten wild umher. Es stank nach Fäkalien, Tierdung und faulendem Fleisch.

Ich spürte, wie sich meine Nackenhaare aufstellten. Ein starker Drang, schnell wegzulaufen, übermannte mich. Aber der Bärtige trieb mich voran, mitten in die Menschenmenge. Wie bei der Begegnung mit einem hungrigen Wolf spürte ich panische Angst in mir aufsteigen.

Der Bärtige musste mich regelrecht durch die Massen an Menschen schleifen, so sehr weigerte ich mich, dort hindurchzugehen.

Schweißüberströmte Gesichter schauten mich an. Manche Männer vollführten wahre Tänze mit ihren Zungen, als sie mich sahen. Andere, vorwiegend Frauen, spuckten vor mir auf den Boden. Einige Männer zogen etwas nicht Vorhandenes mit beiden Armen auf Bauchhöhe zu sich heran und stießen ihre Hüfte nach vorn.

Die Hütten, die auf dem Platz standen, waren umgebaute Wagen, auf denen Händler ihre Waren preisboten. Männer und Frauen mit schmutzigen Kleidern und abgefaulten Zähnen boten Äpfel, Getreide, Wein und Fleisch an. Über allem schwirrten Massen an Fliegen. Vor uns tat sich zwischen all den Menschen auf einmal eine Fläche aus Holzplanken auf. Sie stand etwa in Brusthöhe auf hölzernen Pflöcken über der Erde. Einzelne, in Abständen übereinander angebrachte Holzplanken führten stufenartig auf die Fläche hinauf.

Der Bärtige gab mir abermals einen harten Stoß. Ich fiel der Länge nach auf die Holzbretter. Die Menschenmenge lachte unvorstellbar laut auf. Dann zog er mich an den Haaren weiter. Oben angekommen, riss er mir brutal all meine Kleider vom Leib.

Ich betete zu Nerthus, dass sie mich auf der Stelle verschlingen sollte.

Ich spürte die geilen Blicke der gierigen Männer auf meinem Körper. Es schien, als würden sie wie Hände über meine Haut fahren und jede Stelle meines Körpers begrapschen. So gut ich konnte, bedeckte ich meine Brüste und meine Scham, wobei mich der Blöde immer wieder an den Armen riss, damit ich meinen Körper zur Schau freigab.

Das Johlen und Lechzen der geilen Menge wuchs noch weiter an, als der Bärtige das andere Mädchen zu mir führte und auch sie den Blicken aller freigab.

Der Bärtige ging vor uns von einer Seite zur anderen wie unser Dorfältester, wenn er etwas zu sagen hatte. Dann hob er beide Arme in die Luft. Die Menge beruhigte sich ein wenig.

An der Öffnung in der Mauer, durch die wir auf den Platz gekommen waren, sah ich Männer in Uniformen mit Waffen näherkommen – Römer. Hoffnung flammte in mir auf. Sicher würden diese Männer uns helfen und uns aus den Klauen dieser Tiere befreien. Die Menge teilte sich, sodass die Männer hindurchgehen konnten. Es waren sechs Soldaten. Dahinter kamen zwei Männer in bunten Gewändern. Stoffe, so schön wie ich sie noch nie zuvor gesehen hatte. Darunter trugen sie Brustpanzer ähnlich wie die Soldaten. Ihre waren aber nicht aus Leder, sondern aus glänzendem Eisen. Sie traten direkt bis vor das Gebilde aus Holz, worauf wir standen.

Ich wartete, bis die Lanze einer der Soldaten den Bärtigen mitten in den Körper traf.

Vergebens.

Einer der Männer in edlem Gewand hob den Arm.

Die Menge verstummte völlig. An die Stelle des Getoses trat ein lautes Klopfen in meinen Ohren. Ich schaute zu dem Mädchen neben mir. Sie stand zitternd vor Angst da und hob ebenfalls die Arme schützend vor ihren Körper.

Der Bärtige rief den beiden Männern, die jetzt von den Soldaten umzingelt waren, etwas Unverständliches zu. Der Mann mit den schönen Kleidern ließ den Arm sinken. Dann schüttelte er leicht den Kopf. Wieder rief der Bärtige etwas. Die Sprache kam mir bekannt vor. Es war dieselbe, wie ich sie vor langer Zeit von den römischen Soldaten gehört hatte, die kurz darauf überfallen worden waren. Die Soldaten hatten dieselbe Uniformen an wie die, welche die beiden Männer beschützten. Einer der beiden gut gekleideten, ein unglaublich fetter Kerl, nickte. Er schien mir von der Größe um gut einen Kopf unterlegen zu sein.

Der Bärtige drehte sich um und gab dem Blöden ein Zeichen. Der packte das Mädchen neben mir daraufhin und warf es den Soldaten entgegen. Ganz so, als wäre sie ein Apfel, den man einem Freund zuwirft. Die Soldaten fingen den zarten Körper des Mädchens auf und reichten es an den Fetten weiter. Der zog ihr grob die Arme vom Körper, um einen Blick auf ihre Brüste zu erhaschen. Dann griff er ihr mit einer Hand zwischen die Beine, was sie schmerzvoll aufheulen ließ. Nachdem er wieder von ihr abgelassen hatte, roch er an einem der Finger der Hand, die soeben das Mädchen berührt hatte. Zufrieden nickend rief der Fette einen Soldaten heran, der einen Umhang über ihre Schultern legte. Aus ihrem Blick las ich, dass sie vor Angst beinahe den Verstand verlor.

Nun war ich an der Reihe.

Der Bärtige rief wieder etwas. Der andere Mann antwortete mit ruhiger Stimme und zeigte mit einem ausgestreckten Finger auf mich. Der Bärtige trat an mich heran. Dann bückte er sich und riss von meiner Kleidung, die neben mir am Boden lag, ein Stück ab. Er spuckte mehrmals laut grunzend hinein und rieb mir das trockene Blut rings um meine Verletzung ab. Er drückte so brutal den Stoff auf meine Haut, dass ich das Gefühl hatte, die Wunde würde samt Naht, die sie zusammenhielt, wieder aufreißen. Um nicht zu schreien, biss ich mir fest auf die Unterlippe.

Als er fertig war, zog er mich am Oberarm näher an die Vorderkante der Fläche. Der Mann in den schönen Kleidern trat einige Schritte näher an mich heran. Seine Haare waren schwarz wie eine mondlose Nacht. Sein Gesicht hatte eine tiefe sommerliche Bräune. Seine Arme waren stark und sein Bauch flach. Er hatte eine lange, leicht gebogene Nase im Gesicht. Seine Augen waren so dunkel wie ein tiefes Moor und so gefährlich wie die Augen eines Bussards.

Der Bärtige hob die Hand. Dabei reckte er vier Finger in die Luft.

Der Mann schüttelte den Kopf, sagte aber nichts.

Der Bärtige ließ einen Finger in seiner Faust verschwinden. Der Mann nickte zustimmend. Damit war mein Schicksal besiegelt, dachte ich. Ich wartete auf den groben Griff des Blöden, der mich in die Arme der Soldaten befördern würde.

Die schwitzende Hand des Blöden packte mich am Oberarm. Im selben Moment rief der Römer etwas. Die Hand zog mich unbarmherzig in Richtung Kante. Der Römer brüllte die Worte noch einmal.

Die Hand ließ mich los.

Ich stand direkt vor den Soldaten, die unverhohlen zwischen meine Beine schauten. Der Römer betrat wütend die Holzfläche und legte mir einen Umhang um. Dabei zog sein Blick kurz wie ein eiskalter Wind über mein Gesicht hinweg.

Mit beinahe zärtlichem Griff führte er mich in Richtung Stufen. Aus dem Augenwinkel sah ich, wie einer der Soldaten dem Bärtigen ein Säckchen überreichte, das der Bärtige sofort an seinen Gürtel band.

Der Gürtel, schoss es mir durch den Kopf. Er hatte meine Lanze noch, die an seinem Gürtel befestigt war.

Mit einem Ruck löste ich mich aus dem Griff des Römers. Als dieser versuchte, mich festzuhalten, bekam er lediglich noch den Umhang zu packen. Ich sprang dem Bärtigen direkt vor die Füße.

Er schaute mich mit weit aufgerissenen Augen an.

»Gib mir meine Lanze«, zischte ich zwischen zusammengebissenen Zähnen. »Du hast es geschworen.«

Der Bärtige ließ mit einem Grinsen seine verfaulten Zähne sehen. Mir wurde klar, dass er mir die Lanze niemals freiwillig geben würde.

Dann schaute er in Richtung des Römers.

Jetzt.

Meine Hände schnellten an seinen Gürtel. Ich bekam die Lanze zu greifen und zog fest an ihr. So fest, dass ich mit der Klinge die Kordel durchschnitt. Das Bündel, welches er von dem Soldaten erhalten hatte, fiel zu Boden.

Der Bärtige packte mich so brutal an den Haaren, dass ich das Gefühl hatte, er würde mir den gesamten Schopf ausreißen. Ich schrie vor Schmerz. Blitzartig schnellte die Lanze in meiner Hand vor. Sofort spürte ich etwas Warmes auf meinem Gesicht. Der Griff in meinen Haaren lockerte sich – der Schmerz ließ nach. Ich blickte auf. Der Bärtige stand schwankend vor mir. Aus seinem Hals ergoss sich schwallartig Blut. Er machte einen unsicheren Schritt zurück, dann knickten seine Beine weg. Er fiel mit dem Kopf voraus von der Holzfläche und schlug auf dem staubigen Boden auf. Dabei hörte ich ein lautes Krachen, als wenn ein dicker Ast abgebrochen worden wäre. Der Bärtige blieb mit seltsam verdrehtem Kopf am Boden liegen. Die Menschen ringsum johlten und klatschten in die Hände. Ich spürte, wie mir der Römer den Umhang wieder über die Schultern legte. Seine Hand bekam die meine zu greifen, in der ich die Lanze hielt.

»Nein«, schrie ich ihn an.

»Ganz ruhig«, sagte er in meiner Sprache. Ein seltsamer Dialekt schwang in seiner Stimme mit. »Du bekommst sie ja wieder.«

Ich wusste nicht weshalb, aber mein Griff löste sich von der Waffe. Dann drehte er sich zu der lärmenden Menge um. Langsam hob er die Hand. Wieder wurde alles auf einen Schlag still.

»Da hat die Gepeinigte wohl ihren eigenen Peiniger gerichtet«, sagte er, als wenn er eine lustige Geschichte erzählen würde.

Die Menge schrie und applaudierte vor Begeisterung.

Mein Kopf dröhnte, als wenn sich ein Donnergrollen direkt in meinem Schädel festgesetzt hätte. Meine Glieder waren wie erstarrt. Ich hatte einen Menschen getötet. Wieder hatte diese Lanze nichts als Verderben über mich gebracht.

Etwas Schweres traf meine Schläfe.

Die Menschen vor meinen Augen verschwammen.

Dann war alles schwarz.

TEIL 2

XIX

Stuttgart
Gegenwart

Arme Sau, dachte sich Klaus Lutz, nachdem er aufgelegt hatte. Was Wittlinger-Diehl da von ihm verlangte, kam regelrecht einer Kamikaze-Aktion gleich. Sicherlich gäbe es einen legalen Weg, das Problem, welches sich aufgetan hatte, geregelt zu bekommen. Ihm war absolut nicht gut bei der ganzen Sache gewesen, und auch jetzt ging es ihm noch ziemlich bescheiden.

Klar, Wittlinger-Diehl stand das Wasser bis zum Hals. Da kam das Problem, welches sie jetzt am Bein hatten, völlig ungelegen. Aber gleich so zu reagieren, machte alles nur noch schlimmer. Wenn herauskommen würde, was sie hier trieben, wäre die Firma den Auftrag los und Wittlinger-Diehl und er würden sicherlich im Gefängnis landen. Ganz zu schweigen von der astronomisch hohen Geldstrafe, die der Firma blühte, wenn das, was sie trieben, aufflog. Das würde der ›Wittlinger Bau‹ das Genick brechen – ganz sicher. Das Unternehmen zeichnete zwar riesige Jahresumsätze, aber der daraus resultierende Gewinn floss seit dem Tod von Wittlinger Senior nicht mehr komplett in die Firma zurück. Lutz' Ansicht nach war die Tochter, Wittlinger-Diehls Frau, das Hauptproblem der Unternehmung. Sie warf das Geld mit vollen Händen zum Fenster hinaus. Ständig sah man sie mit einem neuen Sportwagen rumfahren oder las in der Zeitung, welches Designergeschäft in Stuttgart, Mailand, Monaco oder London sie wieder leergekauft hatte. Sie war unersättlich – und das nicht nur, was Mode oder teure Autos anging. Nur selten ließ sie sich mit ihrem Mann, dem armen Schwein, auf Empfängen oder Museumseröffnungen sehen. Er war nur dafür da, Geld für ihre sehr exklusive Freizeitgestaltung heranzukarren. Ansonsten hatte er das Maul zu halten und zu funktionieren. Nachdem ihr Vater gestorben war, gehörte die Firma ihr ganz allein. Wittlinger-Diehl wurde nur dazu eingesetzt, damit der Laden nicht den Bach runter ging. Wirklich etwas zu sagen hatte er aber nach der Ansicht von Lutz nichts. Er ackerte Tag und Nacht, während seine Frau sich in den Betten von irgendwelchen Fitnessstudio-Terminatoren rumtrieb. Zuletzt hatte Lutz sie zusammen mit einem Kerl in der Stadt gesehen, der mit seinen geschätzten 25 Jahren mehr wie ihr Sohn als ihr Liebhaber aussah. Er hatte eine gestählte Figur, war etwa 1,75 Meter groß und hatte dunkelbraune sportlich gestylte kurze Haare. Lutz erinnerte sich, dass der Typ dastand, als hätte man ihm einen Stock am Rücken befestigt und den Kopf so fixiert, dass er die Nase immer in den Himmel gerichtet hatte. Der Gang glich ein wenig den Bewegungen eines liebestollen Gorillas.

Die Worte, die Wittlinger-Diehl zu ihm gesagt hatte, bevor er die Verbindung getrennt hatte, hallten noch in seinem Kopf nach.

Dann kann ich mich auf Sie verlassen, hatte er gefragt.

Natürlich konnte er sich auf Lutz verlassen. Wenn nicht auf ihn, auf wen denn sonst? Er war es auch, der Wittlinger-Diehl auf das Problem aufmerksam gemacht hatte. Er war derjenige, der, als er das Problem erkannte, alle Arbeiter von der Baustelle gejagt hatte, indem er vorgab, einer der Bagger hätte eine Gasleitung getroffen, die nun leck war.

Lutz als Kapo spielte den todesmutigen Kapitän und wartete, bis auch der Letzte verschwunden war. Dann ging auch er hinaus, schloss das Tor im Bauzaun, der die Baustelle umgab, und wies die Arbeiter an, nach Hause zu gehen. Das war nun über zwei Wochen her. Seitdem lag die Baustelle mit der Begründung, dass die Leitung repariert und weitere Bodenuntersuchungen vorgenommen werden mussten, brach. Bis Mitte dieser Woche, als er einen Anruf von Wittlinger-Diehl erhalten hatte.

Bei dem Bauprojekt handelte es sich um den Bau eines Fundaments für eine Windkraftanlage direkt neben dem Löwensteinpark in Stuttgart. Hier wurde trotz vorhandener Verwirbelungen durch umstehende Gebäude und Hügel bescheinigt, dass die Topografie des Geländes dauerhaft hohe Windgeschwindigkeiten garantieren würde. War das Fundament einmal fertig, würde es künftig einen nahezu 100 Meter hohen Turm tragen, auf dem ein Windrad mit einem Rotordurchmesser von 90 Metern sitzen würde.

Nachdem er wenige Minuten, als alle Bauarbeiter gegangen waren, allein auf dem Vorplatz zur Baustelleneinfahrt gestanden hatte, ging er zurück an das Tor. Dort schloss er wieder auf und verschwand hinter dem Bauzaun. Es war zwischenzeitlich dunkel geworden. Er musste das, was er kurz zuvor gefunden hatte, mit eigenen Augen sehen. Vielleicht hatte er auch falschen Alarm gegeben und es war gar nichts, was die Bagger freigegraben hatten.

Hinter dem Tor öffnete er einen metallenen Kasten und betätigte einen Schalter. Das Licht auf der Baustelle flammte kalt auf. Er ging im schwachen Schein der Neonröhren zur Baugrube, in die das Fundament gegossen wurde. Was er am Boden des gigantischen viereckigen Lochs zu sehen bekam, war faszinierend. Es war groß, noch viel größer, als er zu Beginn vermutet hatte. Über eine lange Leiter, die direkt auf den Grund der Grube führte, wuchtete er seinen massigen Körper hinunter. Unten angekommen, strich er vorsichtig mit den Händen über die Stelle. Es fühlte sich kalt und feucht an. Klar, war es vor Kurzem noch unter meterdicker Erde begraben. Vorsichtig klopfte er mit der flachen Seite eines Hammers dagegen. Es klang hohl. Ganz so, als wenn dahinter ein Raum wäre. Er schaute ein Stück weiter die Wand entlang. Dort war ein Stück herausgerissen und er konnte einen kleinen Hohlraum erkennen. Lutz hatte das Gefühl, dass hier etwas Besonderes im Erdreich lag. Er verstand seinen Chef, dass er es so gut es nur ging vertuschen wollte. Er wollte aber auch, dass das, was er hier gefunden hatte, nicht hinter einer dicken Schicht Beton verschwand. Für alle Zeiten.

In seinem Telefonat mit Wittlinger-Diehl hatte er versucht, ihm seine Bedenken mitzuteilen. Der aber wollte von all dem nichts hören. Er wolle nur, dass Lutz seine Arbeit machte, damit er selbst wieder ruhig schlafen konnte. Aber würde auch Lutz wieder ruhig schlafen können? Er fühlte sich hin- und hergerissen. Auf der einen Seite war er grenzenlos loyal gegenüber seinem Arbeitgeber, bei dem er bereits seit 31 Jahren beschäftigt war. Zum anderen aber fühlte er sich auch auf eine seltsame Art verpflichtet, das, was hier war, der Wissenschaft zugänglich zu machen.

Irgendwo hinter sich fiel etwas zu Boden. Er fuhr herum und blickte in die Dunkelheit der Grube. Das Loch hatte eine Schenkellänge von rund 20 Metern und war zum jetzigen Zeitpunkt etwa vier Meter tief. Da der Boden in dieser Gegend nicht genug Festigkeit aufwies, entschied man sich dazu, zwei 20 Meter lange Stahlbetonpfähle in den Boden zu bohren, was eine Unmenge an Kraft verlangte. Der Boden rings um die Bohrmaschine erbebte, während diese arbeitete. So sehr, dass die Vibrationen noch in einigen hundert Metern Entfernung zu spüren waren. Das war auch der Grund, weshalb die Bauaufsicht den Windanlagenbauern nur zu gewissen Zeiten erlaubte, die Maschine zu betreiben. Da das Projekt bereits seit Beginn schwer unter Beschuss von allen möglichen Interessensgruppen stand, wollte man die Anwohner nicht unnötig mit Lärm oder sonstigen Störungen belästigen. Lutz hatte bereits mehrfach erfahren müssen, wie peinlich genau man in Stuttgart auf die Einhaltung dieser Zeiten Wert legte. Verließ oder befuhr auch nur ein LKW außerhalb der erlaubten Zeit das Gelände, stand sofort die Polizei Spalier und verhängte empfindliche Strafen.

Ein Strahler zeichnete den Schatten von Lutz auf den Boden.

Wie Indiana Jones, träumte er.

Der Bauhelm auf seinem Kopf warf tatsächlich die Umrisse eines Hutes in den Schlamm. Der Rest von ihm allerdings wies keinerlei Ähnlichkeiten mit dem jungen Harrison Ford auf. Lutz war nicht mehr als 1,70 Meter groß, hatte breite Schultern und einen Stiernacken. Seine Figur glich nicht der eines Sportlers, sondern vielmehr der eines Dauergastes in einem bayrischen Biergarten. Er hatte fette Arme, unter seinem Gewicht gekrümmte X-Beine und einen beachtlichen Leibesumfang. Sein Bauch war so dick, dass er nicht mal mehr im Spiegel seine Männlichkeit betrachten konnte, da ihm der schwabbelige Bauch bis zwischen die Beine hing. Bei der kleinsten körperlichen Belastung begann er nach Luft zu japsen. Unförderlich kam noch hinzu, dass er stark rauchte und dem Alkohol nicht abgeneigt war. Eine Mischung, die sein Hausarzt für tödlich hielt.

Lutz aber hatte nicht vor, etwas an seinem Lebenswandel zu ändern. Er war nicht verheiratet und hatte keine Kinder. Sein Leben war einzig nur die Arbeit. Dort bekam er die Bestätigung, die er benötigte, um leben zu können. Als ihm Wittlinger-Diehl vor einigen Wochen ankündigte, er würde es gerne sehen, wenn Lutz in einem Jahr die Altersteilzeit antreten würde, brach für ihn eine Welt zusammen. Damals wurde ihm schmerzhaft bewusst, dass er für die Zeit nach seinem Berufsleben kein Leben vorgesehen hatte. Pragmatisch wie er war, stellte er fest, dass er dann auch an seinem Lebenswandel nichts ändern musste, wenn er eh kein Leben mehr hatte, sobald er in Rente gehen müsste. Er würde nichts zurücklassen. Er hatte kein Geld gespart, das er vererben könnte, er hatte außer dem, was er bei seiner Arbeit erstellte, nichts geleistet. Er hatte in keinem Krieg gedient und musste niemals jemandem in seiner Not zu Hilfe kommen. Er würde einfach gehen – Licht aus.

Stapfend war er zurück zum Ausgang gegangen. Dort hatte er sein Handy aus der Brusttasche seines Hemdes gezogen und Wittlinger-Diehl angerufen. Der beorderte Lutz sofort zu sich, als er erfuhr, was die Bagger zu Tage befördert hatten.

Gemeinsam heckten sie dann ihren Plan aus.

Hatte Lutz wirklich an alles gedacht?

Er hatte in der Zeit, die ihm Wittlinger-Diehl als Zeitkorridor nannte, ganz allein den Bagger betrieben. Er musste sich auf jeden Fall eine gute Antwort ausdenken, wenn die Arbeiter wieder an ihre Plätze zurückkehren würden. Das wusste er bereits jetzt. Keinem der Männer würde unerkannt bleiben, dass die Baugrube zu Teilen wieder zugeschüttet worden war. Aber das konnte er vielleicht auf die Gasleitung schieben.

In Gedanken ging er alles noch einmal durch.

Er hatte alles erledigt. Er hatte Erde, welche von den Lastwagen abtransportiert werden sollte, wieder in die Grube geschüttet und mit dem Bagger verdichtet, ohne die bereits gegossenen Pfähle zu beschädigen. Danach hatte er den Boden so gut es ging verdichtet und geebnet. Kamen die Bauarbeiter nun zur Baustelle zurück, sollten sie direkt mit dem Gießen des Fundaments anfangen.

Was war es, was ihm in seinem Kopf herumspukte?

Der Aushub, fiel es ihm wie Schuppen von den Augen. Was, wenn einer der Bagger etwas davon bereits auf einen LKW befördert hatte? Die Arbeiter würden es vielleicht finden und pflichtbewusst, wie sie waren, davon Meldung machen. Allerdings nicht, ohne zuvor mit seinen Kollegen über den nicht alltäglichen Fund zu quatschen. Dann könnte es Lutz nicht mehr aufhalten, so viel war sicher.

Als ihm der plötzliche Geistesblitz kam, wollte er an einer Bäckerei in Untertürkheim gerade aus dem Fahrzeug aussteigen, um sein Frühstück zu holen. Schnell stieg er wieder ein und ließ den Motor an. Das Frühstück musste leider warten. Zuerst musste er noch einmal zur Baustelle fahren, um sich zu vergewissern, dass auch wirklich alles okay war.

Dort angekommen, fuhr er mit seinem Wagen den unbefestigten Pfad vom Tor aus bis zur Baugrube. Der allradgetriebene BMW X5 hatte einige Mühe, sich über den schlammigen Untergrund zu kämpfen. Dreck spritzte zu beiden Seiten der Karosserie auf, als Lutz ein wenig zu beherzt auf das Gaspedal trat.

Lutz stieg aus und ging zum Kofferraum des Wagens. Dort kramte er nach einer Taschenlampe, die er immer in seinem Werkzeugkoffer hatte. Danach krabbelte er mühevoll auf den noch voll beladenen LKW und schaute nach Spuren. Zwischenzeitlich kam ihm sein Geistesblitz ziemlich bescheuert vor, da er ja nicht die komplette Ladung untersuchen konnte. Also hievte er sich von dem Fahrzeug herunter und stapfte zurück zu seinem Wagen. Die Türen waren schlammverspritzt. Das einstige Dunkelgrün des Lackes war einer graubraunen zähflüssigen Masse gewichen. Die Radkästen waren voller Dreck, was er derartig eigentlich nur von Schnee kannte.

Morgen kommst du in die Waschstraße, dachte er sich, als er wieder einstieg.

»Herrgott noch mal«, entfuhr es ihm. Er hatte vor lauter Hektik vergessen, seine Arbeitsschuhe aus dem Kofferraum zu nehmen und anzuziehen. Jetzt war es auch um seinen Innenraum geschehen. Die hellbraune Veloursverkleidung stand vor Schmutz.

»Oh ne, oder«, raunzte Lutz, als er bemerkte, dass er noch mal aussteigen musste, um das Tor nach außen zu öffnen.

Stöhnend hievte er sich ein weiteres Mal aus seinem BMW und watete erneut durch den Dreck. Gegenüber von der Baustelle sah er das gigantische, in sich verschachtelte Gebäude der SV-Versicherung. Ein ganzes Stück weiter links davon stand wie eine Insel inmitten der großen Kreuzung die U-Bahnhaltestelle der Löwentorstraße. Direkt vor ihm befand sich die Baustelleneinfahrt, von wo aus man direkt auf die Löwentorstraße gelangte, die von hier aus weiter auf die Bundesstraße 10 und von dort weiter zur Wilhelma führte.

Es schien niemand da zu sein.

Zurück im Wagen, ärgerte er sich noch einmal über sein Versäumnis, die Schuhe nicht ausgezogen zu haben. Dann startete er den Motor und fuhr rückwärts los. Wieder spritzten Massen von Schlamm an den Fenstern hoch. Er schloss von außen das Tor wieder. Dabei bemerkte er, dass seine Radkästen zwischenzeitlich komplett mit Erde gefüllt waren, sodass die Räder direkt daran schleiften. Als er von dem Gelände der Baustelle fuhr, sah er im Augenwinkel das Hinweisschild mit dem Aufdruck: ›Bitte Reifen vor der Ausfahrt säubern!‹

Keine Zeit, dachte er und bog links auf die Straße ab. Das Fahrgefühl auf den ersten Metern war, als wenn er auf Glatteis fahren würde. Im Rückspiegel sah er, wie er eine braune Spur auf dem Asphalt zog. Immer wieder fielen Brocken Erde von der Karosserie ab und schlitterten über die Fahrbahn.

An einer Kreuzung angekommen, an der es geradeaus auf einer Brücke über den Neckar ging, bog er rechts ab. Zu seiner Rechten sah er die fein verzierte Mauer der Wilhelma. Sein Wagen rumpelte über Bahnschienen, die diagonal die zweispurige Fahrbahn kreuzten. Plötzlich prallte mit einem lauten Schlag von unten etwas Hartes gegen das Fahrzeug. Lutz schaute erschrocken in den Rückspiegel, um zu sehen, ob er eventuell etwas überfahren hatte.

Ein großer Brocken Erde stob auf der Fahrbahndecke auseinander und zerbröselte in tausend Teile. Ein größerer Klumpen rollte in Richtung des rechten Fahrbahnrands. Wie ein Schneeball rollte das Stück über den Bordstein auf die Rasenfläche vor dem Zoo und blieb in der Nähe des Fußweges liegen.

Langsam müsste der ganze Dreck am Fahrzeug aber abgefallen sein, dachte er.

Mit einer Hand zog er sein Handy aus der Brusttasche seines Hemdes und drückte die Wahlwiederholungstaste.

XX

»Sie bleiben im Auto sitzen. Verstanden?«

»Ja«, krächzte Ronda schmollend.

Bürkle schloss die Fahrertür seines Mercedes und ging zu dem Streifenwagen, der den Mann zum Verhör transportierte. Der Kerl saß zusammengesunken in der Mitte der hinteren Sitzbank. Er heulte wie ein Baby.

Das soll der Kerl sein, der unschuldige Menschen in der S-Bahn umbringt, dachte Bürkle. Irgendwie konnte er Ronda nicht so richtig Glauben schenken. Sie hatte sich einfach den Erstbesten geschnappt, der ihr verdächtig vorkam. Vielleicht hatte Schneider recht gehabt und sie war wirklich überfordert.

Schweren Herzens öffnete er die hintere Tür auf der Beifahrerseite des VW Passat.

»Steigen Sie aus«, sagte er tonlos.

Langsam kroch der Mann aus dem Wagen.

Bürkle hielt ihn am Arm fest. Mit der freien Hand zeigte er in die Richtung des Eingangs zur Polizeidirektion.

An der Pforte angekommen, zog einer der uniformierten Beamten eine Karte durch ein Lesegerät, und die Tür ging mit einem leisen Klicken auf.

Bürkle führte ihn zusammen mit dem Polizisten zu den Verhörzimmern. Diese befanden sich ganz am Ende des langen Ganges, gefühlte zwei Kilometer vom Eingang entfernt. Wie alles in dem ehemaligen Krankenhaus, welches zur Polizeidirektion Stuttgart umgebaut worden war, war auch das Verhörzimmer altmodisch und ziemlich heruntergekommen. In der Mitte des Raumes stand ein einfacher Holztisch mit vier Stühlen. Über dem Tisch hing an der Decke eine nackte Neonröhre in ihrer Halterung. An einer Ecke des Raumes war eine Kamera befestigt. Neben der Tür befand sich ein Waschbecken, welches aber, so wie es aussah, schon seit längerer Zeit nicht mehr gereinigt wurde.

»Setzen Sie sich«, raunzte Bürkle den Verdächtigen an.

Im selben Moment erschien ein Polizist in Zivil im Türrahmen.

»Herr Bürkle?«, fragte er.

»Ja.«

»Mein Name ist Stefan Bauer. Ich bin der ermittelnde Kommissar im Fall des S-Bahn-Mörders.«

»Ah, dann sind Sie Rondas Partner?«

»Können Sie kurz rauskommen?«

Bürkle streckte dem Verdächtigen die Handfläche entgegen und wies ihn damit an, sitzen zu bleiben. Dann folgte er Bauer vor den Verhörraum und schloss die Tür.

»Wo ist Ronda?«, fragte Bauer ohne Umschweife.

»Warum fragen Sie?«

»Sie war es doch, die den Mann überwältigt hat, oder etwa nicht?«

»Sie war rein zufällig am Bahnhof in Ludwigsburg, um sich etwas zum Frühstück zu kaufen, als der Mann neben ihr stand.«

»Rein zufällig. Klar. Und woher …«

»Woher sie wusste, wen wir suchen? Na, weil sie zu Beginn der Ermittlungen eingebunden war vielleicht? Sie war vor Ort, weil sie mit mir unterwegs war. Haben Sie etwa was dagegen?«

»Nein, aber …«

»Schön. Dann können wir ja in dem Fall ermitteln, weswegen wir beide unseren Sonntag opfern.«

»Moment mal. Das ist mein Fall und ich ermittle darin. Sie können von mir aus zuschauen, aber dürfen sich nicht einmischen. Außerdem haben wir hier eh den Falschen.«

»Wie sind Sie sich denn da so sicher?«

»Schauen Sie ihn doch an. Wir suchen aufgrund der Zeugenaussagen einen jungen Mann. Der Typ ist 47 Jahre alt. Heinrich Mannhardt, ehemaliger Musiklehrer aus Kornwestheim. Glauben Sie wirklich, so einer läuft in einer S-Bahn Amok?«

»Nein, glaub ich nicht.«

»Na also.«

»Ich glaube nicht, dass es ein Amoklauf war. Vielmehr hat er sich seine Opfer gezielt ausgesucht.«

Bauer schaute Bürkle böse an.

»Sein Anwalt wird gleich hier sein, und die Staatsanwältin ist auch schon auf dem Weg«, sagte er gehässig.

»Woher wollen Sie das denn wissen?«

»Ich habe Mannhardt vom Auto aus seinen Anwalt anrufen lassen. Der hat dann vermutlich bei der Staatsanwaltschaft angerufen.«

»Was haben Sie getan? Sind Sie denn völlig wahnsinnig? Hat Mannhardt denn einen Anwalt verlangt?«

»Nein, aber …«

Bürkle spürte, wie unbändige Wut in ihm hochkochte. »Sie sind so ein verdammter Idiot.«

»Und Sie halten sich wohl für ganz schlau, was?«, bellte Bauer.

»Oh nein, sicher nicht. Aber ich habe in der Zeit, in der Sie Antonia Ronda in die Scheiße geritten haben und die Ermittlungen in diesem Fall zu Gunsten des Verdächtigen gestört haben, ermittelt.«

»Na hören Sie mal.«

»Nein, jetzt hören Sie mir zu. Da drin sitzt der Mann, den Ronda und ich für den Täter halten. Helfen Sie Ihren Kollegen lieber anstatt ihnen Steine in den Weg zu werfen.«

Bauers finstere Miene änderte sich sofort in peinliche Betroffenheit. Mit einem Griff an die Klinke öffnete er ohne ein weiteres Wort die Tür und ließ Bürkle den Vortritt.

Beide Polizisten setzten sich nebeneinander auf die Stühle, die Mannhardt gegenüber standen. Bauer schaltete das Aufnahmegerät ein und legte es dann auf die Mitte des Tisches.

»Wir haben den 24. Oktober. Es ist 12.35 Uhr. Vernehmung von Herrn Heinrich Mannhardt, geboren am 19.08.1964 in Stuttgart. Wohnhaft in der Eastleighstraße 27 in Kornwestheim. Herr Mannhardt, wo waren Sie heute zwischen halb zehn und zehn Uhr?«

Der Mann hatte die Hände gefaltet, den Blick auf die Tischplatte gerichtet. Nur langsam schaute er auf. Auf seiner Nase klaffte eine breite Wunde. Seine Augen waren tiefrot unterlaufen. Eine Träne rann ihm über die Wange.

»Ich war auf dem Weg nach Hause. Ich habe doch nichts getan.« Er schluchzte jämmerlich.

»Herr Mannhardt, etwas genauer bitte?«, fragte Bürkle mit Nachdruck.

Mannhardt schaute starr auf die Tischplatte, sprach aber keinen Ton.

Kurz bevor Bürkle zu einer erneuten Frage ansetzen wollte, hob Mannhardt den Kopf und schaute Bürkle an.

»Ich habe nichts getan. Ich wollte nur nach Hause.«

»Was haben Sie in Ludwigsburg gemacht?«, fragte Bürkle.

»Ich war in der Kirche. Es ist Sonntag.«

»Na toll«, zischte Bauer.

Bürkles Kopf flog herum. Sein Blick traf Bauer wie ein Peitschenhieb.

Bürkle wusste genau, dass sie nichts gegen den Mann in der Hand hatten. Auch er war sich nicht wirklich sicher, ob Ronda den Richtigen niedergeschlagen hatte. Er war allerdings den ersten Schritt gegangen, indem er Mannhardt verhaften ließ. Jetzt musste er zu seiner Entscheidung stehen. Er musste versuchen, Mannhardt irgendwie festzunageln.

»Herr Mannhardt, wo waren Sie gestern Abend in der Zeit zwischen 20 und 22 Uhr?«, fragte er.

Mannhardt schaute zwischen Bauer und Bürkle hin und her, als wenn er nach einer Antwort suchen müsste.

»Ich war zu Hause.«

»Allein?«

»Ja. Ich lebe allein.«

OK, noch einmal: »Wo waren Sie heute Morgen in der Zeit zwischen halb zehn und zehn Uhr?«

»Ich bin mit der S-Bahn nach Ludwigsburg gefahren.«

»Welche Bahn haben Sie genommen?«

»Die S5 um 9.40 Uhr.«

Das war genau die Bahn, in welcher der letzte Mord verübt wurde. Bürkle witterte eine Chance, auf ein Indiz gestoßen zu sein.

Er straffte seinen Rücken und setzte sich ganz an die

Kante der Sitzfläche des Stuhls. Mit den Augen fixierte er Mannhardt wie ein Tiger seine Beute kurz vor dem Sprung.

»Herr Mannhardt, haben Sie eine Waffe?«

In diesem Moment flog die Tür auf und prallte gegen die Wand. Herein kam ein kleiner Mann mit dunkelgrauem Anzug – der Anwalt Mannhardts. Die Hose hatte er bis fast zu den Brüsten hochgezogen. Darunter zeichnete sich der Ansatz eines Bierbauches ab. Sein Haar war schwarz und voll und stand wie ein Farn von seiner Kopfhaut ab. Schuppen zierten den Schulterbereich seines Jacketts. Hinter ihm trat die Staatsanwältin in den Verhörraum ein. Sie trug ein schwarzes Kostüm und eine weiße Bluse. Ihre dunkelbraunen Haare hatte sie einer Domina gleich zurückgekämmt und zu einem strengen Zopf gebunden. Hinter dem Anwalt und der Staatsanwältin füllte die stattliche Figur Schneiders den Türrahmen aus.

»Meine Herren, das Verhör ist beendet. Herr Mannhardt kann gehen«, gab Schneider geschäftsmäßig von sich.

»Sie halten meinen Mandanten ohne Grund fest. Das wird ein Nachspiel für Sie haben, meine Herren«, blaffte der kleine Anwalt aufgeregt. Dabei zeichnete sich auf seiner Stirn eine vertikal verlaufende Ader ab.

Das war es also gewesen. Bevor das Verhör richtig begonnen hatte, war es schon wieder zu Ende.

»Herr Schneider, nichts für ungut, aber ich glaube nicht, dass Herr Mannhardt so unschuldig ist wie Sie glauben«, protestierte Bürkle.

»Herr Bürkle, wir sprechen uns gleich.« Schneider hob drohend einen Finger und zeigte damit auf ihn.

Die anschließende Standpauke von Schneider und der Staatsanwältin hatte sich gewaschen. Abwechselnd droschen sie verbal auf die beiden Polizisten ein. Es fielen Worte wie Amtsmissbrauch, Suspendierung, Polizeigewalt, Dienstaufsichtsverfahren und so weiter.

Jetzt saßen Bauer und Bürkle auf der Seite, auf der Mannhardt eben noch gesessen hatte. Schneider saß Bürkle gegenüber. Die Staatsanwältin hockte auf der linken Kante des Tisches und fixierte Bauer. Der entschuldigte sich am laufenden Band und versuchte immer wieder, Bürkle die Schuld in die Schuhe zu schieben. Allerdings ließen Schneiders Gebelle und der nicht abreißende Redefluss der Staatsanwältin keinen Raum für Widerspruch von Seiten der beiden Beschuldigten.

Nach einer halben Ewigkeit fragte Schneider, wie Ronda dazu kam, Mannhardt umzuhauen, und wo sie jetzt steckte.

»Ich hatte Antonia Ronda heute früh nach Stuttgart gefahren, da ich der Meinung war, dass sie in ihrem Zustand nicht in der Lage war, ein Fahrzeug zu lenken. Im Anschluss an das Gespräch mit Ihnen wurde ich an den Tatort nach Ludwigsburg gerufen. Es blieb keine Zeit, Frau Ronda vorher nach Hause zu fahren. Ich habe sie am Bahnhof losgeschickt, um sich etwas zu essen zu kaufen. Dabei traf sie auf den Verdächtigen.« Bürkle holte tief Luft. »Antonia Ronda ist eine ausgezeichnete Polizistin. Auch wenn sie beurlaubt wurde, kann sie nicht einfach ihr Wesen am Ausgang der Polizei abgeben. Sie ist Ermittlerin durch und durch. Als sie Herrn Mannhardt gesehen hatte, war sie überzeugt, dass er der Täter war, und hat ihn gestellt. Wir sollten froh sein, dass sie da war.«

»Und wo ist die Superheldin jetzt?«, fragte die Staatsanwältin.

»Draußen auf dem Parkplatz. Sie sitzt in meinem Auto.«

»Holen Sie sie rein, Bauer«, brummte Schneider.

Bauer sprang pflichtbewusst auf. Im nächsten Moment huschte er aus dem Raum.

»André, wie kommen Sie darauf, Mannhardt sollte irgendetwas mit den S-Bahn-Morden zu tun haben?«, fragte Schneider in ruhigem Tonfall, nachdem Bauer gegangen war. Eine Spur von Verwunderung schwang in seiner Stimme mit.

»Antonia ist absolut überzeugt davon, dass er der Richtige ist. Das ist zwar nicht viel, aber immerhin etwas. Außerdem gab Mannhardt zu, dieselbe S-Bahn genommen zu haben, in der auch der Mord passiert war. Auch die Schuhe passen zu der Beschreibung, die die Zeugen gegeben haben.« Er beugte sich vor und streckte Schneider die Arme entgegen. Dabei faltete er die Hände. »Ich bin mir absolut sicher, dass Mannhardt uns den braven Kirchgänger nur vorgaukelt. Irgendetwas stimmt mit dem Kerl nicht.«

Schneider lehnte sich in seinem Stuhl zurück. Die Staatsanwältin stand auf, trat einen Schritt auf Schneider zu und flüsterte ihm etwas ins Ohr. Er nickte.

»André, ich weiß nicht, was mich reitet, aber ich vertraue Ihnen. Das ist Ihre letzte Chance. Bringen Sie mir Beweise, dass Mannhardt etwas mit der Sache zu tun hat. Und zwar schnell. Lange kann ich seinen Anwalt sicherlich nicht hinhalten. Und um Gottes Willen bringen Sie Ronda zur Vernunft. Wir sind nicht im wilden Westen.«

Bürkle traute seinen Ohren nicht. Er hatte sich nach seiner Rede darauf eingestellt, dass ein wahrer Gewittersturm über ihn hereinbrechen würde. Daran, dass Schneider ihm den Rücken stärken würde, hatte er nicht im Traum gedacht.

»Herr Bürkle, Sie haben 48 Stunden Zeit. Wenn Sie bis dahin nichts gegen Mannhardt in der Hand haben, muss ich die Dienstaufsicht einschalten. Ihre Aufgabe ist es, handfeste Beweise zu beschaffen, anstatt Ihrer Intuition zu folgen. Wo kommen wir denn da hin?«, sagte die Staatsanwältin.

Plötzlich riss jemand abermals die Tür auf. Bauer stand keuchend im Raum.

»Sie ist weg.«

»Wer ist weg?«, fragte Schneider.

»Ronda.«

Bürkle zückte sein Handy und wählte Rondas Nummer.

»Wo sind Sie?«, fragte er ohne Umschweife, nachdem sie abgehoben hatte.

»Ich hab gesehen, wie Sie den Typen haben laufen lassen. Sein Anwalt hat ihn bis zur U-Bahn begleitet. Jetzt ist er auf dem Weg zum Hauptbahnhof. Ich hab mich an ihn gehängt.«

Bürkles Herzschlag beschleunigte von einer Sekunde auf die andere bis auf die Geschwindigkeit eines Zweitaktmotors unter Volllast.

»Okay«, sagte er und legte auf.

»Sie ist mit der U-Bahn auf dem Weg zum Hauptbahnhof. Sie hat Hunger und will sich dort was zu essen kaufen.«

Schneider stand kopfschüttelnd auf. »Wie ein wildes Fohlen«, sagte er im Hinausgehen. »Bauer, Sie kommen mit mir.«

Bauer trottete hinter Schneider her.

Bürkle stand ebenfalls auf. Auf der einen Seite erleichtert, sich vorerst so glimpflich aus der Situation gerettet zu haben, auf der anderen Seite stinksauer, weil Ronda mal wieder ihren eigenen Kopf durchsetzen musste.

Eilig ging er den langen Flur entlang zum Parkplatz. Vor sich sah er zwei uniformierte Beamte wild gestikulierend auf Schneider zukommen, der gute 20 Meter gemeinsam mit Bauer und der Staatsanwältin vor Bürkle ging. Er sah, wie die Gruppe stehen blieb, als sie mit den Polizisten zusammentraf.

Bürkle legte einen Schritt zu.

»Was ist denn?«, fragte er in die Runde, als er zu ihnen aufschloss.

»Kommen Sie mit«, gab Schneider knapp zur Antwort. Dann war er auch schon unterwegs, den Beamten folgend.

Nach etwa 50 Metern bogen sie rechts in die Telefonleitstelle ab. Einer der Beamten setzte sich vor das große Pult, an dem sich auch mehrere Bildschirme befanden. Der andere schloss die Tür des Raumes direkt vor Bauers Nase. Aus einem Lautsprecher an der Wand dröhnte wie aus dem Nichts eine stark verzerrte Stimme in den Raum. Es war eine sehr tiefe, brummende Stimme, die in der Tonlage etwas leierte. Ganz so, als würde man den Finger auf ein Tonband halten.

XXI

Colonia Agrippina
243 n. Chr.

Meine Augen wanderten hin und her. Überall, wo ich hinblickte, sah ich aber nur Dunkelheit und Schatten. Und Blitze. Grell wie die Sonne. Ein Blitz bewahrte plötzlich sein Leuchten und blieb als langer Streifen am Horizont stehen.

Ein Zeichen. Das musste Helgrind sein, der zum Totenreich Hel führte.

Der Streifen wurde immer größer, bis er mit einem Mal so sehr aufflammte, dass ich Angst hatte, er würde mir das Augenlicht nehmen. Helgrind war in völlig weißes Licht getaucht. Stimmen drangen an mein Ohr. Sie sprachen Worte, die ich nicht verstehen konnte. Das musste die Sprache der Geister sein. Schemenhaft konnte ich eine Gestalt ausmachen. Sie war gehüllt in ein langes Gewand und hatte halblange goldglänzende Haare. Sie reichte mir freundlich eine Schale zum Trinken. Wohlig warm floss der köstliche Wein durch meinen Hals und durchströmte meinen Körper. Wieder hörte ich Stimmen. Dieses Mal aber lauter als zuvor. Die Schmerzen in meinem Kopf kehrten mit der Wucht eines Fausthiebes zurück.

»Wach auf, Mädchen«, sagte die Stimme der goldgelockten Gestalt. »Wach auf.«

Das gleißende Licht wurde schwächer, sodass meine Augen nicht mehr geblendet waren. Die Gestalt wurde zu einer jungen Frau mit blonden Haaren, die ihr Gesicht nahe an meinem hatte. Neben ihr stand eine weitere Frau. Sie war älter und trug einen dunklen Umhang. Dann schob sich noch ein Gesicht in mein Blickfeld. Ein Mann – er hatte schwarzes dichtes Haar, eine große Nase und tiefschwarze Augen.

Ich kannte diesen Mann. Nur woher?

Als die Erinnerung in mein Bewusstsein sickerte, fuhr ich wie unter starken Krämpfen zusammen. Es war der Römer, der mich gekauft hatte. Ich war nicht tot und war nicht auf dem Weg zu Hel. Ich war gekauft worden, wie ein Rind, das gute Junge zur Welt bringt.

Die Frauen halfen mir, mich aufzusetzen. Dabei versuchte ich, mich mit den Armen am Boden abzustützen. Er war warm. Ganz so, als wenn ein Feuer tief darunter brennen würde. Sofort zog ich meine Hände zurück, aus Angst mich zu verbrennen.

»Unser Täubchen weilt wohl wieder unter den Lebenden«, sagte der Mann freundlich. Die Frauen kicherten.

»Keine Angst. Der Boden des Hauses wird von unten beheizt«, hörte ich eine Frauenstimme sagen.

Jetzt war ich wieder voll bei Bewusstsein. Mein Kopf dröhnte schmerzvoll, aber ansonsten schien ich unversehrt zu sein. Über meinem Leib trug ich ein feines Kleid aus einem Stoff, der sich wie ein warmer Sommerwind über meine Haut legte. Ich lag in einem Raum, dessen Boden mit hellbraunen Steinen belegt war. Die Wände waren aus Stein und mit weißer Farbe überzogen. Sonne drang durch ein großes Fenster direkt vor mir herein. Hinter dem Fenster sah ich steinerne Gebäude mit roten Dächern.

Schnell zog ich die Beine heran und hielt sie mit den Armen fest umklammert. Den Kopf legte ich schützend zwischen die Schenkel. Ich hörte, wie der Mann etwas Unverständliches sagte und sofort darauf den Raum verließ.

»Du musst keine Angst haben«, sagte die Ältere zu mir. Dabei spürte ich sanft ihre Hand auf meinem Kopf. Sie streichelte mich vorsichtig, ganz so, wie es mein Mann Teutobald früher oft getan hatte. Bei diesem Gedanken brach endlose Trauer über mich herein. Ich war gefangen in den Händen eines Römers, mein Mann, meine Familie und meine Sippe waren alle tot und ich würde nie mehr den Mord an ihnen rächen können. Überwältigt von den Gefühlen, welche diese Gewissheit mit sich brachten, brach ich in Tränen aus. Tiefes Schluchzen ließ meinen Körper zucken. Und ich konnte nichts dagegen tun.

Die ältere Frau zog meinen Kopf zu sich heran und schmiegte mich an ihre Brust. Ich konnte ihre Haut riechen. Sie roch nach Blüten und noch etwas, was ich nicht kannte.

Die Erinnerung daran, wie lange mich die Trauer um meine Lieben in ihren Bann gezogen hatte, ist heute verblasst. Ich erinnere mich aber noch genau daran, wie sich die Frauen um mich gekümmert hatten. Sie brachten mir zu essen und zu trinken, hüllten mich wärmend ein, wenn ich fror, und halfen mir, mich zu waschen.

Eines Tages erschienen die beiden mit seltsamen Gerätschaften in meinem Zimmer. Sie brachten neben Messern weiße Tücher, eine Schale mit Wasser, einen großen Kelch Wein und andere Dinge, die ich nicht kannte. Mit einer seltsamen Gewissheit war mir klar, was sie an diesem Tag zu mir führte. Die Wunde an meiner Seite war immer noch nicht verheilt. Vielmehr waren manche Stellen inzwischen schwarz und verströmten einen üblen Geruch.

Zuerst gaben sie mir viel Wein zu trinken. Erst als meine Augen sich nicht mehr an eine Stelle im Raum klammern konnten, begannen sie damit, die Nähte, welche von den Männern, die mich verkauft hatten, stammten, zu öffnen. Ich schrie vor Schmerzen laut auf, als mir die junge Frau mit einem scharfen Messer das faulende Fleisch abschabte. Die Ältere hielt mich mit der Kraft eines Bullen fest, als ich kreischend versuchte, um mich zu schlagen. Sie hielt mich so lange, bis die Junge die Wunde so tief gesäubert hatte, bis nur noch rotes Fleisch zu sehen war. Dann goss sie Wein in den klaffenden Schnitt. Es brannte, als wenn mich ein heißes Eisen getroffen hätte. Wieder schrie ich mir beinahe die Seele aus dem Leib. Der Griff der Älteren war unbarmherzig fest. Am Ende nähte mir die Junge mit einer winzigen spitzen Nadel und einer dünnen Sehne die Wunde zusammen. Darauf legte sie eine dicke Schicht Spinnweben und wickelte mich in frische Tücher. Schweißüberströmt und völlig am Ende meiner Kräfte fiel ich in einen traumlosen Schlaf.

Als ich erwachte, sah ich die Junge neben meiner Liege auf einem Hocker sitzen.

»Du bist wach«, sagte sie fröhlich, als sie erkannte, dass ich die Augen geöffnet hatte.

Ich schaute sie an. Aus ihren grünen Augen sprach ehrliche Freude.

»Wo bin ich?«, kam es mir langsam über die Lippen.

»Du bist im Hause des Marcitus Annaeus in Colonia Agrippina. Ich bin Lelia, seine Tochter.«

Seine Tochter, dröhnte es bedrohlich in meinen Ohren nach. Wie sollte ein Mann, der Frauen wie Obst auf dem Markt kaufte, eine Tochter haben? Vielleicht sogar auch noch eine Frau, die hilflos mit ansehen musste, wie er sich an jungen Mädchen unseres Volkes verging.

»Wie ist dein Name?«, fragte Lelia.

»Geofin.«

»Du bist Germanin, oder?«

»Germanin?«, fragte ich ungläubig.

Wollte sie mich etwa beleidigen? Ich kannte diesen Stamm zwar, aber gehörte nicht dazu.

»Ich bin Suebin«, sagte ich mit stolz vorgereckter Brust.

»Vom Volke der Germanen. Hatte ich doch recht.«

Ich begann zu überlegen. Konnte es sein, dass sich unser Volk Germanen nannte? Niemals zuvor hatte ich diesen Namen gehört, er klang aber plötzlich angenehm in meinen Ohren. Mir kam in Erinnerung, wie mein Vater einmal vom großen Anführer der Sueben erzählte. Ihm hätte dieser Gedanke an das Volk der Germanen sicherlich nicht gefallen. Er war der Überzeugung, dass sich die Sueben nicht mit anderen Stämmen verbünden sollten. Ich hingegen kannte die anderen Stämme nicht. Ich kannte bis vor wenigen Wochen nur die Bewohner unseres Dorfes. Und die waren allesamt nicht mehr. Wo gehörte ich also hin?

Ich gehöre zum Volk der Germanen.

Bei diesem Gedanken durchflutete mich unendlicher Stolz. Ich war nicht mehr länger eine gekaufte Frau ohne Heimat. Ich war Germanin.

»Ja, du hast recht. Ich bin Germanin«, sagte ich. Der Name fühlte sich noch ein wenig pelzig auf meiner Zunge an. Ich war mir jedoch sicher, dass ich mich daran gewöhnen würde. »Und du bist Römerin?«

»Ja genau. Senatus Popolusque Romanus.«

Ich musste Lelia sehr verwundert angeschaut haben, denn sie ergänzte sofort: »Das ist Römisch und heißt Senat und Volk von Rom.«

»Ist das eure Sprache?«

Lelia kicherte leise. »Ja, das ist unsere Sprache. So wie deine Sprache Germanisch ist.«

Das wurde ja immer fantastischer. Ich hatte sogar eine eigene Sprache. Ich fragte mich, wie es denn aber sein konnte, dass sie sich mit mir in meiner Sprache unterhalten konnte, ich aber hingegen kein Wort von dem, was die Römer sagten, verstand.

Obwohl sich die Neuigkeiten in meinem Kopf bereits zu überschlagen schienen, konnte ich meine Neugierde nicht bremsen. »Und woher kennst du meine Sprache?«, fragte ich.

»Mein Vater hat sie mir gelehrt. Er ist ein sehr gebildeter Mann, musst du wissen.«

Marcitus Annaeus ein gebildeter Mann? Das hörte sich ja geradezu nach einem guten Menschen an. Aber wie konnte jemand ein guter Mensch sein, der mit wilden Tieren wie dem Bärtigen oder dem Alten Geschäfte machte? Immerhin kaufte er ihnen junge Frauen ab und machte sie zu seinen Sklavinnen.

Die Frage danach, was meine Bestimmung war, brannte in meiner Seele. Aber wusste Lelia überhaupt von den bösen Machenschaften ihres Vaters?

»Hängt ihr an jedes Wort, das ihr sagt, ein ›us‹ an?«, fragte ich eilig, um die Geister meiner Gedanken für einen Moment zu verjagen.

Wieder lachte sie fröhlich. Dabei bildeten sich feine Falten um ihre schmale Nase. Die großen grünen Augen verengten sich zu Schlitzen, und ihre weißen, sauber gestellten Zähne kamen zum Vorschein. »Nicht überall, aber es kommt schon häufig vor.« Wieder lachte sie. Ihre Fröhlichkeit war so ansteckend, dass ich für einen Moment die ausweglose Situation, in der ich mich befand, vergaß und mitlachte. Es war, als würde die Sonne, die durch das Fenster schien, direkt meine Seele erwärmen.

Der Moment verflog und die dunklen Wolken kamen zurück.

»Weiß deine Mutter von den Machenschaften deines Vaters?«, es brach einfach so aus mir heraus. Ich konnte die Worte nicht zurückhalten.

Kurz verdunkelte sich Lelias Miene. Sofort schlug ihre Stimmung aber wieder um. »Ach du meinst sicher das wegen dir. Klar weiß sie davon. Sie hat ihn doch darum gebeten, es zu tun.«

Was waren das nur für Menschen? Sie sahen aus wie wir, aber waren allem Anschein nach durch und durch verkommen. Ich fragte mich, ob die Römer denn keine Götter hatten, die ihnen den rechten Weg wiesen. In einer Welt, in der Versklavung und Mädchenhandel zum normalen Leben gehörten, gab es für mich keine Hoffnung. Ich hätte mich meiner eigenen Dummheit wegen selbst ohrfeigen können. Wie kindisch von mir anzunehmen, dass mir diese Ungeheuer wohlgesonnen sein könnten! Auch der Stolz auf die Germanen war verschwunden. Was war das für ein Volk, das seine eigenen Kinder den Römern zum Fraß vorwarf?

Mit einem Schlag waren tiefe Verzweiflung und Schmerz wieder da. Ich ließ meinen Kopf kraftlos auf die Brust fallen. Tränen quollen aus meinen Augen.

Sie hielt sich erschrocken die Hand vor den Mund.

»Oh wie dumm von mir«, sagte sie entschuldigend.

»Geh bitte«, brachte ich unter leisem Schluchzen hervor.

Lelia stand ohne ein weiteres Wort auf und ging zur Tür hinaus. Einen Moment später war sie aber wieder zurück, ihren Vater und die ältere Frau an der Hand.

»Geofin«, rief sie mich mit zarter Stimme. »Darf ich dir meine Eltern vorstellen? Meine Mutter Tullia kennst du bereits.« Die ältere Frau lächelte mich herzlich an. »Das hier ist mein Vater. Marcitus Annaeus.« Er sah mich stumm mit seinen schwarzen Augen an. »Vater, sag ihr, warum du sie gekauft hast.«

Ich presste mir die Hände auf die Ohren, damit ich die Wahrheit nicht ertragen musste.

Er beugte sich direkt vor mir auf die Knie. Mit seinen Händen löste er vorsichtig, aber entschlossen die meinen vom Kopf. Dann nahm er meine Wangen in seine Hände, sodass ich gezwungen war, ihn anzuschauen. Seine Hände waren warm und groß. Ganz wie die Hände meines lieben Mannes Teutobald.

Mit einem Daumen wischte er mir eine Träne von der Wange.

»Weine nicht«, sagte er leise. Seine Stimme war nicht mehr als das ruhige Säuseln eines Baches. »Ich habe dich gekauft, um dich zu retten.«

Mich zu retten, schoss es mir durch den Kopf. Ich sah mein verwundertes Gesicht in der Tiefe seiner Augen.

»Die Barbaren, die dich gefangen hielten, hätten dich umgebracht, wenn sie dich nicht verkauft bekommen hätten. Vitorinus, der geile Bock, hat es nur auf junge, makellose Mädchen abgesehen. Daher hat er sich auch für die andere entschieden. Meine Frau hat euch beobachtet, als ihr auf den Markt eingebogen seid. Ihr war bei deinem kläglichen Anblick gleich bewusst, welches Schicksal dir bevorstehen würde. Deshalb hat sie mich gebeten, dich zu kaufen. Was ich dann auch getan habe.« Er schaute tief in meine Augen.

Ich konnte zwar verstehen, was er sagte, jedoch ergaben seine Worte keinen Sinn für mich. »Und was soll ich …« Weiter kam ich nicht, da er mir einen Finger auf die Lippen legte.

»Hab keine Angst. Ich habe dich nicht gekauft, damit du irgendwelche Dienste für mich tust. Theoretisch kannst du gehen, wohin du möchtest. Aber …«

Mein Körper fühlte sich auf einmal an wie eine Schale voller nassem Hafer. Der Römer verschwamm vor meinen Augen.

»Bringt ihr einen Schluck Wein. Schnell«, hörte ich ihn rufen.

Ich spürte seine Hände an meinen Schultern, als mir schwarz vor Augen wurde.

XXII

Stuttgart
Gegenwart

»Ich kenne die Identität des Schützen, der in den S-Bahnen rund um Stuttgart Menschen umbringt. Es ist Heinrich Mannhardt, Eastleighstraße 27 in Kornwestheim. Finden Sie ihn. Es muss jetzt ein Ende haben.«

Schneider schaute Bürkle ungläubig an. Die Staatsanwältin stand wie erstarrt da.

Bürkle konnte sich ein schmales Lächeln aufgrund seines Triumphes nicht verkneifen. Okay, eigentlich war es Rondas Triumph. Sie hatte recht gehabt.

»Was glauben Sie? Ist der Anrufer glaubwürdig?«, fragte Schneider, nachdem er seine Fassung wieder gefunden hatte.

»Das können wir nur herausfinden, indem wir Mannhardt auseinandernehmen«, antwortete Bürkle.

Die Staatsanwältin zog ihr Handy aus der Kostümjacke.

»Hallo, Kerstin, hier Franziska. Faxen Sie mir bitte sofort einen Haftbefehl für Herrn Heinrich Mannhardt.«

–

»Ja, genau der.«

–

»Die Situation hat sich geändert. Machen Sie schnell.«

–

»Danke. Bis später.«

Nachdem sie aufgelegt hatte, zog sie eine Visitenkarte aus ihrer dünnen ledernen Aktentasche. Hektisch wählte sie die Nummer auf der Karte.

»Herr Kraft? Hier spricht Staatsanwältin Faller. Gegen Ihren Mandanten Herrn Mannhardt liegen neue schwerwiegende Beweise vor. Bringen Sie ihn bitte umgehend zurück zu uns für eine weitere Vernehmung.«

–

»Das sage ich Ihnen, wenn er da ist.«

–

»Was?«

–

»Wie bitte? Und wo ist er jetzt?«

–

»Danke. Auf Wiederhören.«

Sie legte auf. Ihr Kopf war knallrot angelaufen.

»Wann ist er da?«, fragte Schneider.

»Der Anwalt weiß nicht, wo Mannhardt ist. Er hat ihn in die U-Bahn gesetzt und ist selbst mit dem Wagen in Richtung Esslingen unterwegs.«

»Scheiße«, entfuhr es Schneider.

Jetzt war es an Bürkle, seinen Trumpf, den er noch im Ärmel hatte, auszuspielen – Ronda. Er drückte auf seinem Handy die Wahlwiederholung. Nach dem dritten Klingeln ging sie ran.

»Hallo, Antonia, hier ist André. Ich gehe davon aus, dass Sie immer noch an Mannhardt dran sind.« Er schaute in die Runde. Schneider und Faller schienen die Augen aus den Höhlen fallen zu wollen.

»Bleiben Sie ihm auf den Fersen. Sie hatten recht.«

Ein lautes Jauchzen schrillte aus dem Telefon. Bürkle hielt sich schnell das Telefon vom Ohr weg. »Bleiben Sie nur an ihm dran. Unternehmen Sie nichts. Ich melde mich in ein paar Minuten wieder, wenn wir auf dem Weg sind.«

Er legte auf. Für einen Moment herrschte angespannte Stille zwischen den Personen im Raum.

Schneider brach als Erster das Schweigen. »Bei welchem Bäcker ist Ronda denn?«

»Beim Hauptbahnhof gab es nichts, was ihr gefiel. Jetzt versucht sie ihr Glück in Kornwestheim«, gab Bürkle frech grinsend zurück.

»Verdammt, Bürkle, ich sollte Ihnen eigentlich den Kopf abreißen«, bellte Schneider los.

Staatsanwältin Faller schaltete sich ein: »Sehen wir es doch mal so: Mannhardt kann uns nicht entwischen, denn wir haben jemanden, der an ihm dran ist, damit er in der S-Bahn keinen Blödsinn macht.«

Schneiders Miene hellte sich auf. »Gut gemacht, Junge«, sagte er anerkennend. »Und jetzt holen Sie den Kerl her. Zackig.«

Bürkle war bereits halb zur Tür draußen, als Schneider seinen letzten Satz beendet hatte. Bauer schaute ihn an wie ein begossener Pudel, als er an ihm vorbeihuschte.

Eilig rannte Bürkle zu seinem Wagen. Im Fahrzeug angekommen, wählte er noch einmal Rondas Nummer.

»Wo sind Sie jetzt?«, fragte er, nachdem sie abhob.

Sie flüsterte: »Kurz vor Kornwestheim. Wir müssten jeden Moment da sein. Ich denke, er geht heim.« Im Hintergrund war eine Schaffnerdurchsage zu hören. »Ich bin ganz in der Nähe von ihm. Er hat mich noch nicht erkannt.«

»Gut. Tun Sie nichts, was Ihnen gefährlich werden könnte.« Dadurch, dass gerade er das zu Ronda sagte, klang der Satz hohl und rief sicherlich wenig Akzeptanz bei seinem Gegenüber hervor. »Bitte, Antonia, ich brauche Sie«, fügte er deshalb leise hinzu.

Die Leitung war kurz still.

»Versprochen«, sagte sie. Dann klickte es in der Leitung. Sie hatte aufgelegt.

Bürkle knallte das Blaulicht aufs Dach, legte den Rückwärtsgang ein und preschte mit quietschenden Reifen vom Hof. Vor dem Tor riss er das Lenkrad herum und zog gleichzeitig die Handbremse. Der Wagen schlitterte über den Asphalt, drehte sich gekonnt und schoss dann in hohem Tempo los. Im Rückspiegel sah er, wie einige Polizeiwagen ebenfalls mit eingeschaltetem Blaulicht den Hof verließen.

Ah, die Kavallerie.

Kurz gab Bürkle über sein Funkgerät den Zielort Kornwestheim durch. Dann jagte er den Mercedes den Pragsattel hinunter, vorbei an der großen Waschanlage, dem Audi-Autohaus und dem McDonald's. Auf der scharfen Rechtsschleife der Brücke hoch zum Autobahnzubringer sangen die Reifen seines Wagens ein klägliches Lied. Oben angekommen wechselte er sofort auf die linke der drei Spuren und drückte das Gaspedal ganz durch. Der stationäre Blitzer schoss ein freundliches Bild von ihm, als er ihn mit weit über 140 km/h passierte.

Er überlegte, welche Ausfahrt von Kornwestheim er nehmen musste, damit er bei der Eastleighstraße rauskam. Kurzerhand entschied er sich, die Ausfahrt Kornwestheim-Süd zu nehmen. Ohne groß auf den Gegenverkehr zu achten, schoss er durch eine schmale Unterführung. Er passierte das Ortsschild Kornwestheim, beschleunigte auf der langen Geraden sein Fahrzeug wieder, bog nach einigen 100 Metern links in eine engere Straße ein und riss kurz vor den Bahnlinien das Lenkrad nach rechts. Die Eastleighstraße verlief parallel zu den Bahngleisen und führte direkt zum Bahnhof von Kornwestheim. In Sichtweite zur Hausnummer 27 blieb er stehen. Es war ein zweigeschossiges Reihenhaus. Die gesamte Anlage war durch ein breites Gebüsch von der Straße getrennt, sodass man nicht direkt in die Fenster des Erdgeschosses sehen konnte. Wären auf der linken Seite der Straße nicht die vielbefahrenen Schienen, wäre diese Wohngegend regelrecht idyllisch, dachte Bürkle.

Er nahm sein Handy und wählte erneut Rondas Nummer. Es klingelte zwei Mal.

»Mach schon«, zischte er nervös in sein Telefon. Es klingelte noch mal.

Geh schon ran.

Nach dem siebten Läuten legte er auf.

Was treibt sie nur wieder, dachte er. Er hatte ihr doch gesagt, sie solle keine Alleingänge unternehmen.

In der Ferne sah Bürkle, wie eine Menge Blaulichter am Bahnhof aufblitzten. Mehrere Streifenwagen kamen die Eastleighstraße aus der ihm entgegengesetzten Richtung angebraust. Er stieg aus seinem Fahrzeug aus.

»Habt ihr ihn?«, fragte er den Fahrer eines Polizeiwagens, nachdem der direkt vor Bürkles Füßen gehalten hatte.

»Nein. Die S-Bahn war schon einige Sekunden wieder weg, als wir eingetroffen sind. Die Kollegen haben aber die ganze Gegend abgeriegelt. Er sitzt in der Falle.«

»Das will ich hoffen.«

Wieder kramte Bürkle sein Handy heraus und drückte die Wahlwiederholung. Dieses Mal meldete sich Rondas Mailbox.

»Antonia, hier ist André. Wo sind Sie? Die Kollegen haben Mannhardt am Kornwestheimer Bahnhof verpasst. Rufen Sie mich bitte schnell zurück«, sprach er hastig, nachdem die Ansage es ihm erlaubte, eine Nachricht zu hinterlassen.

»Durchsuchen Sie jede Gasse. Er muss irgendwo sein.«

»Die Kollegen vor Ort durchkämmen die Gegend. Es ist sicher nur eine Frage der Zeit, bis wir den Kerl haben.«

Bürkles Handy klingelte kurz.

Eine neue Nachricht von Antonia Ronda war auf dem Display zu lesen. Er drückte auf ›Lesen‹.

›Ich wollte nur helfen‹, lautete die Nachricht.

Verwirrt schaute Bürkle auf die Anzeige des Telefons – verwundert, was das zu bedeuten hatte. Klar wollte sie helfen. Hatte etwa Schneider bei ihr angerufen und sie zur Sau gemacht, weil sie wieder einmal ohne Erlaubnis gehandelt hatte? Sicher nicht. Oder war es Bauer, der, weil er nicht mehr mitspielen durfte, sich irgendeine Geschichte ausgedacht hatte, womit er Ronda schaden könnte?

In diesem Moment kam Schneider in seiner schwarzen E-Klasse angerauscht. Mit quietschenden Reifen brachte er mitten auf der Straße den schweren Wagen zum Stehen, stieg aus und kam auf Bürkle zugelaufen. Im Wagen saß eine weitere Person. Durch die getönte Rückscheibe des Wagens konnte Bürkle nicht erkennen, wer es war.

»Wo ist er?«, fragte Schneider schon von Weitem.

»Wir haben ihn noch nicht«, antwortete Bürkle.

Der Polizist, mit dem Bürkle zuvor gesprochen hatte, stieg ebenfalls aus seinem Streifenwagen aus. Sein Gesichtsausdruck verriet, dass Schneiders Anwesenheit Unbehagen in ihm hervorrief.

»Wir haben alles abgesperrt. Die Kollegen durchsuchen die ganze Stadt«, berichtete der Beamte eilig.

»Verdammt, rufen Sie Ronda an. Sie hängt doch an ihm dran«, blaffte Schneider.

»Das habe ich bereits versucht. Sie geht nicht ans Telefon«, sagte Bürkle.

»Wie, sie geht nicht ans Telefon? Gnade ihr Gott, wenn sie versucht, die Heldin zu spielen.«

Bürkle hielt Schneider sein Handy hin.

»Was soll ich damit?«

»Das hat sie mir geschrieben, nachdem ich auf ihre Mailbox gesprochen hatte.«

»Was soll das denn?«

»Ich hoffte, das könnten Sie mir sagen.«

Schneider schaute Bürkle überrascht an. »Ich? Wie kommen Sie darauf?«

»Ich dachte, dass Sie vielleicht bei ihr angerufen hätten, um ihr die Leviten zu lesen.«

»So ein Quatsch. Ich habe gerade Besseres zu tun.«

»Wo ist Bauer?«

»Warum fragen Sie?«

»Vielleicht hat er bei ihr angerufen und irgendeinen Mist erzählt.«

»Bauer«, bellte Schneider laut, woraufhin dieser augenblicklich aus dem Mercedes ausstieg. »Haben Sie in der letzten halben Stunde mit der Kollegen Ronda telefoniert?«

»Nein, Herr Schneider«, gab er kleinlaut zurück.

»Wenn Sie mich anlügen, verteilen Sie künftig nur noch die Post.«

»Wirklich, ich habe nicht mit ihr gesprochen«, beteuerte Bauer.

Während des kurzen Gespräches war der Polizist wieder in seinen Streifenwagen gestiegen und in Richtung Bahnhof davongefahren.

Bürkle wählte wieder Rondas Nummer.

Und wieder ging nur die Mailbox dran.

XXIII

Colonia Agrippina
243 n. Chr.

Langsam kam mein Bewusstsein wieder zurück. Ich öffnete die Augen und sah Marcitus Annaeus vor mir knien.

»Da bist du ja wieder«, sagte er freundlich. »Du hast uns einen ganz schönen Schrecken eingejagt; einfach ohnmächtig zu werden.«

»Entschuldigung«, flüsterte ich peinlich gerührt.

»Entschuldige dich nicht. Lelia hat dich, statt dir etwas Anständiges zu Essen zu geben, mit ihren Fragen gequält.« Lelia stand hinter ihrem Vater. Ihre Miene drückte Besorgnis aus.

»Kannst du gehen? Meine Frau hat uns ein Mahl bereitet«, fragte er.

Ich nickte und machte mich daran, von meiner Liege aufzustehen. Meine Beine fühlten sich schwach an, konnten mich aber tragen.

Lelia führte mich am Arm aus dem Zimmer in einen Gang im Haus. Wir gingen in einen großen Raum, in dem ein langer Tisch mit Hockern stand. Auf dem Tisch lag eine Menge Obst und standen feine Krüge voll mit Wein. Meine Neugierde weckten braune Haufen, die ein wenig wie getrockneter Kuhmist aussahen. Sie dufteten jedoch unwahrscheinlich gut. Eine Tür schwang auf und die Mutter kam mit einer großen Platte voller Fleisch herein.

»Bei Wotan«, entfuhr es mir bei dem Anblick all dieser Köstlichkeiten. »Was für ein Festmahl.«

Lelia kicherte belustigt.

»Setz dich, Geofin vom Volk der Germanen«, sagte sie.

»Nein. Sag das nicht«, fuhr ich sie scharf an.

»Aber warum denn nicht, mein Kind? Du bist doch eine Germanin«, sagte ihre Mutter.

»Was ist das für ein Volk, das Seinesgleichen gefangen nimmt und an gierige Römer verkauft?«

Marcitus Annaeus, der sich kurz zuvor gesetzt hatte, fuhr hoch. Seine Frau legte eilig die Platte auf dem Tisch ab und hielt ihn am Arm.

»Geofin, das ist nicht so einfach. Schau …«, sie zeigte auf ihren Mann. »Marcitus ist ein Römer, aber er ist keiner von denen, die sich Lustsklavinnen halten.« Sie reckte den Zeigefinger in die Höhe. »Dann würde er auch Probleme mit mir bekommen.«

Ihr Mann lachte heiser.

»Es gibt immer gute und böse Menschen. Bei euch wie bei uns. Und ich glaube nicht, dass die Männer, die dich gefangen genommen haben, wirklich von Grund auf böse waren. Sie wurden durch das, was sie bei uns gesehen haben, erst böse. In eurem Land herrschen andere Bräuche als bei uns. Ihr lebt mit der Natur und achtet sie. Wir nutzen die Natur, um uns das zu machen, was wir wollen. Deshalb leben wir in Steinhäusern und halten uns Tiere zum Essen. Ihr lebt mit den Tieren. Die Männer, die vereinzelt den Limes stürmen und uns überfallen, sind angezogen von unserem Leben. Sie sind wie verblendet. Alles, wonach ihr Dasein strebt, ist das zu haben, was wir haben. Dafür würden sie alles tun.«

»Mein Mann hat auch mit euch Handel getrieben und er war nicht so«, widersprach ich.

»Dein Mann ist sicher ein guter Mann, wenn er …«

»Er war ein guter Mann. Er ist jetzt bei Hel.«

»Oh, das tut mir leid.«

Ich senkte den Kopf.

»Setz dich, Geofin«, sagte Lelia leise.

Vorsichtig setzte ich mich auf einen der Hocker an der langen Seite des Tisches. Lelia nahm neben mir Platz.

Sie nahm den Kuhmist in beide Hände und riss ihn auseinander. Der wundervolle Geruch nahm noch weiter zu. Mein Bauch begann zu knurren wie ein wildes Tier.

»Oh, unser Besuch scheint hungrig zu sein«, rief Marcitus. »Nimm dir, Geofin.«

Ich schaute auf die Speisen, die auf dem Tisch standen. Äpfel, Trauben, Fleisch, Wein und der ›Kuhmist‹. Bei der Fülle war ich unfähig, eine Entscheidung zu treffen.

Lelia legte ein Stück Kuhmist auf eine Schale, die direkt vor mir lag.

»Iss«, sagte sie.

Ohne das Stück in die Hand zu nehmen, roch ich daran. Der Duft war wundervoll und hatte nicht im Entferntesten etwas mit Kuhscheiße gemein.

»Das ist Brot, meine Liebe«, sagte Tullia. »Es wird aus Weizen gebacken.«

Weizen kannte ich, aber ich hatte noch nie zuvor gesehen, dass es jemand so zubereitet hatte.

Vorsichtig nahm ich das Stück in die Hand.

»Iss Fleisch dazu, dann ist es noch besser«, sagte Lelia und reichte mir ein so dünnes Stück rotes Fleisch, dass man glatt hindurchsehen konnte.

Marcitus schenkte erst mir, dann sich Wein in einen kleinen Krug ein. Dann füllte er die Krüge der beiden anderen Frauen, hob seinen Krug in die Höhe und sagte: »Auf unsere neue Tochter.«

Die beiden Frauen stimmten ein. Ich hingegen saß wie versteinert da und starrte ihn an.

»Ich bin nicht deine Tochter«, sagte ich hart. »Meine Eltern sind tot. Ermordet, ebenso wie mein Mann und alle anderen Einwohner meines Dorfes.«

Jetzt war es an Marcitus, mich schockiert anzusehen.

Einen Moment herrschte absolute Stille am Tisch. Dann legte er seine Hand über meine. Ich versuchte, sie wegzuziehen, aber er hielt sie fest.

»Es tut uns allen sehr leid, was mit deiner Familie geschehen ist. Niemand kann diesen Verlust ersetzen. Damit du aber überleben kannst, musst du verschiedene Dinge lernen. Dazu gehört auch, dass du dich, solange du bei uns bist, in unsere Familie einfügst. Am leichtesten fällt uns das allen, wenn wir dich einfach wie ein Familienmitglied behandeln. Offiziell bist du meine Sklavin. Deswegen hast du dich in der Öffentlichkeit auch so zu verhalten. Meine Brüder sehen es nicht gerne, wenn man zu nett mit Sklaven umgeht. Selbstverständlich werde ich dich schützen, wie es nur geht, aber du musst deinen Teil dazu beitragen. Verstanden?«

Ohne zu wissen, was er damit meinte, nickte ich.

»Gut. Geofin, du bist eine sehr stolze Frau. Damit müssen wir erst noch lernen umzugehen. Bitte trage du deinen Teil dazu bei, es uns ein wenig leichter zu machen. Wir möchten absolut nichts Böses von dir. Wenn es an der Zeit ist, werden wir dich zu deinem Volk zurückbringen. Du musst also keine Angst vor mir, Tullia oder Lelia haben. Verstanden?« Wieder blitzten mich seine schwarzen Augen an. Wieder nickte ich.

»Dann iss jetzt. Du musst halb verhungert sein.«

Zögerlich biss ich in dieses Brot mit dem Fleisch darauf. Es schmeckte wundervoll. Ich biss wieder und wieder zu, bis das ganze Stück weg war. Dann nahm ich einen großen Schluck von dem Wein. Auch er war unglaublich schmackhaft.

Nach und nach füllte ich mir meinen Bauch mit all den Köstlichkeiten, die Tullia aufgeboten hatte. Ihrem Gesicht nach zu urteilen, musste es ihr große Freude bereiten, dass es mir so sehr schmeckte. Marcitus schenkte mir mehrmals den Krug mit Wein nach. Ich aß und trank so lange, bis ich mich beinahe nicht mehr auf dem Hocker halten konnte. Mein Bauch spannte und mir war schlecht. Außerdem drehte sich vor meinen Augen der Raum. Dieses Mal aber nicht vor Schwäche.

»Wo ist meine Lanze?«, fragte ich, nachdem ich herzhaft gerülpst hatte. Meine Zunge fühlte sich schwer an, sodass ich Mühe hatte, die Worte sauber zu sprechen.

Marcitus schaute mich überrascht an und meinte: »Verhandlungstaktik ist nicht gerade die Stärke der Sueben, oder?« Dann grinste er kurz.

Ich wollte gerade dazu ansetzen, ihm zu widersprechen, entschied mich dann aber doch eines Besseren und verzog nur die Mundwinkel ein wenig nach oben.

»Du meinst die Lanze, mit der du den bärtigen Händler erstochen hast?«

Ich nickte eifrig.

»Sag mir, was es mit dieser Lanze auf sich hat. Was möchtest du mit diesem verrosteten blutverkrusteten Ding?«

»Es ist die Waffe, mit der mein Mann ermordet wurde. Ich brauche diese Waffe, um die Männer, die mein ganzes Dorf abgeschlachtet haben, zu finden. Es ist meine einzige Spur zu ihnen.«

»Das dachte ich mir, dass diese Schneide dir etwas Besonderes bedeuten würde. Ansonsten hättest du nicht so leichtfertig dein Leben aufs Spiel gesetzt. Du kannst froh sein, dass die Händler nicht sonderlich beliebt bei Vitorinus waren. Ich musste ihm lediglich versprechen, dich entsprechend für deine Tat zu bestrafen.«

»Wo ist meine Lanze?«, fragte ich noch einmal. Langsam riss meine Geduld.

»Nachdem dir der Bruder des Bärtigen einen Stock gegen den Kopf gerammt hat, hast du das Bewusstsein verloren. Die Lanze ist dir aus der Hand geglitten und von der Bühne gefallen. Einer meiner Männer hat sie zu sich genommen, bevor sie einer der Bürger in die Finger bekommen hätte. Sie ist jetzt sicher in meiner Verwahrung.«

Ich atmete erleichtert auf. Es war doch noch nicht alles verloren.

»Und der Blöde? Was ist mit ihm geschehen?«

»Du meinst den Großen, der dir den Tritt versetzt hat?«, fragte Marcitus.

Ich nickte eifrig.

»Den haben die Soldaten ans Kreuz genagelt. Es ist für Barbar…« Er stockte kurz.

Ich spürte, wie eine wütende Hitze in mir aufstieg.

Beschwichtigend hob er beide Hände.

»Entschuldige.« Er wartete einen Moment, bis ich mich wieder ein wenig beruhigt hatte. »Es ist Germanen strengstens verboten, Eigentum eines Römers anzufassen, zu beschädigen oder zu rauben. Und du bist offiziell mein Eigentum seit dem Moment, in dem ich den Männern die Münzen gegeben hatte.«

Wieder herrschte Stille im Raum. Marcitus schaute mich an, scheinbar auf eine Reaktion meinerseits wartend, ich hingegen war in Gedanken bei dem Bärtigen, dem Blöden und den anderen Kumpanen. Alle waren sie tot. Teilweise durch meine Hand, alle aber auf jeden Fall durch meine Schuld.

»Ich schlage vor, ihr geht jetzt alle schlafen. Ich werfe die Reste weg und lege mich dann auch hin. Wir haben morgen eine lange Reise vor uns«, sagte Tullia und stand auf.

»Was für eine Reise?«, fragte ich verwundert.

»Wir gehen zurück in unser Haus nach Benotum. Ich war hier nur, um einige Geschäfte abzuwickeln. Seit der Verlegung des Limes weiter in Richtung Osten hat sich in unserem kleinen Vicus einiges getan. Die Truppen wurden an die neue Grenze versetzt. Zurück blieben die Handwerker, Händler und Gastwirte, die es jetzt gilt zu leiten«, sagte Marcitus. Dann stand er auf und ging zur Tür. Im Durchlass drehte er sich noch einmal um. »Schlaf gut, Geofin. Freu dich auf Benotum. Es wird dir dort gefallen.« Dann ging er.

Als ich mich auf mein Lager bettete, dachte ich zuerst, ich könne kein Auge zumachen nach all dem, was geschehen war. Nach kurzer Zeit fiel ich aber in einen ruhigen, erholsamen Schlaf.

XXIV

Stuttgart
Gegenwart

»Okay, was haben wir?«, fragte Schneider in die Runde.

An dem großen ovalen Tisch im Besprechungsraum 4 der Polizeidirektion Stuttgart saßen außer Schneider noch André Bürkle, Staatsanwältin Franziska Faller und Holger Dobiasch. Letzterer war der Polizist, der am Kornwestheimer Bahnhof die Suche nach Mannhardt organisiert hatte. Außerdem hatte sich noch Karl-Heinz Bellmann zu der Runde dazugesellt. Er hatte, während die Kollegen aus Kornwestheim zurückgefahren waren, die ersten Erkundigungen über Mannhardt eingeholt.

Dobiasch begann: »Der Bahnhof und die Gegend ringsum sind abgesperrt. Die Kollegen suchen jeden Winkel der Stadt ab. Außerdem haben wir an allen Ausfallstraßen Sperren errichtet, und ein Hubschrauber ist in der Luft.«

»Ich habe die SBV angewiesen, ab sofort sämtlichen S-Bahn-Verkehr rings um Stuttgart einzustellen. Sie waren zwar ganz und gar nicht begeistert, aber in Anbetracht der Lage bleibt ihnen nichts anderes übrig«, sagte Faller.

»Was wissen wir über Mannhardt?«, fragte Schneider.

»Er ist 47 Jahre alt. War früher als Musiklehrer an der Realschule in Marbach am Neckar tätig. Von seiner Krankenkasse habe ich erfahren, dass er sich seit 1995 in psychologischer Behandlung befindet. Die einzige Tätigkeit, der er noch nachgehen kann, ist das sonntägliche Orgelspiel in der Friedenskirche in Ludwigsburg«, warf Bellmann ein.

»Heute ist Sonntag. Da hat doch keine Krankenkasse offen«, sagte Faller.

»24 Stunden Hotline. Auch die werden langsam modern.«

»Was wissen Sie sonst noch?«, fragte Schneider.

»Er lebt ganz allein. Er ist nicht verheiratet, hat keine Kinder, und die Eltern sind Ende letzten Jahres gestorben. Autounfall.«

»Wer ist sein Therapeut?«, fragte Faller.

Bellmann blätterte kurz in seinen Unterlagen. »Dr. Marie Wittlinger aus Stuttgart«, sagte er, nachdem er den Namen gefunden hatte.

»Ist das nicht die Erbin dieser Bauunternehmung?«, fragte Schneider.

»Genau die. Sie hat allerdings mit der Firma wenig am Hut. Außer das Geld auszugeben, versteht sich.«

»Herr Bürkle, haben Sie zwischenzeitlich Antonia Ronda erreichen können?«, fragte Schneider.

»Leider nein. Ihr Handy ist ausgeschaltet. Entweder ist ihr Akku leer oder ihr Handy wurde zerlegt, da wir ihr GPS-Signal auch nicht orten können«, sagte Bürkle ein wenig niedergeschlagen.

»Scheiße«, fluchte Schneider zischend. »Was ist mit dem anonymen Anruf? Hat sich da schon was ergeben?«

»Wir sind noch dran. Da hat sich jemand ziemliche Mühe gegeben, seine Stimme zu verstellen«, sagte Bellmann.

»Wissen wir, woher der Anruf kam?«

»Leider nein. Dafür war er zu kurz.«

»Okay, ich fasse zusammen.« Faller stand auf und begann im Raum auf und ab zu gehen. »Wir haben einen flüchtigen Verdächtigen. Ob der Anruf, den wir erhalten haben, glaubwürdig ist, wissen wir nicht, und die Kollegin Ronda ist bei der Verfolgung des Verdächtigen spurlos verschwunden.« Sie machte eine kurze Pause. »Herr Bürkle, Sie statten Frau Dr. Wittlinger mal einen Besuch ab und schauen, was Sie herausfinden können. Herr Bellmann, Sie kümmern sich um die Aufnahme. Herr Dobiasch, Sie koordinieren die Suche nach Mannhardt.« Faller atmete tief aus. »Ich glaube, wir sollten davon ausgehen, dass Frau Ronda etwas zugestoßen sein könnte. Deshalb sollten wir das Team, welches nach ihr sucht, instruieren. Herr Schneider, übernehmen Sie das?«

Bürkle lief es bei dem Gedanken daran, dass Ronda eventuell etwas passiert sein könnte, eiskalt den Rücken hinunter. Sie war schlau und er schätzte Mannhardt nicht so gerissen ein, als dass er sie austricksen könnte. Daher glaubte er nicht, dass ihr etwas zugestoßen war. Vermutlich hatte sie nur vergessen, ihr Handy zu laden und war Mannhardt immer noch auf den Fersen.

»Haben Sie die Privatadresse von Frau Dr. Wittlinger?«, fragte Bürkle Bellmann.

Der wiederum schob ihm einen Zettel mit der Adresse darauf hinüber.

»Danke. Ich melde mich, sobald ich etwas weiß. Herr Schneider, sagen Sie mir bitte gleich Bescheid, wenn Sie wissen, wo Ronda steckt?«

»Alles klar.«

Die gesamte Gruppe stand auf. Bürkle verließ als Erster den Raum, eilte den Gang entlang zu seinem Wagen und stieg ein. Schnell gab er die Adresse in das Navigationssystem des Wagens ein. Der Albrecht-Dürer-Weg 19 befand sich inmitten des von Betuchteren als Wohnsitz bevorzugten Killesbergs in Stuttgart. Das System zeigte ihm an, dass er lediglich acht Minuten benötigen würde.

Das Haus befand sich am Ende der Straße auf der rechten Seite. Ein hoher Holzzaun schützte das Grundstück vor neugierigen Blicken. Bürkle sah ein Gartenhaus in der Größe eines Einfamilienhauses. Durch die Latten des Zaunes konnte er einen Blick auf einen großen Swimmingpool, der hinter dem Gartenhaus lag, erhaschen. Das Haus stand einige Meter weiter entlang quer zur Straße. Es war eine große altehrwürdige Villa. Bürkle schätzte sie auf die Zeit um 1900. Das Dach des dreigeschossigen Baus war tief heruntergezogen. Zur Straßenseite hin hatte das Haus nur kleine Fenster. Er konnte aber einen großen Wintergarten auf der Gartenseite erkennen. Die andere Seite des Grundstücks endete direkt in einem kleinen Wäldchen. Dort befand sich auch der Hauseingang. Der Weg dorthin war durch ein großes eisernes Tor versperrt. Links neben dem Tor befand sich eine kleinere Tür mit einer Klingel. Es war kein Name zu lesen. Bürkle drückte die Taste der Türglocke.

»Ja, bitte«, schepperte wenige Sekunden später eine Stimme durch die Gegensprechanlage.

»Landeskriminalamt Bürkle. Ich hätte gerne Frau Dr. Wittlinger gesprochen.«

Der Schließmechanismus der Tür summte und Bürkle drückte die Tür auf. Dann ging er an einem schwarzen Porsche Carrera 4 und einem Porsche Cayenne vorbei zum Haus. Dort wartete ein älterer Herr in schwarzem Anzug auf ihn.

»Kommen Sie herein. Frau Dr. Wittlinger wird jeden Moment zu sprechen sein«, sagte der Mann höflich. Mit einer Handbewegung lud er Bürkle ein hereinzukommen. Anschließend geleitete er ihn in einen großen Raum. Der Raum hatte eine hohe Decke, war hell gestrichen und hatte einen wundervollen Blick in den Garten. Bürkle stellte fest, dass der Garten groß genug für weitere zwei Häuser der gleichen Größe gewesen wäre.

»Guten Tag, wie kann ich Ihnen behilflich sein?«, hörte er eine kalte Frauenstimme hinter sich.

Er drehte sich um. Dr. Marie Wittlinger stand im Raum. Graues Kostüm, hohe Schuhe, hochgesteckte Haare.

»Guten Tag, Frau Dr. Wittlinger. Mein Name ist André Bürkle vom Landeskriminalamt Baden-Württemberg.«

»Nehmen Sie doch bitte Platz.« Dabei zeigte sie mit der Hand auf eine Jugendstil-Sitzgarnitur.

Bürkle setzte sich. Sie nahm gegenüber Platz.

»Frau Dr. Wittlinger, vielleicht haben Sie in den Nachrichten bereits von den Morden, die in den letzten beiden Tagen in S-Bahnen zwischen Stuttgart und Ludwigsburg geschehen sind, gehört.«

Sie nickte. »Ja schrecklich, nicht?«

»Ja, sehr. Wir gehen fest davon aus, dass ein Patient von Ihnen in die Verbrechen verwickelt ist.«

»Wer?« Ihre Stimme klang schnippisch.

»Heinrich Mannhardt.«

»Herr Mannhardt war schon seit einiger Zeit nicht mehr bei mir in Behandlung.«

»Haben Sie ihn entlassen?«

»Nein. Er kam einfach nicht mehr.«

Bürkle zog einen Notizblock aus seiner Jackentasche und notierte sich die Informationen.

Nach einer kurzen Pause sagte er: »Frau Dr. Wittlinger, wäre Herr Mannhardt, Ihrem Expertenrat nach zu urteilen, zu solch einer Tat fähig?«

Sie schlug die Beine übereinander, zog ihren kurzen Rock ein wenig zurecht und schien Bürkles Reaktion zu beobachten.

Er bemühte sich, gelassen in ihr Gesicht zu schauen.

»Nein, das glaube ich nicht. Er wird zwar schnell wütend, wird aber nicht gewalttätig gegenüber anderen«, antwortete sie mit einem süffisanten Unterton in ihrer Stimme.

»Was macht Sie da so sicher?«

»Ich habe ihn behandelt. Ich weiß es.« Sie spielte mit zwei Fingern an ihren Haaren.

»Dürfte ich seine Krankenakte einsehen?«

»Herr Bürkle, Sie wissen doch, dass ich der Schweigepflicht unterliege.«

»Können Sie mir eventuell noch etwas über Herrn Mannhardts Geisteszustand sagen, das uns weiterhelfen könnte?«

»Ich glaube nicht.«

»Wissen Sie, wo Herr Mannhardt derzeit in Behandlung ist?«

Sie rutschte auf ihrem Sessel ein Stück nach vorn. Dabei glitt der Rock ein wenig nach oben.

»Nein«, sagte sie knapp.

»Also gut.« Bürkle stand auf. »Bitte melden Sie sich sofort bei mir, wenn er sich an Sie wenden sollte. Ja?« Bürkle gab ihr seine Visitenkarte.

»Selbstverständlich, Herr Bürkle. Es hat mich gefreut. Walter wird Sie hinausbegleiten. Guten Tag.« Sie streckte ihm ihre Hand hin.

Er nahm sie. »Auf Wiedersehen.«

Sie kam ein winziges Stück auf ihn zu. »Vielleicht.« Dann entglitt sie seinem Griff und verließ den Raum.

Als sie die geschwungene Treppe des Treppenhauses hinaufging, schaute Bürkle ihr nach. Was sollte das gerade bedeuten?

Bürkle wurde von dem Butler zur Tür gebracht und verabschiedet.

Zurück im Wagen fuhr er ein Stück weit vom Haus weg. Dann wählte er Rondas Nummer.

Nichts.

Er wählte Schneiders Nummer.

»Hier Bürkle. Ich war gerade bei Frau Dr. Wittlinger«, sagte er, nachdem sich Schneider gemeldet hatte. »Das war komisch, was ich da erlebt habe. Sagen konnte sie mir gar nichts, außer dass Mannhardt seit einiger Zeit nicht mehr zu Sitzungen erschienen ist, aber angemacht hat sie mich. Glaube ich zumindest.«

–

»Nee, nicht mein Typ …«

–

»Geld ist nicht alles. Wie auch immer, sie hat gemeint, er kann es nicht gewesen sein.«

–

»Arztgeheimnis. Haben Sie was von Ronda gehört?«

–

»Schade. Bis später.«

Er warf sein Handy auf den Beifahrersitz und fuhr los. Er hatte vor, im Polizeipräsidium mit Bellmann gemeinsam ein wenig mehr über Frau Dr. Wittlinger herauszufinden. Sein Spürsinn sagte ihm, dass sie ihm gegenüber versucht hatte, mit ihrer koketten Art etwas zu verheimlichen.

»Unsere liebe Frau Doktor hat es faustdick hinter den Ohren, sag ich Ihnen. Das Archiv der Bildzeitung ist voll mit Klatschartikeln über sie. Ständig treibt sie sich mit jüngeren Männern rum oder wirft mit Geld um sich. Sie müssen sich also nichts darauf einbilden, von ihr angemacht zu werden«, sagte Bellmann, den Kopf starr auf den Computerbildschirm gerichtet.

»He, nicht so frech. Was sagt ihr Mann dazu, dass sie ihn vor den Augen der Öffentlichkeit hintergeht?«, wollte Bürkle wissen.

»So wie ich das rauslese, ist er nur dafür da, um die Firma am Laufen zu halten, damit sie Geld hat, um es auszugeben.«

»Wer sind ihre Liebhaber?«

»Hauptsächlich irgendwelche jungen Kerle. Gutaussehend, durchtrainiert.«

»Was sind die von Beruf?«

»Model, Student.« Bellmann hielt kurz inne. »Einer ist der Sohn eines Bauunternehmers.«

Bürkle rappelte sich in dem Stuhl, in dem er eben noch beinahe gelegen hatte, auf.

»Wie? Sie wildert bei der eigenen Konkurrenz?«

»Scheint ganz so. Ist aber ziemlich übel auseinander gegangen. Nachdem sie ihn wie ein Spielzeug, das man nicht mehr möchte, abserviert hatte, hat er ihr aus verletztem Stolz heraus Drogen- und Alkoholsucht vorgeworfen. Das Gerichtsverfahren, das sie in der Folge gegen ihn eingeläutet hat, läuft noch.«

»Also an Stelle ihres Mannes würde ich ihr mal so richtig die Meinung geigen und sie dann hochkant rauswerfen.«

»Ich glaube, wenn in dem Laden jemand einen rauswirft, dann nur sie ihren Mann. So wie es hier steht, gehört ihr die komplette Firma allein. Er ist zwar der Geschäftsführer, aber letzten Endes hat sie das Sagen.«

»Arme Sau.«

»Das können Sie laut sagen. Arbeitet sich krumm und

bucklig, nur damit sie Geld ausgeben und rumvögeln kann, wie es ihr passt.«

»Na ja, aber wirklich weiterhelfen tut uns das auch nicht. Das hat alles nichts mit Mannhardt zu tun. Außer, dass sie seine Therapeutin war, gibt es keine Verbindung.«

»Vielleicht haben die beiden ja ein Verhältnis gehabt.«

Bürkle schaute Bellmann schief an.

»Haben Sie Mannhardt gesehen? Der fällt sicher nicht in ihr Beuteschema.« Bürkle stand auf. »Herrgott noch mal«, entfuhr es ihm. »Wie sieht es mit der Anrufaufzeichnung aus? Gibt's da was Neues?«

»Wie denn? Ich habe mit Ihnen zusammen das Internet durchforstet.«

»Dann machen Sie jetzt damit weiter. Vielleicht hilft uns die Aufnahme weiter.« Bürkle ging zur Tür. »Ich glaube es zwar nicht, aber schauen wir mal«, brummte er leise im Gehen.

Im Flur zog er sein Handy hervor und wählte wieder einmal Rondas Mobilnummer. Wieder ging nur die Mailbox dran.

Er hinterließ ihr eine kurze Nachricht, dass die halbe Polizei Stuttgart bereits auf der Suche nach ihr wäre und er langsam begann, sich Sorgen zu machen. Dann kam ihm die Idee, es bei ihr Zuhause zu versuchen. Das Telefon läutete, es hob aber niemand ab.

Er wählte Schneiders Nummer.

»Hier Bürkle. Haben Sie Ronda gefunden?«

»Mensch Junge, wir finden sie auch nicht schneller, wenn Sie ständig anrufen. Nein, wir haben sie noch nicht. Sie scheint sich in Luft aufgelöst zu haben.«

»Genau wie Mannhardt.«

»Haben Sie noch was über ihn rausgefunden?«

»Nein.«

»Junge, gehen Sie nach Hause. Wir suchen Ihre Freundin. Und wir suchen Mannhardt. Wir treffen uns morgen früh um neun Uhr zur Einsatzbesprechung.«

Bürkle wollte kurz bezüglich der Freundin widersprechen, ließ es dann aber doch. Vielleicht war sie wirklich seine Freundin. Es musste zwischen Männern und Frauen nicht immer nur sexuelle Beziehungen geben. Man konnte auch einfach nur so befreundet sein.

Mein Gott, das hörte sich fast wie die Absage einer verschmähten Jugendliebe an, dachte er.

Schneider hatte recht. Es gab hier gerade nichts für ihn zu tun. Es war Sonntagnachmittag, er hatte eine anstrengende Nacht und einen noch anstrengenderen Tag hinter sich, er war hundemüde, und am nächsten Morgen würde eine neue Woche losgehen. Also fuhr er nach Hause. Dort holte er die Weißweinflasche, die er am Morgen in den Kühlschrank gestellt hatte, und schenkte sich ein Glas ein. Damit ausgestattet setzte er sich auf sein Sofa. Seine Gedanken kreisten um Ronda. Wo sie nur stecken mochte, fragte er sich. War wirklich nur ihr Handy aus und sie verfolgte Mannhardt oder hatte die Staatsanwältin recht und der Kerl hatte sie in seine Gewalt gebracht?

Um sich abzulenken, schaltete er den Fernseher ein. Es kam wie so oft die Wiederholung einer Wiederholung. Gelangweilt zappte er durch die Kanäle. Bei einer Dokumentation über den Bau der größten Windkraftanlage der Welt blieb er hängen.

Der Bericht handelte davon, mit welchem monströsen Aufwand Turbinenköpfe in schwindelerregenden Höhen auf Türme gesetzt wurden. Es wurden verschwitzte Männer mit Bauhelmen gezeigt. Computeranimationen von Windrädern und Turbinen verdeutlichten dem Zuschauer die Funktionsweise einer solchen Maschine. Für Bürkle war der in den USA produzierte Bericht eine Spur zu reißerisch. Technische Details oder Dinge, die bei der Planung berücksichtigt werden mussten, gingen dafür völlig unter. Im Anschluss an die Sendung rief er seine Schwester an, um ihr zu sagen, dass mit ihm alles okay sei. Außerdem wollte er sich erkundigen, wie es ihr nach dem Abend ging.

Später briet er sich ein Stück Hähnchenbrust, das er noch in der Tiefkühltruhe hatte, machte Feldsalat dazu und schaute ›Tatort‹ während des Essens.

Gegen 22 Uhr ging er erschöpft zu Bett.

XXV

Es war kalt. Verdammt kalt sogar. Außerdem war es feucht und es stank widerlich. Eine Mischung aus Alkohol, Urin, Fäkalien, kaltem Zigarettenrauch und anderer derber Gerüche ergab einen Cocktail, der die Lungen zu verätzen schien.

Es war stockdunkel.

Obwohl sie sicher schon seit Stunden in diesem Loch saß, hatten sich ihre Augen nur unzureichend an die tiefe Schwärze gewöhnt. Sie konnte lediglich erkennen, dass die Wände gemauert waren. Eine feuchte schleimige Schicht überdeckte die groben Steine. Es roch nach Algen, die aus einem verschlammten Teich gezogen wurden. Die Decke war so niedrig, dass sie nicht aufrecht stehen hätte können – wenn ihr nicht Arme und Beine hinter dem Rücken zusammengebunden worden wären. Sie lag mit durchgestrecktem Rücken auf der Seite. Unfähig, sich zu bewegen. Er musste ein breites Klebeband verwendet haben, dachte sie. Bei jedem Versuch, sich anders zu positionieren, riss es an der Haut ihrer Unterarme. Auch über dem Mund hatte sie einen breiten Streifen kleben, sodass sie nur mühsam durch die Nase atmen konnte.

Vom stundenlangen Liegen auf ein und derselben Stelle schmerzte ihre Seite stark. Außerdem dröhnten tiefe Glockenschläge in ihrem Schädel. Als Mannhardt sie in diesen Raum gezerrt hatte, hatte sie sich hart am metallenen Rahmen der Eingangstür gestoßen und war ohnmächtig geworden.

Nachdem sie wieder aufgewacht war, lag sie so da. Sie hörte regelmäßig donnerndes Poltern über sich. Es mussten Züge sein.

Als sie ihn aus der S-Bahn hinaus verfolgt hatte, gingen sie in einer Unterführung unter den Bahngleisen hindurch. Sie hielt sich nahe an ihm, um ihn nicht aus den Augen zu verlieren. Zu nahe, wie sich herausstellte. Am Ende der Unterführung, die auf einen kleinen Platz hinausführte, verschwand er kurz rechts hinter einer Ecke. Als Ronda ebenfalls um die Ecke bog, traf sie unvermittelt eine Handfläche im Gesicht. Sie taumelte zurück und wurde von ihm aufgefangen. Durch den Schmerz schossen ihr Tränen in die Augen, wodurch sie nicht genau sehen konnte, wo er sie hinbrachte. Sie konnte nur sehen, dass er sie in ein Gebüsch zerrte. Und von dort aus irgendwie in diesen Raum, in dem sie jetzt lag.

Sie spürte, wie ihre Kräfte nach der stundenlangen Anstrengung, die Fesseln zu lösen, langsam schwanden. Schwer atmend ließ sie ihr Gesicht in den Dreck vor ihr sinken. Es war ihr egal geworden, auf was sie sich da legte.

Sie schaute vor sich. Dort war eine Metalltür zu sehen. Ein winzig dünner Streifen schwächer werdenden Lichtes kroch darunter hindurch. Das schien die einzige Lichtquelle des Raumes zu sein. Was sich auf der anderen Seite des Raumes befand, konnte sie nicht sehen, da sie sich in ihrer Position nicht drehen konnte.

Wieder riss sie an den Fesseln. Sie versuchte die Arme, so nah es ging, an den Rücken zu führen und mit den Beinen fest zu ziehen. Außer einem Schmerz, als wenn ihr die Handgelenke langsam abgetrennt werden würden, geschah nichts.

Komm schon, Mädchen, du schaffst es.

Dieses scheiß Klebeband musste doch irgendwann nachgeben, dachte sie. Mit zusammengebissenen Zähnen drückte sie zum hundertsten Mal, so fest sie nur konnte, ihre Beine durch.

Komm schon.

Die Fessel schien sich einen Millimeter weit zu lösen.

Sofort schöpfte sie neue Energie. Sie spannte, so sehr sie nur konnte, ihre Bauchmuskeln an, zog ihre Arme in Richtung Kopf und drückte die Beine ab. Ihre Muskeln brannten wie Feuer.

Nur noch ein Stück.

Plötzlich schien ihr linker Oberschenkel zu explodieren. Die Muskeln zogen sich so sehr zusammen, dass es sich anfühlte, als würden sie sich gegenseitig zerreißen. Die Schmerzen ließen sie unter ihrem Knebel qualvoll aufschreien. Sie musste versuchen, ihr Bein auszustrecken, damit sich der Krampf lösen konnte.

Panisch zog sie mit Armen und Beinen an dem Klebeband. Die Schmerzen in ihrem Schenkel nahmen noch mehr zu. Kreischend warf sie sich hin und her. So lange, bis sie mit dem Bauch auf dem schmutzigen, stinkenden Boden lag. Kraftlos ließ sie ihren Kopf in die schwarze Masse sinken und schloss die Augen. Ihr Atem ging stoßweise. Sie spürte große Schweißperlen über ihre Stirn rollen.

Der Schmerz ebbte langsam ab.

Völlig erschöpft, aber glücklich darüber, dass die Schmerzen langsam verhallten, spürte sie nicht, wie sich das Klebeband an ihren Handgelenken gelöst hatte. Ihre Arme rutschten kraftlos von ihrem Rücken und die Beine klatschten mit einem satten Schmatzen in den Dreck. Die Spitzen ihrer hohen Lederschuhe bohrten sich ein Stück ins Erdreich.

Ronda neigte den Kopf zur Seite, damit sie besser Luft bekam. Nicht in der Lage, auch nur einen klaren Gedanken zu fassen, blieb sie still liegen. Nachdem sich ihr Atem beruhigt hatte und ihr Blutdruck wieder auf ein normales Maß zurückgegangen war, wurde ihr kalt. Sie trug immer noch das braune Kostüm vom Vorabend. Ihre Bluse war von der Aufregung völlig durchgeschwitzt.

Sie öffnete die Augen. Etwas Dunkles huschte durch ihr Blickfeld.

Ratten.

Sie fuhr hoch. Dabei bemerkte sie schließlich, dass sich die Fesseln gelöst hatten. Endlich konnte sie sich bewegen. Ruckartig stemmte sie sich auf ihre Beine, die von der stundenlangen Zwangshaltung eingeschlafen waren.

Kraftlos knickte sie ein. Beinahe wäre sie ein weiteres Mal mit dem Kopf im Dreck gelandet. Dieses Mal fing sie sich aber mit ihren Armen ab.

Wo war die Ratte hin?

Ihr Kopf flog von einer Seite zur anderen. Der Lichteinfall unter der Tür war zwischenzeitlich nicht mehr als eine dunkelgraue Ahnung, sodass jede Suche nach dem Nager zwecklos wurde.

Beruhige dich, Antonia.

Sie stemmte sich wieder auf die Beine. Ihre Fußsohlen bitzelten, als wenn tausend Nadeln gleichzeitig auf sie einstechen würden. Aber sie konnte sich halten. Geduckt lehnte sie sich gegen eine Wand. Mit ihrem rechten Ärmel wischte sie sich den Schmutz aus dem Gesicht. Dann riss sie mit einem Ruck das Klebeband von ihrem Mund.

»Aua«, zischte sie. Es fühlte sich an, als hätte der Knebel ihr die Lippen abgezogen.

Sofort fing sie an, nach ihrer Handtasche mit ihrem Handy darin zu suchen. Die Tasche war nirgends zu finden.

Ihr Blick fiel auf die metallene Tür. Eilig stürzte sie darauf zu und zog an dem Knauf. Sie saß fest im Schloss.

»Scheiße.« Ihr Schrei hallte laut von den Wänden des kleinen Raumes wider. Wieder schlugen schmerzhaft die Glocken in ihrem Kopf zusammen.

Dabei kam ihr eine Idee.

Sie begann wild mit ihren Fäusten gegen die Tür zu hämmern. Dabei schrie sie, so laut sie konnte, um Hilfe.

Ihre Schreie gingen im Donnergrollen eines über ihr hinwegratternden Zuges unter.

Sie wartete kurz, dann versuchte sie es erneut.

Nichts.

Plötzlich kam ihr der Gedanke, dass die Ratte irgendwie hineingekommen sein musste. Vorsichtig begann sie mit ihren Fingern die glitschigen Wände des Raumes abzusuchen. Sie fand einen gefährlich aus dem Gemäuer ragenden Wandhaken. In einer Ecke griffen ihre Finger in etwas, das sich wie ein Kondom anfühlte. Angewidert ließ sie es fallen. Schnell rieb sie sich ihre Finger am Boden des Raumes ab. Dann bekam sie ein Stück Metall zu greifen. Es bewegte sich. Sie tastete weiter, bis sich vor ihrem geistigen Auge Stück für Stück ein Hebel zusammenbaute. Mit einer Hand hielt sie den Hebel fest. Mit der anderen Hand betastete sie die Umgebung. Sie spürte einen Durchbruch in der Mauer. Dieser war mit einer Platte verdeckt. Die Öffnung war etwa 50 Zentimeter breit und ebenso hoch. Sie tastete den Rand der Öffnung ab. An einer Stelle war das Führungsblech der Klappe so umgebogen, dass sie das Loch nicht ganz verschließen konnte. Hierdurch musste das Tier hereingeschlüpft sein.

Ronda nahm beide Hände an den Hebel und begann daran zu ziehen. Nichts passierte.

Sie zog noch einmal, dieses Mal kräftiger. Ein lautes Quietschen ertönte und der Hebel bewegte sich.

Sie legte ihr volles Gewicht auf den Hebel.

Erst, als sie ihn ganz nach unten bewegt hatte, ließ sie los. Wieder suchten ihre Finger nach der Platte. Sie befand sich jetzt vor dem Mauerwerk direkt über der Öffnung. Schwaches Licht fiel durch die Öffnung herein. Ronda ging in die Knie und lugte in das Loch.

Ganz sicher kein Ort, in den man freiwillig kriechen wollte, dachte sie. Es war ein langer Gang, der gerade so hoch war, dass sich eine Person liegend hindurchschieben konnte. An der Decke waren dicke Stränge mit Kabeln angebracht, die uralt aussahen. Nach etwa vier Metern zweigte der Tunnel nach zwei Seiten ab. Schale, kalte Luft kam ihr entgegen.

Ronda überlegte, wohin der Tunnel wohl führen würde.

Wenn sie annahm, dass der Raum, in dem sie war, sich an der Außenmauer der Unterführung befand, müsste sie dieser Gang direkt unter die Gleise führen. Und dann? Wo würde der Schacht wohl enden?

Wie ein Insekt, das vom Licht angezogen wurde, kroch sie ohne weiter zu überlegen in den engen Gang. Es war schwer, vorwärts zu kommen, da der Schacht nicht breit genug war, um richtig mit den Armen arbeiten zu können. Die beste Position war, die Arme unter sich zu nehmen und mit winzigen Bewegungen voran zu robben. Mit ihren Beinen stemmte sie sich von hinten ab. Die feine Strumpfhose war im Nu zerrissen.

Als sie ganz im Gang war, stützte sie ihre Beine an den Wänden ab, damit sie sich so vorziehen konnte. Dabei rutschte ihr rechtes Bein ab, stieß gegen den Hebelmechanismus und die Klappe fuhr herunter.

»Verdammt«, entfuhr es ihr.

Jetzt gab es nur noch einen Weg. Hoffentlich gab es am Ende einen Ausgang. Ansonsten saß sie in der Falle.

Stück für Stück bewegte sie sich auf die Abzweigung zu.

Als sie endlich dort war, sah sie zu ihrem Entsetzen, dass der Gang, der nach rechts abzweigte, steil nach oben führte, immer enger wurde und letzten Endes in einem dünnen Rohr endete. Kalte Bahnhofsluft strömte ihr aus diesem Gang entgegen. Der andere führte erst ein Stück geradeaus und bog dann scharf nach rechts ab.

Also weiter, dachte Ronda und krabbelte los. Damit sie um die Biegung nach rechts kam, musste sie sich auf die

Seite drehen, um so ihren Körper der Form des Schachtes anpassen zu können. In dem engen Tunnel wurde es merklich wärmer. Die Frischluft aus dem anderen Schacht strömte wohl direkt zu dem Raum, in den sie eingesperrt wurde. In dem Teil, in dem sie sich gerade befand, war nichts davon zu spüren. Ronda fühlte, wie ihr der Schweiß über den Rücken lief. Ihre Arme wurden von der eingeengten Haltung lahm und begannen zu brennen. Außerdem begann sie zu zittern, was sie darauf zurückführte, dass sie seit Stunden nichts mehr getrunken, geschweige denn etwas gegessen hatte.

Das Licht, welches in den Tunnel fiel, wurde langsam ein wenig heller. In einigen Metern Entfernung konnte sie ein Gitter erkennen.

»Zum Teufel noch mal. Das gibt es doch nicht«, sagte sie zu sich selbst.

Sie robbte weiter auf das Gitter zu und spähte hindurch. Dahinter war ein kleiner Raum. Der Schacht endete knapp unterhalb der Decke. An der gegenüberliegenden Seite der Kammer stand ein hoher Metallschrank, an dem verschiedene Schalter und Knöpfe zu sehen waren. Über den Knöpfen leuchteten vereinzelt rote oder grüne Glühbirnen. Rechts von dem Schrank war eine Tür. Das Notausgangsschild darüber tauchte den Raum in ein grünliches Licht.

»Oh super«, freute sich Ronda. Nun stand sie nur noch vor dem Problem, wie sie durch das Gitter kommen sollte. Es schien von der anderen Seite an der Wand festgeschraubt geworden zu sein. Sie schlug mit ihren Händen dagegen.

»Aua. Verflucht ist das scharf.« Die dünnen Streben des Gitters hatten an mehreren Stellen Rondas Hände aufgeschnitten. Kurz überlegte sie, dann schaute sie hinter sich. Es gab zwei Möglichkeiten. Entweder, sie kroch den ganzen Weg bis zur Abzweigung zurück, drehte sich dort um und kam mit den Füßen voraus wieder. Oder sie versuchte es weiter mit den Händen. Dann musste sie aber etwas finden, mit dem sie ihre Haut schützen konnte. Der Weg zurück war ihr zu weit. Um aber nicht noch mehr verletzt zu werden, musste sie versuchen, ihre Jacke auszuziehen. Sie war aus Wildleder und würde sicher gute Dienste leisten. Zuerst streckte sie einen Arm, dann den anderen neben ihrem Körper aus. Mit den Fingern griff sie nach ihrer Jacke und begann sie sich langsam von den Schultern zu ziehen. Als sie es bis auf Höhe der Schultern geschafft hatte, drehte sie sich auf den Rücken und streifte sich so die Jacke vom Körper.

Schwer atmend stopfte sie das Kleidungsstück gegen das Gitter.

Zuerst bewegte sich nichts, als sie begann, erneut auf das Gitter einzuschlagen. Nach einiger Zeit hatte sie aber den Eindruck, es würde sich ein wenig lösen. Da sie nur allein durch ihre Wirbelsäulenmuskulatur den Kopf gehoben halten konnte, schmerzte ihr Rücken nach kürzester Zeit. Unbeirrt schlug sie weiter auf ihre Jacke ein. So lange, bis sie mit dem Gitter zusammen scheppernd auf dem Boden des Raumes landete.

Ronda war am Ende ihrer Kräfte angelangt. Mit den letzten ihr verbliebenen Reserven zog sie sich durch den Durchlass in den Raum. Wie ein Sack Mehl landete sie auf ihrer Jacke. Kurz blieb sie auf dem kalten Boden liegen. Dann aber zog sie sich auf die Beine und ging zur Tür. Verschlossen.

»War ja klar«, sagte sie resigniert.

Völlig ausgepowert, dehydriert und ausgehungert ließ sie sich vor dem Metallschrank nieder. Sie legte die Jacke über ihre Beine, zog sie an ihren Körper und kauerte sich eng zusammen.

Bete, Antonia, dass dich jemand findet, dachte sie.

Unter der russischen Glocke.

XXVI

Der Besprechungsraum 4 roch nach frisch gebrühtem Kaffee. Um den ovalen Tisch hatten sich dieselben Personen wie am Vortag versammelt. Schneider, Bellmann, Dobiasch, Staatsanwältin Faller und André Bürkle. Letzterer hatte tiefe Ringe unter den Augen. Er hatte die ganze Nacht kaum ein Auge zugemacht. Einige Male war er aus wilden Alpträumen schweißgebadet aufgewacht. Gegen vier Uhr früh hatte Bürkle sich dann dazu entschlossen, seine Nacht zu beenden. Er stand auf, fütterte die Kaffeemaschine und ging Brötchen holen. Auf der Fahrt zum Bäcker rief er bei den Kollegen in Stuttgart an und erkundigte sich nach Ronda.

Es gab nichts Neues. Sie war wie vom Erdboden verschwunden.

Während des Frühstücks hörte er Radio. Die Sprecherin berichtete, man solle sich an diesem Tag besser nicht auf die S-Bahnen rund um Stuttgart verlassen, da sämtliche Züge wegen eines Streiks außer Betrieb waren. Von den in den Medien ansonsten breit ausgetretenen Demonstrationen aufgrund der Bauarbeiten in Zusammenhang mit den Windrädern war keine Rede mehr. Und das, obwohl eigentlich das Windrad am Katharinengrab aufgestellt werden sollte. Bürkle war selbst einmal auf dem Grabhügel gewesen und hatte sich den steinernen Pavillon angeschaut. Nicht nur das kleine Bauwerk war beeindruckend; auch die Sicht von dort oben war einmalig.

Die arme SBV, dachte Bürkle. Nun hatten sich alle auf sie eingeschossen. Aus Angst vor Nachahmungstätern bei Selbstmorden hatte sich die Deutsche Bahn AG sowie alle städtischen Bahnunternehmen dazu entschlossen, die Schuld für einen Betriebsausfall lieber auf sich zu nehmen als Trittbrettfahrern die Möglichkeit für ihren großen Auftritt zu bieten. So auch dieses Mal. Bürkle konnte sich bildhaft vorstellen, wie zornige Pendler die Telefone bei der SBV zum Glühen bringen würden.

Der nächste Beitrag handelte von den Morden, die am Samstag und Sonntag in verschiedenen S-Bahnen verübt wurden. Ein aufgeregter Reporter berichtete davon, dass die Polizei den noch immer flüchtigen Verdächtigen suchen würde.

Also haben sie ihn immer noch nicht.

Nachdem er wieder alles in den Kühlschrank geräumt hatte, ging er duschen. Irgendetwas spukte ihm durch den Kopf. Was es war, konnte er aber nicht mehr sagen. Vielleicht war es ein Traum, der ihm im Unterbewusstsein noch nachhing, er sich aber nicht mehr erinnern konnte, worum es dabei ging.

Auf der anschließenden Fahrt zur Polizeidirektion ließ er das Radio aus. Stattdessen rief er noch mal auf der Wache an.

Nichts.

Wirre Gedanken schossen an ihm vorüber, die er versuchte einzufangen, um sie ordnen zu können. Es gelang ihm nicht.

Auch der Einsatzbesprechung konnte er nur teilweise folgen. Vielleicht war es auch einfach die Müdigkeit und die Sorge um Antonia, dachte er.

»Herr Bürkle, was haben Sie über Frau Dr. Wittlinger rausbekommen?« Schneiders Stimme riss ihn aus seinen Gedanken.

Er brauchte kurz einen Moment, bis er sich gesammelt hatte. Dann setzte er sich in seinem Stuhl aufrecht hin. »Eigentlich nicht viel. Sie hat ein angeregtes Sexualleben. Allerdings wohl nicht nur mit ihrem Mann. Im Allgemeinen steht sie auf jüngere Männer. Außerdem ist sie bekannt dafür, mit Geld nur so um sich zu werfen.«

»Das ist ja sehr interessant, aber was hat das mit unserem Fall zu tun?«, fragte Schneider gelangweilt.

»Das weiß ich noch nicht. Ich hatte so ein Gefühl …«

»Junge, wenn ich Ihnen einen Tipp geben darf. Verlassen Sie sich nicht auf Ihr Gefühl«, fiel ihm Schneider ins Wort.

Nenn mich nicht immer Junge, ich bin 42 Jahre alt.

»Was konnten Sie bezüglich Mannhardt herausfinden?«, fragte Schneider Bellmann.

»Ich habe heute Morgen bereits bei der Schule, an der er beschäftigt war, angerufen. Die Sekretärin des Rektors war sehr mitteilsam. Sie steht wohl kurz vor der Pensionierung und hat sich riesig gefreut, dass sie der Polizei helfen kann«, sagte Bellmann.

»Kommen Sie zum Punkt, Mann.« Schneider schien nicht sonderlich gut gelaunt zu sein.

»Okay.« Bellmann räusperte sich. »Sie hat mir erzählt, dass Mannhardt Musik unterrichtete. Nebenher war er noch Leiter des Schulchores und der Schulband. Die Schüler waren begeistert von ihm.«

»Das kennen wir nur zu gut. Der freundliche Nachbar von nebenan, der immer ruhig und freundlich war«, warf die Staatsanwältin ein. »Wird der Nachbar irgendwann aber als Vergewaltiger oder Amokläufer enttarnt, ist es nur eine Frage der Zeit, bis die Leute stichfeste Beweise für ein abnormales Verhalten in der Vergangenheit finden.«

»Hat die Sekretärin sonst noch was gesagt, außer dass sie Lobeshymnen über Mannhardt gesungen hat«, fragte Schneider.

»Ja. Bevor er 1995 entlassen wurde, sind einige seltsame Dinge geschehen. Angefangen hat nach ihrer Meinung alles damit, dass sich der Klavierspieler der Schulband am Abend seiner Abschlussfeier das Leben genommen hatte«, sagte Bellmann.

»Das nennt man Pianist«, flüsterte Bürkle Bellmann zu.

»Warum hatte sich der Junge das Leben genommen?«, fragte Faller.

»Ich habe mir die Akte von damals rausgesucht. Sein Name war Fabian Hutter. Die Eltern waren beide sehr stark politisch engagiert und eigentlich nie daheim. Aus dem Bericht geht hervor, dass Fabian sich umgebracht hatte, weil er sich einsam und von seinen Eltern nicht verstanden fühlte.«

»Wie so viele Jugendliche.« Schneider machte eine Handbewegung, als wollte er damit Bellmanns letzte Aussage wegwischen. »Okay und nun zu Mannhardt.«

»Mannhardt hat viel Zeit mit dem Jungen verbracht. Vermutlich nicht das, was Sie jetzt denken. Er war sein

Musiklehrer. Sie haben oft und lange miteinander musiziert. Dadurch ist nach Aussage der Dame so etwas wie eine Vater-Sohn-Beziehung entstanden. Als der Junge sich das Leben nahm, war Mannhardt am Boden zerstört. Zuerst ist er wochenlang nicht zur Arbeit erschienen, und als er wieder da war, sind seltsame Dinge geschehen.« Bellmann machte eine Pause.

Die Staatsanwältin schaute ihn verwundert an.

»Was für seltsame Dinge denn?«, fragte sie.

»Manche Schüler wurden auf ihrem Weg zum Busbahnhof plötzlich mit Steinen beworfen, auf die Kerle mit den coolsten Klamotten wurden Luftballons voller Farbe geworfen und so weiter.«

»Das ist doch alles Mist, den Pubertierende eben im Kopf haben. Ich wäre froh, wenn sie heutzutage nicht mehr anstellen würden«, sagte Schneider.

»Wie kommt die Frau darauf, dass die Vorfälle etwas mit Mannhardt zu tun gehabt hätten?«, brachte sich Dobiasch ein.

»Diese Überfälle begannen wohl mit dem Tag, an dem Mannhardt seine Arbeit wieder aufnahm. Außerdem wurde von einigen der Opfer angegeben, sie hätten jemanden gesehen, der wie der Musiklehrer aussah.«

»Hm, und warum wurde er schließlich entlassen?«, fragte Schneider.

»Er muss wohl im Unterricht immer mehr ausgeflippt sein. Hat Schüler, die andere hänselten, wohl laut angeschrien, sie aus dem Unterricht geworfen oder ihnen völlig schwachsinnige Strafarbeiten aufgegeben.« Bellmann musste schmunzeln. »Einer musste ein Loch ausheben, damit der Hausmeister vor der Schule einen Christbaum aufstellen konnte.«

Verhaltenes Gelächter brandete in der Runde auf.

Bürkle sprang plötzlich auf. »Moment mal«, rief er und begann im Raum umher zu gehen. Dabei zog er sein Handy aus der Hosentasche seines Anzugs. »Ich habe gestern diese Nachricht von Antonia bekommen, nachdem ich ihr auf die Maibox gesprochen habe. Als ich gleich darauf zurückrief, war das Handy aus.« Er hielt sein Telefon in die Runde. Alle starrten gebannt darauf.

»Ich wollte nur helfen, war zu lesen. Was wenn die Nachricht nicht wie zuerst vermutet von Ronda geschrieben wurde, sondern von Mannhardt?«

Für diese Aussage erntete er verwunderte Blicke.

»Mal rein hypothetisch gedacht. Was wäre, wenn Mannhardt aus welchem Grund auch immer plötzlich eine Art Robin Hood-Instinkt entwickelt hatte? Er wurde zum selbsternannten Rächer der Gehänselten und der Schwachen«, legte er nach.

»So ein Blödsinn, Bürkle«, tat Schneider dies ab.

»Hm, warten Sie mal.« Die Staatsanwältin stand ebenfalls auf. Mit dem Zeigefinger an ihrem Mund stand sie mit dem Gesicht zu den Fenstern. Sie schien zu überlegen. Bürkle setzte sich wieder auf seinen Platz.

»Vielleicht ist diese Überlegung gar nicht so falsch, auch wenn sie verrückt klingt. Was haben uns die Zeugen der drei Morde erzählt?« Sie beugte sich über den Tisch und blätterte in ihren Unterlagen. »Die Freundin des ersten Opfers hat ausgesagt, dass sie sich über einen jungen Mann in Gothic-Klamotten lustig gemacht hätten.«

»Was für Klamotten?«, fragte Schneider.

»Das ist eine Musikrichtung, deren Anhänger schwarze Klamotten mit Nieten und Totenköpfen tragen«, erklärte Bellmann.

»Das ist aber sehr platt zusammengefasst«, warf Bürkle ein.

Schneider schüttelte ungläubig den Kopf.

»Beim zweiten Mord haben wir den Freund der Toten vom Bahnsteig. Einen Zeugen im Abteil des eigentlichen Opfers haben wir nicht. Beim dritten Mord gestern hat der Kumpel des Erschossenen erzählt, dass der Tote kurz zuvor noch ein Mädchen blöd angemacht hätte«, zählte Faller auf. »Wenn wir jetzt noch die Aussagen der Sekretärin aus der Schule und die SMS von Herrn Bürkles Handy dazu nehmen, ergibt das für mich ein Bild.«

Einen Moment herrschte Schweigen im Raum.

Das einzige Geräusch, das zu vernehmen war, war das Klingeln des Löffels in Bürkles Kaffeebecher. Er war hochzufrieden, die Staatsanwältin hatte seinen Gedankengang vervollständigt.

»Okay.« Schneider hob die Hände. »Angenommen«, er streckte einen Zeigefinger in die Luft, »nur mal angenommen, an der These wäre irgendwas dran. Dann hätte seine Psychologin doch auf dieses Gewaltpotenzial aufmerksam werden müssen. Oder?« Er schaute fragend in die Runde.

»Und dann hätte sie es wegen des Verdachts auf ein geplantes Gewaltverbrechen uns melden müssen. Hat sie das?«

»Ich habe über Mannhardt nichts in unserer Datenbank gefunden«, meldete sich Bellmann.

»Vielleicht steckt sie mit Mannhardt …« Bürkle schien mehr mit sich selbst zu sprechen.

»So ein Quatsch. Das sind doch alles nur vage Vermutungen«, sagte Schneider. »Ich denke, wir sollten unsere Kraft dafür aufwenden, Mannhardt zu finden.«

»Was ist mit Frau Ronda?«, fragte Bellmann.

»Leider fehlt von ihr auch jede Spur. Vermutlich hat Mannhardt sie in seiner Gewalt.« Schneider schaute finster drein.

»Oder er hat sie umgebracht«, warf Dobiasch tonlos ein.

Bürkle spürte, wie ihm die Worte wie ein Messer ins Herz drangen. Das konnte nicht sein. Antonia war ganz sicher noch am Leben – das spürte er.

Sein Blick, der auf Dobiasch ruhte, musste seinen Schock zum Ausdruck gebracht haben. Dobiasch wandte sich von Bürkle ab und sagte leise: »Sorry, das hätte ich nicht sagen sollen.«

»Das war wirklich unnötig, Dobiasch«, erwiderte Schneider harsch. Dann fiel sein Blick auf Bürkle, aus dessen Gesicht sämtliche Farbe gewichen war.

»Ich würde vorschlagen, Sie machen sich mit einem Team auf und suchen Ronda. Einverstanden?«

Bürkle las aus Schneiders Blick, dass er nicht nur um Antonia besorgt war. Er schien auch darüber nachzudenken, inwieweit Bürkle noch fähig war, sich an der Lösung des Falls zu beteiligen.

»Suchen Sie sich ein paar Leute aus meinem Team. Hoffentlich haben Sie Erfolg.«

Schneider hatte recht. Seine Besorgnis um Antonia überschattete seine Objektivität dem Fall gegenüber. So lange sie nicht gefunden war, war er in den Ermittlungen keine Hilfe.

»Danke, Herr Schneider«, antwortete Bürkle dünn.

»Dobiasch, Sie finden Mannhardt. Haben Sie das verstanden? Und Bellmann, Sie bringen jetzt endlich diese verdammte Aufzeichnung hin«, forderte Schneider.

Als Bürkle eine Stunde später mit drei von Schneiders Leuten am Bahnhof in Kornwestheim angekommen war, rief er die Gruppe zu einer kurzen Besprechung zusammen. Er zeigte ihnen ein Bild von Antonia Ronda, das er sich von der Personalabteilung hatte geben lassen, und beschrieb ihnen, was für Kleidung sie zuletzt anhatte.

»Braune Wildlederjacke, brauner knielanger Rock, hohe schwarze Schuhe und eine weiße Bluse.«

Einer der Kollegen kicherte leise. »Nicht wirklich das geeignete Outfit für eine Verfolgungsjagd.«

»Hat Sie jemand nach Ihrer Meinung gefragt?«, blaffte Bürkle den Mann an, worauf dieser den Kopf schüttelte.

»Also, dann los. Melden Sie sich sofort, sobald Sie etwas haben. Achten Sie auf alles. Vielleicht hat jemand etwas gesehen oder es gibt irgendwo Spuren oder sonst was.«

Die Gruppe löste sich auf, und jeder ging in die ihm im Vorfeld zugewiesene Richtung davon. Bürkle selbst hatte sich vorgenommen, das östliche Umfeld des Bahnhofs zu begutachten. Es gab entlang der Bahnlinien einige Kneipen, die er abklappern wollte. Außerdem wollte er sein Glück bei den Anwohnern direkt am Bahnhof versuchen. Er hatte seinen Wagen am Ausgang der Unterführung auf einen Parkplatz an der Eastleighstraße geparkt. In der Ferne sah er den Überwachungswagen vor Mannhardts Haus stehen. Zu seiner Rechten befand sich eine Bahnhofskneipe übelster Art. Das war sein erstes Ziel.

Als er in die Wirtschaft eintrat, kam ihm ein Schwall muffiger Luft entgegen, das übliche Gemisch aus Bier und zu lange getragener Kleidung, das man vermutlich in jeder Bahnhofskneipe Deutschlands vorfand.

Obwohl es erst elf Uhr morgens war, saßen bereits einige Gestalten am Tresen und hielten sich an ihren Biergläsern fest. Der Gastraum war dunkel und altmodisch eingerichtet. Ein massiver Holztresen stellte den Mittelpunkt des Raumes dar. Dahinter stand eine dicke Barkeeperin, die ebenso wie die drei Männer vor dem Tresen dem Alkohol nicht abgeneigt schien. Sie hatte knallrot geschminkte Lippen, gepuderte Wangen und toupierte blondierte Haare. Ihre Gesichtsform ähnelte der einer sprechenden Kartoffel aus einer Suppenwerbung im Fernsehen.

Einer der Männer am Tresen drehte sich zu Bürkle um. Er hatte graubraune unfrisierte Haare, ein hageres Gesicht und eine blutrote Nase mit Poren, die so groß wie Mondkrater waren. Er trug eine Jeansjacke mit Lederapplikationen und eine Jeanshose.

»Guten Tag, mein Name ist André Bürkle vom LKA Stuttgart.« Bürkle hielt den Gästen seinen Ausweis entgegen. »Gestern gegen 14.30 Uhr wurde hier am Bahnhof vermutlich eine Frau entführt. Haben Sie zufällig etwas gesehen?«

Die Männer schauten ihn an wie Schafe auf einer Weide einen vorbeigehenden Spaziergänger.

»Wie hat se denn ausgsäh?«, fragte einer der Männer. Sein Gesicht war von feinen roten Adern überzogen.

»Sie hat rote Haare, ist etwa 1,75 Meter groß. Sie trug ein braunes Kostüm und eine weiße Bluse. Der Mann, der sie entführt haben könnte, ist 1,85 Meter groß, graubraune Haare, sehr schlank, trägt eine dunkle Stoffhose und ein Jeanshemd.«

Der Mann schüttelte den Kopf.

»Und Sie?«, fragte Bürkle die Frau hinter dem Tresen. Sie überlegte.

»Ne«, sagte sie kurz.

»Okay, danke.« Bürkle verließ sichtlich niedergeschlagen die Wirtschaft.

Draußen angekommen holte er erst einmal tief Luft, um seine Lungen durchzublasen. Sein Blick fiel auf ein mehrgeschossiges Wohnhaus auf der gegenüberliegenden Straßenseite.

Ein optimaler Aussichtspunkt auf den Bahnhof, dachte er.

Mit schnellen Schritten ging er über die Straße und auf den Hauseingang zu. Wahllos drückte er einige Klingeln und wartete.

Im dritten Stock öffnete sich ein Fenster, aus dem der silberfarbene Schopf einer alten Frau zum Vorschein kam.

»Ja bidde«, krächzte eine brüchige Stimme.

Bürkle machte zwei Schritte zurück, um das Gesicht der Frau zu erkennen.

»Guten Tag, mein Name ist André Bürkle von der Polizei Stuttgart.«

»Hä?«

Oh nein, schwerhörig.

»POLIZEI«, buchstabierte Bürkle beinahe schreiend.

Ein weiterer Kopf erschien im Fensterrahmen. Es war der einer etwa 50 Jahre alten Frau.

»Ja, bitte«, fragte sie höflich. Die Alte sagte etwas zu der Jüngeren.

Bürkle wiederholte seine Begrüßungsfloskel und fragte danach, ob eine der beiden Frauen am Vortag eventuell etwas Verdächtiges gesehen hatte.

Nachdem die Junge, vermutlich die Tochter, der Alten Bürkles Worte ins Ohr gebrüllt hatte, schüttelte diese den Kopf.

Ein Fenster im zweiten Stock öffnete sich und ein weiterer Kopf, der schon eher mehr im Winter als im Herbst seines Lebens angekommen war, lugte herunter.

»Do dromma.« Ein faltiger Arm zeigte auf die Bahnlinien. »Do hot'r se neigschleppt«, rief die Frau.

»Wohin?«, fragte Bürkle etwas perplex aufgrund des spontanen Hinweises.

»Na do en des Dierle nei. I han geschtern zufällig zom Fenschter nausguggt, do hannes xsäh.«

Bürkle wirbelte herum. Neben der Unterführung war hinter einem Gebüsch eine Metalltür zu sehen.

»Meinen Sie diese Tür da?« Er zeigte mit dem Arm darauf.

»Ha Mensch wellat sies net kabiera oder was isch? Welches Dierle denn sonscht?«, blaffte die Frau herunter.

Plötzlich meldete sich die alte Dame vom dritten Stock wieder.

»Halt dei Gosch da onda. Du willsch de doch bloß wieder wichdig macha«, geiferte sie.

»Gang en dei Wohnung, du alde Hex. Oder i komm nuff«, schrie die andere von unten hoch.

»Was hat die gsagt?«, fragte die Alte aus dem dritten Stock ihre Tochter.

»Komm rein.« Die Frau zog ihre Mutter am Arm vom Fenster weg und knallte es zu.

Bürkle stand am Hauseingang und schaute verwundert dem Schauspiel zu. Wäre er nicht in Sorge um Antonia gewesen, hätte er es sicher lustig gefunden, was sich soeben abgespielt hatte. Oder er hätte der alten Dame kräftig den Marsch geblasen, weil sie nicht die Polizei verständigt hatte.

»Und Sie sind sich ganz sicher?«, fragte er das zweite Geschoss.

»Ha wenn es Ihne sag«, beteuerte die Frau.

»Danke vielmals.« Dann war Bürkle auch schon weg.

Ohne auf den Verkehr zu achten, rannte er über die Straße auf die Metalltür zu. Sie war verschlossen.

»Verdammt«, fluchte er leise.

Er klopfte an die Tür. »Antonia, sind Sie da drin?«

Keine Antwort.

Er klopfte noch einmal, dieses Mal stärker. Aus dem Inneren hörte er ein tiefes Wummern, als er gegen das Metall schlug.

»Antonia. Hören Sie mich?«, rief er abermals.

Wieder keine Reaktion von innen.

Eilig hastete er in Richtung des kleinen Bahnhofgebäudes auf der Suche nach einem Bahnangestellten. Das Gebäude war wie verlassen.

»Ach Scheiße«, rief er laut in die leere Halle.

Nachdem heute außer Güterzügen keine Bahnen fuhren, war natürlich auch niemand zur Arbeit erschienen. Er blickte sich um. Schnell ging er auf einen Fahrkartenautomaten zu. An einem Fahrplan daneben suchte er nach einer Kontaktadresse der SBV. Nachdem er sie gefunden hatte, zog er sein Handy aus der Tasche und wählte die Nummer.

Die recht unfreundliche Dame am anderen Ende der Leitung versprach ihm nach seinem Bitten und der Androhung strafrechtlicher Maßnahmen gegen sie, falls sie nicht kooperieren wollte, dass innerhalb einer halben Stunde jemand bei ihm sein würde.

Es dauerte eine geschlagene Stunde, bis ein Bahnangestellter erschien. In aller Ruhe stapfte der fettleibige Mittvierziger auf Bürkle zu, als er vor der Unterführung stand.

»Was ist denn so dringend?«, fragte der Mann ungehalten.

»Haben Sie einen Schlüssel für die Metalltür dort drüben?« Bürkle zeigte mit dem Finger in die Richtung der Tür.

»Was wollen Sie denn da drin? Da haben Unbefugte keinen Zutritt.«

Bürkle begann, innerlich zu kochen.

»Haben Sie einen Schlüssel oder nicht?«

»Ja klar hab ich einen.«

»Dann machen Sie die Tür auf. Es geht um einen Entführungsfall.«

»Aber da haben Un…«

»Wenn Sie nicht sofort die Tür öffnen, nehme ich Sie wegen Behinderung einer offiziellen Ermittlung fest.«

»Ja ja, ist ja gut. Nur mit der Ruhe.«

Der Mann trottete zu der Tür. Dann kramte er in seinen Taschen und zog ein dickes Schlüsselbund hervor. Der dritte Schlüssel passte. Die Tür ging auf und Bürkle quoll ein widerlicher Gestank entgegen.

»Oh mein Gott, was stinkt da denn so?«

»Ab und zu lässt jemand die Tür offen. Dann nutzen Penner den Raum als Toilette.«

Der Raum war bis auf eine Menge Unrat leer. An der hinteren Wand befand sich eine weitere Tür.

»Aufschließen«, befahl Bürkle.

Der Bahnbeamte schaute ihn böse an, befolgte aber die Anweisung.

Dahinter befand sich ein weiterer Raum. Auch er stank erbärmlich. Der Boden war von Kot und anderem Müll völlig verschlammt.

»Gibt es hier kein Licht?«, fragte Bürkle.

»Klar.« Der Mann drückte im ersten Raum einen Schalter, worauf sofort eine nackte Glühbirne an der niedrigen Decke zum Leben erwachte.

Bürkles Blick fiel sofort auf mehrere Streifen Klebeband, die am Boden lagen. Außerdem waren Schleifspuren zu erkennen. An zwei Stellen sah es so aus, als wenn spitze Schuhe in den Boden gerammt worden wären.

Er nahm einen Streifen Klebeband in die Hand. Die Klebefläche haftete noch. Es konnte also nicht alt sein. Im Schein des Lichts sah er, dass Hautfetzen daran hingen. Antonia mussten diese Streifen über den Mund geklebt worden sein. Erschrocken sah er Blutspuren auf den anderen Klebebandresten. Die zerrissenen Fasern sahen aus, als wenn sie als Fesseln benutzt worden wären.

»Können diese Türen von innen geöffnet werden?«, fragte er den Fetten.

»Nein, nur wenn man einen Schlüssel hat.«

Plötzlich sah Bürkle eine Metallklappe knapp über dem Boden.

»Für was ist das?«

»Das ist die Luke eines Kabel- und Notbelüftungsschachtes für die Sicherungskästen des Bahnhofs.«

Bürkle ging an den Hebel und drückte ihn fest nach unten. Die Klappe öffnete sich, sodass er in den Schacht sehen konnte. Auch hier waren im Staub, der den Boden des Tunnels bedeckte, Schleifspuren zu sehen. Außerdem konnte er den Schuhabrieb an den Außenwänden erkennen.

»Wo führt der Schacht hin?«

»Ein Teil führt zu einem Belüftungshutzen am Bahnsteig und der andere geht zum Relaisraum.«

»Zeigen Sie mir die beiden Stellen.«

XXVII

Zitternd vor Kälte wachte Ronda auf. Außer einem tiefen elektrischen Summen aus dem Schaltschrank war kein Laut zu hören. Das Licht der Notausgangsbeleuchtung ließ den Raum in einem unwirtlichen Licht erscheinen.

Seltsam, dachte Ronda, irgendetwas fehlte. Es war so ruhig, kein Poltern über ihr war mehr zu hören. In ihrem Kopf dröhnte es wie nach einer durchzechten Nacht. Außerdem tat der Oberschenkel, in dem sie den Krampf hatte, immer noch höllisch weh. Sie sah an sich hinab. Die weiße Bluse war teilweise aufgerissen und stand vor Schmutz. Ihre Wildlederjacke, die sie sich vor einem Monat teuer gekauft hatte, war nur noch Müll. Die Ärmel waren aufgeschürft und das Leder war an vielen Stellen von dem scharfen Eisengitter zerschnitten. Ihre Knie sowie ihre Hände waren blutig. Außerdem war ihr ein Fingernagel bis tief ins Nagelbett abgebrochen.

Ronda wusste weder, ob es Tag oder Nacht war, geschweige denn, wie viel Uhr es war. Ihr Magen versuchte, das letzte bisschen Verwertbares, was sich darin befand, in Kraft umzuwandeln – was ihr schmerzhafte Magenkrämpfe bescherte.

Mühsam erhob sie sich. Ihre Knie waren von der angezogenen Haltung steif geworden und wollten sich nur widerwillig strecken. Als sie aufrecht stand, wurde ihr plötzlich schwarz vor Augen. Halt suchend griff sie nach der Türklinke. Quälend langsam ließ der Schwindel in ihrem Kopf nach. Sie öffnete den Mund, um zu rufen.

»Hallo«, kam es ächzend aus ihrem Hals. Ihr Mund fühlte sich an, als wenn sie trockenes Mehl gekaut hätte.

»Hört mich jemand?« Sie selbst konnte ihre Stimme kaum hören. Wie sollte dann jemand außerhalb des Raumes auf sie aufmerksam werden? Kraftlos begann sie, mit ihren Händen gegen die Tür zu klopfen. Jeder Schlag kostete sie größte Anstrengung. Unter Aufbietung all ihrer Kräfte sog sie die Luft ein und schrie noch einmal um Hilfe. Dann wurde ihr wieder schwarz vor Augen. Wieder hielt sie sich an der Klinke fest. Jedoch reichte ihre Kraft nicht. Sie sackte in sich zusammen und blieb auf dem nackten Betonboden liegen.

»Wo bist du denn gewesen, mein Kind?«

»Ich war spielen, Mutter.«

»Du sollst doch nicht unter der russischen Glocke spielen.«

»Das hab ich nicht. Ich …«

»Es ist schon dunkel und ich hab mir Sorgen um dich gemacht.«

»Es tut mir leid. Ich werde es nie wieder tun.« Schluchzend begann Antonia zu weinen. Ihr Kleid, das sie von ihrem Onkel zu ihrem siebten Geburtstag bekommen hatte, war schmutzig geworden. Eigentlich wollte sie nur schnell zu ihrer Freundin ein paar Häuser weiter, um ihr das Kleid zu zeigen. Die spielte aber gerade mit ihrem jungen Hund im Garten. Quiekend und kichernd tollten die beiden Mädchen mit dem Hund. Warfen Stöckchen, rauften sich mit ihm, brachten ihm Kunststückchen bei oder buddelten Spielsachen, die er vergrub, wieder aus. Vor lauter Freude vergaß Antonia nicht nur die Zeit, sondern auch, dass sie ihr neues Kleid trug. Als sie dann nach

Hause zurückkehrte, hatte sie Angst, ihre Mutter könnte wegen dem verdreckten Kleid böse auf sie sein.

»Ist nicht so schlimm, meine Kleine.« Ihre Mutter nahm sie in den Arm und wog sie leicht. »Ich bin dir nicht böse, mein Engel«, sagte sie einfühlsam.

»Ich habe mein Kleid kaputtgemacht«, brachte Antonia weinerlich hervor.

»Das bekommen wir wieder hin.«

Dann war die Küche ihres Elternhauses verschwunden. Auch der Geruch nach Mutters Pfannkuchen mit Blumenkohl war weg. Kurz hörte sie das schwache Läuten einer einzelnen, weit entfernten Glocke. Dann war auch dieses Geräusch verstummt. Zurück blieb ein schwach beleuchteter kalter Raum. Ihre Mutter stand, viel älter geworden, an der Wand. Sie war nur mit einem leichten Nachthemd bekleidet. Ihre Haut sah weiß und kalt aus.

»Das bekommen wir wieder hin«, sagte sie noch einmal.

»Mutter«, hauchte Antonia. »Was tust du hier?«

»Ich bin dir nicht böse, mein Kind. Deine Arbeit ist sehr wichtig.«

»Mutter, es tut mir leid.«

»Das bekommen wir wieder hin.«

Das Bild ihrer Mutter wurde schwächer, bis es irgendwann vollkommen verschwunden war. Es donnerte über ihr. Ein Gewitter, dessen Rumpeln nicht enden wollte.

André Bürkle reichte ihr die Hand.

»Komm, Antonia. Ich bring dich hier weg.« Sie streckte ihre Hand nach seiner aus, aber er war zu weit entfernt.

»André, ich kann dich nicht erreichen.«

»Steh auf, Antonia.«

Sie bemühte sich, aber ihre Beine gehorchten ihr nicht mehr.

»André«, rief sie. Er ging weg und ließ sie allein zurück.

Das Donnergrollen hörte auf.

Sie war wieder vollkommen allein in dem dunklen, grauen, kalten Raum. Ihre Hände lagen kraftlos neben ihr am Boden. Die Beine hatte sie seitlich übergeschlagen. Ihr Kopf ruhte auf ihrer rechten Schulter. Sie spürte, wie ihre Augenlider zitterten. Ihr war so kalt, so unendlich kalt.

Steh auf, Antonia, sagte sie sich. Bewege dich.

Sie hatte aber keine Macht mehr über ihren Körper.

Wieder donnerte es. Ein neues Gewitter zog auf. Wieder hörte sie die einsame Glocke schlagen. Und es wurde noch kälter.

XXVIII

Hier konnte sie nicht durchgekommen sein. Die Lufthutze war so klein, dass gerade mal ein Tennisball durchgepasst hätte.

»Wo ist der Relaisraum?«, fragte Bürkle.

»Unten im Keller.«

»Dann los.«

Bürkle ging hinter dem Mann die Treppe hinunter. Es schien, dass dem dicken Kerl jede einzelne Treppenstufe große Anstrengung bereitete. Er wippte beim Abstieg wie ein altersschwacher Tanzbär beim Walzer.

Schneller, Mann.

Bürkle spürte, wie die Ungeduld seinen Puls in die Höhe schießen ließ. Das Blut drückte sich dick durch seine Adern.

Sie gingen einen langen, mit Neonröhren ausgeleuchteten Flur entlang. Boden und Decke bestanden aus ungestrichenem, rauem Beton. Es roch nach feuchtem Schimmel und verschmorten Kabeln.

»Hier ist der Raum«, sagte der Bahnbeamte, als sie am Ende des Flures angekommen waren.

Bürkle trat an die Tür und drückte die Klinke hinunter. Verschlossen.

»Ja!« Er fuchtelte mit den Händen vor dem Schloss herum. »Machen Sie schon die Tür auf.«

»Dazu hab ich keinen Schlüssel.«

Bürkle war sich sicher, sich verhört zu haben. »Was?«

»Ich habe keinen Schlüssel für den Raum.«

Alle aufgestaute Angst und Ungeduld platzte auf einmal aus Bürkle heraus. Er packte den Dicken am Kragen seiner Jacke und zerrte ihn ganz nah an sich heran. »Jetzt hören Sie mir mal zu. Vermutlich liegt meine Kollegin in diesem Raum. Schwer verletzt oder tot. Machen Sie diese verdammte Tür auf. Mir ist scheißegal wie, und wenn ich Sie dagegen werfen muss.«

»Ja aber …«

»Halten Sie Ihr Maul und öffnen Sie diese Tür.«

»Ich würd's ja versuchen, aber das ist ein Sicherheitsschloss.«

»Dann schauen Sie nach jemandem, der einen Schlüssel dafür hat. Los.« Das letzte Wort brüllte er so unvermittelt laut, dass der Dicke regelrecht zusammenzuckte. Sein Wutausbruch schien aber Wirkung gezeigt zu haben, denn der Fette setzte sich augenblicklich in Bewegung.

Nachdem Bürkles Schrei in dem kahlen Gang verhallt war, hob er ein Ohr direkt an die Tür, um zu hören, was auf der anderen Seite vor sich ging. Ein leises, kaum wahrnehmbares Summen drang hindurch. Bürkle vermutete, dass Schaltschränke dieses Geräusch von sich gaben.

»Antonia?«

Nur das Summen der Elektrokästen auf der anderen Seite antwortete.

»Antonia?« Dieses Mal sagte er es lauter. Dabei klopfte er vorsichtig gegen die Tür. Wieder lauschte er. Keine Antwort. Nur das hohe Brummen von Relais und das Rauschen von Lüftern waren zu hören.

Plötzlich mischte sich etwas anderes in die Eintönigkeit. Es klang wie leises Stöhnen – kaum wahrnehmbar.

Er klopfte noch einmal. Dieses Mal so stark, dass die Tür in ihren Angeln zu zittern begann.

»Antonia«, rief er laut in einen dünnen Spalt zwischen Zarge und Tür. »Ich bin es, André. Ich hole Sie hier raus.«

Er presste sein Ohr, so fest es ging, in die Ecke. Von innen war eine dünne, sehr schwache Stimme vernehmbar. Die Worte konnte Bürkle nicht verstehen, er wusste aber genau, dass es sich um Antonia handeln musste.

Wieder stöhnte sie leise.

»Geht es Ihnen gut?« Eine leise Angst stieg in ihm auf, als er keine deutliche Antwort von ihr bekam. Was war nur mit ihr geschehen? War sie verletzt?

»Antonia, keine Sorge, ich hole Sie hier raus. Es ist gleich jemand da, der die Tür öffnen kann.«

Quälende zwanzig Minuten später kam der Dicke mit einem weiteren Mann den Gang entlang gelaufen. Es war ein kleiner dürrer Kerl, der sicherlich nicht mehr als

50 Kilogramm auf die Waage brachte. In seinem Mundwinkel steckte eine glimmende Zigarette.

»Tag, Sie wollen da rein?«, fragte er nuschelnd.

»Allerdings.« Bürkle holte seinen Polizeiausweis aus der Tasche. »Machen Sie sofort auf!«

»Ja, ist ja gut. Ich verstehe zwar nicht, was so Wichtiges da drin sein sollte, aber …«

In diesem Moment drehte er den Schlüssel im Schloss und drückte die Klinke nach unten. Die Tür schwang ihm entgegen und Antonia Ronda landete mit ihrem Kopf direkt auf seinen Füßen.

Der Dürre schaute schockiert auf den roten Haarschopf hinunter.

Andrés Herz schien einen Schlag ausgesetzt zu haben, als er Antonia am Boden liegen sah. Ihr Gesicht war aschfahl. Ihre Augen starrten an einen Punkt, weit außerhalb des Gebäudes. Sie hatte ihre Jacke auf den Beinen liegen. Die weiße Bluse war schmutzig und blutig, die Ellenbogen aufgeschürft und ihre Hände zerschnitten. Sie strömte einen widerlich fauligen Geruch aus, der ihn an den Raum am anderen Ende des Lüftungsschachtes erinnerte.

»Rufen Sie einen Krankenwagen«, fuhr er den Fetten an, der sofort darauf in einem für ihn gefährlich hohen Tempo den Gang entlang und die Treppe hoch eilte.

»Geben Sie mir Ihre Jacke«, wies er den Dürren an.

Der zog bereitwillig seine dunkelgrüne Windjacke aus und reichte sie ihm.

»Was ist mit ihr? Wie ist sie da reingekommen?«, fragte er immer noch schockiert.

»Sie wurde entführt«, antwortete Bürkle knapp. Dann ging er neben ihm in die Knie.

»Antonia, hörst du mich?«, fragte er sie mit sanfter Stimme. Dabei hielt er seine Hand an Antonias Wange. Ihre Haut war feucht und eiskalt. Schnell wickelte er sie in die Jacke des Dürren ein. Ihre eigene Jacke legte er ihr über die Beine.

»Helfen Sie mir, sie aufzuheben.«

Der Dürre ging sofort in die Hocke und hielt Ronda an den Beinen.

»Nicht so. Ich trage sie. Nehmen Sie ihre Schulter und die Beine. Ich halte sie auf meiner Seite.«

Dann hievten sie die Frau hoch. Bürkle überraschte, wie leicht sie war.

Wie ein Kind trug er seine Kollegin vor sich her die Treppe hoch. Dann rannte er mit ihr durch den Bahnhof in Richtung der Gleise. Der Dürre blieb im Bahnhofsgebäude zurück.

Am Bahnsteig angekommen, stellte sich Bürkle an eine Stelle, an der die letzten Sonnenstrahlen des Tages hereinfielen. Er spürte nach dem kühlen feuchten Kellergang die wohltuende Wärme auf seinen Wangen. Antonia drehte ihren Kopf zu ihm um und schaute ihm in die Augen.

»André.« Es war kaum mehr wie ein Hauchen. »Sie sind hier.«

»Ja, ich bin hier. Jetzt wird alles gut.«

»Sie haben mich gefunden.«

»Ja, ich habe dich gefunden. Der Krankenwagen ist gleich da.«

Ein müdes Lächeln huschte über ihre Lippen. Dann schloss sie wieder die Augen und drehte ihren Kopf in Richtung der Sonne.

Von Weitem hörte er Rufe. »Hallo? Die Sanitäter sind da.«

»Hier sind wir«, antwortete er.

Er drehte sich um und sah drei Sanitäter in roten Anzügen auf sie beide zulaufen. Zwei davon trugen eine Trage, die sie direkt vor Bürkle hinstellten. Sofort legte er Ronda darauf.

»Was ist geschehen?«, fragte einer der Sanitäter.

»Sie ist Polizeibeamtin und wurde gestern entführt. Ich gehe davon aus, dass sie seitdem in einem Kellerraum unter dem Bahnhof eingesperrt war. Ich bin ihr Kollege.«

»Ihr Puls ist schwach. Sie ist eiskalt«, sagte einer der Sanitäter, nachdem er ihr einen Pulsmesser an den Arm angelegt hatte.

»Konnten Sie sonstige Verletzungen an ihr feststellen?«, fragte der Mann wieder.

»Sie hat, soweit ich sehen kann, Schürf- und Schnittwunden. Ansonsten konnte ich aber keine weiteren Verletzungen feststellen.«

»Okay, bringen wir sie ins Krankenhaus. Vermutlich ist sie unterkühlt.« Dann kniff er Antonia in den Unterarm. Ihre Haut bildete Falten wie halbtrockener Klebstoff, in den man versehentlich den Finger bringt. »Außerdem ist sie dehydriert.«

Sie hoben zu zweit die Trage hoch und klappten die Füße der Liege herunter. Dann liefen sie eilig in Richtung Ausgang, wo der Krankenwagen stand, davon. Der Dürre stand zusammen mit dem Fetten und einem Kollegen von Bürkle neben dem Rettungswagen. Sie unterhielten sich. Der Dürre hatte wieder eine Zigarette im Mundwinkel hängen.

»Wie geht es ihr?«, fragte der Dürre aufgeregt, als Bürkle neben den Wagen trat.

»Ich weiß es nicht. Sie bringen sie jetzt ins Krankenhaus. Danke für Ihre Hilfe.« Dann stieg er nach den Sanitätern in den Rettungswagen ein.

Mit atemberaubendem Tempo schossen sie durch Kornwestheim. Antonia lag unter einer goldbeschichteten Rettungsdecke fest angeschnallt auf der Trage. Bürkle hatte allerhand damit zu tun, sich auf seinem Klappsitz zu halten.

Im Krankenhaus in Ludwigsburg angekommen, wurde Bürkle angewiesen, im Wartebereich zu bleiben. Ungeduldig ging er den Flur auf und ab. Nach einigen Minuten hastete er aus dem Krankenhaus, zog sein Handy aus der Tasche und wählte Schneiders Nummer.

»Hier Bürkle, ich habe Antonia Ronda gefunden.«

»Das ist eine gute Nachricht, Junge. Wie geht es ihr? Wo haben Sie sie gefunden?«, hörte er Schneiders erregte Stimme durch den Hörer.

Nenn mich nicht Junge, verdammt.

»Ich habe sie im Keller des Bahnhofs in Kornwestheim gefunden. Sie ist unterkühlt und dehydriert.«

»Konnte sie Ihnen irgendwelche Hinweise auf Mannhardts Verbleib geben?«

»Nein. Sie ist fast nicht ansprechbar. Sie haben ihn also noch nicht gefunden?«

»Leider nein. Er ist wie vom Erdboden verschwunden.«

»Okay, ich melde mich wieder.« Dann legte Bürkle auf. Schnell rannte er zurück in den Wartebereich vor Antonias Zimmer.

Eine Schwester trat auf den Gang. Bürkle stürzte sich wie ein hungriger Löwe auf die Frau.

»Wie geht es ihr? Wann kann ich zu ihr?«

»Ganz ruhig. Sie wird gerade versorgt. Wir haben ihr eine Infusion gelegt und wärmen sie langsam wieder auf.«

»Wann kann ich zu ihr?«

»Warten Sie noch kurz, bis die Ärzte fertig sind, ihre Wunden zu versorgen, dann können Sie rein.« Die Frau hatte eine mitfühlende, aber trotzdem autoritäre Stimme.

»Danke«, sagte Bürkle. Danach nahm er seinen Raubtierschleichgang wieder auf.

Wenige Minuten später ging die Tür ein weiteres Mal auf und zwei in weiße Kittel gehüllte ältere Männer traten heraus. Sofort stürmte Bürkle auf die beiden zu und fragte: »Kann ich zu ihr?«

Beide schauten ihn etwas verwundert an. Die Krankenschwester trat neben sie und erklärte ihnen, dass Antonia Ronda die Kollegin von ihm sei. Einer der Ärzte nickte stumm. Bürkle trat an ihnen vorbei in das Zimmer ein. Er hatte erwartet, dass der Raum stark aufgeheizt sein würde, was er aber nicht war. Ebenso lag Antonia nicht in einer wärmenden Wanne oder war in dicke Daunendecken gehüllt. Sie lag einfach nur in einem normalen Krankenhausbett – mehr nicht.

Als er die Tür hinter sich schloss, drehte sie den Kopf zu ihm. Ihre Augen lagen tief in den Höhlen und waren dunkel gerändert. Die roten Haare lagen nass an ihrem Kopf an. Die Vorhänge waren zugezogen. Das Zimmer war nur im Schein ihrer Nachttischlampe beleuchtet. Es roch nach Desinfektionsmittel und schwachen Toilettengerüchen.

»Hey, wie geht es Ihnen«, fragte er leise, als er auf ihr Bett zuging.

»Ganz gut, danke.« Ihre Stimme klang erschöpft.

»Setzen Sie sich, André.« Dabei zeigte sie mit einer Hand zu einem Stuhl, der neben ihrem Bett stand. Aus dem Arm ragte ein Infusionsschlauch, der zu einem Plastikbeutel führte, der an einem Haken über dem Bett aufgehängt war. »Waren wir nicht vorhin noch beim Du«, fragte sie leicht belustigt.

»Äh … wie bitte?« Er schaute noch immer gebannt auf den Infusionsschlauch in ihrem Arm.

»Ich glaube mich daran erinnern zu können, dass Sie mich vorhin geduzt haben.«

Habe ich wirklich?

Das passte Bürkle gar nicht, dass er jetzt auf Du und Du mit ihr war. Seine Kollegen tuschelten so schon genug hinter seinem Rücken. Einen Rückzieher wollte er aber auch nicht machen. Das wäre völlig anstandslos.

»Wenn es für dich auch in Ordnung ist«, sagte er deshalb ein wenig schüchtern.

Auf ihrem müden Gesicht zeichnete sich ein glückliches Lächeln ab. Sie nickte eifrig.

»Antonia, an was können Sie … entschuldige, du dich noch erinnern?« Es drängte ihn trotz aller Sorge um sie, an dem Fall weiter zu kommen. Sie war die Einzige, die wissen konnte, wohin Mannhardt verschwunden war.

»Hm, als ich ihm in Kornwestheim aus der S-Bahn gefolgt bin, habe ich ihn kurz aus den Augen verloren. Den Moment hat er genutzt, um mich zu überwältigen und in diesen widerlichen Raum zu sperren. Dort bin ich dann irgendwann aufgewacht.«

»Hat er dich bewusstlos geschlagen?«

»Das nicht, aber es ging alles so schnell.«

»Hat er irgendwas gesagt?«

Sie überlegte kurz. Dabei senkte sie den Blick. »Es ist alles so verschwommen. Ich glaube, mich daran erinnern zu können, dass er mich mit Klebeband gefesselt hatte, aber was sonst noch war …« Sie zuckte mit den Achseln.

»Hat er denn nichts gesagt oder irgendetwas angedeutet?« Bürkle spürte, wie er langsam immer ungeduldiger wurde.

»Ich weiß es nicht.« Ihre Augen nahmen einen flehenden Ausdruck an.

»Entschuldige.« Er berührte sanft ihre Hand. »Ruh dich erst mal aus. Vielleicht fällt dir später etwas ein.« Dann stand er auf.

Ronda packte seine Hand und hielt ihn fest.

»Es tut mir leid. Ich hätte vorsichtiger sein sollen.«

»Ach was. Es war sehr mutig von dir, ihm zu folgen. Ich bin nur froh, dass wir dich wieder haben. Jetzt ruh dich aus. Ich schau später wieder nach dir.«

»Danke.« Eine Träne kullerte ihr über die Wange.

»Wofür?«

»Dafür, dass du mich gefunden hast. Ich dachte schon, ich müsste in dem Loch sterben.«

»Das ist doch selbstverständlich. Und jetzt ruh dich aus.«

Mit der rechten Hand streifte er ihr die Träne ab. Anschließend drehte er sich um und ging zur Tür.

»André?«

Bürkle blieb im Türrahmen stehen.

»Ich weiß nicht, was es bedeuten soll, aber als ich da unten in dem Elektroraum lag, halluzinierte ich von Glocken.«

»Glocken?«

»Ja, russische Glocken.«

»Ich glaube, es war höchste Zeit, dass wir dich da rausgeholt haben.« Er hob die Hand. »Schlaf gut, Antonia.«

»Wie geht es meiner Mutter?«, rief sie ihm hinterher, als er die Tür von außen schließen wollte.

»Ich werde mich gleich mal erkundigen. Ich sag dir dann Bescheid. Okay?«

»Danke.«

»Schlaf jetzt.« Vorsichtig verschloss er von außen die Tür. Auf dem Flur begegnete ihm noch einmal die Schwester von vorhin.

»Haben Sie sich versichern können, dass es Ihrer Kollegin gut geht?«, fragte sie freundlich.

Bürkle nickte und sagte: »Wann, meinen Sie, kann sie entlassen werden?«

»Oh, das wird sicherlich noch ein paar Tage dauern.«

»Alles klar, danke. Auf Wiedersehen.« Langsam trottete er in Richtung Ausgang. Die Antwort der Schwester war nicht die, welche er sich erhofft hatte, aber die Ärzte waren diejenigen, die wussten, was für Ronda das Richtige war.

In seinem Auto angekommen, wählte er noch einmal Schneiders Nummer. Er berichtete ihm, dass es Ronda den Umständen entsprechend gut ging, sie sich aber an beinahe nichts erinnern konnte. Von den russischen Glocken erzählte er Schneider nichts, da er es für Wahnvorstellungen von Ronda hielt.

Als er eine halbe Stunde später wieder bei der Polizeidirektion in Stuttgart ankam, klopfte er an Schneiders Bürotür und öffnete sie. Im Inneren saß Schneider zusammen mit der Staatsanwältin Faller an einem kleinen runden Besprechungstisch in einer Ecke. Wie es schien, hatte Bürkle die beiden soeben in einer hitzigen Diskussion gestört.

Als Schneider Bürkle sah, sprang er auf und bot ihm einen Platz am Tisch an. »Gut, dass Sie da sind«, sagte er anstatt einer Begrüßung. »Frau Faller erzählte mir gerade von ihrem Besuch bei Frau Dr. Wittlinger. Sie meint, dass Frau Doktor irgendetwas vor uns verheimlichen würde.«

»Das ist genau das, was ich auch vermutet habe«, sagte Bürkle.

»Sehen Sie, ich habe also recht«, sagte die Staatsanwältin scharf.

»Womit haben Sie recht?«, fragte Bürkle.

»Na, dass Frau Dr. Wittlinger etwas mit den S-Bahn-Morden zu tun hat.«

»Ach, das ist doch Blödsinn«, warf Schneider barsch ein.

»Was meinen Sie, was sie mit den Fällen zu tun haben könnte?« Bürkle war in der letzten Besprechung bereits ein leiser Verdacht gekommen, der allerdings sofort von Schneider unterbunden wurde. Dadurch, dass die Staatsanwältin vielleicht denselben Verdacht teilen würde, erhoffte er sich nun Schneider gegenüber ein offeneres Ohr.

»Irgendwie scheint mir dieser Zufall mit dem ehemaligen Liebhaber, der nun schmutzige Wäsche wäscht und auch noch zufällig der Sohn eines Bauunternehmers ist, schon sehr seltsam«, sagte die Staatsanwältin.

»Ja, aber wie zum Teufel soll der Kerl denn mit Mannhardt in Verbindung kommen? Geschweige denn, es dann auch noch schaffen, ihn zu solchen Taten anzustacheln«, fragte Schneider.

»Nicht der Ex, Herr Schneider. Frau Dr. Wittlinger. Es könnte doch sein, dass die Baufirma des verstoßenen Liebhabers einen Auftrag am Hochspannungsnetz um Stuttgart erhalten hatte und sie ihn jetzt damit schädigen möchte.«

Mädchen, du hast es erfasst.

Die Staatsanwältin sprach genau das aus, was Bürkle die ganze Zeit gedacht hatte.

Schneider schaute ein wenig fassungslos zwischen Faller und Bürkle hin und her.

»Genau das war auch mein Verdacht«, untermauerte Bürkle die These.

»Wissen Sie, was Sie beide damit andeuten? Sie beschuldigen eine Ärztin und zudem noch eine sehr reiche und einflussreiche Stuttgarterin der Patientenbeeinflussung. Schlimmer noch, Sie beschuldigen sie, mehrmaligen Totschlag in Auftrag gegeben zu haben.«

»Das wissen wir. Aber ich bin der Meinung, dass wir in diese Richtung weiterermitteln sollten. Sehr diskret versteht sich.« Die Staatsanwältin schaute Bürkle an, als wenn sie um seine Zustimmung bitten würde.

»Ich denke auch, es kann nicht schaden, den Wittlingers mal ein wenig auf den Zahn zu fühlen«, sagte Bürkle.

Schneiders Blicke huschten abermals zwischen Faller und Bürkle hin und her. Ganz so, als versuchte er, in ihren Augen den Ausgang der Ermittlungen voraussagen zu können.

Nach einer Weile sagte er mit einem Seufzer: »Okay, wie Sie meinen. Aber wehe Ihnen, ich erhalte eine Beschwerde.«

Bürkle schoss von seinem Platz hoch. »Ich werde mich mal mit Herrn Wittlinger unterhalten, was er von der Unternehmung des Exfreundes seiner Frau hält.«

»Alles klar, und ich werde Erkundigungen über Frau Dr. Wittlinger einholen. Ich kenne da jemanden, der sich in denselben Kreisen bewegt wie sie.« Die Staatsanwältin legte eine edle Aktentasche auf ihre Knie und kramte darin herum.

»Ach, was ist eigentlich aus der Aufnahme des anonymen Anrufers geworden? Konnte Bellmann die Stimme endlich entzerren?«, fragte Bürkle, als er schon fast zur Tür hinaus war.

»Das hätte ich fast vergessen. Gehen wir schnell und hören sie uns an«, sagte Schneider und stand ebenfalls auf.

Zu dritt verließen sie das Büro und folgten Schneider in das Computerreich Bellmanns, das sich zwei Stockwerke tiefer befand. Als wenn Bellmann schon gewartet hätte, stand er angelehnt vor seinem Schreibtisch und grinste die Besucher freundlich an, als sie eintraten.

»Spielen Sie die Aufnahme von dem Anrufer noch mal ab, Bellmann«, befahl Schneider barsch.

Bellmann startete das Audiofile.

Eine hohe Stimme erklang aus den Lautsprechern. Der Mann sprach zwar Hochdeutsch, konnte seine schwäbischen Wurzeln aber nur sehr schwer verstecken. Bürkle hatte den Eindruck, dass die Stimme normalerweise etwas tiefer war als auf dieser Aufnahme. Das hatte sicherlich mit der Aufregung, die im Klangbild mitschwang, zu tun, dachte er.

»Haben Sie schon jemanden, auf den die Stimme passen könnte?«, fragte Bürkle Bellmann.

»Noch nicht. Ich bin gerade dabei, Reden oder Mitschnitte von schwäbischen Politikern, Industriellen, Musikern, Comedians und irgendwelcher Freaks, die sich mitteilen wollen, von YouTube, myvideo und clipfish mit unserer Aufnahme zu vergleichen. Bisher allerdings noch ohne einen Treffer«, sagte Bellmann, während er auf einen großen Bildschirm zeigte. »Na ja, würde mich auch schwer wundern, wenn wir so viel Glück hätten und auf die Art was finden könnten.«

»Das glaube ich allerdings auch«, brummte Schneider.

Die drei Besucher verließen den Raum wieder.

Ein Stockwerk höher gingen sie am Einlass der Polizeidirektion vorbei. Ein extrem dicker Mann älteren Datums war vor der Panzerglaswand zu sehen. Bürkle sah, wie er etwas, das wie ein Dolch aussah, aus einem Lumpen auswickelte und dem Beamten auf der anderen Seite der Glaswand zeigte.

»Das habe ich im Rosensteinpark gefunden«, hörte er die Stimme des Mannes über die Gegensprechanlage sagen. »Ich glaube, es ist sehr alt. Vielleicht sogar antik.«

Bürkle blieb einen Moment stehen. Was die Leute nicht alles für antik halten. Dabei erinnerte er sich an die Zeit, als er noch in Freudenstadt gearbeitet hatte. Damals waren einmal drei Jungs auf der Wache erschienen. Einer blieb vor der Tür stehen, um zu rauchen, die anderen beiden traten in die Schleuse. Einer der Jungs hatte plötzlich ein Messer gezückt, worauf Blut zu sehen war. Nachdem die Polizisten sie mit vorgehaltenen Waffen zur Herausgabe der Waffe bewegt hatten, stellte sich heraus, dass die Jungs das Messer gefunden hatten. Sie wollten es lediglich bei der Polizei abgeben.

»Wie kommen Sie darauf, dass dieses Ding alt sein soll?«, hörte Bürkle den Polizisten fragen.

»Das kann ich Ihnen nicht sagen«, antwortete der Mann.

»Okay, dann geben Sie mir bitte Ihren Namen und Ihre Adresse.«

Plötzlich wurde der dicke Mann sehr nervös. Er riss die Ausgangstür auf und rannte davon. Der Beamte rief ihm noch etwas hinterher, aber der Mann war verschwunden.

Von Neugierde gepackt ging Bürkle zu dem Beamten, der dabei war, das Messer, welches der Mann liegen gelassen hatte, aus der Schleuse zu holen.

»Darf ich das Ding mal sehen?«, fragte Bürkle den verdutzt dreinschauenden Kollegen.

Es war eine stark verrostete Klinge mit zwei Schneiden. Das Ende sah aus, als wäre die Waffe einmal an einem Holzstab befestigt gewesen. Auf der Klinge waren undeutliche Zeichen zu sehen, die aussahen, als wären sie in lateinischer Sprache geschrieben. Bürkle überlegte kurz, was zu tun war, dann sagte er zu dem Kollegen in Uniform: »Hm, scheint wirklich alt zu sein. Bitte geben Sie das Teil an das Landesamt für Denkmalpflege weiter und sagen Sie denen auch, wo es der Herr gefunden hatte.«

Der Polizist nickte stumm.

»Schauen Sie, dass Sie es irgendwie in Stoff oder so eingewickelt bekommen, damit es nicht beschädigt wird.« Diese Weisheit hatte er aus Abenteuerbüchern, die er gerne las, gewonnen. Darin wurden Fundstücke immer in Leder eingerollt.

XXIX

Benotum
248 n. Chr.

Ich lebte nun bereits seit gut zwei Jahren bei den Römern. Als Magd der Tochter des Marcitus Annaeus wohnte ich mit der Familie zusammen in ihrem Haus in Benotum, eines römischen Vicus nahe des Flusses Nicer.

Marcitus war der Vorsteher des Dorfes. Seine Tochter Lelia beschäftigte sich hauptsächlich damit, die Kinder befreundeter Familien zu hüten, wobei ich ihr gerne zur Hand ging.

All diese Umstände machten es mir leicht, mich in das Dorfleben und in die Gebräuche der überwiegend römischen Bevölkerung einzufinden. Die Römer hingegen nutzten in Verhandlungen mit Händlern meines Volkes – den Germanen – gerne meine Sprachkenntnisse und meine Kenntnisse über deren Gebaren.

Die Geschehnisse von damals durch die heilende Wirkung der Zeit betrachtet, war es das Beste, was mir in meiner Situation geschehen konnte. Und dennoch trieb mich ein nicht enden wollender Drang nach Freiheit um. Es war seltsam; war ich doch glücklich, geborgen und hatte wieder eine Familie. Auch wenn Lelias Mutter Tullia leider ein halbes Jahr, nachdem wir von Colonia Agrippina abgereist waren, gestorben war. Wir waren auf halber Strecke zwischen Mogontiacum und Lopodunum, als Thor seinen Hammer schwang und ein Gewitter auf uns hernieder ließ, wie ich es in meinem Leben zuvor noch nicht erlebt hatte. Ohrenbetäubendes Donnergrollen ließ die Erde erbeben und gewaltige Blitze erhellten den Himmel. Der zuvor noch freundliche Tag wurde durch tiefschwarze Wolken zu einer unheimlichen grauen Nacht. Die Pferde, die unseren Wagen zogen, gingen plötzlich durch. Das Gespann preschte über den mit Holz belegten Weg. Ich musste mich im hinteren Bereich des Wagens am Verschlag festhalten, um nicht abgeworfen zu werden. Als dann direkt vor uns ein Blitz in den Boden einschlug, scheuten die in Panik geratenen Tiere und kamen vom Weg ab. Dieser war am Rand mit Steinen gesäumt, die in den

Boden eingelassen waren. Die Achsen des Wagens brachen unter der Wucht des Aufpralls wie Äste. Lelia und ich wurden hochgeworfen und aus dem Wagen geschleudert. Marcitus klammerte sich an die Zügel, fest entschlossen, die Pferde zu beruhigen. Jedoch wurde er in dem unebenen Gelände abseits der Straße ebenso abgeworfen. Als wir anschließend unsere Habseligkeiten eilig zusammensuchten, war Tullia nirgends zu sehen. Wir schrieen uns auf der Suche nach ihr die Seele aus dem Leib. Allerdings ließ das nicht enden wollende Gebrüll des Donners unseren Kehlen nicht mehr als ein leises Wispern entweichen. Lelia begann wie von Sinnen nach ihrer Mutter zu suchen. Es schien ihr egal zu sein, dass auch ihr Leben in höchster Gefahr schwebte. Sie rannte zurück zu der Stelle, an der die Pferde die Straße verlassen hatten. Rings um uns schlugen Blitze ein. Es war, als wenn die Götter ihren Zorn nur auf uns gerichtet hätten. Marcitus brüllte hinter Lelia her, aber sie hörte ihn nicht. So machte er sich auf, seine Tochter in Sicherheit zu bringen. Er rannte zu ihr, packte sie unter dem Arm und zog sie in eine Mulde, die ein Bauer ausgehoben haben musste. Sie zappelte und strampelte, um sich zu befreien. So lange, bis ihr Vater ihr mit der flachen Hand ins Gesicht schlug. Ich selbst war damals hin- und hergerissen, was ich tun sollte. Ich wusste nicht, ob ich helfen sollte, nach Tullia zu suchen oder ob ich mich selbst in Sicherheit bringen sollte. Gleichzeitig war dieser Moment aber auch wie geschaffen dafür zu fliehen. Marcitus war zu sehr damit beschäftigt, Lelia zu beruhigen, als dass er bemerkt hätte, wenn ich einfach davongelaufen wäre. Bis zu den Bäumen, die nicht weit weg von mir standen, war es nur ein kurzer Spurt. Es war meine Chance, wieder in Freiheit zu gelangen. Schnell hatte ich einen Entschluss gefasst. Ich rannte los, blickte mich nach einigen Schritten aber noch einmal zu Marcitus und Lelia um. Sie weinte in seinen Armen. Sein Kopf saß unruhig auf seinen Schultern. Seine Blicke irrten wild umher, bis sie mich trafen. Er schaute mich aber nicht wütend oder hasserfüllt an, wie ich es eigentlich erwartet hatte. Trotz der Entfernung, die zwischen uns war, sah ich pure Angst in seinem Gesicht. Er hatte Angst um seine Frau, um seine Tochter und auch um mich. Plötzlich plagte mich mein Gewissen. Es war nicht richtig von mir, die Familie, jetzt wo sie zur Abwechslung meine Hilfe benötigte, im Stich zu lassen. Jedoch zog mich auch der Ruf nach meiner eigenen Freiheit. Unzählige Tage und Nächte sehnte ich einen Moment wie diesen entgegen. Jetzt, da er hier war, konnte ich dem Drang fortzulaufen aber nicht nachgeben. So rannte ich zu der Mulde, in der Vater und Tochter lagen. Es war gerade noch genug Platz darin, damit auch ich mich vor den Augen Thors verkriechen konnte. Immer mehr füllte sich das Loch mit Wasser – mit eiskaltem Wasser. Dann begann es Eis vom Himmel zu regnen. Dicke Eisbrocken prasselten auf uns herab, die wie Peitschenhiebe schmerzten.

Als endlich der Regen nachließ und die dunklen Wolken weiterzogen, krochen wir aus unserer Mulde. Wir waren völlig durchnässt. So war es eine Wohltat zu spüren, wie die zurückkommende Sonne unsere Haut wärmte. Marcitus scherte sich nicht um sein eigenes körperliches Wohlbefinden. Er irrte umher und suchte Tullia. Immer wieder schrie er aus vollem Leibe ihren Namen, blieb jedoch stets ohne eine Antwort von ihr. Lelia und ich machten uns daran, ihm zu helfen. Die Kutsche war verschwunden, ebenso die Pferde. Es war gut möglich, dass Tullia immer noch auf der Kutsche war. Wo sie dann die Tiere hingebracht hätten, wussten nur die Götter.

Plötzlich drang ein flehentlicher Schrei an mein Ohr. Er schien aus der Nähe des kleinen Baches zu kommen, der am Wegesrand der römischen Straße verlief. Und da sah ich sie. Sie lag auf dem Bauch, ihre Beine im Wasser. Ihr Oberkörper lag schlaff auf der Erde des Ufers. Ich rief ihren Namen, ohne Reaktion. Als ich näher kam, sah ich, dass sie die Augen geschlossen hatte. Schnell rief ich Vater und Tochter zu mir her. Dann ging ich zu Tullia und drehte sie um. Ihr Gesicht war blass, ihre Haut kalt. Sie hatte das Bewusstsein verloren, nachdem sie gerufen hatte. Marcitus stürzte herbei, nahm seine Frau hoch und legte sie auf das Holz der Straße.

Wir warteten bis kurz vor Sonnenuntergang, bis ein Wagen die Straße entlang kam. Dieser erklärte sich bereit, uns bis Lopodunum mitzunehmen, wofür wir alle sehr dankbar waren. Auf dem Weg dorthin brannte eine einzige Frage auf meiner Seele.

»Ist meine Lanze auch verloren?«, fragte ich Marcitus nach einiger Zeit.

Er schaute mich böse an. »Ist das die einzige Sorge, die du hast?«, schrie er unvermittelt los. »Wir wären beinahe alle ums Leben gekommen und meine Frau ist nun krank. Und du denkst nur an deine Lanze?«

Er hatte recht. Es war völlig ignorant von mir, nur an mich zu denken. Ich blickte peinlich berührt auf den Boden des Wagens.

»Ich habe sie sicher an meinem Gürtel verwahrt. Sie ist folglich noch hier. Du kannst beruhigt sein.«

»Es tut mir leid, Marcitus«, sagte ich leise. Einen Anflug von Freude konnte ich aber nicht unterdrücken.

In Lopodunum angekommen, bat Marcitus den Fahrer darum, vor dem Haus des Statthalters vorzufahren. Marcitus hatte sämtliches Hab und Gut, welches sich auf dem Wagen befand, verloren. Da aber der Statthalter Lopodunums ein Freund von ihm war, konnte er den Fahrer auslösen und um einen Wagen für die Weiterfahrt bitten. Der Statthalter bot Marcitus auch Hilfe bei der Versorgung seiner Frau an, die zwischenzeitlich wieder bei Bewusstsein war. Ihr ging es aber sichtlich schlecht. Das Wasser des Baches hatte ihr wohl ihre Körperwärme entzogen.

Am folgenden Tage zogen wir weiter. Tullia lag hinten im Wagen in dicke Decken gehüllt. Sie hustete stark, was ihrem Mann große Sorgen bereitete. Auf kleineren Wegen ging unsere Reise weiter. Die Straßen waren nicht mehr mit Holzplanken belegt, sondern waren schlammig und von schweren Rädern tief gefurcht. Nach drei Tagen erreichten wir endlich Benotum. Das Dorf lag eingebettet in eine sanfte hügelige Landschaft am Westufer des Flusses Nicer. Die Landschaft erinnerte mich stark an die, in der sich einst mein Dorf befand. Im Gegensatz zu meinem Dorf allerdings war der Zaun um Benotum nicht aus Holz, sondern aus Stein. Es war eine hohe Mauer mit vier Seiten, die jeweils mehr als einhundert Schritte lang waren. Auf jeder Seite befand sich jeweils in der Mitte ein bewachter Durchlass. Im Inneren der Mauern befanden sich einige Häuser, ganz ähnlich derer aus meinem Dorf. Darin gingen die Leute verschiedenen Gewerken nach. In der Mitte des Dorfes befand sich ein großes Gebäude aus Stein. Es überragte beinahe alle anderen Häuser des Dorfes. Nur die beiden Wachtürme zur Flussseite hin waren noch höher gebaut. Wir steuerten direkt auf das große Steinhaus zu. Sämtliche Einwohner kamen aus ihren Häusern gelaufen oder ließen ihre Arbeit ruhen, als sie sahen, wer auf dem Wagen gefahren kam. In dem riesigen Haus warteten bereits zwei Diener. Es waren eine alte Frau und ein ebenso alter Mann. Marcitus wies sie auf Römisch an, sich um Tullia zu kümmern, was sie dann sofort auch taten.

Die kommenden Tage verbrachte ich viel Zeit mit Lelia, die mir die römische Sprache näherbrachte. Sie meinte, dass mein Leben in dem Dorf so leichter für mich sein würde. Zu Beginn tat ich mich noch sehr schwer, die seltsamen Wortlaute der Römer zu verstehen, bekam es mit der Zeit aber immer besser hin.

Nachdem ich dann Römisch ganz gut sprechen konnte, brachte Lelia mir auch Lesen und Schreiben bei. Es war nahezu magisch, das gesprochene Wort in Schrift darzustellen und für jedermann zu bewahren.

So begann ich eifrig, die Erlebnisse meines Lebens aufzuschreiben.

Tullia ging es nach einiger Zeit wieder etwas besser. Allerdings war sie vom langen Liegen und dem hohen Fieber, wie die Römer die Hitze nannten, sehr schwach. Ihr Husten, der nicht schwinden wollte, rasselte in ihrem Brustkorb. Sie klagte oft über Schmerzen beim Atmen und konnte nur noch wenige Schritte gehen, bevor sie sich ausruhen musste.

Marcitus wachte jeden Tag Stunden an ihrer Seite. Er war so ein guter Mann. Ebenso wie mein Teutobald war er fürsorglich und zärtlich. In manchen Momenten beneidete ich Tullia beinahe um die körperliche Nähe, die er ihr zuteil werden ließ. Seine Augen strahlten so viel Wärme aus, so viel Gefühl und Liebe. Oft wachte er nach einem langen Arbeitstag die ganze Nacht an ihrem Bett, wenn es ihr wieder einmal schlechter ging.

Dann an einem Morgen rief mich Marcitus in das Zimmer, in welchem Tullia lag. Er ließ mich ein, blieb aber selbst vor dem Raum stehen. Vor den Fenstern hingen dicke Tücher. Im Inneren roch es unangenehm nach heilenden Kräutern, menschlichen Fäkalien und Verfall. Da ich Tullia seit vielen Tagen nicht mehr gesehen hatte, erschrak ich bei dem Anblick, der sich mir bot. Ihre Augen waren grau und leer, die Arme bis auf die Knochen abgemagert. Ihr Gesicht sah aus wie die Fratze eines bösen Geistes. Hohe Wangenknochen, eingefallene Wangen, rote Ränder um die Augen und aufgerissene Lippen.

»Tullia möchte dir etwas sagen«, hatte mir Marcitus beim Eintreten leise zugeflüstert.

Ich kniete mich vor ihr Bett.

»Ich bin hier, Tullia«, sagte ich in ungeschliffenem Römisch.

Ein Lächeln huschte über ihr Gesicht.

»Du sprichst unsere Sprache?« Der stinkende Atem einer Sterbenden schlug mir entgegen.

»Ja. Lelia hat es mich gelehrt.«

»Du bist ein kluges Kind.«

»Danke. Aber weshalb hast du mich rufen lassen?«

»Ich werde sterben.« Dabei nahm sie meine Hand in die ihre. Sie war eisig kalt.

»Aber …«

»Hör mir zu«, sagte sie und festigte den Griff ein wenig mehr. »Lelia braucht eine Mutter.«

»Aber du bist ihre Mutter, Tullia.«

»Meine Zeit, um zu gehen, ist nah. Ich möchte aber in der Gewissheit sterben, dass mein Mann und meine Tochter gut versorgt sind. Du, Geofin, scheinst mir ein ehrlicher und guter Mensch zu sein.« Sie rang nach Luft. »Ich möchte, dass du wie eine Mutter für Lelia bist, wenn ich nicht mehr bin.« Ihre Augen fixierten die meinen. Dann beugte sie sich ein wenig zu mir her und sagte: »Und ich möchte, dass du Marcitus eine gute Frau bist.«

Dieser Wunsch bohrte sich wie ein heißer Dolch in meine Brust. Ich sollte Marcitus' Frau werden? Aber das konnte nicht sein. Ich war Teutobalds Frau, auch über den Tod hinaus. Ich konnte Marcitus nicht ehelichen.

»Ich sehe es in deinen Augen. Du ringst mit dir selbst. Du bist deinem verstorbenen Ehemann versprochen, aber fühlst dich auch zu Marcitus hingezogen.«

Ich fragte mich, wie sie nur zu solch einer dreisten Unterstellung gelangt war.

»Lass dir Zeit, Geofin. Aber schlage meine Bitte nicht aus.«

Es drängte mich danach, aufzuspringen und davonzulaufen. Was Tullia da von mir verlangte, konnte ich nicht tun. Niemals.

Ich spürte ihre Hand die meine fest umklammern. Sie begann plötzlich heftig zu zittern.

Ich rief nach Marcitus.

Er stürmte herein, beugte sich über seine Frau und fühlte ihre Stirn.

Ihre Augen begannen zu rollen, ihr Atem ging sehr schnell und stoßweise. Blut trat aus ihrem Mund hervor. Plötzlich riss sie noch einmal die Augen auf. Ihre Hand biss sich regelrecht in meinen Unterarm. »Ich liebe dich«, hauchte sie kaum hörbar im Moment ihres Todes ihrem Mann entgegen. Dann sank ihr Körper in sich zusammen. Der Griff ihrer Hand ließ nach.

Sie war von uns gegangen.

Marcitus hob ihren Kopf, setzte sich an das Kopfende ihres Bettes und legte ihren Kopf auf seinen Schoß. Vollkommen lautlos begann er zu weinen. Sein Gesicht spiegelte den Schmerz, den er fühlte, wider. Die sonst so stechenden schwarzen Augen waren von der Trauer um den Verlust seiner Frau gezähmt.

Kurz war ich versucht, zu ihm zu gehen und ihn zu trösten. In diesem Moment blickte er zu mir auf. »Geh und hol Lelia.«

»Ja.« Erleichtert, der Situation entrinnen zu können, ging ich davon.

Lelias Schmerz über den Verlust ihrer Mutter war ebenso groß wie der ihres Vaters. Lange Zeit zog sie sich zurück. Sie mied jeglichen Kontakt zu ihren Freunden und wollte auch von mir keinen Trost erfahren. Ich selbst war der Ansicht, ich wäre in dieser für die Familie sehr schweren Zeit am nützlichsten, wenn ich mich im Haushalt einbringen würde. So kam es dazu, dass ich für die Familie nicht nur das Essen kochte, sondern auch gemeinsam mit den beiden altersschwachen Dienern die Wäsche wusch und das Haus sauber hielt. Marcitus schien mir sehr dankbar darüber, was ich tat, auch wenn er es mir nie wörtlich zu verstehen gab.

Als er in einer Nacht von der Arbeit heimkehrte, bat er mich, mich mit ihm an den Tisch zu setzen, um einen Becher Wein mit ihm zu trinken. Wir saßen uns im Schein einer einzelnen Wandfackel gegenüber. Sein Gesicht sah müde aus. Das Licht des Feuers malte tiefe Falten der Sorge in seine Haut. Mir war etwas unwohl zumute, vollkommen allein mit ihm in einem Raum zu sein. Seit er mich in Colonia Agrippina gekauft hatte und wir hierher gezogen waren, vermied ich es, mich ohne Begleitung in seiner Nähe aufzuhalten. Dieser Drang verstärkte sich noch, nachdem mir Tullia ihren letzten Wunsch mitgeteilt hatte. Sicherlich hatte sie vorab mit ihrem Mann darüber gesprochen, dachte ich mir. Auch wenn er niemals auch nur den kleinsten Versuch unternommen hatte, mich zu besteigen, hatte ich dennoch Angst. Zu viel war geschehen, als dass ich Männern noch hätte vertrauen können.

Seine rechte Hand hielt den Becher, die linke lag flach auf dem Tisch. Er hatte große, kräftige Hände, die aber auch so zärtlich sein konnten. Seine Arme waren stark wie die eines Bauern. Die Haut war von der Sonne braungebrannt. Er schaute mich nicht an.

»Was hat dir Tullia gesagt, bevor sie starb?«, fragte er mich mit tiefer, ruhiger Stimme.

Ich spürte einen Stich, als er die Worte sagte. War nun der Zeitpunkt gekommen, da er das Versprechen, welches ich seiner Frau am Sterbebett geben musste, einforderte?

Ich überlegte einen Moment, was ich ihm antworten sollte.

»Ich denke, das weißt du, Marcitus«, sagte ich tonlos.

Er hob seinen Kopf, um mir in die Augen zu sehen. Tränen verwischten seinen Blick. »Bei allem, was mir heilig ist, sie hat mir nichts gesagt.«

Log er mich an, überlegte ich. Aber er hatte mich in der langen Zeit, in der wir uns kannten, noch nie angelogen.

»Sie wollte, dass ich Lelia eine Mutter bin.« Die Worte kamen über meine Lippen, ohne dass mein Geist sie gelenkt hätte. »Und dir eine gute Frau.«

Er schaute mich starr an und ich wusste sofort, dass er tatsächlich keine Ahnung davon hatte, was Tullias Anliegen mir gegenüber war.

»Was hast du geantwortet?«

Ich zögerte, unsicher, ob ich die Wahrheit sagen sollte.

»Ich bin Teutobalds Frau«, sagte ich zögernd.

Ein Lächeln umspielte seine Lippen. »Von deinem Stolz können wir uns eine große Scheibe abschneiden, Germanin.«

»So ist unser Brauch.«

»Das ist ein schöner Brauch, Geofin.« Er hob den Becher zum Mund und trank daraus. »Vielen Dank für deine Aufrichtigkeit. Ich weiß das sehr zu schätzen. Wenn nur jeder hier so aufrichtig wäre wie du.« Dann stand er auf. »Geh nun schlafen. Es ist spät.«

Ich erhob mich zögerlich, huschte an ihm vorbei und ging in mein Zimmer. In meinem Bett dachte ich über die Situation am Tisch noch einmal nach. Er hatte mich weder gefragt, was ich von der Bitte hielt, noch versuchte er, sich mir anzunähern. Es war seltsam, ich war seine Sklavin, aber er behandelte mich bei Weitem nicht so.

Plötzlich öffnete sich die Tür zu meinem Zimmer. Marcitus' schwarzer Haarschopf lugte herein. Nun war es also doch so weit. Ich spürte, wie sich meine Glieder versteiften und mir Schweiß ausbrach. Er streckte die Hand herein, blieb aber ansonsten hinter der Tür verborgen. In seinen Fingern hielt er ein großes ledernes Bündel.

»Nimm das, Geofin. Ich glaube, es ist an der Zeit. Ich habe es nie angeschaut, was dir so wichtig ist, aber stets darauf achtgegeben, damit du es eines Tages zurückbekommst.« Seine Stimme war kaum mehr als ein Grummeln. »Du bist frei.«

Das Bündel glitt in meine Hand. Die Tür schwang leise zu.

Mein Herz pochte mir bis zum Hals, als ich mich daran machte, den Ledersack zu öffnen. Im blassen Licht des

Mondes sah ich einige Münzen darin. Und ich sah etwas, was ich seit langer Zeit nicht mehr zu Gesicht bekommen hatte, aber sofort erkannte: meine Lanze. Die Lanze, die meinen Mann Teutobald getötet hatte. Marcitus hatte sie für mich all die Jahre aufgehoben und mir nun, da ich frei war, zurückgegeben. Meine Augen füllten sich mit Tränen. Ich hatte etwas erhalten, aber gleichzeitig auch etwas verloren. Nun war ich frei. Ich konnte zurück in mein Land gehen, um die Mörder meiner Familie zu suchen. Der Preis dafür war allerdings, die Menschen, die mir über die letzten Jahre ans Herz gewachsen waren, zu verlassen.

Dennoch begann ich mit schwerem Herzen, meine wenigen Habseligkeiten zusammenzusuchen. Es gab für mich keine andere Möglichkeit. Ich war Germanin und gehörte nicht hierher. Das hier war das Land der Römer.

Die Lanze steckte ich in den Gürtel meines Kleides, ein zweites Kleid steckte ich in den Beutel. Ebenso wie das Aufgeschriebene über mein Leben. Die Münzen, die in dem Sack waren, legte ich auf mein Bett.

Als ich mich zum letzten Mal in meinem Zimmer umsah, bemerkte ich, dass das Licht im Raum heller war als zuvor. Ich schaute aus dem Fenster und sah, wie das Haus des Bierbrauers in Flammen stand. Es kam öfters vor, dass die alten Holzhäuser durch Unachtsamkeit in Brand gesteckt wurden. Zum Beispiel, wenn feuchtes Holz verbrannt wurde und sich so das Stroh am Boden durch Funkenflug entzündete. Das Feuer, das ich allerdings sah, ging vom Dach des Hauses aus. Stimmen drangen zu mir, hektische, panische Stimmen, Frauengeschrei. Ich hörte Klingen aufeinanderprallen, Männer brüllten laut.

Dann sah ich sie: Angreifer ritten aus der Nacht herbei. Mit Pfeilen hatten sie die Dächer in Brand gesteckt. Nun bahnten sie sich ihren Weg an den Wachen vorbei durch die Mauer, welche das Dorf umgab. Wie ein Sturm fegten sie über die unterlegenen Soldaten hinweg. Sie hackten ihnen die Köpfe ab, spießten sie an langen Lanzen auf oder trampelten sie einfach mit ihren Pferden nieder.

Ich ließ mein Bündel fallen und eilte aus meinem Zimmer. Marcitus erschien mir im Hausgang. Er hatte ein langes Schwert in der Hand.

»Hol Lelia. Flieht zum Hinterausgang hinaus. Verlasst das Dorf und versteckt euch gut.«

Ich stand starr vor Angst da.

»Geht«, rief er noch einmal. Dann verschwand er aus dem Haus und aus meinem Blickfeld.

Der Lärm des Kampfes war nun ohrenbetäubend. Ich konnte Kinder kreischen hören. Pferde wieherten panisch und Männer brüllten im Todeskampf. Mit schnellen Schritten eilte ich in Lelias Raum. Sie saß zusammengekauert an der Innenwand ihres Zimmers.

»Komm, Lelia. Wir müssen schnell weg von hier«, rief ich ihr entgegen. »Komm schon. Schnell.«

Unendlich langsam erhob sie sich und kam zu mir gelaufen. Ihr Gesicht war tränenüberströmt.

Ich zerrte sie an der Hand aus der Hintertür des Hauses. Dort war der Kampf noch nicht angekommen. Geduckt rannten wir bis zur Dorfmauer. Wir huschten durch den Durchgang und flohen, so schnell wir nur konnten über die Felder den Hügel hinauf. Mehrmals schaute ich mich um – niemand folgte uns. Im Schutz einer Baumreihe blieben wir erschöpft stehen. Wir atmeten beide schwer von der Anstrengung. Ich schaute auf das Dorf hinab. Es lag wie eine in Stein gefasste Feuerstelle neben dem Fluss. Todesschreie drangen zu uns hinauf. Die Männer, die in unser Heim eingedrungen waren, brachten unser gesamtes Dorf um.

»Bleib hier und beweg dich nicht«, wies ich Lelia an.

»Was hast du vor, Geofin?«, brachte sie zwischen Schluchzen hervor.

»Ich helfe deinem Vater.«

»Was? Oh nein, tu das nicht.«

Zu spät. Ich war bereits auf dem Weg zurück.

»Geofin, nein«, hörte ich Lelia hinter mir schreien.

Ich rannte, so schnell ich hinaufgelaufen war, den Berg wieder hinunter. Dabei zog ich die Lanze, die an meinem Kleid hing, hervor. Von Weitem sah ich, dass auch unser Haus bereits von den Angreifern überrannt war. Zwei Männer bahnten sich ihren Weg in meine Richtung. Ohne weiter nachzudenken, lief ich auf die beiden zu. Der Linke hob seine Axt, um mich zu erschlagen. Ich wich aus, rammte dabei dem anderen die Lanze von unten in den Kopf. Die Axt landete krachend im Boden. Ich fuhr herum und schlitzte dem Mann mit der Axt den Rücken auf. Taumelnd drehte er sich zu mir um. Ich warf mich schnell zu Boden. Dabei schnitt ich ihm kurz oberhalb der Ferse das Bein auf. Er knickte neben mir ein, ein Schmerzensschrei entfuhr seiner Kehle. Dann rammte ich ihm zur Besiegelung seines Todes die Lanze tief in die Brust. Sofort sprang ich wieder auf und lief weiter zu unserem Haus. Vorder- und Hintertür standen weit offen, sodass ich die Vorgänge auf der anderen Seite durch den Hausgang beobachten konnte. Dort sah ich sechs Männer kämpfen. Einige weitere lagen reglos am Boden. Marcitus war nicht zu sehen. Aus der Tür eines Zimmers kam der wilde Schopf eines

Angreifers zum Vorschein. Er trug dieselbe Kleidung wie die anderen beiden. Schnell versteckte ich mich hinter der Außenmauer des Hauses. Als er seine toten Kumpanen sah, kam er brüllend auf den Hinterausgang zugelaufen. Ich wog ab, wie groß der Mann war. Im selben Moment, als er durch die Tür laufen wollte, hob ich die Lanze in Höhe seines Kopfes in seine Laufbahn. Ich spürte, wie die Waffe etwas Weiches traf. Blut spritzte auf meinen Arm. Ich hatte dem Angreifer in den Mund gestochen und ihm dabei die eine Wange weit aufgeschlitzt. Er kam taumelnd zum Stehen. Dabei hob er sich beide Hände ins Gesicht. Ich sprang auf ihn zu und stach ihm die Schneide in seinen Rücken. Der Mann ließ sein Schwert fallen, bevor er selbst zu Boden ging.

In der Ferne am Fluss sah ich, wie die ersten Angreifer bereits wieder den Rückzug antraten. Vier der Männer befanden sich aber noch im Kampf mit den unseren. Der Schmied unseres Dorfes hob ein schweres Schwert mit beiden Händen zum Schlag. In diesem kurzen Moment, da er seine schützende Deckung aufgab, vollführte der Gegner eine schnelle Bewegung und hieb dem Schmied den Kopf von den Schultern.

Mein Blut kochte. Erinnerungen an mein Dorf kehrten schmerzhaft zurück.

Schreiend rannte ich auf den Angreifer zu, der mich ungläubig anschaute. Nun war es an ihm, einen Moment nicht reagiert zu haben. Die Klinge der Lanze drang tief in seinen Oberkörper ein, sodass ich ihm plötzlich ganz nahe war. Seine Augen funkelten mich wirr vom Blutrausch an. Aus seinem Mund floss Blut, als er ihn öffnete.

»Von einer Hure besiegt«, sagte er in der Sprache meines Volkes.

Unter Aufbietung all meiner Kräfte riss ich die Waffe nach oben. Mit einer klaffenden Wunde in seinem Leib blieb der Mann zuckend liegen.

»Ich bin keine Hure«, schrie ich ihn an.

Es war vorüber. Die restlichen verbliebenen Angreifer waren besiegt oder wie Tiere in die Flucht geschlagen. Von einem Sieg konnte aber nicht die Rede sein. Viele unserer Nachbarn waren tot, verstümmelt oder schwer verletzt. Die Fremden hatten Frauen und Kinder geraubt. Das, was von unserem Dorf übrig war, war ein Anblick des Schreckens. Die Häuser größtenteils zerstört, das Vieh tot. Überall lagen Leichen.

Marcitus, fuhr es mir durch den Kopf. Wo war er nur?

Ich bahnte mir einen Weg durch die Trümmer der Häuser, immer wieder nach ihm rufend. An den Wachtürmen fand ich ihn. Er hatte eine tiefe Wunde am Oberschenkel davongetragen, die stark blutete. Er war nicht bei Bewusstsein.

»Marcitus.« Ich sank neben ihm in die Knie. »Wotan, hilf ihm. Er darf nicht sterben.«

In den kommenden Tagen pflegte ich gemeinsam mit Lelia Marcitus. Die beiden Diener der Familie wurden unter den Trümmern eines Hauses gefunden. Sie waren beide durch einen Schnitt durch den Hals getötet worden. Die Verletzung am Bein von Marcitus war schlimm, aber nicht lebensbedrohlich. Schafften wir es, sein Fieber in den Griff zu bekommen, würde er wieder gesund werden.

Lelia wich nicht vom Bett ihres Vaters. Auch ich hielt stundenlang Wache. Tag für Tag wachten wir beide – die einzigen beiden, die ihm verblieben waren – an seinem Bett und pflegten ihn.

Als er wieder zu sich kam und mich sah, fragte er mich, warum ich noch hier sei. Er hatte mein Bündel gesehen, das ich gepackt hatte, und war davon ausgegangen, dass ich weggegangen wäre.

Ich schüttelte den Kopf und sagte: »Mein Platz ist hier.«

In welchem Volk werden die eigenen Kinder verschleppt, gequält, verkauft? Welches Volk bringt seine eigenen Männer und Frauen um? Ich war mir sicher, dass diese Männer, die in Benotum gewütet hatten, auch mein einstiges Dorf zerstört hatten. Sie hatten, ebenso wie damals, die Häuser niedergebrannt und alles, was in dem Dorf lebte, selbst Kühe und Pferde, niedergemetzelt. Wenn das der Brauch des Volkes der Germanen war, wollte ich nicht mehr dazu gehören.

Im Dorf begannen die verbliebenen Bewohner die Toten zu bestatten und die Häuser zu reparieren. Viele Familien waren vernichtet oder hatten starke Verluste erlitten. Wir waren in unserer Not aber nicht allein. Freunde aus benachbarten Dörfern kamen zur Hilfe, um unsere Häuser mit uns wieder aufzubauen.

An einem Abend wurde der Dorfrat einberufen. Marcitus wollte unbedingt daran teilnehmen. Also brachten ihn zwei Männer auf einer Liege hin. Ich wollte ihn aber nicht allein lassen. Daher begab ich mich ebenfalls zu der Versammlung, blieb aber in gebührendem Abstand zu den wichtigen Männern. Es wurde darüber gesprochen, was das für Männer waren, die unser Dorf angegriffen hatten. Ich hörte die Worte Gallier, Alamannen, Goten und Namen anderer fremder Völker. Als ich nicht mehr an mich halten konnte, ging ich zu der Gruppe heran. Die Männer funkelten mich böse an.

»Was will das Weib hier?«, knurrte einer. Ein anderer

meinte, dass Frauen bei solch wichtigen Treffen nichts zu suchen hätten. Ich aber stellte mich selbstsicher vor den Männern hin und sagte: »Es waren Sueben.«

Sofort waren alle still. Einer der Älteren trat vor.

»Woher willst du das wissen, Sklavin?«

»Weil …«

»Weil sie selbst eine ist. Verfluchte Barbarin«, fiel mir ein anderer ins Wort.

Marcitus hob auf seiner Trage den Arm.

»Schweigt still«, sagte er leise. »Geofin wurde einst von mir gekauft. Ich habe ihr am letzten Abend vor dem Einfall die Freiheit geschenkt. Sie ist aber nicht davongelaufen, sondern hat meine Tochter Lelia gerettet und danach an unserer Seite gekämpft. Sie hat vier Männer getötet. Ihr solltet ihr Euren Respekt zollen statt sie zu beschimpfen. Wer weiß, wie der Kampf ausgegangen wäre, wäre sie nicht gewesen.«

Leises Grummeln war unter den Anwesenden zu hören. Der Alte machte einen weiteren Schritt auf mich zu.

»Woher weißt du, dass es Sueben waren?«, fragte er.

»Einer hat vor seinem Tod etwas zu mir gesagt«, antwortete ich.

»Aber die Sueben sind normalerweise ein friedliches Volk.«

»Diese Männer haben bereits das Dorf, aus dem ich entstamme, niedergemetzelt. Nennst du das friedlich?« Hass sprach aus mir.

Beklemmende Stille herrschte für einen Moment.

»Wir alle danken dir für deine Taten, Geofin. Geh nun wieder nach Hause«, sagte der Alte. Dann ging er zurück an seinen Platz.

Ich schaute zu Marcitus, der mir leicht zunickte.

XXX

Stuttgart
Gegenwart

Wieder war Bürkle in dem protzigen Haus und wieder saß er in diesem Jugendstil-Sofa. Der einzige Unterschied war, dass dieses Mal nicht Frau Dr. Wittlinger ihm gegenüber saß, sondern ihr Mann, Herr Wittlinger-Diehl.

Wittlinger-Diehl war ein großer schlanker Mann. Er hatte schwarze Haare, die er elegant zu einem Scheitel gekämmt hatte. In dem Schwarz waren einige Silberstreifen zu sehen. Sein Gesicht war hager.

Armes Schwein, dachte Bürkle. Zuerst hatte er ihn nur mit ›Herr Wittlinger‹ angesprochen.

»Wittlinger-Diehl, bitte«, hatte Wittlinger-Diehl daraufhin gesagt.

Bürkle war, was verschiedene Dinge anging, ein wenig altmodisch. Dazu gehörte auch die Wahl des gemeinsamen Nachnamens. So wenig, wie er es bei Frauen mochte, wenn sie einen Doppelnamen wählten, genau so wenig konnte er es bei Männern verstehen. Er war der Meinung, dass ein Paar, wenn es heiratet, sich auf einen Namen einigen sollte. Egal, ob den der Frau oder den des Mannes.

Bürkle kam der Kerl, der sich als Geschäftsführer der ›Wittlinger Bau‹ vorstellte, eh ein wenig verdruckst vor. Er war in sich gekehrt, schüchtern und hatte eine leicht devote Haltung gegenüber anderen, wobei aber sein eigentlicher Charakter im Verborgenen blieb.

»Herr Wittlinger-Diehl, kennen Sie den Exliebhaber Ihrer Frau?«, fiel Bürkle mit der Tür ins Haus.

»Selbstverständlich kenne ich ihn. Die Firma ›Steelbuild‹ aus Frankfurt ist ein großer Brocken im Geschäft.« Wittlinger-Diehl sprach den für Stuttgart typischen hochgestochenen schwäbischen Dialekt.

»In welchem Geschäft?«

»Hauptsächlich, was Hochspannungstürme angeht.«

»Auch Windkraftanlagen?«

»Nein.« Wittlinger-Diehl schüttelte den Kopf. »Was das angeht, kommen wir uns nicht in die Quere. Da haben wir einfach das bessere Know-how. Außerdem fehlt es ›Steelbuild‹ da auch ein wenig an, na ja sagen wir Größe. Die Firma Wittlinger baut schon seit Beginn der Nutzung von Windenergie Windanlagen, müssen Sie wissen. Mein Schwiegervater …«

»Ja, ja.« Bürkle unterbrach ihn, bevor er sich einen Vortrag über die Entstehung der Firma anhören musste. »Woran arbeiten Sie zurzeit?«

Als wenn Wittlinger-Diehl es gewohnt wäre, ständig unterbrochen zu werden, fuhr er ohne mit der Wimper zu zucken fort. »Im März dieses Jahres hat endlich der Bau der Parks hier in Stuttgart begonnen. Wir haben sämtliche Bauaufträge erhalten. Was uns sehr stolz macht.«

»Was sind das für Aufträge?«

»Windanlagen natürlich.« Ein verständnisvolles Grinsen zog sich über sein Gesicht, als wenn er sagen wollte, ›Du Dummerchen‹. »Endlich beginnt Baden-Württemberg mit dem großflächigen Einsatz von Windkraftanlagen. Bisher hat man es immer vermieden, hier Windparks zu bauen, da man annahm, die Ausbeute wäre zu gering, aber das Wetter hat sich offensichtlich in den letzten Jahrzehnten geändert. Wir haben in den Sommern viel mehr Wind als früher. Auch im Winter bläst es genug, um die Anlagen genügend auszulasten. Außerdem darf man nicht vergessen, dass die Windparks in der Nord- oder Ostsee hier unten gar nichts bringen, da der Strom wegen des großen Widerstands in den langen Leitungen hier nicht ankommt. Also bauen wir hier nun auch Großanlagen.«

»Solche wie in der Nordsee?«

»Das sind Offshore-Anlagen, aber von der Bauart der Turbinen ganz ähnlich.«

»Ich habe so ein Ding gestern zufällig im Fernsehen gesehen. Das sind ja wahre Giganten.«

»Ja, das sind sie. Mein Schwiegervater war der erste Bauunternehmer …«

»Ist die Firma ›Steelbuild‹ auch an dem Bau beteiligt?«

Wieder ließ sich Wittlinger-Diehl ob der Unterbrechung nichts anmerken. Statt dessen lächelte er dünn. »Nein. Das ist nicht deren Schuhgröße.«

»Was meinen Sie damit?«

»Sie müssen Betriebsmittel und Baustoffe als Unternehmen erst einmal auslegen, bevor Sie die erste Rechnung stellen können. ›Steelbuild‹ hätte da nicht das notwendige Kleingeld dafür. Die dürfen draußen am Nordbahnhof an den Stromverteilern ein bisschen Leitungen verlegen.«

Bürkle beschloss, Wittlinger-Diehl endgültig für schmierig und überheblich zu halten. Sicherlich war die Arbeit seine einzige Bestätigung, die er im Leben hatte, was er natürlich voll ausspielte.

Ihm kam aber noch ein weiterer Gedanke. Die Firma des Exliebhabers war mit einem Auftrag in dem Bereich betraut, in dem die Morde verübt wurden. Jetzt stand für unbestimmte Zeit dort erst einmal alles still.

»Stellt der Stopp des Schienenverkehrs aufgrund der S-Bahn-Morde einen finanziellen Verlust für die Firma ›Steelbuild‹ dar?«, fragte er.

»Oh nein.« Wittlinger-Diehl winkte mit einer Hand ab. »Ganz im Gegenteil. Dadurch, dass auf der Strecke jetzt nur noch überregionale und Güterzüge laufen, können die Jungs ihren Zeitplan übererfüllen und somit schneller einen neuen Auftrag annehmen. Ich habe gehört, dass die wohl irgendetwas Dickes an Land gezogen haben sollen, wo sie aber ziemlich unter Druck stehen. Daher kommt denen das schnelle Arbeiten jetzt ziemlich zugute.«

»Das ist ja interessant.« Bürkle begann zu grübeln. Mit Wittlinger-Diehls Aussage rückte die Tat in ein völlig neues Licht.

»Was halten Sie von dem Prozess, den Ihre Frau derzeit gegen ihren Exlover führt?«

»Ach, herrje, was soll ich da sagen? Wenn Sie mich fragen, ist das alles nur Schaumschlägerei, um auf sich aufmerksam zu machen. Der Kerl steht gerne im Rampenlicht, und meine Frau, so blöd wie sie ist, verhilft ihm auch noch dazu.«

»Wollen Sie damit sagen, dass sie wirklich ein Drogenproblem hat?«

»Die Droge meiner Frau nennt sich Sex. Soweit ich aber weiß, ist das legal.« Er legte eine Pause ein, als würde er auf eine Reaktion von Bürkle warten – die aber nicht kam. »Nein, ich meine, dass er durch sie in die Zeitungen kommt. Sie ist bekannt. Ihn kannte bis vor ein paar Wochen noch kein Mensch.«

»Glauben Sie, Ihre Frau hat mit ihm noch etwas zu tun?«

»Das ist mir egal. Wir sind zwar auf dem Papier verheiratet, aber gehen ansonsten unsere eigenen Wege. Was sie mit wem macht, weiß ich nicht und will es ehrlich gesagt auch nicht wissen.« Ein seltsam verbissener Gesichtsausdruck machte sich auf Wittlinger-Diehls Gesicht breit. Es war ihm unangenehm, über dieses Thema zu sprechen.

»Alles klar. Vielen Dank für Ihre Informationen, Herr Wittlinger-Diehl.«

»Bitte sehr.«

»Darf ich mich, falls ich weitere Fragen haben sollte, wieder an Sie wenden?«

»Was sollten das denn für Fragen sein?«

»Wenn wir im Laufe unserer Ermittlungen noch auf etwas stoßen, wobei Sie uns behilflich sein könnten.«

Wittlinger-Diehl lächelte. »Selbstverständlich. Kommen Sie, ich begleite Sie zur Tür.«

»Vielen Dank.«

Was für ein Freak, dachte Bürkle. Sitzt da, als wäre er Pierce Brosnan, hat aber ein Selbstbewusstsein wie ein verängstigter Junge. Aber immerhin war Bürkle in seinen Ermittlungen einen Schritt weitergekommen. Er war sich jetzt ziemlich sicher, dass die liebe Frau Dr. Wittlinger mit der Firma ›Steelbuild‹ unter einer Decke steckte. Er freute sich bereits auf das Gesicht der Staatsanwältin am nächsten Morgen bei der Einsatzbesprechung.

Siedend heiß fiel ihm ein, dass er bei Rondas Mutter im Krankenhaus noch anrufen musste. Sie wollte doch gerne wissen, wie es ihrer Mutter ging. Schnell wählte er die Nummer, die noch immer auf der Anrufliste seines Handys war. Man sagte ihm, dass sie zwischenzeitlich wieder wohlauf sei. Sie hätte wohl bereits nach ihrer Tochter gefragt, sagte die Schwester am Telefon. Das würde Ronda freuen, dachte Bürkle, nachdem er aufgelegt hatte.

Seine weitere Abendplanung sah vor, erst noch einmal bei Ronda im Krankenhaus vorbeizuschauen. Danach wollte er einkaufen gehen und dann nach Hause fahren, um zu kochen und vielleicht noch ein wenig im Internet Informationen über die beiden Baufirmen einzuholen.

Ronda ging es bereits schon wieder ziemlich gut. Eine Schwester, die Bürkle am Eingang zum Flur, auf dem Ronda lag, abfing, berichtete ihm, dass sie den Nachmittag über damit beschäftigt gewesen war, die Ärzte damit zu nerven, sich selbst aus dem Krankenhaus entlassen zu wollen. Als er in ihr Zimmer trat, saß sie auf ihrem Bett und wollte gerade gehen.

»Dir geht es wohl schon wieder gut«, sagte er mit zynischem Unterton.

»Ich muss hier raus. Im Krankenhaus sterben die Leute. Mir geht es gut. Ich muss was tun.« Sie versuchte aufzustehen, aber Bürkle hinderte sie daran, indem er sie an den Schultern zurück auf das Bett drückte.

»Antonia, bitte sei vernünftig. Die Ärzte haben gesagt, dass du eine Gehirnerschütterung hast. Damit ist nicht zu spaßen.«

»Ja, ja.«

»Ja, ja heißt leck mich am Arsch.«

Sie lachte leise.

»Antonia, bitte bleib wenigstens noch eine Nacht hier. Es hat doch keinen Sinn, wenn du jetzt gehst.«

Sie wechselten kurze Blicke miteinander.

»Du hast ja recht. Mir ist aber so langweilig.«

»Das glaub ich dir ja, aber es ist jetzt nun mal so. Ich verspreche dir, ich komme dich gleich morgen früh besuchen, okay?«

Sie seufzte und schaute zu ihren Beinen hinunter. »Okay. Wenn ich ehrlich bin, bin ich wirklich noch ein wenig wackelig auf den Beinen.«

»Siehst du? Dann mach nicht so einen Blödsinn.«

Ein gequältes »Ja« entstieg ihrer Kehle.

Bürkle stand auf und ging zur Tür.

»Bis morgen, Antonia.«

»Bis morgen.« Sie klang niedergeschlagen.

»Und du versprichst mir, hier zu bleiben?«

»Versprochen.«

»Dann schlaf gut.« Er schloss die Tür.

»He, he«, rief sie ihm hinterher. Er riss die Tür auf. »Hast du nicht noch was vergessen?«

»Ach Mensch, stimmt ja.« Dann berichtete er ihr von den Neuigkeiten, die es von ihrer Mutter zu berichten gab. Ihr zuvor noch trauriger Gesichtsausdruck war vollkommen verschwunden. Vielmehr war an dessen Stelle ein breites Freudestrahlen getreten.

Zuhause angekommen, setzte er in einem Topf Wasser auf, um Chicorée darin zu kochen. Aus dem Keller holte er eine Flasche seines Lieblingsweines aus Spanien. Ein 2005er Flavium Crianza aus Nordspanien. Er öffnete die Flasche und stellte sie zur Seite, damit der Wein noch ein wenig atmen konnte. Nachdem das Wasser kochte, legte er drei Chicorée hinein. Wichtig bei diesem Gemüse war es, ihn richtig durchzukochen.

Währenddessen schnitt er Kochschinken in kleine Streifen und rieb Käse. Nachdem der Chicorée durchgekocht war, schnitt er ihn der Länge nach in zwei Teile und legte ihn in eine Auflaufform. Darüber verstreute er ein wenig Salz und Pfeffer. Auf das Gemüse legte er den Schinken und streute den Käse darüber. Die gesamte Form kam noch einmal für 15 Minuten, bis der Käse goldgelb war, in den Ofen.

Solange sein Essen im Ofen brutzelte, vertrieb er sich die Zeit damit, auf seinem Netbook die Internetseite der ›Wittlinger Bau‹ anzuschauen. In dem Bereich ›Über uns‹ berichtete Wittlinger-Diehl von der Entstehungsgeschichte der Firma. Der Bericht war gespickt von spektakulären Fotos einiger Großprojekte, welche die Firma im Laufe der Zeit durchgeführt hatte. Im rechten Bereich des Internetauftritts waren Links zu einer internen Jobbörse und Logos verschiedener Auszeichnungen. Eine davon wurde der Firma als ›Good Place to work‹ verliehen. Bürkle klickte darauf, und eine neue Seite öffnete sich. Hier berichteten offensichtlich Mitarbeiter der Firma Wittlinger, wie glücklich sie waren, bei solch einem innovativen und sozialen Arbeitgeber arbeiten zu dürfen. Er scrollte die Seite herunter, um zu sehen, ob sich Frau Dr. Wittlinger eventuell auch zu Wort meldete. Es kam eine ganze Latte an Berichten. Einmal stellte sich eine Bürofachkraft vor, dann ein Arbeiter mit Schutzhelm, dann wieder ein Ingenieur. Sein Blick blieb an einem Foto mit einem fettleibigen Kerl hängen. Der Text unter dem Bild besagte, dass es sich dabei um den Vorarbeiter Klaus Lutz handelte. Darunter stand:

›Ich bin seit über 30 Jahren bei ›Wittlinger Bau‹ beschäftigt. Die Firma ist wie meine Familie. Ich kann mich immer auf sie verlassen und sie sich immer auf mich.‹

Bürkle überlegte, wo er den Kerl schon einmal gesehen hatte. Es wollte ihm aber nicht einfallen. Er scrollte weiter, bis der Küchenwecker seine Recherche unterbrach. Schnell klappte er das Netbook zu. Voller Vorfreude öffnete er den Backofen. Der Auflauf sah wundervoll aus. Genau wie er ihn mochte. Eilig schaufelte er einen Teil davon auf einen Teller und brachte diesen an seinen Esstisch. Dazu gesellte er die Flasche Wein. Irgendwie behagte ihm das Essen an diesem Abend nicht. Es war weniger der Geschmack, der so gut wie immer war. Vielmehr konnte er sich nicht auf das Essen und den Wein konzentrieren. Seine Gedanken kreisten um Ronda. Sie sah so zerbrechlich aus, als er sie wenige Stunden zuvor aus dem Kellerraum getragen hatte. Vorhin im Krankenhaus war sie zwar bereits wieder kurz der temperamentvolle Feuerteufel, wie man sie kannte. Als er ihr dann aber ins Gewissen redete, kam sie ihm wieder wie ein kleines Mädchen vor, das sich allein im Dunkeln fürchtete.

Rondas Bild verschwand vor seinem inneren Auge und Wittlinger-Diehl tauchte auf. Was für ein bemitleidenswerter Kerl, dachte Bürkle. Er dachte an Frau Dr. Wittlinger. Falls es wirklich wahr war, was er dachte, würde sie zeit ihres Lebens hinter Gittern landen. Dann erschien die Staatsanwältin in seiner Fantasie. Irgendwie hatte sie ein wenig gemein mit Frau Dr. Wittlinger. Sie war ebenso langweilig und doch aufreizend gekleidet und konnte ebenso kratzbürstig sein. Er dachte an die mittägliche Besprechung in der Direktion, als sie beide, die Staatsanwältin und er, ihre Vermutung bezüglich Frau Dr. Wittlinger nahebrachten. Im Nachhinein betrachtet war die Anschuldigung zwar vielleicht falsch, aber wenn er mit seiner neuen Idee recht hatte, wären sie dadurch zumindest einen Schritt weitergekommen.

Und dann noch der seltsame Kerl, der diesen uralten Dolch angebracht hatte. Er dachte daran, wie er Hals über Kopf aus der Wache gestürmt war, als ihn der Polizist nach seinem Namen und Adresse gefragt hatte. Dass der Kerl überhaupt durch die Tür …

Bürkle sprang auf – das Weinglas kippte um. Der dunkle Rotwein ergoss sich über die gesamte Tischdecke.

»Scheiße«, fluchte er leise.

Mit einem Satz war er bei seinem Laptop angekommen, klappte ihn auf und wartete, bis der Rechner aus dem Standby-Schlaf erwacht war. Schnell suchte er in der Historie seines Browsers nach der Seite der Firma Wittlinger. Er klickte rechts auf das Auszeichnungslogo.

Da war er. Der Kerl arbeitete für Wittlinger-Diehl.

Perfekt, dann würde er ihm am nächsten Morgen gleich mal einen Besuch abstatten und fragen, warum er so nervös gewesen war, als er sein Fundstück abgegeben hatte. Er schrieb sich den Namen des Mannes auf ein Stück Papier. Nun war er bereit, das Essen zu genießen. Die unbeantwortete Frage in seinem Kopf war endlich beantwortet. So klappte er das Netbook wieder zu, holte einen Frottee-Lappen aus einer Küchenschublade und wischte den vergossenen Wein vom Tisch. Da bereits einiges davon auf dem Holzboden gelandet war, musste er auch dort wischen. Danach setzte er sich wieder an seinen Teller, goss sich Wein nach und begann wieder zu essen. Anschließend ging er müde von dem schweren Wein zu Bett.

Das Klingeln seines Handys riss ihn aus dem Schlaf. Mit einem Blick auf seinen Wecker sah er, dass es gerade mal kurz nach fünf Uhr am Morgen war. Schlaftrunken tastete er nach seinem Telefon. Es war Ronda.

»Verdammt, Antonia, weißt du eigentlich, wie spät es ist?«

»Nicht jaulen. Hör mir zu.« Ihre Stimme klang im Gegensatz zu seiner hellwach. »Ich weiß, wo Mannhardt ist. Ich hab dir doch von den russischen Glocken erzählt. Weißt du noch?«

»Ja, aber …«

»Ich erinnere mich daran, dass Mannhardt zu mir gesagt hat, dass er für mich unter der russischen Glocke beten wird.«

»Na, das ist ja nett von ihm.«

»Hab ich gesagt, du darfst reden?«, sagte sie keck. »Also, die russische Glocke hängt im Glockenstuhl der Alexanderkirche in Marbach am Neckar. Hab ich beim Internetsurfen im Schwesternzimmer rausgefunden. André, er ist hundert pro dort.«

»Das ist ja alles recht schön und gut, aber woher willst du denn wissen, dass er immer noch dort ist?«

»Na, wo soll er denn noch hin? Es wimmelt überall von Polizei. Außerdem war sein Bild in allen möglichen Nachrichten zu sehen. Er kann sich nirgendwo blicken lassen, ohne aufzufallen.«

Sie hatte recht. Um unerkannt umhergehen zu können, waren viele Ortschaften nördlich von Stuttgart zu klein. Hier fiel man oft sogar schon auf, wenn man nur ein Fremder war.

»Na ja, ich glaub zwar eher nicht, dass er dort wartet, aber ich fahr mal hin. Okay?« Er sprang aus dem Bett.

»Ich ruf dich gleich wieder an.« Er legte auf, warf das Handy aufs Bett und zog sich, so schnell er konnte, an. Nur mit T-Shirt und Hose bekleidet stürmte er aus seiner Wohnung zum Wagen. Er ließ den Motor an und fuhr los.

Bürkle parkte seinen Wagen auf dem kleinen Parkplatz vor dem zur Kirche gehörenden Friedhof. Er rannte den

Weg hinunter zur Kirche. Der Haupteingang des Gotteshauses befand sich noch im Schatten, sodass der kühle Wind, der um das Gebäude strich, unangenehm war. Bürkle ging zu der großen hölzernen Tür unter den Säulen des Glockenturmes.

Sie war verschlossen.

Links daneben befand sich noch ein weiterer, kleinerer Eingang. Er stand einen Spalt weit offen. Das Türblatt war an der Stelle, wo sich das Schloss befunden hatte, beschädigt. Es sah aus, als wenn sie mit Hilfe eines Stemmeisens gewaltsam geöffnet worden wäre. Er zog sein Handy aus der Tasche und wählte die Nummer der Polizeidienststelle in Marbach, um Verstärkung anzufordern. Dann lugte er vorsichtig in das Innere. Ein Schwall modriger Kirchenluft quoll ihm entgegen. Er hielt seine Pistole mit beiden Händen fest umklammert, als er durch die Tür ging. Im Inneren war es so dunkel, dass er außer einer Wendeltreppe, die den Turm hinaufführte, nichts erkannte. Sein Herz schlug ihm wild gegen den Brustkorb, als er einen Fuß auf die erste Stufe setzte. Die Steintreppe war von unzähligen Schritten über die Jahrhunderte oval ausgetreten. Vorsichtig wie eine Katze auf der Jagd schlich er Stufe für Stufe höher. Als er die Hälfte der Höhe des Turmes erreicht hatte, hörte er etwas von oben zu ihm durchdringen. Bei genauerem Hinhören schien es beinahe so, als würde hoch oben im Glockenturm jemand singen. Verwundert kniff Bürkle die Augen zusammen und spähte in die Höhe. Die Wendeltreppe endete unter einer Holzdecke, in der eine Luke zum Durchstieg ausgespart war. Der Gesang war jetzt deutlich zu hören. Jemand, vielleicht sogar Mannhardt, saß direkt über ihm. Die Waffe zitterte in Bürkles Händen. Er musste jetzt so schnell es ging durch die Luke steigen, gleichzeitig aber auch gefasst darauf sein, angegriffen zu werden. So weit geduckt wie er konnte, nahm er die letzten Stufen. Dann sprang er auf und richtete seine Waffe in die Richtung, aus der er zuvor den Gesang vermutet hatte. Mannhardt saß zusammengekauert in einer Ecke des Glockenturms. Er war eingehüllt in eine dunkelbraune grobe Pferdedecke.

»Hände hoch, Mannhardt.« Bürkle schrie vor Aufregung. Blut rauschte in seinen Ohren. Mannhardt fuhr erschrocken zusammen, als er Bürkle erblickte.

»Machen Sie jetzt bloß keinen Blödsinn«, zischte Bürkle.

Mannhardt zog beide Hände unter der Decke vor. Die eine Hand war leer, in der anderen hatte er ein Gesangbuch. Sein Blick war wie der eines Rehs, das bei Nacht vor ein Auto lief.

»Decke weg.«

»Ist sie nicht schön?« Mannhardts Blick ging nach oben zu den Glocken. Seine Stimme war überraschend ruhig. Ein Hauch Melancholie schwang darin mit.

»Decke weg, verdammt noch mal«, bellte Bürkle noch einmal.

Mit den Beinen streifte Mannhardt die Decke ab. Seine Hände hatte er neben sich in die Höhe gestreckt.

»Die Glocken in diesem Turm sind die schönsten. Haben Sie die Betglocke mit dem Riss unten vor dem Haupteingang gesehen? Sie hat sicher einmal sehr schön geklungen. Da sie aber beschädigt war, musste sie vor ein paar Jahren ausgetauscht werden. Die Neue erklingt jetzt wieder jeden Sonntag.«

»Stehen Sie auf, Mannhardt!«

»Sehen Sie die kleinere Glocke dort oben? Das ist die Concordia-Glocke. Sie wurde 1859 in Russland gegossen und Marbach zu Friedrich Schillers 100. Geburtstag geschenkt.«

»Halten Sie Ihr Maul und drehen Sie sich um.« Schnell legte er Mannhardt Handschellen an.

Dann hörte er Schritte den Turm heraufeilen. Die roten Köpfe zweier schwer keuchender Polizisten erschienen in der Luke.

»Bringen Sie ihn nach Stuttgart, bitte. Dort wird er bereits erwartet«, sagte Bürkle zu einem der Kollegen.

Mannhardt schrie aus Leibeskräften, als man ihn abführte: »Ich wollte doch nur helfen. Ich wollte doch nur helfen.«

Seine Schreie waren noch zu hören, als er am Fuße des Turmes ins Freie geführt wurde.

Bürkle blieb noch einen Moment oben im Glockenturm. Weit im Osten ging hinter den Feldern und Hügeln die Sonne auf. Er schaute hinüber zu der historischen Stadtmauer Marbachs. Einige Häuser waren direkt an beziehungsweise auf die Mauer gebaut. Von hier aus konnte er den schlanken, hohen Torturm am Osteingang zur Altstadt sehen. Weiter westlich lagen die Stadtkirche und die Holdergassen. Gerne hätte Bürkle dort ein Haus gekauft, als er nach Marbach gezogen war. Ihm hatten die kleinen verwinkelten Fachwerkhäuser, die teilweise mehrere hundert Jahre alt waren, sehr gut gefallen. Eine schöne Stadt, dachte Bürkle, als die Dächer der Häuser im goldschimmernden Morgenrot der aufgehenden Herbstsonne angestrahlt wurden.

Müde, aber erleichtert, den S-Bahn-Mörder endlich geschnappt zu haben, trat er den Abstieg vom Glockenturm an.

Zurück an seinem Mercedes rief er Ronda an, die ihm

vor Freude beinahe durch das Telefon um den Hals fiel. Sie hatte wieder einmal recht behalten.

Bürkle startete den Wagen und fuhr in Richtung Ludwigsburg davon. Zu seiner Rechten floss ihm der Neckar ruhig in seinem flurbereinigten Bett entgegen. Er passierte den Stadtteil Eichgraben, fuhr an dem Energiepark Marbach vorbei, an dem noch große Flächen freistanden und kam dann in einer weiten Linkskurve auf die Neckarbrücke von Ludwigsburg zu. Er fuhr darunter hindurch in Richtung Stuttgart. Rechts öffnete sich eine weite Ebene mit Feldern. Der Fluss lag beinahe wie ein See da, beruhigt von einer der zahlreichen Neckarschleusen. Zu seiner Linken ragten steile Weinberge in die Höhe. Die Sonne schien direkt in seine Windschutzscheibe. Bürkle kramte im Handschuhfach nach seiner Sonnenbrille und setzte sie auf. Dann öffnete er sein Seitenfenster, ließ die frische Herbstluft in das Wageninnere dringen und atmete tief durch.

Was für ein schöner Morgen.

Er dachte darüber nach, was an diesem Tag außer dem Verhör von Mannhardt noch zu tun sei. Zuerst wollte er auf jeden Fall seinen neuesten Verdacht bezüglich Frau Dr. Wittlinger an die Staatsanwältin Faller weitergeben. Außerdem interessierte ihn, eher privater Natur, brennend, was bei der Untersuchung des Dolches, den dieser dicke Angestellte der ›Wittlinger Bau‹ auf die Wache gebracht hatte, herausgekommen war. Bürkle wählte über die Bluetooth-Schnittstelle im Autoradio die Nummer seiner Sekretärin beim LKA. Nachdem sie abhob, bat er sie darum, beim Landesamt für Denkmalpflege anzurufen und sich nach dem Dolch zu erkundigen. Sie solle ihm gleich Bescheid geben, wenn sie wüsste, um was es sich bei dem Fundstück handelte.

Bei der Polizeidirektion Stuttgart angekommen, parkte er seinen Wagen auf dem Parkplatz und betrat den langen Flur des Erdgeschosses. Als er an Bellmanns Computerhöhle vorbeiging, hörte er laute Stimmen. Er blieb vor der verschlossenen Tür stehen.

»Es muss jetzt ein Ende haben«, sagte eine Stimme, die ihm seltsam bekannt vorkam. Anschließend murmelte Bellmann unverständliches Zeug. Bürkle ging weiter in Richtung der Verhörräume. Dort warteten Schneider und die Staatsanwältin bereits auf ihn. Er begrüßte beide kurz, lugte dann durch die Glasscheibe, die im oberen Drittel der Tür zum Verhörraum 4 eingelassen war. Mannhardt saß mit gefesselten Händen auf einem Stuhl. Vor sich hatte er einen Becher Kaffee stehen. Außer ihm war niemand im Raum.

»Okay. Wichtig ist, dass wir das Motiv seiner Taten erfahren. Wenn wir das wissen, können wir eventuelle weitere Mittäter in die Zange nehmen«, sagte Schneider.

»Alles klar«, sagte Bürkle. Dann öffnete er die Tür zum Verhörraum. Er brannte regelrecht darauf, alle Wahrheiten über die Hintergründe von Mannhardts Tat aus ihm herauszuquetschen.

Er blieb neben der Tür stehen, schloss sie und schaute Mannhardt einen Moment stumm an.

»So schnell sieht man sich wieder«, sagte er zynisch. Dann setzte er sich gegenüber von Mannhardt an den Tisch.

»Ich habe nichts Unrechtes getan«, flehte Mannhardt.

»Ach ja? Und was ist mit den vier Toten in den S-Bahnen und meiner Kollegin, die um ein Haar auch nicht mehr unter uns wäre?«

»Sie haben sie gefunden?«

»Ja, das haben wir. Gerade noch.«

»Dann bin ich aber froh.«

Bürkle schaute Mannhardt ungläubig an. »Das müssen Sie mir erklären.«

»Sie hat niemandem was getan, aber ich musste sie doch loswerden. Sonst hätten Sie mich doch gefunden.«

»Na, das ist ja sehr ritterlich von Ihnen.« Bürkles Stimme wurde lauter. »Und was haben die anderen getan, dass sie sterben mussten?«

»Das verstehen Sie nicht.«

»Ich bin gar nicht so blöd, wie ich vielleicht aussehe. Versuchen Sie, mir es doch einfach zu erklären. Ganz langsam.«

Mannhardt schaute vor sich auf den Tisch. Als wenn er im nächsten Moment seine Hand in glühende Kohlen halten müsste, holte er noch einmal tief Luft.

»Es hat mir einfach irgendwann einmal gereicht. Immer werden diejenigen, die wirklich etwas können, von anderen gehänselt, verprügelt oder anders psychisch niedergemacht. Was glauben Sie, wie oft ich in der Schule mit ansehen musste, wie die guten Schüler meiner Klassen von denen, die mit 15 Jahren noch immer nicht richtig lesen konnten, verprügelt wurden? Nur weil sie angeblich Streber waren. Ich hatte einmal eine Schülerin in meinem Chor, die ein besonderes Talent zum Singen hatte. Bei einer Faschingsveranstaltung durfte sie ein Solo singen. ›Memories‹ aus dem Musical ›Cats‹. Sie war passend angezogen und geschminkt. Es war wundervoll, sage ich Ihnen. Als die Veranstaltung vorbei war, kam sie zu keiner der Chorproben mehr. Sie ging mir regelrecht aus dem Weg. Irgendwann später habe ich über ihre Eltern herausgefunden, dass sie von Mitschülern auf dem Weg zum Bus abgefangen wurde. Sie haben das arme Mädchen in eine Mülltonne gesteckt und hinein gepinkelt. Nur weil sie etwas konnte, was diese Teufel nicht konnten.«

»Was war mit Fabian Hutter geschehen?«

Mannhardts Gesichtsausdruck bekam etwas Tieftrauriges, als Bürkle den Namen nannte.

»Fabian war ein ganz besonderer Junge. Er konnte Klavier spielen.« Seine Augen blickten verträumt in die Ferne. »Seine Eltern konnten nie verstehen, dass er für die Musik gemacht war. Sie wollten, dass er sich politisch engagierte. Sein Vater sagte immer, dass er früh beginnen musste, Kontakte zu knüpfen, wenn er es in der Politik weit bringen wollte. Fabian wollte aber nicht denselben Weg einschlagen wie sein Vater. Er wollte später seinen Unterhalt mit der Musik verdienen. Und ich war mir sicher, dass er das gekonnt hätte.«

»Kommen Sie zum Punkt, Mannhardt.« Bürkle wurde aufgrund Mannhardts ausschweifender Art langsam ungeduldig.

»Ich hatte speziell für Fabians Abschlussfeier das Stück ›Tears in Heaven‹ von Eric Clapton für das Klavier umgeschrieben. Er trug das Stück so wundervoll vor. Ich sage Ihnen, dass niemand außer ihm es hätte so spielen können. So viel Gefühl, so viel Leid hatte er darin hineingelegt.«

»Herr Mannhardt.«

»Ja, Entschuldigung. Fabians Ziel war es, damit seinen Eltern zu beweisen, dass er ein sehr guter Musiker war.«

»Und hat er es geschafft?«

»Pah.« Mannhardt lachte trocken. »Er hätte es vielleicht geschafft, seinen Vater zu beeindrucken, wenn er eine Rede über die außenwirtschaftlichen Beziehungen der Bundesrepublik Deutschland gehalten hätte.«

»Also nicht.«

»Viel schlimmer noch. Als er, nachdem er es vorgetragen hatte, zu ihnen gehen wollte, war seine Mutter bereits gegangen, weil es ihr zu langweilig wurde, und sein Vater war im Foyer der Halle in ein Gespräch mit einem Parteigenossen vertieft. Er hatte von der Vorstellung seines Sohnes nichts mitbekommen.«

»Was geschah dann?«

»Er nahm sich noch vor der Zeugnisübergabe das Leben. Der Hausmeister fand ihn am nächsten Tag im Heizraum. Fabian hatte sich erhängt.«

»Herr Mannhardt, das ist sehr schrecklich. Ich verstehe nur nicht ganz, was das alles mit den Morden, die Sie begangen haben, zu tun haben soll.«

»Der Tod Fabians hatte in mir etwas geweckt, was noch viel mehr Menschen besitzen sollten. Courage.«

»Sie nennen das, was Sie getan haben, Courage?«

»Selbstverständlich. Ich schaue nicht tatenlos zu, wie Menschen andere Mitmenschen peinigen oder niedermachen. Ich handle. Jemand muss ihnen doch helfen.«

»Hätte es nicht gereicht, die Rowdys zu stellen, anstatt sie zu ermorden?«

»Das habe ich anfänglich getan. Es änderte sich aber nichts. Das machte mich sehr traurig. Außerdem braucht es Regeln.«

»Regeln? Und deshalb haben Sie gedacht, sie umzubringen wäre die einzig logische Lösung?«

»Oh nein, so weit wollte ich eigentlich nie gehen. Deshalb begab ich mich auch in psychologische Behandlung.«

»Bei Frau Dr. Wittlinger?«

»Ja, genau. Sie kennen sie?«

»Allerdings. Hat sie Ihnen gesagt, Sie sollen die Morde verüben?«

Mannhardt schüttelte verwirrt den Kopf.

»Wie kommen Sie denn auf so was? Frau Dr. Wittlinger hat mir geholfen. Sie war es, die mir gesagt hat, dass ich an der Verkommenheit der Menschheit nichts ändern kann. Ich kann meinen Mitmenschen nur durch Gespräche versuchen klarzumachen, dass jeder Einzelne seine Stärken hat und man diese zu respektieren hat.«

»Dann hat sie Ihnen also nicht nahegelegt, die S-Bahn-Morde zu verüben?«

Mannhardt schüttelte den Kopf.

Gerade als er den Mund wieder öffnen wollte, klingelte Bürkles Handy.

Schnell drückte Bürkle auf die Pausetaste des Aufnahmegeräts und verließ das Zimmer. Schneider und Faller waren nicht mehr vor dem Verhörraum.

»Bürkle«, sagte er leise in sein Telefon.

»Guten Tag, Herr Bürkle. Hier ist Anita Simmendorfer vom Landesamt für Denkmalpflege. Eine Ihrer Kolleginnen hat bei uns angerufen wegen der Lanze, die gestern bei uns abgegeben wurde.«

»Ja.«

»Ich dachte mir, es ist besser, wenn ich mich vielleicht selbst bei Ihnen melde. Ich sollte dringend wissen, wo die Lanze gefunden wurde. Es handelt sich nach ersten Analysen um eine Waffe aus der Römerzeit des dritten Jahrhunderts nach Christi Geburt.«

»Was?« Bürkle traute seinen Ohren kaum.

»Ja, faszinierend nicht? Es ist sehr selten geworden, dass in Stuttgart derartige Stücke gefunden werden. Die alten Römerstätten sind komplett durch moderne Gebäude überbaut, sodass Ausgrabungen nicht mehr möglich sind. Umso mehr ist dieser Fund von Bedeutung. Herr Bürkle, auf dem Zettel, der bei dem Fundstück lag, stand, dass der Finder angegeben hatte, dass er die Lanze in der Nähe des Löwensteinparks gefunden hatte. Stimmt das?«

»Das weiß ich nicht.«

»Können Sie mir eventuell die Adresse des Mannes geben, damit wir ihn zum genauen Fundort befragen können?«

»Das kann ich Ihnen nicht sagen. Er war weggerannt, bevor wir seine Personalien aufnehmen konnten.«

»Das ist ja sehr seltsam.«

»Frau Simmendorfer. Richtig?«

»Ja.«

»Eventuell weiß ich aber, wo wir den Herrn finden können. Ich melde mich im Laufe des Tages wieder bei Ihnen. Einverstanden?«

»Das ist sehr freundlich von Ihnen. Vielen Dank.«

»Kein Problem. Ich rufe Sie dann unter der Nummer, von der aus Sie mich angerufen haben, zurück. Einverstanden?«

»Ja, genau, das ist meine.«

»Okay, auf Wiederhören.« Er legte auf.

In einigen Metern Entfernung hörte er, wie eine Tür ins Schloss fiel. Bellmann trat mit einem Kaffeebecher in der Hand auf den Flur.

»He Bürkle, ich habe gehört, Sie haben Mannhardt geschnappt. Gratuliere.«

»Danke. Ach, wenn ich Sie gerade sehe: Haben Sie vorhin Wittlinger-Diehl bei sich zu Besuch gehabt?«

»Ich äh … ne. Warum?«

»Hm, ich dachte, ich hätte seine Stimme gehört.«

»Nein. Bei mir war heute Morgen noch niemand. Ich war aber auch die ganze Zeit damit beschäftigt, mir die Aufnahmen von dem anonymen Anrufer anzuhören, der Mannhardt verpfiffen hat.«

Plötzlich fiel es Bürkle wie Schuppen von den Augen. Wie konnte er das nur die ganze Zeit übersehen haben?

»Passen Sie auf Mannhardt auf«, sagte er zu Bellmann. Dann stürmte er auch schon den Flur entlang zur Telefonzentrale.

Der Beamte, der gelangweilt über seinem Pult hing, erschrak, als Bürkle plötzlich vor ihm stand.

»Gibt es für Samstagabend oder Sonntag früh irgendwelche Beschwerden wegen Lärmbelästigung von der Baustelle am Löwensteinpark?«

Der Polizist schaute ihn an, als müsste sein Gehirn erst hochfahren.

»Äh, Moment mal.« Der Beamte begann, sich mit der Maus durch die Tiefen seines Computers zu wühlen. »Ich habe insgesamt 19 Beschwerden vom Wochenende. Lärmbelästigung von Baustellen-LKWs, einige spürten Vibrationen und andere meinten, es wäre während des Nachtbauverbots an dem Windrad gebaut worden.«

»Wurde den Sachen auf den Grund gegangen?«

»Nein.« Der Polizist schüttelte den Kopf. »Alle verfügbaren Kollegen waren zum Schutz der S-Bahn-Passagiere eingeteilt.«

Das war es, was Bürkle vermutet hatte.

»Danke«, rief Bürkle über die Schulter. Er lief bereits wieder den Flur weiter. Dabei wählte er die Nummer der Dame vom Denkmalamt.

»Hier Bürkle noch mal«, sagte er eilig, als sie abnahm.

»Das ging aber schnell.«

Bürkle blieb stehen. »Ich habe eine andere Idee. Schicken Sie jemanden auf die Baustelle an der Rosensteinstraße direkt gegenüber der Sparkassenversicherung.«

»Okay, wann?«

»Jetzt gleich. Ach ja, und unterrichten Sie Herrn Wittlinger-Diehl von der ›Wittlinger Bau‹ davon, dass seine Baustelle wegen Ausgrabungsarbeiten gesperrt ist.«

»Was ist denn los?«

»Das erkläre ich Ihnen alles später.« Dann legte er auf, rannte zum Treppenhaus, erklomm die Stufen in das nächsthöhere Stockwerk und stürmte Schneiders Büro, ohne anzuklopfen.

XXXI

Germanien
251 n. Chr.

In meinen kühnsten Träumen hatte ich mir niemals vorgestellt, jemals wieder solch ein Glück in meinem Leben erfahren zu dürfen.

Ich hatte alles verloren, wurde schwer verletzt, entführt, beinahe vergewaltigt, verkauft, führte einen Kampf auf Leben und Tod gegen mein einstiges Volk, und nun war ich die Frau des Vorstehers Marcitus Annaeus, der den kleinen Vicus Benotum nahe des Flusses Nicer anführte. Benotum war, wie man mir berichtete, nur noch ein Schatten des einst strategisch wichtigen Grenzkastells, das es zu Zeiten, als der Limes noch direkt daran vorbeiführte, war. Nachdem der Limes aber weiter nach Osten verlegt wurde, gab Rom das Kastell auf und übergab die Fläche den Bewohnern, die sich ringsum angesiedelt hatten. Marcitus Annaeus blieb als Vorsteher des Vicus dort, um die Geschäfte weiterzuführen. Er war es auch, der nicht mehr benötigte Wehranlagen abreißen ließ, um die Wohn- und Arbeitsstätten der Bürger in den Bereich innerhalb der schützenden Wehranlagen zu versetzen. Da die Einwohner vor ständigen Überfällen somit besser geschützt waren, erklärten sich alle einverstanden. Auch wenn sie alle näher aufeinander rücken mussten.

Marcitus war ein sehr kluger Mann. Er führte den Ort hart, aber gerecht. Er war allseits gut angesehen. Ich schaute ihm gerne bei der Arbeit zu. Ganz gleich, ob er über Dokumenten saß und dabei seine Stirn in Falten legte oder ob er Nachbarn beim Wiederaufbau ihrer Häuser half. Bereitwillig hob er dicke Balken in die Höhe oder half dabei, ausgerissene Tiere wieder einzufangen. Dann sprang er umher wie ein Junge, der seine Kräfte mit einem jungen Bullen maß.

Die Wunde an seinem Bein war, den Göttern sei Dank, wieder vollständig verheilt. Nur wenn sich Regen oder Sturm ankündigte, schmerzte sie ihn etwas. Viel mehr schmerzte ihn der Verlust seiner Frau und vieler Freunde, die bei dem schrecklichen Überfall der Sueben ums Leben gekommen waren. Für mich war es ungewöhnlich, einen Mann so sehr leiden zu sehen.

Seine Tochter Lelia war zwischenzeitlich zu einer attraktiven jungen Frau herangewachsen und mit dem Sohn eines reichen Handelsmannes aus Aquae verheiratet. Ihren Briefen zufolge behandelte er sie gut, was mich sehr froh stimmte.

Ich selbst bemühte mich in der Zeit nach dem Überfall, den Verwundeten Linderung von ihren körperlichen Leiden zu verschaffen. Ebenso kümmerte ich mich aber auch darum, Marcitus zu versorgen, was ich sehr gerne tat. Jeden Abend, wenn er müde das Haus betrat, hatte ich ein Mahl für ihn vorbereitet. Stets musste er mir von den Geschehnissen des Tages berichten, wenn wir beim Essen saßen. Ich mochte es sehr, ihm zuzuhören. Zwischenzeitlich sprachen wir nur noch Römisch, aber er hatte Gefallen daran, des Öfteren germanische Wörter mit einzumischen, was mich immer sehr zum Lachen brachte. Ich konnte seinen Erzählungen stundenlang zuhören. Ich beobachtete, wie sich seine Lippen bewegten, wie er gestikulierte und wie sich bei Themen, die ihn begeisterten, in seinem Blick ein fasziniertes Feuer entfachte. Marcitus hatte mich nie mehr auf das Versprechen, welches ich seiner Frau am Sterbebett abgelehnt hatte, angesprochen. Er versuchte auch nie, sich mir zu nähern oder mich zu nehmen. Von Zeit zu Zeit fragte ich mich, ob er mich vielleicht nicht attraktiv fand oder ob ihn die große Narbe, welche meinen Bauch entstellte, störte.

Eines Abends saßen wir auf der Terrasse seines Hauses. Die Luft war warm und feucht. Nur ein leises Lüftchen bewegte die Blätter in den Bäumen. Ich hatte neben ihm auf einer breiten Bank Platz genommen und wir schauten auf den Fluss, der sich an unserem Dorf vorbeischlängelte. Wir hatten wohl etwas zu viel Wein getrunken, denn er erzählte mir lustige Geschichten und ich gackerte wie ein Huhn darüber. Als er kurz nicht mehr wusste, was er mir noch Witziges zu erzählen hatte, schaute ich ihm tief in seine schwarzen Augen. Er blickte mich an. Unsicherheit sprach aus seinem Gesicht.

»Weißt du noch, was Tullia zu mir an ihrem Sterbebett gesagt hatte?«, fragte ich.

Er schluckte trocken.

»Ja«, hauchte er. »Du hast ihren Wunsch ausgeschlagen.«

»Ich habe gesagt, dass ich mit Teutobald verheiratet bin. So ist es der Brauch der Sueben.«

»Stimmt.«

»Die Sueben haben Benotum überfallen und mich ebenfalls wie dich versucht zu ermorden. Sie haben viele unserer Freunde umgebracht. Und wie du weißt, glaube ich, sie haben auch mein einstiges Dorf abgeschlachtet.« Ich machte eine kurze Pause. »Ich möchte nicht mehr zu diesem Volk gehören.«

Er blickte mich nur stumm an. Sprach aber keinen Ton.

»Und wenn ich nicht mehr zu diesem Volk gehöre, bin ich auch nicht mehr an deren Bräuche gebunden.«

»Aber Geofin ...«

»Sag nichts.« Ich legte ihm einen Finger auf den Mund. Er fühlte sich warm und weich an.

»Es ist meine Entscheidung. Mit dieser Entscheidung kann ich den Wunsch deiner Frau erfüllen. Wenn du denn auch willst.«

Er stand auf und ging davon. Er ließ mich einfach so sitzen. Ohne mir eine Antwort gegeben zu haben. Tief traurig und verunsichert ging ich zu Bett, blieb aber die ganze Nacht wach. Ich hatte Angst davor, durch meine Worte das Verhältnis zwischen uns beiden zerstört zu haben.

Kurz vor Sonnenaufgang klopfte es an meiner Tür.

Marcitus stand mit tiefen Rändern unter seinen Augen da und bat um Einlass.

Ich machte mich darauf gefasst, aus dem Haus gejagt zu werden.

»Ich bin dir eine Antwort schuldig, Geofin«, sagte er.

Ich nickte stumm. Mein Herz schlug mir schwer in der Brust.

»Ich war am Grab meiner Frau und habe mit ihr gesprochen. Außerdem wollte ich diese Entscheidung nicht tollkühn durch den Wein treffen.«

»Wie hast du dich entschieden?« Mein Mund war vollkommen ausgetrocknet.

»Geofin, wenn es deine freie Entscheidung ist, meine Frau zu sein, machst du mich zum glücklichsten Mann der Welt.«

Ohne über mein Handeln nachzudenken, stand ich auf und warf mich ihm um den Hals. Freudentränen schossen aus meinen Augen. Er presste mich fest an sich, sodass ich seinen muskulösen Körper spüren konnte. Ich spürte seine Brust an meiner, seinen flachen Bauch und seine Lenden. Ich hatte seit so langer Zeit keinen Mann mehr gespürt, dass mich das Gefühl beinahe überrannte. Ich ließ ein Stück von ihm ab und küsste ihn auf den Mund. Er erwiderte meinen Kuss. Sein Kuss wurde immer fordernder. Ich gewährte seiner Zunge Einlass in meinen Mund und umschlang sie mit der meinen wie eine Schlange. Marcitus hob mich hoch, trug mich zu meinem Bett und legte mich behutsam darauf. Ich öffnete die Schulterschleifen meines Kleides. Hastig streifte ich mir den Stoff vom Leib. Seine Hände waren plötzlich überall auf meinem Körper. Seine Finger packten fest meine Brüste, sodass ich vor Lust scharf die Luft einzog. Immer weiter wanderte er hinab zu meinen Hüften. Ich streifte das Kleid von meinen Schenkeln. Ich war ihm nun vollkommen ausgeliefert.

»Tut es noch weh?«, fragte er leise, als er die Narbe an meiner Seite berührte.

Ich schüttelte eilig den Kopf. Er ging mit dem Kopf an die Stelle, an der mich vor langer Zeit der römische Soldat mit meiner Lanze getroffen hatte, und küsste sie. Dann liebkoste er meinen Bauch und meine Hüfte. Als er mit seinen Lippen meine Scham erreichte, glaubte ich einen Moment, das Bewusstsein zu verlieren. Noch nie in meinem Leben hatte ich etwas Derartiges gespürt. Schauer der Lust durchfuhren meinen Körper.

Als Marcitus hart und heiß in mich eindrang, war es, als würden wir zu den Sternen reisen. Wir waren vereint – endlich vereint.

Zu unserer Vermählung waren Freunde und Bekannte aus den Vici und Kastellen ringsum angereist. Ebenso luden wir unser gesamtes Dorf dazu ein, mit uns gemeinsam bis tief in die Nacht zu feiern. Es war wundervoll, wir tanzten, sangen, tranken und erzählten Geschichten von wahren, manchmal sicherlich aber auch der Fantasie entsprungenen Heldentaten.

Als bereits das Grau des Morgens wiederkehrte, verließ ich die noch immer grölende und feiernde Meute und machte mich auf zum Fluss. Auch diese Nacht war warm gewesen, und so war das kühle Wasser ein wahrer Genuss, als es um meine nackten Füße spülte. Das Ufer des Flusses war sanft abfallend, sodass ich weit in das Wasser hineinlaufen konnte, ohne Gefahr zu gehen, ertrinken zu müssen. Ich achtete auf das leise Plätschern des Wassers, wenn es über Steine floss, und hörte den frühen Vögeln zu, wie sie ihre Lieder sangen. Mein Herz war erfüllt von Glück.

Plötzlich spürte ich die Anwesenheit einer weiteren Person am Wasser. Hastig blickte ich mich um. Am Ufer, vier Schritte von mir entfernt, stand eine Gestalt. Da es noch immer mehr Nacht als Tag war, konnte ich nicht erkennen, wer es war.

»Es ist so friedlich hier unten«, hörte ich eine Frauenstimme sagen. Es war die Stimme von Julia, der Frau des Statthalters von Cannavicus. Die Anspannung in meinem Körper löste sich mit einem Schlag.

»Entschuldige, aber ich benötigte ein wenig Ruhe«, gab ich ihr zur Antwort.

»Oh, das kann ich gut verstehen. Es ist eine große Hochzeit.«

»Ja, das ist sie. Ich hoffe, du amüsierst dich gut.«

»Selbstverständlich.« Sie lachte leise.

Wir unterhielten uns, bis wir von unseren Männern vermisst wurden und sie begannen, nach uns zu suchen. Julia war eine freundliche, fürsorgliche, wenn auch ein wenig einfältige Frau. Sie lud Marcitus und mich ein, sie in ihrem Landhaus nahe Cannavicus zu besuchen, was wir gerne annahmen.

So kam es, dass zwischen uns beiden eine tiefe Freundschaft entstand. Oft reiste ich zu ihr oder sie besuchte mich im Gegenzug. Wir tauschten unsere Erlebnisse ebenso wie Sorgen oder Probleme aus, wovon sie zuhauf hatte. Ihr Mann war, was Frauen anging, typisch römisch, wie sie sagte. Er mochte es nicht, wenn sie sich in seine Dinge einmischte. Am liebsten hatte er es, wenn sie zu Hause auf seine Rückkehr wartete und Essen für ihn bereithielt. Des Nachts genügte ihm der Körper seiner Frau allein nicht, sodass er sich Sklavinnen hielt, mit denen er seine Fleischeslust befriedigte. Julia beneidete mich um das Leben, welches ich mit Marcitus führte. Sie bescheinigte mir, dass es solch einen Mann wie ihn im Römischen Reich nicht ein zweites Mal geben würde.

Wie recht sie doch hatte. Marcitus trug mich auf Händen. Er legte tagsüber Pausen bei seiner Arbeit ein, um Zeit mit mir verbringen zu können, und nachts kamen wir oft nur sehr selten zu Schlaf. Er war ein wundervoller Liebhaber und der beste Mann, den man sich nur wünschen konnte. Zusammen bereisten wir viele Dörfer rings um Benotum. Er zeigte mir historische Orte, an denen große Schlachten geführt wurden, und schenkte mir wundervolle Schmuckstücke aus purem Gold.

Mein Leben wäre so unbeschwert gewesen, wäre nicht immer noch der Durst nach Rache für meine getötete Familie und meinen getöteten Mann Teutobald gewesen.

Wann immer ich aber Marcitus darauf ansprach, mit mir an den Ort meines alten Dorfes zu gehen, riet er mir davon ab. Jenseits des Limes wäre es für uns viel zu gefährlich. Dort wüteten die Barbaren furchtbarer als je zuvor. Sie plünderten die Dörfer ihres eigenen Volkes und führten Krieg gegen sich selbst. Kein römischer Soldat setzte auch nur mehr einen Fuß auf germanisches Gebiet, sagte er.

Als ich an einem warmen Tage früh im Jahr Julia besuchte, brachte ich ihr die Lanze mit, die ich nun schon all die Jahre mit mir trug. Sie war zwischenzeitlich stark verwittert, sodass die Zeichen, die ich seit Lelias Unterricht selbst entziffern konnte, kaum mehr zu sehen waren. Die Bedeutung der Worte ›XXIV Kohorte des Imperator Caesar Titus Aerlius Antoninus Augustus‹ erschlossen sich mir jedoch nicht. Als ich ihr die Lanze übergab, schaute sie mich verwundert an.

»Das ist eine Lanze aus Benotum«, sagte sie.

»Wie bitte?« Mein Geist verschloss sich vor den Worten, die Julia mir sagte.

»Als vor Jahren der Limes noch an unseren Vici entlang ging, war Benotum ebenfalls wie Cannavicus ein Reiterkastell. Marcitus war Oberbefehlshaber der 24. Kohorte, die in Benotum stationiert war. Diese Lanze gehörte einem der Soldaten, die er befehligte.«

Fassungslos starrte ich Julia an.

»Wo hast du das Stück her, Geofin?«

»Ich habe sie gefunden«, brachte ich stotternd hervor.

»Wo denn?«

Ich antwortete nicht.

»Hm, das letzte Mal, als ich einen Soldaten mit solch einer Lanze hier gesehen hatte, war, als Marcitus' Truppen über den Limes gingen, um gegen die Barbaren zu kämpfen.«

Ich spürte, wie meine Beine weich wurden.

Ein böser Verdacht setzte sich in meinem Verstand zusammen, der aber nicht wahr sein konnte. Er durfte einfach nicht wahr sein.

»Was haben die römischen Truppen in Germanien gemacht?«, fragte ich.

»Was fragst du denn so dumm, meine Liebe? Sie haben den Barbaren gezeigt, wer der Herr ist.«

»Meinst du, sie haben auch Dörfer überfallen und Frauen und Kinder umgebracht?« Ich musste beinahe speien vor Übelkeit.

»Na, das will ich doch hoffen. Weißt du, was diese Unmenschen uns schon alles angetan haben?«

Ich taumelte zurück, stieß gegen einen Tisch und klammerte mich daran fest, um nicht umzufallen.

»Aber was ist denn, meine Liebe? Du siehst plötzlich so blass aus. Geht es dir nicht gut?«

Ich schüttelte stumm den Kopf, konzentriert darauf, mich nicht zu übergeben.

»Trägst du etwa ein Kind in deinem Bauch?« Sie kicherte leise.

Ich zwang mir ein Lächeln ab. Vor mir öffnete sich ein tiefes schwarzes Loch, das mich anzuziehen schien. Ich konnte nicht dagegen ankämpfen.

Als ich wieder aufwachte, sah ich, dass ich wieder in unserem Haus in Benotum war. Marcitus' Gesicht war nahe an meinem. Er hatte tiefe Sorgenfalten auf seiner Stirn.

»Geofin, da bist du ja wieder. Oh meine Arme, ich habe mir solche Sorgen gemacht«, sagte er mit fürsorglicher

Stimme. »Julia hat mir berichtet, was geschehen war und dass du …« Eine Träne rann ihm über die Wange. »Oh, Geofin, meine Liebe. Ich freue mich so sehr.«

Es zerriss mir beinahe das Herz, ihn so glücklich zu sehen. Den Mann, der meinen Mann, meine Eltern, meine Freunde umgebracht haben sollte. Dieser Dämon in Menschengestalt, der, nachdem er alles, was mir lieb war, abgeschlachtet hat, auch noch mich als Trophäe davontrug.

»Bitte lass mich ein wenig allein. Es geht mir nicht gut«, sagte ich schwach; den Drang, ihm das Gesicht zu zerkratzen, unterdrückend.

Marcitus lächelte mich zärtlich an und erhob sich.

»Wenn du etwas benötigst, ruf nach mir.«

Ich nickte. Dabei spürte ich, wie abermals Übelkeit in mir aufquoll. Es war aber nicht derer Art, wie man sie nach schlechtem Essen oder bei Krankheit hatte. Es war vielmehr wie ein giftiger Wurm, der sich durch meinen Körper schlängelte. Er biss mir, jedes Mal, wenn ich Marcitus' Gesicht ansah, fest in die Eingeweide.

Meine Hand glitt an die Stelle, an der ich stets die Lanze verstaute. Sie war verschwunden.

»Marcitus«, rief ich, so laut ich konnte. Mehr als ein trockenes Keuchen kam nicht hervor. Dennoch sah ich kurz darauf seinen Lockenschopf in der Tür. Silberne Fäden durchzogen die sonst so schwarzen Haare. Mir war es bisher nicht aufgefallen, aber auch an Marcitus ging das Alter nicht spurlos vorüber. Er war immer noch stark wie ein Bulle, aber in seinem Gesicht sah man langsam die Zeichen der Zeit.

Für das, was er getan hatte, hätte er eigentlich schon lange sterben sollen. Lange, bevor seine Haut zu altern begonnen hatte.

»Wo ist meine Lanze?«

»Julia hat sie mir gegeben. Du hast sie ihr gezeigt und bist kurz darauf ohnmächtig geworden. Sie liegt im Nebenzimmer.«

»Gib sie mir bitte.«

»Aber wa…«

»Bitte«, sagte ich scharf.

Marcitus hatte meine Familie getötet. Egal, ob er mein Mann war oder wie sehr ich ihn geliebt hatte, das war nun vorbei. Er musste dafür bezahlen, was er meinem Volk angetan hat.

Mein Volk.

Ich hatte Sueben dafür verantwortlich gemacht, was in meinem Dorf geschehen war. Ich hatte mich von meinen eigenen Wurzeln losgesagt, weil ich meine Brüder für etwas verantwortlich gemacht hatte, wofür sie nichts konnten. Der Angriff gegen Benotum war, so vermutete ich aus der Gewissheit der neuesten Erkenntnisse heraus, daher auch kein Raubzug, sondern ein verzweifelter Akt, sich gegen die römischen Besatzer zur Wehr zu setzen. Wie dumm ich doch gewesen war. Ich hatte mich selbst gegen mein Volk gestellt. Nicht nur im Geiste, sondern auch durch den Gebrauch von Waffen. Ich hatte die Männer getötet, die im Namen unseres Volkes ihr Leben gaben. Mein Blut kochte vor Wut. Meine Gedanken verfinsterten sich zu einem dunklen Gewittersturm.

Marcitus musste sterben.

Ich musste ihm durch meine Hand das Leben nehmen, um meine Familie zu rächen. Das war meine Bestimmung. Deshalb hatten mich die Götter bis hierher am Leben gelassen. Deshalb hatte ich all die Angst und das Leid überwunden. Ich musste Marcitus töten.

Meine Beine waren weich und kraftlos. Dennoch schaffte ich es aufzustehen. Ich ging wie von Wein betäubt zu Marcitus ins Zimmer. Er saß allein am Tisch und hatte einen Becher Wein vor sich stehen. Als er mich eintreten sah, hob er den Kelch und stand auf.

»Auf Geofin, die unser Kind in sich trägt«, rief er fröhlich.

Vor ihm auf dem Tisch lag die Lanze.

»Setz dich, meine Liebe. Möchtest du etwas zu trinken? Ach dumme Frage, selbstverständlich möchtest du was trinken.« Er war vollkommen aufgeregt.

Eilig stellte er einen Becher mit Wein vor mich. Dabei berührte er mit seiner Hand meine Schulter. Wieder biss sich der Wurm in mir fest, als ich seine Berührung spürte.

»Trinken wir auf unser Kind, meine Frau.« Wieder hob er seinen Kelch.

Ich hob zitternd den Becher, schaute Marcitus aber nicht an.

»Du fühlst dich sehr schwach, nicht wahr?«

»Es geht schon.« Ich trank den Becher auf einen Zug aus. Danach knallte ich ihn schwungvoll auf den Tisch, sodass es einen lauten Schlag gab. Durch die Kraft des Traubensaftes gestärkt, formte sich in meinen Gedanken ein einfacher Plan.

»Nimm mich«, sagte ich.

Er schaute mich verwundert an.

»Jetzt. Hier.«

Sein Gesicht verzog sich zu einem gierigen Lachen. »Oh, du möchtest unbedingt sichergehen, dass es auch wirklich klappt.« Dann stand er auf, hob mich auf den Tisch und zwang sich zwischen meine Beine.

Tränen schossen in meine Augen, als ich seinen warmen

Körper zwischen meinen Schenkeln spürte. Ich wollte laut schreien oder ihn einfach nur verprügeln. Auf keinen Fall aber wollte ich seine Nähe spüren. Er presste seinen Kopf an meine Brüste und küsste sie wild.

Ich tastete mit einer Hand hinter mich, um die Lanze zu greifen.

Er zerrte an seinen Kleidern, um sein Glied freizulegen. Gierig drängte die heiße Stange nach Einlass in meinen Leib. Plötzlich spürte ich die Lanze zwischen meinen Fingern. Ich schloss meine Hand fest um den Griff.

Stummes Entsetzen war auf seinem Gesicht zu lesen, als die Klinge tief in seinen Hals eindrang. Blut schoss pulsierend aus der klaffenden Wunde. Er öffnete seinen Mund, um zu sprechen.

»Warum?« Es klang, als würde sein Mund teilweise unter Wasser sein.

»Du hast meine Familie getötet«, spuckte ich ihm voller Hass entgegen.

»Aber …«

»Julia hat mir von deinen Machenschaften erzählt. Wie konnte ich nur so dumm sein und dir vertrauen?«

»Ich liebe dich.« Dann sank sein Kopf auf meine Brust. Das Blut waberte immer noch aus seinem Hals. Dann versiegte es so überraschend, wie es gekommen war. Das Gewicht seines Körpers wurde immer schwerer auf mir. Ich wand mich zur Seite, er rutschte an mir hinab, schlug mit dem Kopf hart gegen die Tischplatte und blieb reglos am Boden liegen.

Mit der blutigen Lanze in meiner Hand saß ich auf dem Tisch, an dem wir gemeinsam so oft gegessen und uns geliebt hatten. Hier hatte ich das erste Mal bei ihm gegessen, als seine Frau für uns gekocht hatte. Hier war es auch, als Lelia mir Lesen und Schreiben beibrachte. Nun war es auch der Ort, an dem er für die Taten, die er begangen hatte, sterben musste.

Tränen füllten meine Augen. Ich glaubte, ein Gefühl der Befriedigung oder Befreiung würde durch meinen Körper ziehen, wenn ich Blutrache für meine Familie erhalten hätte. Stattdessen fühlte ich einen tiefen, nicht enden wollenden Schmerz in meiner Brust. Ich hatte den einzigen Menschen, der mich liebte, getötet. Ich brach neben Marcitus zusammen und weinte.

Als der Schmerz meine Gedanken wieder freigab, kam mir der Gedanke nach Flucht in den Sinn. Nur wohin, überlegte ich. Hier würden mich die Nachbarn bald finden, und jedem wäre klar, was ich getan hatte. Ich würde ohne Umschweife hingerichtet werden. Das war mir klar. Nach Germanien konnte ich nicht gehen, nach all dem, was Julia mir erzählt hatte. Julia. Das war die Lösung. Ich müsste mich nur eine Zeit lang bei ihr verstecken und könnte dann ein neues Leben an irgendeiner Stelle beginnen, wo man mich nicht kannte. Ich erinnerte mich daran, dass neben Julias Haus ein unterirdisches Gemäuer war, worin ihr Mann Dokumente aufbewahrte. Sie hatte mir einmal gesagt, dass er nur sehr selten dorthin gehen würde, da er alle Dokumente, die er benötigte, in seinem Arbeitszimmer aufhob – sehr zu ihrem Bedauern, da es dadurch sehr unordentlich war und er ständig schimpfend Unterlagen suchte. Mein Plan war es, mich in diesem Gemäuer zu verstecken, bis man mich nicht mehr suchen würde.

Eilig packte ich die wichtigsten Dinge zusammen, die ich für meine Flucht benötigte. Ich zog mich um, packte etwas zu Essen, Kleidung und Münzen ein. Ebenso nahm ich den vielen Schmuck mit, den mir Marcitus geschenkt hatte. Ihn würde ich sicherlich gewinnbringend verkaufen oder gegen Essen tauschen können. Nachdem ich alles zusammen hatte, machte ich mich daran, aus dem Dorf hinauszuschleichen. Es war bereits Abend geworden und die meisten Bürger kamen von ihrer Arbeit nach Hause. Es würde nicht lange dauern, bis jemand bei Marcitus an die Tür klopfen würde, um ihn um Rat zu fragen.

Wie bereits in der Nacht des Angriffs schlich ich mich zur Hintertür hinaus. Auf leisen Füßen ging ich um das Haus und huschte neben das Nachbarhaus. Es war das Haus des Schweinebauern. Ein kleines Holzhaus mit einem überdachten Unterstand daneben. Da die Ausgänge aus der Stadtmauer stets bewacht waren, musste ich einen anderen Weg finden. Ich erinnerte mich daran, dass der Müller seine vollen Säcke immer hinter seinem Haus an der Mauer aufhäufte. Das war vielleicht eine Möglichkeit, über die hohe Wehr zu kommen. Ich duckte mich unter einem Fenster und huschte zum nächsten Haus. Dort ging ich an der Rückseite entlang. Zwei Häuser weiter sah ich den Haufen Säcke an der Mauer lehnen. Er war gerade hoch genug, damit ich mich darüber schwingen konnte. Schnell schlich ich weiter. Hinter mir polterte etwas, und lautes Gebrüll ertönte. Der Schweinebauer stolperte aus seinem Haus und erbrach sich in den Garten. Dahinter hörte ich seine Frau, wie sie ihn übel beschimpfte, dass er schon wieder zu viel gesoffen hätte. Ich zitterte vor Aufregung, als ich mich, so nahe ich konnte, an die hölzerne Außenwand des Hauses presste. Zu meinem Glück gingen beide zurück ins Haus und stritten sich dort weiter. Ich ging weiter, immer meine Umgebung im Auge, ob sich irgendwo etwas regen würde. Eilig hastete ich zu den Säcken und stieg hinauf. Unter meinem Gewicht drückten sich die Säcke zusammen, sodass die Spitze der Mauer immer mehr außer Reichweite kam.

Ich musste springen.

Ich holte tief Luft, ging tief in die Knie und sprang. Mit einer Hand bekam ich die Kante der Mauer zu fassen. Ich setzte mit der anderen Hand nach. Mit aller Macht zog ich mich an den Armen auf die Mauer. Mein rechtes Bein versuchte, ebenfalls die Mauer zu erklimmen. So verwunden, zerrte ich mich mühevoll hinauf. Oben angekommen verlor ich den Halt und rutschte auf der Außenseite wieder hinunter. Ich fiel schmerzvoll in einen flachen Geröllhaufen. Ohne einen Laut blieb ich einen Moment still sitzen. Meine Glieder brannten vor Anstrengung. Da meinen Sturz niemand gehört zu haben schien, warf ich mich flach in das angrenzende Weizenfeld, das bereits sehr hoch stand. Die Wachen durften mich unter keinen Umständen zu sehen bekommen. Deshalb kroch ich wie eine Echse nur mit den Armen durch das Feld, bis ich am Fluss angekommen war. Von dort aus ging ich immer in Richtung Süden davon. Mit jedem Schritt, den ich tat, spürte ich, wie die Anspannung, erwischt zu werden, ein wenig von mir abließ.

Als ich Cannavicus erreichte, war es finsterste Nacht. Ich schlich mich zu Julias Haus und suchte nach dem Eingang zu ihrem unterirdischen Raum. Die schwere vergitterte Eisentür davor war nicht verschlossen. Als ich aber die Tür ergriff und sie langsam öffnete, quietschte sie wie ein Ferkel. Das Geräusch zerschnitt die Stille der Nacht so laut, dass ich dachte, der gesamte Vicus würde aufwachen. Ich huschte eilig durch die Tür, zog sie wieder heran, wobei sie dasselbe Geräusch von sich gab. Ein Geräusch, als wenn zwei Klingen aufeinandertreffen würden, verriet mir, dass die Tür ins Schloss gefallen war. Ich lief die Treppe hinunter. Im Gewölbe angekommen roch es wie ein fauliger Waldboden nach einem langen Winter. Durch ein winziges Fenster drang schwaches Mondlicht herein. Ich sah hohe Regale mit unzähligen Dokumentenrollen. In einer Ecke hinter einem Regal richtete ich mein Lager ein.

So verbrachte ich viele Tage und Nächte in diesem Raum. Bei Nacht ging ich hinaus und suchte mir im Müll der Anwohner etwas zu essen oder erleichterte mich. Tagsüber blieb ich versteckt in dem Raum. Nie kam jemand herunter, um etwas in dem Raum zu tun. Julia hatte recht gehabt.

Eines Nachts schien es, als wenn ein Gewittersturm auf den Vicus zurasen würde. Zuerst hörte ich nur ein dumpfes tiefes Grollen, welches den Boden unter mir erzittern ließ. Kurz darauf konnte ich aber ganz deutlich lautes Gebrüll und Geschrei vernehmen. Das Leuchten von Flammen flackerte durch die kleine Luke an der Decke. Frauen schrien angstvoll, Kinder kreischten. Ich hörte Schwerter aufeinandertreffen. Pferde spurteten über den trockenen Boden. Schwere Körper fielen auf die Erde. Ich rannte zur eisernen Tür, um zu sehen, was dort vor sich ging. In einiger Entfernung sah ich, wie ein Wagen, mit zwei Pferden angespannt, in Flammen stand. Die Tiere rissen rasend vor Angst die Augen weit auf. Dann rannten sie los, zerrten den Wagen wie einen Feuerschweif, der am Himmel fliegt, hinter sich her. Die Tiere schlugen wilde Haken, wobei eines der Pferde stolperte und beinahe hingefallen wäre. Sie rammten mit dem Wagen ein hölzernes Haus. An der Stelle, an der es von dem Gespann getroffen wurde, zerbarsten Holzbalken, sodass ein klaffendes Loch in der Hauswand zurückblieb. Nun polterten die Pferde mit ihrer brennenden Last direkt auf mich zu. Panisch wich ich einige Schritte von der Tür zurück. Das eine Tier rammte mit voller Wucht die Mauer, in welche die eiserne Tür eingelassen war. Ein lautes Geräusch wie von brechendem Holz war zu hören. Dann sackte das Pferd in sich zusammen. In seiner Todesangst rannte das andere Tier einfach weiter. Der tote Leib seines Partners geriet unter die Räder des Wagens, der dadurch hoch in die Luft geschleudert wurde. Krachend schlug er gegen die steinerne Wand von Julias Haus. Funken sprühten und nahmen mir die Sicht. Kurz darauf polterte es über mir. Metall quietschte, als es über Stein gezogen wurde. Wieder hörte ich das Pferd laut wiehern. Ein paar schwere Hufschläge auf dem Boden, dann ein lauter Schlag wie von einem Hammer. Der Wagen war durch den Überschlag zerstört worden, aber das arme Pferd war immer noch an seinem Saumzeug mit der Deichsel des Wagens verbunden. Die schlug jetzt wild gegen die Hauswände über mir und brachte sie somit zum Einsturz. Ich musste hier raus, kam es mir augenblicklich in den Sinn. Mit einem Satz war ich wieder an der Gittertür. Was ich dann sah, ließ mir das Blut in meinem Körper gefrieren.

Ich war eingesperrt.

Dicke Steinbrocken lagen direkt vor dem Eingang zu dem Raum, in dem ich mich befand, sodass ich die Tür nicht öffnen konnte.

Die Schlacht dauerte die komplette Nacht an. Die Todesschreie der Menschen drangen mir in Mark und Bein. Ich setzte mich in eine Ecke und kauerte mich fest zusammen. Meine Hände hatte ich mir so lange und so fest auf die Ohren gepresst, dass meine Arme von der Anstrengung beinahe steif wurden. Ich weinte, ich weinte um das Leid, welches den armen Menschen vor der Tür zuteil wurde. Ich weinte aber auch darum, dass ich eingesperrt war und nicht helfen konnte. Und ich weinte um Marcitus. Und um Teutobald. Ich griff an die Lanze, die ich noch immer wohl gehütet an meinem Gürtel trug.

Oh Teutobald, wärst du nicht ermordet worden, dann wäre all das hier vielleicht niemals geschehen. Ich wäre niemals von Zuhause fortgegangen, wäre nie in die Klauen der Männer gekommen, die mich weit fortbrachten. Ich hätte nie Marcitus und seine Familie kennengelernt. Und ich hätte Lelia nicht ihren Vater genommen.

Irgendwann hörten die Klagerufe auf, die Waffen verstummten. Nur noch der gierige Ruf des Feuers nach Nahrung war übrig. Der Geruch nach Blut und verbranntem Fleisch drang durch die Luke zu mir herein. Zitternd löste ich meine Hände vom Kopf und hörte nach draußen. Nichts. Ich stand auf, stellte mich unter die Luke und rief hinaus, aber niemand antwortete. Es war keiner mehr am Leben, der mich hören konnte.

Als der Tag anbrach, ging ich zur Tür und schaute zwischen den Eisenstäben hindurch ins Freie. Ich sah nichts als Verwüstung. Leblose, verstümmelte Körper lagen überall verstreut, Häuser standen in Flammen und Mauern waren zerschlagen. Vor der Tür zu dem Raum, welcher nun zu meinem Gefängnis geworden war, lag der Kadaver des Pferdes. Der Körper war von den schmalen Rädern des Wagens aufgeschlitzt, der Kopf halb abgerissen. Rings um das tote Tier lag ein großer Haufen Steine. Er versperrte mir den Weg nach draußen. Ich stemmte mich mit all meinem Gewicht gegen die Tür. Ich riss an ihr und versuchte, durch die Gitterstäbe hindurch die Steine zu bewegen. Nichts tat sich, ich bekam die Steine nicht bewegt. Die

Tür hing fest in ihren Angeln. Das Gewicht des Tieres und der Steine lag so schwer darauf, dass jeder weitere Versuch zwecklos war.

Schnell ergriff ein unglaubliches Durstgefühl meinen Geist. Ich suchte den staubtrockenen Raum ab, fand aber außer Schriftrollen nichts. Nahrungsvorräte hatte ich auch keine. Mit schmerzhafter Gewissheit brannte sich eine neue Erkenntnis in meine Gedanken. Ich würde hier den Tod finden. Der Raum, in dem ich mich zum Schutz verkrochen hatte, war mit einem Schlag zu meinem Grab geworden.

Müde, niedergeschlagen, tieftraurig und verzweifelt setzte ich mich wieder in meine Ecke. Die Sonne ging langsam unter, die Nacht brach herein. Dem folgte vor den Gittern meiner Kammer ein neuer Tag. Fliegen machten sich über den Kadaver des großen Pferdes her. Der Wind trug den Gestank nach faulendem Fleisch zu mir herein, sodass ich dachte, ersticken zu müssen. Wieder senkte sich die Nacht herein. In der Nacht hörte ich hinter den Mauern Tiere. Sie scharrten im Dreck, rauften sich oder jaulten, um ihre Artgenossen herbeizurufen. Das Leben ging weiter. Auch wenn ich keinerlei menschliches Leben vernehmen konnte, so waren es zumindest die Tiere, die an die Stelle der Menschen traten.

Der Tag begann und mir kam ein neuer Gedanke. Es war noch nicht vorbei. Solange ich noch nicht tot bin, kann ich noch etwas tun. Ein letztes Mal rappelte ich mich auf. Ich wollte den Menschen, die einmal hierher kommen und all den Tod und das Leid sehen werden, eine Nachricht hinterlassen, was hier geschehen war. Ich suchte mir etwas zu schreiben und Wachstafeln, wovon es genügend gab. Dann begann ich zu schreiben:

›Mein Geist ist schwach und lahm. Die verbliebenen Kräfte meines Körpers schwinden mehr und mehr – ich sterbe. Bevor mein Körper Nerthus, der Göttin der Erde, übergeben wird, bete ich, dass mir genug Zeit bleibt, alles zu erzählen.‹

XXXII

Stuttgart
Gegenwart

Vor dem Eingang zu dem Schacht standen mehrere Betonmischer, die darauf warteten, ihre Ladung loszuwerden. Bauarbeiter lungerten vor den Fahrzeugen herum, bedienten Maschinen oder waren damit beschäftigt, andere Arbeiter herumzuscheuchen.

Bürkle war gemeinsam mit Schneider als Erster an der Baustelle angekommen. Dort wartete er unter den kritischen Blicken der Bauarbeiter auf die anderen, die da waren: die Staatsanwältin Faller und Mitarbeiter des Landesamtes für Denkmalschutz. Als die Staatsanwältin schimpfend auf die beiden Polizisten zulief, mussten sie sich große Mühe geben, nicht laut loszulachen. Sie hatte das absolut falsche Schuhwerk für die Unternehmung gewählt und musste nun bei jedem Schritt, den sie tat, ihre hohen Schuhe aus dem Schlamm ziehen. Die beiden

Damen vom Denkmalamt waren hingegen bestens vorbereitet. Sie trugen hohe Gummistiefel. Zudem hatten sie orange Bauhelme auf.

»He, Sie haben hier nichts verloren. Verschwinden Sie von der Baustelle«, bellte Lutz der Gruppe entgegen, als sie durch den Bauzaun gingen. Er war gerade damit beschäftigt, an einem Klemmbrett etwas abzulesen.

»Herr Lutz?«, fragte Bürkle. Er erkannte den Kerl von dem Foto aus dem Internet sofort wieder. Untersetzt, fett, aufgequollenes Gesicht, ungepflegt.

Lutz nickte kurz, kam gleichzeitig wie eine Dampfwalze auf Bürkle zugelaufen.

»Raus hier«, blaffte er.

»Mein Name ist Bürkle vom Landeskriminalamt. Das hier ist Herr Schneider von der Kriminalpolizei. Die beiden Damen sind vom Landesamt für Denkmalpflege.«

»Ja und?« Die Selbstsicherheit aus seiner Stimme war verschwunden.

»Stimmt es, dass Sie gestern bei der Polizei einen Dolch abgegeben haben?«, fragte Bürkle.

Lutz starrte ihn verdutzt an. Für einen Moment fehlten ihm die Worte.

»Äh … ja«, brachte er zögerlich hervor.

»Können Sie mir sagen, wo Sie das gute Stück gefunden haben?«

Kurzes Zögern.

»Im Rosensteinpark, das habe ich Ihrem Kollegen doch schon gesagt.«

Jetzt mischte sich die eine Dame des Denkmalamtes ein. Sie hatte stark gelockte blonde Haare. Ihr Gesicht war übersät von Sommersprossen.

»Lag die Lanze einfach so auf dem Gras oder wie soll

ich das verstehen?« Ihre Stimme erinnerte Bürkle an ein gackerndes Huhn.

»Na ja, ich bin spazieren gegangen und da lag das Ding eben da.«

Bürkle beäugte Lutz von oben bis unten. Wie ein Mann, der gemütlich durch einen Park schlendern würde, sah er ganz und gar nicht aus.

»Das kann aber nicht sein. Die Lanze war mit Schmutz verkrustet, der nach ersten Analysen aus tieferen Regionen stammt. An der Waffe waren auch keinerlei Hinweise darauf, dass ein Tier sie zuerst ausgegraben und dann mit sich herumgezogen hätte.« Die Worte der Frau kamen wie aus einem Maschinengewehr. Bürkle zog automatisch den Kopf ein.

»Na, jetzt hören Sie mal. Seien Sie doch froh, dass ich Ihnen den Schrott überhaupt gebracht habe. Ich hätte es ja auch liegen lassen können.« Schweißperlen traten auf seine Stirn.

»Herr Lutz, kann es nicht vielleicht auch möglich sein, dass Sie diese Lanze hier im Baugraben gefunden haben?«, fragte Bürkle.

Es schien auf einmal, als wäre sämtliche Farbe aus dem Gesicht des dicken Bauarbeiters gewichen.

»Quatsch.« Er rang um Fassung. »Ich habe es oben im Park gefunden.«

»Das glaube ich Ihnen nicht, Herr Lutz«, hielt Bürkle dagegen. »Ich glaube vielmehr, dass Sie hier auf der Baustelle etwas für Ihren Chef vertuscht haben. Als Sie die Lanze dann gefunden haben, hat Sie das schlechte Gewissen geplagt.«

Lutz schaute bedrückt zu Boden, sagte keinen Ton.

»Das stimmt doch, oder?« Bürkles Stimme wurde einfühlsam.

»Nein«, sagte Lutz gequält. »Ich sage doch, ich habe das Teil oben im Park gefunden.« Es schien, als würde er jeden Moment beginnen zu weinen.

»Überlegen Sie mal, Herr Lutz, mal angenommen, Sie hätten tatsächlich was für Herrn Wittlinger-Diehl vertuscht. Nicht er, Sie würden ins Gefängnis dafür wandern. Wollen Sie das denn? Die schwer verdienten Jahre Ihrer Rente im Gefängnis zubringen? Mal ganz abgesehen von den historischen Funden, die für immer verloren wären. Reicht Ihre Loyalität wirklich so weit?«

»Ich verdanke Herrn Wittlinger viel.« Mit dieser Aussage wusste Bürkle, dass er ihn im Netz hatte.

»Aber sind Sie Herrn Wittlinger wirklich so viel schuldig, dass Sie für Ihn wegen vier Morden ins Gefängnis gehen würden?«

Lutz schaute vom Boden auf. Seine Miene war wie versteinert. Er faltete die Hände, ließ dabei die Finger aber ausgestreckt, sodass die Geste ein wenig Ähnlichkeit mit einem Igel hatte. Für Bürkle war das ein Zeichen, dass er sich vor etwas schützen wollte.

»Ich habe nichts mit irgendwelchen Morden zu tun.«

Für Bürkle begann jetzt der Tanz auf dem Eis. Er hatte keinerlei Beweise für seine These.

»Nach den jetzigen Indizien schon.« Bitte beiß an, flehte Bürkle.

»Ich habe doch nur ...«

In diesem Moment erschien Wittlinger-Diehl hinter Bürkle. Er blieb in etwa vier Metern Entfernung stehen.

»Guten Tag, die Damen. Und die Herren. Darf ich fragen, was Sie auf meiner Baustelle verloren haben?«, fragte er überheblich.

»Guten Tag, Herr Wittlinger-Diehl. Schön, dass Sie Zeit

gefunden haben herzukommen«, säuselte Bürkle freundlich.

»Das können Sie sich sparen. Was wollen Sie?«

»Herr Lutz hat uns gestern ein schönes Andenken von hier mitgebracht. Wir wissen alles«, sagte Bürkle beschwingt. Dabei hoffte er darauf, dass Wittlinger-Diehl auf seine Anspielung reagieren würde.

»Was haben Sie gemacht, Sie Idiot?«, blaffte Wittlinger-Diehl seinen Vorarbeiter an.

Volltreffer.

Lutz schrak aufgrund des plötzlichen Gefühlsausbruchs seines Chefs zusammen.

»Ich … ich habe ihnen nur einen Dolch gebracht, den ich gefunden habe«, sagte Lutz flehentlich.

»Sind Sie denn völlig bescheuert?« Wittlinger-Diehls Gesicht war blutrot angelaufen. Er funkelte Lutz böse an. »Verschwinden Sie von meiner Baustelle. Sofort.«

Lutz wollte etwas sagen, schien jedoch die richtigen Worte nicht zu finden. Zu sehr war er schockiert über das, was sich soeben abspielte.

»Moment, Moment, noch geht keiner irgendwo hin«, sagte Bürkle. »Herr Lutz, wollen Sie Herrn Wittlinger-Diehl immer noch schützen? So wie ich das sehe, hat er Sie soeben gefeuert.«

»Aber das geht doch nicht. Ich habe doch immer alles getan, was Sie gesagt haben«, sagte Lutz zu Wittlinger-Diehl.

»Das zählt jetzt nichts mehr. Sie wandern jetzt für Ihre Loyalität hinter Gitter.« Bürkle winkte in Richtung des Schachteingangs, wo zwischenzeitlich sechs uniformierte Polizisten warteten. »Führen Sie den Mann ab«, rief er ihnen zu.

Lutz starrte Bürkle an. Dann wechselte sein Blick hastig zu Wittlinger-Diehl und zu den Polizisten, die auf ihn zugingen. Bürkle konnte die unendlich tiefe Enttäuschung über Wittlinger-Diehls Aussage auf dem Gesicht des Vorarbeiters sehen. Für ihn musste in diesem Moment seine gesamte Welt zusammengebrochen sein.

Einer der Beamten trat hinter ihn und nahm ihm beide Hände auf den Rücken. Bürkle hörte das metallische Klicken von Handschellen.

»Kommen Sie«, sagte der Polizist tonlos. Dabei hielt er Lutz in der Armbeuge seines linken Arms fest. Dieser riss sich aus dem Griff los und stapfte wie ein wütender Bär auf Wittlinger-Diehl zu. Er zog den Atem zischend durch die zusammengebissenen Zähne ein. Sein Kopf war knallrot geworden. Eine dicke Ader trat auf seiner Stirn hervor.

»Ist das der Dank dafür?« Lutz schrie Wittlinger-Diehl hysterisch an.

Zwei weitere Beamte kamen dem Polizisten, der ihm die Handschellen angelegt hatte, zur Hilfe. Sie packten ihn grob an den Armen und versuchten, ihn in Richtung Ausgang zu ziehen. Er stemmte sich mit seinem gesamten Gewicht gegen die Männer, die größte Mühe hatten, ihn wegzuzwingen.

Als sie wenige Schritte weit gekommen waren, schrie Lutz über die Schulter: »Ich geh nicht für Sie ins Gefängnis. Sie verdammter Mistkerl.« Unter Aufbietung seines gesamten Gewichts riss er sich abermals von den Polizisten los. Schnaubend vor Wut und Anstrengung blieb er breitbeinig stehen, den Blick auf Wittlinger-Diehl gerichtet. Die Polizisten setzten an, um Lutz wieder unter Kontrolle zu bekommen. Bürkle wies ihnen mit einer kurzen Handbewegung an zu warten.

»Ich habe mein halbes Leben für Ihre Firma geopfert. Ich habe keine Frau, keine Kinder und keine Freunde. Ich habe Tag und Nacht nur dafür gearbeitet, damit es der Firma gut geht.« Lutz' Stimme überschlug sich beinahe. »Als ich Ihnen berichtet habe, worauf wir gestoßen waren und Sie mir gesagt haben, was zu tun war, habe ich es getan. Um die Firma zu schützen. Und das ist der Dank dafür, Sie Schwein?«

Die Staatsanwältin, die in Bürkles Vorhaben noch nicht eingeweiht war, beobachtete sichtlich verwundert die Szene.

»Herr Lutz«, Bürkles Stimme war ganz ruhig. »Zeigen Sie uns, was Sie hier gefunden haben. Sie wollen doch auch, dass es gefunden wird.«

»Das ist doch Blödsinn«, blaffte Wittlinger-Diehl los. »Der Mann spinnt doch. Ich habe ihn vor ein paar Wochen darum gebeten, dass er in Rente gehen soll. Das hat ihn wohl völlig aus der Bahn geworfen. Schauen Sie ihn sich doch an. Er hat doch außer der Arbeit nichts. Ihn will auch niemand sonst haben.«

»Halten Sie die Klappe«, wies Schneider den Baulöwen barsch an.

»Kommen Sie, Herr Lutz. Sie haben jetzt die Chance, etwas Gutes zu tun.« Bürkle schaute Lutz tief in die Augen. Äußerlich versuchte er, wissentliche Ruhe auszustrahlen. Innerlich waren seine Nerven bis zum Zerreißen gespannt. Alles worauf sich seine Taktik aufbaute, waren vage Vermutungen. Würde einer der Beteiligten nicht die Rolle spielen, die sich Bürkle erhoffte, würde sein Plan scheitern. Das wäre die größte Katastrophe seiner Karriere. Er hatte sich gegen eine betuchte und hoch angesehene Familie Stuttgarts aufgelehnt. Zu seiner Show hatte er auch noch Schneider, die Staatsanwältin, das Denkmalamt und ein paar weitere Kollegen eingeladen. Sie würden Zeugen werden, wie er entweder einen beeindruckenden Sieg davontragen oder jämmerlich verlieren würde.

Bitte, setz dich in Bewegung.

Lutz stand wie angewurzelt da. Er hatte seine Augen starr auf seinen Chef gerichtet, der, wie es schien, dem Blick nur unter Qualen standhalten konnte.

»Herr Lutz. Zeigen Sie uns die Stelle«, sagte Bürkle noch einmal ganz ruhig.

Lutz löste seinen Blick von Wittlinger-Diehl und stapfte los. Er ging so nah an ihm vorbei, dass der Bauunternehmer seinem Vorarbeiter Platz machen musste.

Bürkle atmete aus, er hatte es geschafft.

Plötzlich zerriss ein ohrenbetäubender Knall die aufgeladene Stille unter den Anwesenden. Lutz schaute schockiert auf Bürkle. Dann sank er schlaff auf die Knie und fiel nach hinten über.

Wittlinger-Diehl stand mit gezogener Pistole in Bürkles Blickfeld.

In einer blitzartigen Reaktion zog Bürkle seine Waffe aus dem Holster und richtete sie auf Wittlinger-Diehl.

»Waffe weg«, brüllte er. Die Polizisten hinter Wittlinger-Diehl zogen ebenfalls ihre Waffen. Die Staatsanwältin beugte sich zu Lutz hinunter. Eine der beiden Frauen vom Denkmalamt kreischte hysterisch. Schneider ging zu ihr, um sie zu beruhigen.

»Weg von ihm«, schrie der Bauunternehmer.

»Der Mann braucht sofort Hilfe«, sagte die Staatsanwältin ruhig.

»Stehen Sie auf, verdammt noch mal.« Wittlinger-Diehl richtete die Waffe auf die Staatsanwältin. »Los.«

»Ganz ruhig«, sagte sie, folgte aber seinem Befehl. Langsam richtete sie sich auf und ging zurück zu Schneider.

»Ihr macht mir meinen Plan nicht kaputt.« Wittlinger-Diehl klang, als würde er den Verstand verlieren. »Ihr nicht.«

»Legen Sie die Waffe weg, Mann. Sie machen doch alles nur noch schlimmer«, sagte Schneider.

»Noch schlimmer? Was soll denn noch schlimmer sein? Meine Frau, die Schlampe, verprasst mein ganzes Geld und vögelt sich ohne sich zu genieren durch die Weltgeschichte. Und ich darf tagein, tagaus nur danach schauen, dass der Laden weiterläuft.« Tränen schossen in Wittlinger-Diehls Augen. »Und was habe ich davon?«, fragte er in die Runde. »Nichts. Ich bin wie ein Affe in einem goldenen Käfig. Solange ich das tue, was Frauchen mir sagt, bekomme ich Futter. Gehorche ich aber nicht mehr, lässt sie mich am ausgestreckten Arm verhungern.«

»Sie hätten sich doch einfach von Ihrer Frau trennen können«, sagte Schneider.

»Pah«, spuckte Wittlinger-Diehl. »Sie haben ja keine Ahnung. Würde ich das tun, hätte ich nichts mehr. Ich könnte mich zu den Pennern in den Schlosspark legen. Mit diesem Bauprojekt hier«, er zeigte auf die Baugrube, »hätte ich die Chance gehabt, mir eine eigene Existenz aufzubauen. Endlich hatte ich es geschafft, mein eigenes Geld zu verdienen. Und dann kam diese Scheiße dazwischen.«

»Die Arbeiter waren bei den Grabungen auf etwas gestoßen«, sagte Bürkle.

»Woher hätte ich denn wissen sollen, dass dieses Stück Scheiße hier alles vermasselt?« Wittlinger-Diehl richtete die Waffe auf Lutz. Dann machte er drei schnelle Schritte auf ihn zu, hob den massigen Kopf des bewusstlosen Mannes hoch und presste ihm die Waffe an die Schläfe. »Du Mistkerl bist schuld daran, dass jetzt alles den Bach runtergeht.«

»Machen Sie jetzt keinen Fehler«, sagte Bürkle, während er sich langsam auf Wittlinger-Diehl zubewegte. »Legen Sie die Waffe weg. Noch können wir über alles reden.«

»Ich habe dir einen einfachen Auftrag gegeben, aber nicht mal das hast du hinbekommen.«

»Legen Sie die Waffe weg.« Wieder ging er einen kleinen Schritt weiter.

»Gehen Sie zurück«, kreischte Wittlinger-Diehl. Die Pistole zielte jetzt auf Bürkle, der abrupt stehen blieb.

»Waffe weg«, befahl Wittlinger-Diehl.

Bürkle bückte sich, ohne den Blick von ihm zu nehmen, und legte seine Waffe auf den Boden.

»Herr Wittlinger-Diehl, legen Sie die Pistole weg. Sie wollen doch nicht wirklich, dass jemand zu Schaden kommt. So wie Sie auch nicht wollten, dass Mannhardt noch weitere Leute umbringt.« Bürkle hatte beide Hände gehoben.

Wittlinger-Diehls Gesichtsausdruck änderte sich in eine schockierte Maske. »Sie wissen von Mannhardt und mir?«

»Herr Wittlinger-Diehl, Sie sind doch im Grunde ein vernünftiger Mensch. Ansonsten hätten Sie uns doch nicht angerufen und Mannhardt ans Messer geliefert.« Wieder ging Bürkle einen winzigen Schritt weiter. Er war jetzt fast in Reichweite der Waffe.

»Gehen Sie zurück, sage ich.« Dicke Tränen flossen über Wittlinger-Diehls Wangen. »Oder ich knall Sie auch ab.«

»Das wollen Sie doch gar nicht. Sie wollen doch nur das, was Ihnen zusteht. Wenn Sie jetzt einen Fehler machen, ist alles verloren«, beschwor Bürkle den Baulöwen.

»Es ist doch jetzt eh alles zu spät.« Die silberne Pistole zitterte in Wittlinger-Diehls Hand. Lutz war zwischenzeitlich wieder zu sich gekommen. Seine Augen ruhten starr auf dem Lauf der Waffe. Blut lief aus seinem Mund.

Plötzlich hob Wittlinger-Diehl die Pistole an seine Schläfe. Er schloss die Augen und …

Der Blitz des Mündungsfeuers erhellte die Gesichter der Umstehenden für den Bruchteil eines Augenblicks. Wittlinger-Diehl ließ aus seiner erschlafften Hand, in der ein großes Einschussloch zu sehen war, die Pistole fallen. Dann begann er wie ein Kind, das sich das Knie aufgeschlagen hat, zu schreien. Hinter ihm stand ein Polizist, die Dienstwaffe im Anschlag.

»Guter Schuss, Hoffmann«, sagte Schneider. »Und jetzt schaffen Sie mir den Kerl aus den Augen. Und rufen Sie einen Krankenwagen.«

Zwei der sechs uniformierten Polizisten hoben den verwundeten Bauunternehmer mühelos auf die Beine und zogen ihn widerstandslos davon.

Bürkle zog eilig seine Jacke aus und kniete sich zu Lutz hinunter.

»Es ist gleich Hilfe da. Halten Sie durch.« Er legte den schweißnassen Kopf des Mannes auf die zusammengerollte Jacke.

Lutz hob schwach den Arm. Seine Finger zeigten in den Schacht hinein.

»Do… Dort«, stotterte er.

»Was wollen Sie mir zeigen?« Bürkle schaute dem Arm von Lutz hinterher.

»Es … ist da vorn. Wenn Sie runt… runter gehen … hinten links.« Lutz spuckte einen Schwall Blut. »Der

Boden ist … Sand, aber … einfach wegmachen.« Sein Kopf sackte zur Seite. Er hatte das Bewusstsein wieder verloren.

»Herr Lutz, wachen Sie auf. Halten Sie noch kurz durch. Hilfe ist unterwegs.« Bürkle schlug ihm leicht auf die Wange. »Nicht einschlafen. Hören Sie.«

Seine Augen öffneten sich wieder.

»Dünne Schicht Beton darunter …«, brachte er gurgelnd hervor.

Bürkle schaute zu den im Tunnel verbliebenen Polizisten auf und sagte: »Räumen Sie die Baustelle. Alle Arbeiten sind einzustellen.« Dann wechselte sein Blick zu den Damen vom Landesamt für Denkmalpflege. »Das ist Ihre Party, meine Damen.«

Ohne ein weiteres Wort machten sich die Frauen auf in den Schacht für das Fundament.

Lutz krallte seine Hand in Bürkles Arm. Dann sagte er: »Wird der … der Fund jetzt ge… gerettet?«

»Ja, Herr Lutz. Dank Ihnen können wir das, was Sie gefunden haben, retten.«

»Dann, dann habe ich doch noch was geleistet.«

»Ja, das haben Sie.«

Das schmerzverzerrte Gesicht des dicken Mannes entspannte sich. Ein zufriedenes Lächeln umspielte zu Bürkles Verwunderung seine Lippen. Dann sackte sein Kopf zur Seite, sein Blick wurde leer.

Bürkle fühlte an der Halsschlagader nach dem Puls.

Nichts.

Er war tot.

XXXIII

Die Abendsonne wärmte Ronda und Bürkle, als sie vor der Besenwirtschaft saßen. Bunte Blätter fielen von der großen Eiche, die mitten auf dem großen Hof stand. Die Luft war kühl und roch nach Herbst.

Ronda war zwischenzeitlich aus dem Krankenhaus entlassen worden. Ihre Gehirnerschütterung war therapiert und sämtliche körperliche Wunden verheilt. Als Bürkle sie aus dem Krankenhaus abgeholt hatte, sprühte sie nur so vor Tatendrang. Dieses Feuer wurde von Schneider allerdings ziemlich unsanft gelöscht, indem er ihr kurzerhand einen Moment Zwangsurlaub verordnete. Ronda war außer sich, auch wenn er beteuerte, dass es nur zu ihrem Besten sei. Sie solle sich ausruhen und sich um ihre Mutter kümmern. Er bat sie auch, sich mit einer Polizeipsychologin zu unterhalten. Immerhin hätte sie in den letzten Tagen viel durchgemacht. Auf die Frage hin, ob dieser Zwangsurlaub etwas mit dem Verfahren zu tun haben würde, welches ihr immer noch anhing, antwortete er, dass sie sich darum keine Gedanken machen solle. So stand sie plötzlich vor der Frage, was sie mit ihrer ungewollten Freiheit anfangen sollte. Es war Donnerstag, also noch zwei Tage bis zum Wochenende. Leider versprach das Wetter am Samstag nichts Gutes. Regen und Wind waren angekündigt. Also fiel auch der Grundkurs ihrer Gleitschirmausbildung ins Wasser, dachte Ronda. Sie rief Bürkle an und lud ihn kurzerhand für den Abend zum Essen ein.

»Womit habe ich das verdient?«, hatte er am Telefon gefragt.

»Na hör mal. Immerhin hast du mir das Leben gerettet. Da sollte ich mich schon ein wenig erkenntlich zeigen.«

»Also gut. Wohin gehen wir?«

»Ich habe gehört, dass es ein ganz nettes Restaurant mit Biergarten bei dir im Ort gibt.«

Bürkle lachte. »Ich habe eine bessere Idee. Wir gehen hier in der Nähe in eine Besenwirtschaft. Da gibt es neuen Wein und Zwiebelkuchen. Ist das was?«

»Okay«, sagte sie zögerlich.

Zwei Stunden später saßen sie mitten auf einem großen Bauernhof auf einer Biertischgarnitur. Sie hörten die Kühe im Stall, rochen den herben Duft von Traktordiesel und beobachteten die kunterbunte Mischung an Menschen, die mit ihnen gemeinsam diesen wunderschönen Herbstabend genossen. Ronda hatte alle Hände voll damit zu tun, die zahlreichen Katzen des Hofes zu streicheln. Sie strichen ihr um die Beine, sprangen auf die Bank und bettelten regelrecht bemitleidenswert um etwas zu Fressen. Auch wenn keines der Tiere abgemagert aussah.

»Jetzt erzähl mir mal alles haarklein. Und wehe, du lässt etwas aus«, sagte Ronda während sie einer ziemlich dicken Katze mit grauem Tigerfell etwas von ihrem Kesselfleisch abgab.

»Also, alles fing damit an, dass Lutz, der Vorarbeiter der ›Wittlinger Bau‹ bei den Aushebearbeiten ein Stück altes Mauerwerk entdeckte. Pflichtbewusst, wie er war, sperrte er sofort die Baustelle ab, schickte alle Arbeiter heim und meldete den Fund Wittlinger-Diehl.«

»Dem das gar nicht gefiel«, hakte Ronda ein.

»Absolut nicht. Es war nämlich so, dass Wittlinger-Diehl mit dem Bau für die Windkraftanlagen in Stuttgart Geld für sich selbst auf die Seite schaffte.«

»Hat er denn nicht schon genug?«

»Offensichtlich nicht. Er ist zwar der Geschäftsführer und bekommt dafür auch ein Gehalt, aber Anteile an der Firma oder Gewinnbeteiligungen hat er nicht. Es ist alles vertraglich so geregelt, dass er im Falle einer Scheidung komplett leer ausgehen würde.«

»Na und? Dann lieber von null anfangen, als sich so benutzen zu lassen.«

»Das ist für einen Mann mit einem solchen Stand, wie er ihn hat, vermutlich nicht so einfach. Immerhin ist er einen gewissen Standard gewöhnt, den er aufgeben müsste. Da geht es nicht nur um finanzielle Dinge. Er ist in seiner derzeitigen Position im Ländle sehr einflussreich. Die Lobby, die ein Mann wie er hat, darf man nicht unterschätzen. Ganz zu schweigen von dem gesellschaftlichen Ansehen, das im Falle einer Scheidung ziemlich bröckeln würde.«

»Aber ein Mann wie er würde doch woanders sofort unterkommen, oder?«

»Nicht, wenn er ein vierjähriges Beschäftigungsverbot bei Verlassen der ›Wittlinger Bau‹ unterschrieben hat.«

»Wie kann man denn auch so naiv sein.«

»Wenn dir die Pistole auf die Brust gesetzt wird. Das war die Bedingung, unter der er Teil der Familie werden durfte.«

»Meine Güte, das ist echt krass.« Ronda schüttelte den Kopf. Wieder verschwand ein Stück Fleisch im hungrigen Maul einer Katze.

»Und wie hat er nun versucht, Geld für sich beiseite zu schaffen?«, fragte sie.

»Das hat er eigentlich ganz clever angestellt. Er hat ein Architektenbüro mit Sitz in London gegründet, das versprach, sich darauf spezialisiert zu haben, die Planung und die geologischen Untersuchungen bei Tiefbauarbeiten durchzuführen. Dieses Architektenbüro hat dann die anstehenden Bauvorhaben begutachtet, Urkunden erstellt und den Bau freigegeben.«

»Ja, aber die musste er doch auch bezahlen, oder?«

»Hätte. In Wirklichkeit gibt es dieses Büro gar nicht. Die erstellten Gutachten sind alle wertlos. Wittlinger-Diehl hat vermutlich die ganzen Dokumente selbst ausgestellt. So floss das ganze Geld, und das nicht wenig, auf ein Konto in der Schweiz, das in Wirklichkeit Wittlinger-Diehl gehört.«

»Aber dann hat er sein Geld doch schon gehabt. Dann hätte ihn die Verzögerung durch die Ausgrabungen doch gar nicht stören brauchen.«

»So einfach ist es leider nicht. Normalerweise geben diese Architektenbüros auch Zeitpläne vor, wie lange so ein Bau dauern wird. In Stuttgart wurde das gesamte Projekt im Vorfeld geplant und zeitlich festgezogen. Die beteiligten Firmen haben relativ enge Zeitpläne vorgelegt bekommen, in denen sie ihre Arbeiten auszuführen haben. Es war also auch Aufgabe dieses Architektenbüros, historisches Material zu sichten, um feststellen zu können, ob eventuell mit Verzögerungen zu rechnen sein wird. Du kannst dir vorstellen, wie genau in diesem Fall gearbeitet wurde.«

»Gar nicht, vermute ich.«

»Genau. Damit die Führung, in diesem Fall Frau Dr. Wittlinger, der Firma Wittlinger auch zufriedengestellt ist und nicht anfängt, die Beurteilungen in Frage zu stellen, hat Wittlinger-Diehl eine saftige Vertragsstrafe gegen das Architektenbüro eingebaut. Die hätte im Fall, dass etwas Historisches gefunden würde, gegriffen.«

»Ja, und ob was gefunden wird oder nicht, hat Wittlinger-Diehl selbst in der Hand.«

»Richtig.« Bürkle hob sein Henkelglas zum Mund und trank einen Schluck von dem Rotwein. »Gar nicht schlecht, oder«, sagte er, nachdem er das Glas wieder abgestellt hatte.

»Okay, dann kam also Lutz zu seinem Chef gelaufen und hat ihm von dem Fund berichtet. Der hat weiche Knie bekommen, weil er Angst um sein Geld hatte. Also musste er handeln.« Ronda kratzte sich mit einer Hand am Kopf. »Aber sag mal, er hätte Lutz den Fund doch einfach so vertuschen lassen können.«

»Nicht alle Arbeiter sind so loyal wie Lutz. Für die meisten ist es eine willkommene Abwechslung, wenn das Landesamt für Denkmalpflege eine Baustelle stilllegt. Die hätten also sicherlich Alarm geschlagen.«

»Also hat er das alles allein gemacht?«

»Wie auch immer er es geschafft hat, aber ja, er hat das wohl allein durchgezogen.«

»Und da hat sich niemand gestört gefühlt?«

Bürkle schob sich eine Gabel Sauerkraut mit Blutwurst in den Mund.

»Jetzt kommt Mannhardt ins Spiel«, sagte er mit vollem Mund.

»Da bin ich ja gespannt.«

»Wie wir wissen, war Mannhardt ja ein Patient von Wittlinger-Diehls Frau. Seit einer seiner Schüler sich das Leben genommen hatte, litt er an schweren Depressionen. Er konnte es nicht ertragen, wenn jemand von einem anderen geärgert oder veräppelt wurde. Er entwickelte dadurch auch ein gewisses Gewaltpotenzial, welches er aber mit regelmäßigen Sitzungen und Medikamenten unter Kontrolle halten konnte. Außerdem hegte Mannhardt einen geradezu manischen Drang danach, sich für alles, was es gibt, Regeln und Richtlinien auszudenken. Das tut er im Grunde deshalb, um sich selbst zu kontrollieren, damit es nicht ungewollt zu Wutausbrüchen kommt, wenn irgendwas nicht so läuft, wie er das will. Wittlinger-Diehl musste von Mannhardts Leiden irgendwie Wind bekommen haben. Er klaute die Akte aus der Praxis seiner Frau und freundete sich wie zufällig mit Mannhardt an.«

»Und dann überredete er ihn, Leute abzuknallen?« Bei ihrer Frage war Ronda ein wenig zu laut geworden, sodass sich Gäste von benachbarten Tischen zu ihnen umdrehten.

Das hatte wohl auch Bürkle bemerkt, denn er senkte den Kopf ein wenig und beugte sich zu Ronda hinüber.

»Nein, das hat er nicht. Er wollte ihn wohl nur so weit bringen, an diesem Wochenende ein wenig für Unruhe in den S-Bahnen zu sorgen, damit die Polizei so sehr abgelenkt ist, dass er in Ruhe seine Vertuschungsaktion durchführen konnte.« Er sprach jetzt deutlich leiser.

»Und wie hat er das geschafft?« Auch Ronda hatte ihre Stimme gesenkt.

»Keine Ahnung. Ich vermute, dass er Mannhardt übelste Schauergeschichten erzählt hat, was sich für Szenen in den Zügen abspielen. So lange, bis er ausgetickt ist.«

»Ja, aber warum gerade an dem Wochenende?«

»Mannhardt hat ausgesagt, dass Wittlinger-Diehl das letzte Mal am Freitag bei ihm gewesen sein musste. Als er wieder ging, ließ er Mannhardt eine Pistole mit Schalldämpfer in seiner Wohnung.«

»Und hat ihm damit die Tatwaffe geliefert.«

»Genau. Allerdings wäre Mannhardt von allein nicht darauf gekommen, sie zu benutzen. Wittlinger-Diehl hat im Vorfeld eine Regel mit ihm aufgestellt.«

»Was für eine Regel?«

»Lernunwillige benötigen etwas Endgültiges. Damit sie nicht länger diejenigen stören, die lernen wollen.«

Ronda schaute ungläubig. »Und das hat gewirkt?«

»Offensichtlich.« Bürkle vollführte eine tänzerische Bewegung mit seiner Gabel. »Als Wittlinger-Diehl dann alles so weit vertuscht hatte, rief er mit verzerrter Stimme bei der Polizei an, um Mannhardt zu verpfeifen.« Wieder schob er eine Gabel von der Schlachtplatte in seinen Mund.

Ronda konnte kaum mit ansehen, wie er Blutwurst aß. Beim bloßen Gedanken daran, wurde ihr schon übel. Schnell spülte sie den Ekel mit einem Schluck Wein hinunter.

»Meine Güte, das ist ja kompliziert. Aber wie bist du denn auf das alles gekommen? Es gab doch keine Hinweise.«

»Ich hatte die ganze Zeit Frau Wittlinger in Verdacht, etwas mit den S-Bahn-Morden zu tun zu haben. Als wir dann Mannhardt verhaftet haben, erhielt ich einen Anruf vom Landesamt für Denkmalschutz mit dem Hinweis, dass es sich bei dem Fund, der bei uns abgegeben wurde, um ein historisches Fundstück handelte.«

»Aber woher wusstest du, dass Lutz der Mann war, der es abgegeben hatte? Ich glaube mich erinnern zu können, dass du mal gesagt hast, der Kerl wäre abgehauen, als man ihn nach seiner Adresse fragte.«

»Internet. Ich habe abends mal ein wenig auf der Seite der Firma rumgestöbert und bin dabei auf ein Bild, auf dem Lutz zu sehen ist, gestoßen. Erst konnte ich ihn nicht richtig einordnen, aber dann erinnerte ich mich.«

»Und wo hat dieser Lutz das Messer gefunden?«

»Lanze. In seinem Radkasten. Er war mit dem Auto auf der Baustelle und hat sich die Lanze mit Schlamm in einen seiner Radkästen gefahren.«

Wieder gab Ronda dem Betteln einer Katze nach und schnitt ihr ein Stück Fleisch ab.

»Schmeckt dir das Essen nicht?«

»Oh doch, aber die armen Miezis haben so Hunger.«

»Die haben keinen Hunger. Die sind verfressen und faul. Die haben hier genug, was sie jagen können, aber wenn ihnen das Futter direkt ins Maul fällt …«

»Ja ja, ist ja gut. Aber schau sie dir doch mal an. So süße Knöpfe. Da kann ich einfach nicht widerstehen.«

»Wegen dir bricht auf dem Hof hier noch eine Mäuseplage aus.«

»Ach Quatsch.« Ronda schaute geniert zu Boden.

Bürkle atmete hörbar aus, dann sagte er: »Als ich von der Verhaftung Mannhardts zur Polizei kam, dachte ich Wittlinger-Diehl in Bellmanns Büro sprechen gehört zu haben. Er ließ aber nur die Aufnahme laufen, als Wittlinger-Diehl Mannhardt verpfiffen hat. Da war mir plötzlich alles klar.«

»Und warum hast du die Ermittlungen dann gefährdet, indem du ohne weitere Beweise zu sammeln auf die Baustelle gegangen bist?«

»Ich habe am Sonntagabend einen Bericht über Windkraftanlagen im Fernsehen angeschaut. Da wurde gezeigt, wie die Fundamente für die Türme gebaut werden. Das sind meterdicke Betonfundamente, die teilweise noch mit Stahlbetonfüßen im Boden verankert werden. Mir wurde bewusst, dass, wenn wir die Grabung noch retten wollten, wir schnell handeln mussten, da sonst alles unter einer dicken Betondecke verschwinden würde.«

Ronda war fasziniert von Bürkles Scharfsinn. Sie fragte sich aber auch selbst, ob sie es geschafft hätte, die einzelnen Fäden so zu spinnen, wie Bürkle es getan hatte.

»Da sage noch einer, Fernsehen bildet nicht«, sagte sie grinsend.

»Mir blieb keine andere Wahl. Ich musste alles auf eine Karte setzen. Also bin ich zu Schneider gerannt und habe ihm alles erzählt. Zum Glück konnte ich ihn überzeugen.«

»Ja, zum Glück. Was wurde denn jetzt gefunden?«

»Oh einiges. Die Historiker sind wohl richtig aus dem Häuschen, wie ich mitbekommen habe. Hinter diesem Mauerfragment, welches Lutz gefunden hatte, befand sich wohl ein Raum oder so was. Er war neben einem Frauenskelett wohl auch voll von Dokumenten. Was das für Dokumente sind, wissen die Wissenschaftler noch nicht.«

»War es denn ein Grab?«

»Vielleicht. Sie wissen noch nicht, was das für eine Leiche ist. Sicher ist nur, dass es eine schwangere Frau war. Ihrem Grab wurden Waffen beigelegt, was die Anwesenheit der Lanze begründen würde. Auch ein Pferd wurde mit ihr ins Grab gelegt. Einige der Wissenschaftler vermuten deshalb, dass sie eine Germanin war. Die haben öfters Tiere mit ins Grab gegeben. Allerdings war wohl die Stelle, wo sie gefunden wurde, von den Römern besetzt gewesen. Außerdem wurden bisher noch nie Schriftstücke von Germanen gefunden. Daher kann es wohl auch sein, dass es eine Römerin war. Oder es war eine Germanin, die römische Dokumente geklaut hat.«

»Die haben Sitten gehabt«, sagte Ronda und schüttelte den Kopf.

EPILOG

Wenn der letzte Schlag ihres Herzens verebbt ist, schließen sich ihre Augen, die Luft entweicht aus ihren Lungen. Der letzte Ton ihrer Stimme hallt in dem dunklen Kellerraum nach, bis auch er sich in die Unendlichkeit von Raum und Zeit verliert. Die Gegenwart wird zur Vergangenheit und die Zukunft entschwindet in der Dunkelheit des Nichts. Der Körper, der alle Mühen, Schmerzen und Leid überwunden hat, ist besiegt von den unbarmherzigen Regeln der Natur.

Ein Leben geht, ein anderes entsteht. Es nistet sich ein, nährt sich aus dem Vergangenen. So verschwindet das, was war, langsam, bis nur noch das blanke Gerüst, welches den Geist durch das Leben getragen hatte, zurückbleibt.

Dunkle Wolken ziehen auf. Es wird Herbst. Nicht enden wollender Regen spült die Zeichen des Kampfes und des Leids davon, bis nichts mehr daran erinnert. Von schwerer Erde geschwängerte Flüsse aus Millionen und Abermillionen Tropfen bahnen sich ihren Weg in das unterirdische Grab, legen sich sanft auf sie und decken sie zu – überspülen die Tafeln ihrer Lebensgeschichte.

Aus Regen wird Schnee, aus Wasser wird Eis. Die schwache Sonne der kurzen Tage wirft ihr Licht nicht mehr auf den dicken Mantel der Natur, der unaufhörlich die Wände des Kellers weiter hinaufkriecht. Der unbarmherzige Griff des Frostes bringt Mauern und Steine zum Bersten, bis auch sie im Wind davongetragen werden. Als der Frühling kommt, erinnern nur noch wulstige Narben im Feld an die Vergangenheit. Eine grüne Pracht breitet sich aus, stirbt und verfault eingepresst und erstickt unter der schweren Last neuen Schnees. Der Frühling kommt wieder, die Natur erwacht und hüllt die Welt erneut mit Leben ein.

Neue Herren erobern ihr künftiges Reich. Sie errichten ungeachtet der vielen Gräber unter ihren Füßen neue Burgen. Die Fundamente reichen tief in die Haut der Erde. Sie graben neue Keller für ihren Wein und für ihre Gefangenen.

Wie in einem schützenden Kokon liegt Geofin in ihrem Bett. Weit über ihr dröhnen Schritte in metallenen Schuhen, bersten Mauern durch die Macht von magischem Pulver und sterben wieder Menschen im Kampf für ihre Heimat. Der Geschmack nach Blut dringt bis zu ihr, schlechtem Blut. Blut, das bereits tot war, bevor der Körper, dem es einst Leben eingehaucht hatte, gestorben war. Unbeirrt davon zersetzt die Natur alles das, was der Mensch angerichtet hat. Um neues Leben daraus entstehen zu lassen. Bis auch wieder dieses sterben muss, um Neuem Platz zu machen.

Seltsame Klänge dringen in das Grab der Frau, deren Entstammung man nun längst vergessen hat. Schöne Klänge. Leicht, getragen, fröhlich, romantisch. Neue Könige werden gekrönt, neue Bauwerke errichtet. Viel schwerer und massiver als je zuvor. Die neuen Herren der Welt wollen nicht selbst kämpfen, sie wollen lustwandeln, sich amüsieren. So häufen sie Erde auf ihr Grab, bis die einst weite Ebene einem sanften Hügel südlich der hohen Gebirge gleicht. Bald schon dringen starke Wurzeln hoher Bäume in Geofins Grab vor. Greifen nach ihr, können ihr in ihrem Mantel der Zeit aber nichts anhaben.

Neue Laute durchdringen die unterirdische Halle der Vergessenheit. Es klingt nach tierischen Rufen. Unbekannte Wesen weit entfernter Welten tummeln sich über ihr. Sie brüllen, trompeten, lachen verrückt. Wieder werden neue Gebäude errichtet. Wieder sind sie stabiler, schwerer und massiver. Der Geschmack nach Stahl sickert zu ihr hinab. Monströse Maschinen, die stinkenden Rauch aus ihren Lungen blasen, beherrschen die Erde. Sie tragen Menschen in ihren Mägen über die glatten Wege der riesigen Städte. Sie bauen Häuser und sie fliegen wie Vögel durch die Lüfte. Die Erde über ihr stinkt und ist verdorben.

Und wieder wird die Erde schwer erschüttert. Dieses Mal mit solcher Gewalt, wie es die Welt zuvor noch nicht erlebt hat. Was die Natur nicht richten konnte, fällt nun heulend vom Himmel und zerstört die dicken Mauern der Gebäude. Schwere Ketten rollen über sie hinweg. Neue Waffen spucken ihre todbringende Saat in Windeseile den Angreifern entgegen. Wieder dringt der Geruch nach Blut zu ihr hinunter. Schwerer und stärker als jemals zuvor.

Dann ist alles still.

Nur ein leises Scharren verzweifelter Seelen auf der Suche nach der Zukunft erinnert daran, dass noch Leben auf der Erde ist. Altes wird neu aufgebaut. Nicht mit der Kraft von tausend Händen, sondern still, beinahe schüchtern. Greise schleppen sich über Geofin hinweg. Wo sind die jungen Männer?

Der Frühling kehrt wieder. Mit ihm neue Kraft, neuer Lebensmut und neue Energie. Maschinen dominieren wieder die Welt. Und wieder riecht sie Blut. Nicht das Blut von Menschen, dieses Mal ist es das Blut von Tieren. In der stinkenden, verseuchten Welt über ihr ist kein Platz mehr für Tiere. Diese Welt wird von einer völlig neuen Macht regiert. Sie kämpft nicht in blutigen Schlachten. Ihr Kampf findet in Leitungen statt, die wie Adern durch die Erde getrieben werden. In ihnen fließen Worte, Töne, Lieder, Bilder, Schriften und Geld.

Wieder erzittert die Erde. Furchteinflößende Maschinenwürmer werden durch die Erde getrieben. Dieses Mal sind sie ganz nahe. So nahe, dass sie die Maschinen direkt neben sich spüren kann. Das Maul des Wurmes reißt ein großes Loch direkt neben Geofin in ihr Grab. Die stinkende Luft der neuen Welt dringt mit einem Schwall zu ihr hinein. Die Lanze, welche die Zeitalter neben ihr überdauert hatte, wird ihr entrissen. Stimmen dringen zu ihr heran. Man entreißt sie aus ihrem Grab.

Ihr Geist ist frei.

Eva-Maria Bast
Tulpentanz
978-3-8392-1413-8

»Der zweite Fall für Strobehn und Tuleit – Hochspannung zwischen Aalen und dem Bodensee!«

Leonhard Bux, der junge Geliebte der Firmenchefin Helena Eichenhaun, wird am Bodenseeufer tot aufgefunden. Zeitgleich verschwindet in Aalen die Pfeife des Spions – eines Wahrzeichens der Stadt. Gibt es einen Zusammenhang zwischen den Fällen? Alexandra Tuleit und Kommissar Ole Strobehn enthüllen eine unglaubliche Geschichte, die tief in die Vergangenheit führt. War Leonhard nicht der, für den er sich ausgab? Wer ist der Maulwurf, der Helenas Firma fast in den Ruin trieb? Und dann gibt es noch eine Leiche …

Michael Boenke
Kuhnacht
978-3-8392-1416-9

»Zufallsermittler Bönle schlittert in seinen vierten Fall.«

Ein abgetrenntes Körperteil im Ried. Ein Junge, der von einer Brücke springt. Berufsschullehrer Daniel Bönle hegt den Verdacht, dass seine Schüler mit okkulten Umtrieben in der Umgebung zu tun haben. Bei einer nächtlichen Floßfahrt spitzen sich die Ereignisse dramatisch zu, als Daniels Freundin Cäci auf eine Gruppe stößt, die bizarre Rituale ausübt. Als ein eigentlich toter Schüler erneut getötet werden soll, beschließt Bönle, die Hintergründe zu erforschen …

Edi Graf
Kriminalpolka
978-3-8392-1424-4

»Satirischer Krimi im Musikantenmilieu, der Konzertgängern, Musikliebhabern und Krimifreunden gleichermaßen Spaß und Spannung bietet!«

Tatort Konzertbühne Ein Giftpfeil beendet die Karriere des erfolgreichen Posaunisten Langfried Schieber. Na ja, einer weniger, mag mancher denken, doch die massige Sängerin Constanze Voorte-Sing will es genau wissen und setzt den berühmten Kommissar Rainer Tsuval auf den Täter an. Bei seinen Ermittlungen stößt er auf Zyanid im Posaunenmundstück, und bald geschehen weitere merkwürdige Morde.